THOMAS ERLE
Hochburg

THOMAS ERLE

Hochburg
Kaltenbachs vierter Fall

GMEINER SPANNUNG

Bisherige Veröffentlichungen im Gmeiner-Verlag:
Wer mordet schon in Freiburg? (2016), Höllsteig (2015),
Freiburg und die Regio (2015),
Blutkapelle (2014), Teufelskanzel (2013)

Personen und Handlung sind frei erfunden.
Ähnlichkeiten mit lebenden oder toten Personen
sind rein zufällig und nicht beabsichtigt.

Besuchen Sie uns im Internet:
www.gmeiner-verlag.de

© 2017 – Gmeiner-Verlag GmbH
Im Ehnried 5, 88605 Meßkirch
Telefon 07575 / 2095-0
info@gmeiner-verlag.de
Alle Rechte vorbehalten
1. Auflage 2017

Lektorat: Claudia Senghaas, Kirchardt
Herstellung: Mirjam Hecht
Umschlaggestaltung: U.O.R.G. Lutz Eberle, Stuttgart
unter Verwendung eines Fotos von: © frankeduard / fotolia.com
Druck: GGP Media GmbH, Pößneck
Printed in Germany
ISBN 978-3-8392-2110-5

Für Rosemarie.

»Die Welt hat genug für jedermanns Bedürfnisse,
aber nicht für jedermanns Gier.«
– Mahatma Gandhi

»Wer den Geist der Gierigkeit hat, er lebt nur in Sorgen,
niemand sättigt ihn.«
– Johann Wolfgang von Goethe:
Reineke Fuchs, 11. Gesang

KAPITEL 1

Um genau drei viertel sechs am späten Nachmittag hielt Kaltenbach es nicht mehr länger aus.

Er verließ direkt hinter dem erstaunten Kunden, der für eine Flasche italienischen Roten fast eine halbe Stunde Verkaufsgespräch in Anspruch genommen hatte, den Laden. Hastig schloss er die Tür von »Kaltenbachs Weinkeller«, vergaß wie üblich, das »Geschlossen«-Schild vorzuhängen, und eilte mit Riesenschritten über den Platz der Alten Landvogtei in Richtung Emmendinger Rathaus.

Schon seit gut einer Stunde hatte der Emmendinger Weinhändler mit ansehen müssen, wie die Neugierigen am Schaufenster seines Ladens in der Lammstraße vorbeigelaufen waren, manche heftig gestikulierend, andere mit grimmigem Gesichtsausdruck, der nichts Gutes verhieß.

Unter den steinernen Arkaden des oberbürgermeisterlichen Amtssitzes fragte Kaltenbach den Ersten, der ihm über den Weg lief: »Weiß man schon etwas Genaues?«

Der Mann schüttelte den Kopf und deutete mit dem Finger schräg nach oben, wo sich die Morgensonne in der Fensterglasfläche des Großen Sitzungssaales der Kreisstadt spiegelte. »Nai, die hocke noch.«

Der Innenhof zwischen den Rathausgebäuden war voller Menschen. Dort, wohin sich sonst außer Eva und Borchert, zweier stoisch vor sich hin blickenden lebensgroßer Bronzeskulpturen, nur ein paar wenige Besucher verirrten, drängten sich die Neugierigen wie sonst nur auf dem herbstlichen Weinfest oder bei der Verkündigung der Ergebnisse der Oberbürgermeisterwahlen.

Neben dem Haupteingang war ein großer Tisch unter zwei leuchtend roten Sonnenschirmen aufgebaut. Allerlei Hochglanzbroschüren und Poster warben für das Projekt, das die Stadt und ihre Bürger seit Bekanntwerden im Atem hielt.

Emmendingen 3000.

Der Name ließ auf ein großes zukunftsweisendes Vorhaben schließen, und das war es auch. Wenn der Investor seine Pläne zur Durchführung brachte, würde die Stadt nicht nur ihr Gesicht verändern, sondern einen gewaltigen Schritt Richtung Zukunft machen.

Kaltenbach seufzte, als er an all das dachte. Seit vor einem halben Jahr die Pläne bekannt wurden, vor den Toren der Stadt einen riesigen Erlebnispark einzurichten, war in seiner Heimatstadt nichts mehr, wie es war. Vom ersten Tag an waren sich zwei Lager gegenübergestanden, die sich wechselseitig mit Vorwürfen, Anschuldigungen und Beschimpfungen überzogen. Ausverkauf der Heimat, Zerstörung von Natur, Kultur und Landschaft, Missbrauch am Erbe unserer Kinder waren noch die harmloseren Vorwürfe der Projektgegner, während die Befürworter ihre Kontrahenten als Ewiggestrige, Fortschrittsbremsen und Hinterwäldler bezeichneten.

Der Oberbürgermeister hatte reagiert, wie es ein verantwortlicher Stadtvater tun musste. Bei jeder Gelegenheit mahnte er zur Mäßigung und forderte die Beteiligten auf, mit Augenmaß das Für und Wider abzuwägen. Er selbst hatte sich bisher trotz heftigem Drängen beider Seiten noch nicht zu einer Stellungnahme bewegen lassen.

Kaltenbach suchte in der Menge nach bekannten Gesichtern. Karl Duffner, sein Weinhändlerkollege aus dem Laden in der Vorderen Lammstraße, hatte einen kleinen Ausschank eingerichtet, der bei der sommerlichen Hitze entsprechend belagert war. Ein Gläschen weiße Schorle kühlte die Gemüter und half, die Wartezeit leichter zu überbrücken. Kaltenbach drängte sich zu ihm vor. »Ich brauche noch ein bisschen«, meinte er und nickte dem Mittsechziger vielsagend zu. »Ein paar Tage noch, ich verspreche es.«

Sein Kollege hatte ihn vor zwei Wochen mit der Ankündigung überrascht, »Duffners Weindepot« im Herbst zu schließen. Gleichzeitig hatte er ihm das Angebot gemacht, das Geschäft zu übernehmen. Zu einem für Kaltenbach hochinteressanten Preis. Natürlich wollte Duffner so bald wie möglich Bescheid, doch Kaltenbach war noch unschlüssig. Eine Erweiterung seines Weinhandels war schon seit einiger Zeit sein sehnlichster Wunsch. Doch zuerst musste er sich über die weitreichenden Folgen im Klaren werden.

»Schon recht«, gab Duffner zurück und reichte ihm ein Glas. »Aber warte nicht, bis mich der Schlag trifft. Sonst kriegen es die Erben, und nächstes Jahr ist ein Handyshop drin. Oder ein Brillenladen. Gibt's ja alles noch viel zu wenig in Emmendingen.«

Kaltenbach bedankte sich. »Ich bringe das Glas nachher zurück.« Er wusste, dass er um die Entscheidung nicht herumkam. Sein Herz hatte längst Ja gesagt. Doch sein Verstand drängte sich mit Zweifeln und Ängsten immer wieder dazwischen. Am besten war, wenn er mit Luise, seiner Lebensgefährtin, noch einmal in aller Ruhe darüber sprach. Und natürlich mit Josef Kaltenbach vom Kaiserstuhl. Er war nicht nur sein Onkel, sondern auch Geldgeber und Hauptlieferant für seinen gut gehenden Weinkeller.

Direkt unter dem Fenster des Sitzungssaals erkannte Kaltenbach inmitten einer größeren Gruppe Walter Mack. Obwohl sein Musikkollege und Stammtischkumpel etwa in

Duffners Alter war, zeigte er im Gegensatz zu diesem noch keinerlei Anstalten, sich in den Altersruhestand zurückzuziehen. Anders als viele andere seiner früheren politischen Mitstreiter war der in Ehren ergraute Altachtundsechziger seiner politischen Heimat stets treu geblieben. Der Streit um »Emmendingen 3000« war für ihn eine willkommene Gelegenheit, lautstark und mit schneidigen Argumentationen die Bedürfnisse des Volkes zu verteidigen.

»Ihr glaubt doch nicht im Ernst, dass die Bürger unserer Stadt von dem Wahnsinn irgendeinen Vorteil haben werden? Es ist ja immer dasselbe: Die Reichen sahnen ab, und das Volk schaut in die Röhre. Das war früher so und ist heute nicht anders!«

Zustimmendes Gemurmel erhob sich. Offensichtlich hatte Walter seine Fans um sich versammelt.

»Ein paar Snobs auf dem Golfplatz und die Schickimickis im Wellnesshotel – wollt ihr das? Soll unsere Heimat für so etwas geopfert werden?« Seine Augen funkelten. »Ich sage es euch voraus: Statt Steuereinnahmen und Arbeitsplätzen wird es Schulden geben. Und die Bauern müssen ins Jobcenter.«

»Jo, de Macke Walter«, hörte Kaltenbach eine vertraute Stimme neben sich. »Sunnschd is er jo e nette Kerli. Aber manchmol ebe au e linke Vogel.« Erna Kölblin, die gute Seele aus der Weststadt, tupfte sich mit ihrem Spitzentaschentuch über das gerötete Gesicht. Die Hitze machte der gewichtigen Dame sichtlich zu schaffen. »Er muess halt immer übertriebe.«

Kaltenbach musste ihr recht geben. Walter war ein geschickter Streiter, der seine Mitmenschen begeistern und überzeugen konnte. Zuweilen ging jedoch sein Temperament mit ihm durch, und er schoss über das Ziel hinaus. Kaltenbach hatte bei den Proben in ihrer gemeinsamen irischen Band manchen Strauß mit ihm ausgefochten.

»Und was meinen Sie zu dem Ganzen?«, fragte Kaltenbach und deutete nach oben in Richtung Sitzungssaal. »Dafür oder dagegen?«

Erna Kölblin reckte sich ganz zu ihren stolzen 151 Zentimetern empor und deutete auf die beiden Buttons, die sie sich auf ihre Sommerbluse geheftet hatte. »Lueg emol!«

»Zukunft statt Stillstand – EM 3000 jetzt!« Kaltenbach musste sich bücken, um lesen zu können. »Tradition bewahren, Natur schützen, Heimat erhalten.« Er schüttelte den Kopf. »Aber das geht doch gar nicht«, meinte er ungläubig. »Sie können doch nicht gleichzeitig dafür und dagegen sein?«

Frau Kölblin tupfte sich ein weiteres Mal die Schweißperlen aus der Stirn. »Nadierlig goht des. Beides isch wichtig. Die solle halt aschtändig mitenander schwätze.«

Kaltenbach musste schmunzeln. Im Laufe der Jahre hatte er mehr als einmal erlebt, dass in Erna Kölblins ausladender Brust mehr als die sprichwörtlichen zwei Herzen schlugen. Manchmal konnte sie sturer sein als sein Freund Walter, dann wieder überraschte sie mit gesunder Bauernschläue und Ideen, auf die sonst keiner kam.

»Ueßerdem«, lächelte sie verschmitzt, »sin alli beidi Buttons schee bunt. Basst guet zu minem Kleid, findesch nit?«

Kaltenbach zögerte mit der Antwort. Auf modische Stilfragen wollte er sich auf gar keinen Fall einlassen. Anders als andere Damen im ewig jungen Alter setzte Frau Kölblin bei ihrer Kleidung stets auf reichlich Farbe. Wobei ihr Grundsatz »Viel hilft viel« gewöhnungsbedürftig war. Zumindest für Kaltenbach.

In diesem Moment zupfte ihn Frau Kölblin am Arm und wies in Richtung des Rathauses. Ihrem stets wachen

Blick war nicht entgangen, dass aus der Tür zum Nebeneingang ein Mann herausgetreten war, der sogleich von mehreren Neugierigen umringt war.

»Lueg emol, Lothar, 's gibt ebbis Neis!«

Es dauerte keine halbe Minute, bis sich die Nachricht im gesamten Innenhof herumgesprochen hatte. Vereinzelt erklangen wütende Rufe. Doch unter den meisten der Anwesenden machte sich tiefe Betroffenheit breit.

Es hatte einen schrecklichen Unfall gegeben. Franz Winterhalter, der alte Kirchmattbauer, war schwer verletzt unter seinem umgestürzten Traktor gefunden worden. Der Bauer war nicht nur einer der erbittertsten Gegner des Projekts, sondern gleichzeitig Eigentümer der benötigten zentralen Grundstücke unterhalb der Hochburg.

Kaltenbach wurde die Brisanz der Nachricht rasch bewusst. Er ahnte, dass der Stadt nun erst recht heiße Tage bevorstehen würden.

KAPITEL 2

200 ... 1.500 ... 8.500 ungefähr ...

Die Zahlen tanzten auf dem Papier umher wie Stechmücken, die in diesem Sommer in Massen über die Städte und Dörfer zwischen Rhein und den Schwarzwaldbergen hergefallen waren.

Mit einem resignierten Seufzer warf Lothar Kaltenbach den Kugelschreiber auf die Tischplatte und schob das eng beschriebene Blatt von sich.

Er konnte es drehen und wenden, wie er wollte. Die Kalkulation ging nicht auf. Da würde selbst Rainer Lange, einer seiner treuesten Stammkunden und zuständig für die Kreditvergabe bei der Emmendinger Sparkasse, beim besten Willen nichts machen können. Kaltenbach fehlte eine deutliche Summe für das geforderte Eigenkapital.

Dabei war ihm Karl Duffner, der derzeitige Besitzer von »Duffners Weindepot«, bereits unerwartet großzügig entgegengekommen.

»Ich will, dass du den Laden übernimmst, Lothar«, hatte er ihm bei einem ihrer Gespräche gesagt. »Ich bin mir sicher, du wirst das Geschäft in meinem Sinne weiterführen. Und ich weiß, dass du das kannst!«

Kaltenbach stand auf, ging in das kleine Hinterzimmer zum Kühlschrank und goss sich ein drittes Mal ein großes Glas eisgekühltes Wasser ein. Er verfeinerte den Geschmack mit einem kräftigen Schuss Holundersirup, einem Geschenk seiner Vermieterin in Maleck. Noch im Stehen trank er es halb leer, dann ging er zurück in den Verkaufsraum und ließ sich wieder in einen der beiden Besuchersessel fallen.

Es würde alles so wunderbar zusammenpassen. Eine Verdoppelung der Verkaufsfläche ebenso wie die deutliche Erweiterung des Kundenstamms inklusive Erschließung neuer Käuferschichten. Endlich konnte er sein lang gehegtes Lieblingsprojekt mit dem Verkauf von biologisch-ökologischem Wein beginnen. Und vielleicht konnte er sogar den Plan wieder aufgreifen, eine Theke mit ausgewählten deutschen und französischen Käsesorten einzurichten. Käse und Wein in Bioqualität – ein unschlagbares Geschäftsmodell.

Mit einem weiteren großen Schluck trank Kaltenbach sein Glas leer. Noch am selben Abend, als Duffner ihm das Angebot zum ersten Mal unterbreitet hatte, war er in die Planung gegangen. Natürlich würde er renovieren und investieren müssen. Er würde nicht umhinkommen, jemanden fest einzustellen. Mit Cousine Martinas halbtageweiser Aushilfe war es dann nicht mehr getan. Mit Sicherheit würde er einen zusätzlichen Fahrer brauchen. Sein eigener Kundenstamm reichte inzwischen bis in die Schweiz und erforderte Einsatz genug. Wenn er nun Duffners Kunden übernahm, war gerade am Anfang der persönliche Kontakt besonders wichtig.

Kaltenbach konnte nicht klagen. Seit seinem etwas holprigen Start vor fast 20 Jahren war es Jahr für Jahr aufwärtsgegangen. Seine Hoffnungen waren mehr als erfüllt worden.

Aber es reichte nicht. Es war zum Verzweifeln. Kaltenbachs Blick glitt zum wiederholten Mal über das Blatt mit den Zahlen. Die Bank wollte Eigenkapital sehen. Mehr als er aufbringen konnte.

Das Schlimmste war, dass es eine Lösung gab. Eine sehr einfache sogar. Doch schon bei dem Gedanken daran stellten sich ihm die Nackenhaare auf. Josef Kaltenbach, der Onkel vom Kaiserstuhl, hatte ihm damals mit einer kräftigen Finanzspritze überhaupt erst ermöglicht, »Kaltenbachs Weinkeller« in der Emmendinger Innenstadt aufzubauen. Natürlich nicht ohne eigene Interessen, hatte er doch zu Beginn ausschließlich Weine aus dessen Weingütern verkauft. Gute Reben aus Spitzenlagen im Herzen des Kaiserstuhls, die sich seit Generationen im Besitz der Kaltenbachs befanden. Doch der knorrige Weinbauer, der inzwischen gut in seinen Siebzigern war, war nicht leicht zu haben. Kaltenbach erinnerte sich mit Grausen daran, als er nach zwei Jahren zum ersten Mal den zaghaften Vorschlag gemacht hatte, das Sortiment gezielt durch einige ausgewählte Breisgauer und später sogar französische und italienische Rote zu erweitern. Er hatte lange vergeblich bohren müssen, ehe er die Zustimmung des Alten bekommen hatte, der ihm zunächst damit gedroht hatte, den Laden wieder zu schließen. Am Ende konnte Josef Kaltenbach die hervorragenden Bilanzen nicht mehr ignorieren. Trotzdem war die Skepsis all die Jahre über geblieben.

Kaltenbach konnte sich lebhaft vorstellen, was Onkel Josef zum Schreckgespenst aller konventionellen Weinbauern sagen würde. Biowein unter seinem Namen verkaufen? Womöglich ausgewählte Lagen umstellen? Darauf würde sich der alemannische Sturschädel niemals einlassen.

Doch er konnte es drehen und wenden, wie er wollte. Ohne Onkel Josef kein Geld. Und ohne Geld kein zweiter Laden. In Duffners traditionelles Weingeschäft würde eine Boutique einziehen. Oder ein Handyshop.

Der Gedanke an das Gespräch war äußerst unangenehm. Doch er würde es trotzdem versuchen müssen. Es blieb ihm nichts anderes übrig.

Das Gebimmel der Glöckchen über der Eingangstür riss Kaltenbach aus seinen Gedanken. Ein Schwall heißer Luft drückte herein, gleichzeitig verdunkelte sich für einen Moment der Eingang.

Zumindest der untere Teil. Erna Kölblin, Kaltenbachs Nachbarin im ewig besten Alter, stapfte schnaufend herein und ließ sich sofort in den alten Ledersessel fallen. Sie litt sichtlich unter der hochsommerlichen Dauerhitze, die die Stadt seit Tagen fest in ihrem Griff hielt.

»Hesch due mir ebbis z' trinke, Bue?«

Kaltenbach sprang auf, holte die Wasserflasche und brachte ein zweites Glas gleich mit. Zum Glück hatte er heute am Vormittag den Kühlschrank gefüllt.

Frau Kölblin trank hastig, verschluckte sich, hustete, trank erneut und hielt ihm das leere Glas ein zweites Mal hin. Kaltenbach schenkte nach. Er wusste, dass er seine Besucherin zuerst verschnaufen lassen musste. Und er wusste aus der Erfahrung unzähliger Besuche, dass sie nicht umsonst gerade jetzt bei ihm vorbeikam.

Mehr denn je sah Erna Kölblin heute aus, als sei sie eben einem Rubensbild entstiegen. Die Anstrengung und die Hitze hatten ihre Wangen mit schwitzender rosa Farbe überzogen. Über Schultern, Arme und Beine waren vielfarbige Tücher drapiert, die keiner erkennbaren Ordnung folgten und bei jeder Bewegung in eine neue Lage rutschten.

Kaltenbach sah ihren blitzenden Augen an, dass sie Neuigkeiten mitgebracht hatte. Kaum hatte sich Frau Kölblin wieder einigermaßen erholt, sprudelte es auch bereits aus ihr heraus.

»Er hett's nit packt!«, stieß sie aufgeregt hervor. Ihre Stimme klang bedrückt. Kaltenbach wusste sofort, was sie meinte. Der Unfall des Kirchmattbauern war seit der geplatzten Versammlung im Rathaus Stadtgespräch.

»Ist er …?«

»Er isch scho e Wili glege, wo sie ihn gfunde henn. Zwei Maidli vum Ridderhof henn bim Uesridde de umkeit Bulldog gsä. Un ihn drunter. Uf dere Matte am Hang bim Waldrand. Nur d' Bei henn noch russgluegt.«

Sie schnaufte zweimal heftig aus und ein, dann fuhr sie fort.

»D' Rotkrizler henn ihn glich ins Krankehues brocht. Aber 's war schu z' schboht. Er het d' Auge nimmi ufgmacht.« Auf Frau Kölblins Stirn bildeten sich kleine Schweißtropfen.

»Der Kirchmattbauer ist tot?«

Kaltenbach spürte eine Ahnung in sich aufsteigen, welche Folgen das haben würde. Wahrscheinlich würden bereits jetzt schon unzählige Vermutungen und Theorien in der Stadt herumschwirren.

»De Bulldog het ihm d' Bruscht zämmedruckt. Un am Kopf hett's en au verwischt.« Frau Kölblin presste die Lippen zusammen und schüttelte ratlos den Kopf. In den Schweiß auf ihren Wangen mischten sich ein paar Tränen.

»Haben Sie ihn gut gekannt?«

Kaltenbach kam sich ziemlich hilflos vor. Er fragte, weil er spürte, dass er etwas sagen sollte.

Zu seiner Überraschung fand Frau Kölblin sofort ihre Beherrschung wieder. »He nai. Der hett nix vu de andre wisse welle. Der isch nie in d' Stadt kumme. Ei-, zweimol hab ich en gsähne. Uf dr Poscht, glaub ich.« Sie schniefte noch einmal. »Aber schlimm isch des scho. Bim Bulldogfahre uf em Acker! Stell dir des emol vor! Aber des het jo so kumme miesse.« Sie beugte sich vor. »Weisch, was d' Litt schwätze?«

Kaltenbach verkniff sich die Antwort. Was-die-Leute-sagen war Erna Kölblins Spezialdisziplin, mit der sie in jeder Quizsendung spielend gewonnen hätte.

Sie machte mit Hand und gespreizten Fingern eine Bewegung zum Mund. »Gsoffe hett er«, raunte sie. »Aber ich sag jo nix.« Sie lehnte sich zurück in den Sessel. »Heiß isch's hitt. Hesch due mir noch e Gläsli?« Sie versuchte ein Lächeln. »Ebbis zum Uffmuntre?«

Kaltenbach verstand, was sie meinte. Dieses Mal schenkte er ihr Glas nur halb voll und füllte es mit einem Mundinger Rosé auf. Lieblich. Die Farbe der Schorle ergänzte die rosa Bäckchen eindrucksvoll.

Frau Kölblin trank langsam mit kleinen Schlucken. Sie setzte das Glas erst ab, als es leer war.

»So, Bue, jetzt goht's wieder besser.« Sie stand auf, zog ihre Tücher und Schleier zurecht und wälzte sich dem Ausgang zu. »Morge will ich alles wisse. Hesch gheert? Du wohnsch doch dert obe!«

Kaltenbach rang sich ein freundliches Lächeln ab. Er wusste, dass er nicht darum herumkommen würde. Frau Kölblins Nachrichtensystem funktionierte nach dem fortlaufenden Prinzip von Geben und Nehmen. Stillstand war nicht vorgesehen. Wegen ihr hätte man Facebook nicht erfinden müssen.

Nachdem seine Besucherin verschwunden war, trug Kaltenbach die Gläser ins Hinterzimmer, spülte sie ab und stellte den angebrochenen Wein in den Kühlschrank. Dann ging er nachdenklich zurück zu seinem Platz.

Der Kirchmattbauer war tot. Obwohl der Hof nicht weit weg von der Straße lag, in der er wohnte, hatte Kaltenbach ihn kaum gekannt. Der Mann galt bei den Maleckern als ziemlicher Eigenbrötler, der sich um die Welt außerhalb seiner Wiesen und Äcker nur wenig kümmerte. Erst seit ein paar Wochen war er, ohne es zu wollen, in den Mittelpunkt der Emmendinger Aufmerksamkeit gerückt. Es war bekannt geworden, dass er sich als einer der wenigen strikt weigerte, seinen Grund, oder zumindest Teile davon, an den Investor von »Emmendingen 3000« zu verpachten. Geschweige denn zu verkaufen. Die wichtigsten Parzellen in zentraler Lage gehörten ihm. Und ohne sie konnte das ganze Megaprojekt nicht verwirklicht werden.

Kaltenbach sah auf die Uhr. Eine Stunde musste er noch im Laden ausharren. Mit einem Seufzer breitete er erneut die Papiere auf dem Tisch aus. Er ahnte, dass heute keine Kunden mehr kommen würden. Und er befürchtete, dass sich seine Kalkulationszahlen auch beim fünften Durchgang nicht spürbar zu seinen Gunsten ändern würden.

KAPITEL 3

Es war einer der Tage, an denen noch nicht einmal der Fahrtwind auf der Vespa Kühlung brachte. Die Hitze hatte den Breisgau fest im Griff. Die heiße Luft lag wie ein zähflüssiger Brei über den Häusern, den Straßen und den Menschen. Wer es sich irgendwie leisten konnte, vermied es, ins Freie zu gehen.

Das Waldstück zwischen dem Kastelberg und der Malecker Höhe brachte nur eine kurze Verschnaufpause. Kaltenbach war froh, als er Helm, Handschuhe und Jacke wieder ausziehen konnte. Er bockte die Vespa vor dem Haus in der Garageneinfahrt auf und stand eine Minute später unter der Dusche in seiner Wohnung im zweiten Stock. Er stellte die Temperatur auf handwarm und genoss mit einem lauten zufriedenen Aufstöhnen das fließende Wasser auf seiner Haut.

Langsam wurden seine Gedanken wieder klarer. Das Finanzierungsproblem hatte er immer noch nicht lösen können. Es half nichts, er musste die Pläne zur Erweiterung des Ladens noch einmal gründlich durchgehen. Vielleicht war es das Beste, wenn er noch einmal ganz von vorne anfing. Aber nicht heute. Nicht bei der Hitze. Zum Glück hatte Duffner ihm eine Woche Zeit gegeben, sich zu entscheiden.

Kaltenbach drehte das Wasser ab, schüttelte sich und trocknete sich notdürftig ab. Er konnte Luise fragen. Wie die meisten Künstler hatte es auch seine Freundin nicht so sehr mit Zahlen und Kalkulationen. Aber sie hatte Fantasie und Ideen, mit denen sie ihn immer wieder in Erstaunen versetzte. Vielleicht hatte sie den entscheidenden Gedanken.

Kaltenbach verzichtete auf das Föhnen und kämmte nur die Haare notdürftig in Form. Er zog frische Kleider an, eine kurze Hose und ein T-Shirt reichten vollkommen. Dann eilte er wieder die Treppe hinunter. Jetzt war etwas anderes wichtig. Die Wiese, auf der der Kirchmattbauer heute Morgen seinen Unfall hatte, war nicht weit entfernt. Wenn er Glück hatte, war der Traktor noch nicht geborgen. Und den wollte er sich unbedingt aus der Nähe ansehen.

Kaltenbach setzte den Helm auf, startete die Maschine und fuhr den Brandelweg hoch bis ans Ortsende. Beim Friedhof bog er rechts ab. Vorsichtig steuerte er die Vespa das steile Sträßchen hinunter. Hinter der Vorderen Zaismatt wandte er sich nach links.

Winterhalters Kirchmatthof lag inmitten der Felder zwischen Straße und Brettenbach. Doch dem Bauern gehörten überall im Tal verstreut liegende Matten. So auch auf dem gegenüberliegenden Hang unterhalb von Maleck.

Kaltenbach fuhr im Schritttempo weiter. Er musste nicht lange suchen. Am Rande eines kleinen Wäldchens, das wie ein Wunder die Flurbereinigung überlebt hatte, sah er den Traktor im hüfthohen Gras. Der Sturz war durch einen knorrigen Holunderbusch aufgehalten worden, und das Gefährt lag halb auf der Seite. Eines der mausgrauen Vorderräder ragte verdreht in den Abendhimmel.

Nach unten hin war das Gras niedergetreten. Offenbar hatten sich die Rettungssanitäter von hier aus einen Weg zur Unfallstelle gebahnt. Kaltenbach stellte die Vespa am Straßenrand ab und stapfte den Hang hinauf. Nach wenigen Schritten stand er schnaufend neben den Trümmern des Unglücksgefährts.

Schon von Weitem hatte er gesehen, dass er nicht der einzige Neugierige war.

»Salli, Lothar! Ich habe dich schon erwartet. Wunderfitzig wie immer!« Fritz Schätzle, Postbeamter im Ruhestand und langjähriger Ortsvorsteher in Emmendingens kleinstem Ortsteil schien keineswegs überrascht, ihn zu sehen.

»Salli, Fritz!« Kaltenbachs Antwort klang etwas verhalten. Seit der mysteriösen Sache am Kandel war er schon einige Male in Situationen hineingestolpert, deren Ausgang seine Mitbürger mit einer Mischung aus Bewunderung, Skepsis und Kopfschütteln begleiteten. Trotz seines erstaunlichen Spürsinns waren seine Alleingänge bei der Verbrechensaufklärung nicht jedermann geheuer.

Schätzle ahnte, warum Kaltenbach gekommen war. »Heute wirst du Pech haben. Einwandfreier Unfall! Der

Lanz ist den Hang heruntergestürzt, und der Bauer ist blöd daruntergekommen.« Er setzte das Vorderrad mit einem Schubs in Bewegung. Mit einem merkwürdigen Quietschen drehte es ein paar Runden, ehe es wieder zum Stillstand kam.

Kaltenbach ging langsam um das Fahrzeug herum. Für ihn sah der Trecker aus, als habe er zwei Weltkriege hinter sich. Die ehemals grüne Lackierung war ein abenteuerlicher Flickenteppich aus Roststellen und Ölflecken. Zusammen mit unzähligen Farbnachbesserungen und erdverkrusteten Stellen erinnerte sein Äußeres an ein mit Tarnfarbe dekoriertes Geheimfahrzeug der Bundeswehr.

Der mehrfache Aufprall hatte die Kühlerhaube an zwei Seiten eingedrückt, an einer Stelle war das Blech aufgerissen, auf dem Boden lagen verbogene Metallteile. Beide Vorderlichter waren zersplittert, im Gras waren dunkle Flecken zu sehen. Es roch nach Öl.

»Wo ist der Bauer gelegen?«

»Ich hab's nicht gesehen, ich bin erst gekommen, nachdem sie ihn schon weggebracht hatten. Aber der Günther, der Sani – du kennst den, der aus dem Musikverein –, der hat erzählt, das Lenkrad hat ihm den Brustkorb eingedrückt. Außerdem hatte er an seiner Stirn eine große blutende Wunde. Bestimmt irgendwo angeschlagen.« Schätzle schüttelte den Kopf. »Das Ganze ist ziemlich dumm gelaufen. Er hat einfach Pech gehabt.«

Für einen Moment schwiegen beide. In den Bäumen am Waldrand summten die Bienen. Ein zartblauer Schmetterling taumelte durch die hochgewachsenen Grasrispen. Irgendwo zirpte eine Grille. Ein idyllischer Hochsommerabend. Doch die Vorstellung, wie der Bauer hilflos unter einem unförmigen Berg aus Metall und Gummi lag, ließ Kaltenbach keine Ruhe.

»Wie geht es seiner Tochter? Jetzt wird sie ganz allein den Hof machen müssen!«

Schätzle wiegte den Kopf. »Die Elisabeth? Wenn sie's überhaupt weiter macht.«

»Du meinst, sie wird verkaufen?« Kaltenbach war überrascht. »Aber soviel ich weiß, war sie sich in diesem Punkt mit ihrem Vater einig. Sie wollten den Hof nicht verkaufen. Schon gar nicht wegen eines Golfplatzes.«

Schätzle zupfte einen Grashalm ab. »Stimmt. Jetzt wird sie es nicht mehr nötig haben.«

Kaltenbach zog die Stirn in Falten. »Du weißt doch wieder etwas?«

Schätzle setzte einen verschwörerischen Blick auf und senkte die Stimme. »Eine halbe Million!«

»Was, eine halbe Million? Schulden vielleicht!« Kaltenbach hatte sich schon oft gefragt, wie der Kirchmattbauer und seine Tochter überhaupt vernünftig existieren konnten. Seit er sich erinnern konnte, wurschtelten die beiden mit denselben uralten Geräten und Fahrzeugen. Von Weitem machten die Hofgebäude einen ziemlich heruntergekommenen Eindruck.

»Nix Schulden.« Schätzle schnippte den Grashalm ins Gebüsch. »Lebensversicherung! Elisabeth Winterhalter wird so viel Geld haben wie in ihrem ganzen Leben nicht.«

Kaltenbach war völlig verblüfft. »Stimmt das? Woher weißt du das?«, fragte er ungläubig. »Wie hätte denn der Winterhalter überhaupt die hohen Prämien bezahlen können?«

»Alles weiß ich auch nicht«, entgegnete Schätzle, der sichtlich stolz auf sein Wissen war. »Aber das mit der Lebensversicherung stimmt. Der Kirchmattbauer hat es mir im letzten Sommer selbst erzählt.«

Kaltenbach verjagte eine Bremse, die sich auf seiner linken Wade niedergelassen hatte. »Dann war der alte Winterhalter doch nicht ganz so versponnen, wie alle sagen.«

»Er war nicht immer so.« Schätzles Stimme klang ernst. »Klar, er war stur und eigensinnig, wenig sozial. Aber das sind andere Bauern auch, vor allem die, die weit draußen leben. Richtig schlimm wurde es erst, als seine Frau gestorben ist.«

»Seine Frau? Die kannte ich gar nicht. Das muss lange her sein.« Es fiel Kaltenbach schwer, sich den Bauern als Ehemann vorzustellen. Aber schließlich gab es eine Tochter.

»Fast 25 Jahre ist das jetzt her. Da hast du noch gar nicht in Maleck gewohnt.«

Die Grille hatte inzwischen von allen Seiten Antwort bekommen. Das Solo hatte sich zu einem Konzert ausgeweitet. Die ganze Wiese schien zu vibrieren.

Schätzle setzte sich auf einen der zerbeulten Kotflügel. »Und das war noch nicht alles. Kurz darauf wurde seine Tochter schwanger, die war noch ziemlich jung damals. Der Vater ist abgehauen, als er es erfahren hat. Die Elisabeth ist dann auf dem Hof geblieben. Bis heute.«

»Und der Enkel? Der müsste demnach Anfang 20 sein. Was macht der?«

»Der Jonas? Ist schon früh von zu Hause fort. Die Leute sagten, er habe den eigensinnigen Großvater und die verbitterte Mutter nicht mehr ausgehalten. Er wohnt jetzt irgendwo hinten im Glottertal. Macht irgendwas mit Landmaschinen, glaube ich. Ich weiß es nicht genau.«

Von der Straße drangen Stimmen zu ihnen herauf. Eine Familie mit zwei Kindern war auf abendlicher Radtour unterwegs. Das Bunt der vier Helme kontrastierte lebhaft mit dem Goldgelb der Felder und dem sommermüden

Graugrün der Wiesen. Hoch über den Rädern der Kinder flatterten SC-Wimpel an langen dünnen Glasfiberstangen.

Kaltenbachs Blick schweifte weiter. Ein Stück dahinter umrahmte der Brettenbach mit seinem Saum von Erlen und Pappeln die Gebäude des Kirchmatthofs. Nichts deutete in der friedlichen Sommeridylle auf die Dramen, die sich dort abgespielt hatten, und von denen die wenigsten wussten. Ein zerbrechliches Gebilde aus Enttäuschungen, Hoffnungen und Überlebenswillen, das plötzlich von Geld ins Wanken gebracht wurde. Von viel Geld. Mit dem man einiges bewegen konnte. Mit dem man ein ganzes Leben ändern konnte.

Kaltenbach erschrak vor dem Szenario, das sich in ihm auftürmte. Was wäre, wenn der Unfall des Alten mehr war als ein schrecklicher Zufall? Wenn es kein alkoholisierter Leichtsinn war, sondern …

»Sag mal, Fritz«, gab sich Kaltenbach einen Ruck, »du kennst dich doch ein bisschen aus. Gibt es die Möglichkeit, einen Traktor so zu manipulieren, dass es der Fahrer nicht merkt? Ich meine, könnte man irgendwas am Motor verändern, dass er nicht mehr richtig funktioniert? Oder an den Bremsen?«

Schätzle kicherte. »Auskennen ist gut. Du meinst wohl, weil ich selber einen Trecker habe? Nein, mit Technik habe ich es noch nie sehr gehabt. Außerdem benutze ich den kaum. Einmal im Jahr die Äpfel auf dem Anhänger reinholen, mehr ist es nicht.«

Kaltenbach erinnerte sich, dass Schätzle ein paar Streuobstwiesen oberhalb des Dorfes gehörten, von deren Äpfeln er die Malecker sich großzügig bedienen ließ. Den Rest verarbeitete er zu Saft und Most. Ein paar Äcker hatte er verpachtet.

»Die alten Dinger sind eigentlich nicht kaputt zu kriegen. Der Motor ist einfach gebaut und hält ewig. Das Fahrgestell ist stabil, zur Not fährt der sogar auf den Felgen weiter. Und die Bremsen? Die müsstest du schon ansägen. Mindestens.« Er stand auf und fuhr mit der Handfläche das verbogene Bremsgestänge entlang. »Da ist nichts. Nur verbogen, nicht gebrochen. Das hält ewig.« Er wandte sich um. »Nein, ich bin mir sicher, der Alte ist selbst schuld. Nix Kriminelles.« Er begann, vorsichtig den Hang hinunterzusteigen. »Ich muss heim. Duschen. Etwas trinken. Kommst du mit auf ein Glas?«

Kaltenbach ging ihm langsam hinterher. Das Gras juckte an seinen nackten Beinen. Er schwitzte noch mehr als am Nachmittag.

»Danke. Aber ich muss auch. Nachher kommt Luise vorbei, und ich habe ihr versprochen, etwas zu kochen. Morgen geht's ja mit dem Film los, sie will direkt von mir aus hin. Sie ist schon ganz gespannt. Du bist doch sicher auch wieder mit von der Partie?«

Schätzle strahlte über das ganze Gesicht. »Klar! Die Filmleute wollten mich unbedingt wieder dabeihaben. Ich muss dieses Mal sogar etwas sagen. Er blieb stehen, holte Luft und deklamierte: »Nicht so schnell! Es ist genug für alle da!«

Kaltenbach grinste. Seit Fritz Schätzle vor zwei Jahren beim Dreh zum ersten Heimatfilm am Fuß der Hochburg eine kleine Komparsenrolle bekommen hatte, war er nicht zu bremsen. »Hollywood ruft! Mach mir keine Schande!«, lachte er.

»Sowieso!«

KAPITEL 4

Zurück in seiner Wohnung empfing Kaltenbach das hektische Blinken des Anrufbeantworters. Gleich darauf hörte er Luises Stimme aus dem Lautsprecher.

»Selbst schuld, wenn du nie das Handy mitnimmst!«, meinte sie trotzig. »Du weißt, dass ich nicht gerne mit einer Maschine spreche!«

Kaltenbach verzog den Mund. Ein Dauerthema zwischen ihnen. Er lehnte es ab, ständig und überall erreichbar sein zu müssen. Vielleicht war er altmodisch, aber er brauchte das. Dabei wusste er, dass Luise recht hatte. Vielleicht sollte er sich ein zweites Mobiltelefon zulegen. Ein Luise-Handy. Nur für sie.

»Ich mach's kurz. Heute wird es nichts mehr mit uns. Leider. Ich habe mich so sehr auf unseren Abend gefreut!« Ihre Stimme klang nun anders. »Es hat sich kurzfristig ein Galerist aus Basel bei mir gemeldet. Eine ziemlich große Nummer im Kunstgeschäft. Er ist heute Abend auf der Durchreise und will mich sehen. Du verstehst sicher, dass ich das nicht absagen kann! Ich bin schon auf dem Weg ins Theatercafé.« Im Hintergrund quietschten die Räder der Freiburger Straßenbahn. »Das könnte etwas werden. Drück mir die Daumen! Den Abend holen wir nach, gleich morgen. Und die Nacht auch. Versprochen! Ich melde mich.« Kaltenbach hörte das sanft schmatzende Geräusch eines angedeuteten Kusses. Dann legte sie auf.

Kaltenbach zog sich aus und stellte sich ein zweites Mal unter die Dusche. Er schwankte zwischen Freude und Enttäuschung. Natürlich war das eine Riesenchance für Luise.

Sie hatte sich seit ihrem Amerika-Aufenthalt künstlerisch enorm gesteigert. Ihre zarten Skulpturen sprachen etwas im Betrachter an, was nur Künstlern gelang, die bereit waren, selbst ein Stück ihres Innersten in die äußere Form einfließen zu lassen. Mittlerweile hatte Luise in der südwestdeutschen Kunstszene auf sich aufmerksam gemacht. Der Schritt auf den internationalen Markt war nicht nur eine Bestätigung, sondern konnte auch finanziell einen großen Schritt vorwärts bedeuten.

Kaltenbach zog sich an und goss sich in der Küche etwas zum Trinken ein. Ob Luises Erfolg ihrer Beziehung guttun würde, war eine andere Frage. In letzter Zeit hatten sie sich kaum noch gesehen, das letzte Mal auf einem Cajun-Konzert beim Zeltmusikfestival in Freiburg.

Kaltenbach war daher hocherfreut gewesen, als Luise ihn mit der Nachricht überrascht hatte, dass sie die nächsten Tage bei ihm wohnen wollte. Sie hatte sich auf den Komparsenaufruf für den zweiten Teil des erfolgreichen Heimatfilms beworben. Die Dreharbeiten sollten wieder auf der Hochburg und an verschiedenen Orten zwischen Emmendingen, Freiamt und Sexau stattfinden.

»Ich wollte schon immer mal in einem richtigen Film mitspielen«, hatte sie ihm erklärt. »Der Regisseur, die Kameras und Scheinwerfer, die Schauspieler – das alles einmal aus der Nähe erleben! Eine bessere Gelegenheit gibt es nicht.«

Als Auftakt für ein paar wunderbare Tage hatte Kaltenbach am ersten Abend ein besonderes Menü zaubern wollen. Kaltenbach betrachtete ratlos die Einkäufe, die er vom Wochenmarkt besorgt hatte. Er war überzeugter Freund frischer Zutaten. Die Bauern, bei denen er einkaufte, kannte er alle seit Langem. Er wusste genau, an welchem Stand er die zuckrigsten Erbsen, den würzigsten Mangold und den aromatischsten Stangensellerie bekam. Kartoffeln kaufte er nur bei einem Bauern aus Leiselheim, von dem er wusste, dass er noch die alten schmackhaften Sorten anbaute.

Wenn die Zutaten stimmen, muss der Koch nur noch komponieren. Nach dieser Überzeugung hatte er Luise schon mehr als einmal mit einem raffinierten Essen verwöhnt. Wenn er in der Küche stand, kam er sich manchmal vor wie ein Orchesterleiter, der zusammen mit auserwählt guten Instrumentalisten etwas Großes schaffen durfte.

Mit einem Seufzer räumte er seinen Einkauf in den Kühlschrank ein. Dieses Mal würde er wohl oder übel einen Kompromiss mit seiner Überzeugung schließen müssen. Zur Not musste es auch morgen gehen. Die Sachen waren zu teuer, um sie als Suppe oder Eintopf zu verwerten. Er schlug die Forellen noch einmal neu ein und legte das Gemüse lose nebeneinander in das vorgesehene Fach. Zum Glück war sein Kühlschrank groß genug. Die frischen Kräuter stellte er in ein Glas mit Wasser ans Fenster.

Was tun mit dem angebrochenen Abend? Er konnte Luise anrufen und sie fragen, ob sie vielleicht später doch noch kommen wollte. Bei der Hitze war an frühes Schlafen sowieso nicht zu denken. Aber wenigstens wäre sie hier. Und er liebte es, am Morgen kuschelwarm nebeneinander aufzuwachen.

Doch er verwarf den Gedanken wieder. Bestimmt war Luise gerade jetzt mitten im Gespräch mit dem Schweizer, da wäre jede Störung unangebracht. Außerdem wollte er sie zu nichts überreden. Die Freiheit des anderen zu respektieren, das war eine der unausgesprochenen Säulen ihrer Beziehung, vor allem nach den unschönen Erfahrungen, die sie beide mit ihren vorhergehenden Partnern erlebt hatten.

Kaltenbach ging ins Wohnzimmer und nahm seine Martin vom Gitarrenständer. Er setzte sich auf das Sofa und ließ seine Finger über die Saiten gleiten. Der volle, angenehm metallene Klang erfüllte ihn. Nach der Wiederbegegnung mit seinem alten Musikpartner Robbie und dessen Sammlung war ihm deutlich geworden, was ein gutes Instrument ausmachte. Im Frühjahr hatte er seinem Herzen und seinem Geldbeutel einen Stoß gegeben und nach vielen Jahren endlich eine Gitarre gekauft, von der er lange geträumt hatte. Die D-16 war gebraucht und keineswegs das Top-Modell des amerikanischen Instrumentenbauers. Aber sie hatte wie die anderen jenen unvergleichlichen Klang, den er bei Musikergrößen wie Neil Young, David Gilmour oder Hank Williams schätzen und lieben gelernt hatte.

Kaltenbach hatte wieder viel öfter gespielt, seit er das neue Instrument besaß. Doch heute wollte sich der Spaß nicht so recht einstellen. Die Akkorde blieben zusammenhanglos nebeneinander stehen, seine Finger fühlten sich hölzern an. Zum Singen hatte er keine Lust.

Nach zehn Minuten stellte er die Gitarre wieder weg. Seine riesige Vinylplattensammlung streifte er nur kurz. Ihm war heute nicht nach Musik. Auch das Fernsehprogramm mit seinem immer selben Einheitsquark konnte ihn nicht reizen. Billige Action und andauernde Werbung bei den Privaten, Krimis und Reisedokus bei den anderen. Dazu ständige Wiederholungen. Alles nicht die Art von Unterhaltung, nach der ihm jetzt war.

Er könnte eine Abendfahrt mit der Vespa machen. Einmal über Waldkirch den Kandel hoch, den Sonnenuntergang betrachten und etwas Abendkühle mit in die Nacht nehmen. Doch schon der Gedanke an Helm, Jacke, Handschuhe und feste Stiefel ließ ihn die Idee rasch wieder verwerfen.

Im Schrank fand er eine Flasche leichten Roten. Er goss sich ein halbes Glas ein, nahm einen Schluck und spürte dem Geschmack hinterher. Nein, das ging nicht. In einem Sommer wie diesem bekam der Begriff »Zimmertemperatur« eine andere Bedeutung. Er stellte die angebrochene Flasche in den Kühlschrank. In einer halben Stunde würde er so weit sein. Den Rest im Glas füllte er mit kaltem Mineralwasser auf.

Er trat hinaus auf seinen kleinen Balkon. Es war immer noch sehr warm. Der abendliche Friede lag über dem Tal. Zarter Rauch kräuselte sich aus einem der Schornsteine der Zaismatthöfe. Kein Windhauch regte sich. Die gelb-rot-gelbe Badenfahne über der Hochburg hing schlapp an ihrem Mast herunter. Die Zeit schien stillzustehen.

Kaltenbach versuchte sich vorzustellen, wie es hier aussehen würde, wenn der Investor seine Pläne verwirklichte. Für die Hügel um Maleck sollte das vor Jahren verworfene Projekt eines Golfplatzes wieder aufgegriffen werden. Wo sich jetzt eine abwechslungsreiche Mischung aus Äckern, Feldern und Streuobstwiesen ausbreitete, würde es endlose Grasflächen geben, dekoriert mit aufgetürmten Steinhindernissen, Buschgruppen und künstlichen Sandbunkern. Die Besucher würden ihre Schlägerwägelchen hinter sich herziehen oder mit Elektromobilen über das Grün gleiten. Irgendwo würde ein modernes Klubhaus gebaut werden. Dazu kam mit Sicherheit in der Nähe ein Golfhotel mit Restaurant und Swimmingpool. Es würden neue Wege entstehen, und die schmalen asphaltierten Feldwege würden zu bequemen Zufahrtsstraßen ausgebaut werden. Und irgendwo würden die ganzen Limousinen, Sportwagen und Cabrios parken müssen. Vor allem würde es über Jahre hinweg Verkehr und Baulärm von Baggern, Lkws und Planierraupen geben.

Anfangs hatte Kaltenbach die Möglichkeiten durchgespielt, sich irgendwie an den Plänen vor seiner Haustür zu beteiligen. Er hatte an ein kleines Weinbistro am Ortsrand von Maleck gedacht, eine Art bodenständiges Gegenstück zu den modernen Anlagen. Wenn sich die Zielvorgaben des Investors bewahrheiteten, war in jedem Jahr mit einer stattlichen Zahl Gäste zu rechnen, nicht nur hier in Maleck, sondern auch unten in der Stadt. Die Aussicht, »Kaltenbachs Weinkeller« auf eine neue Stufe zu heben, war ihm verlockend erschienen. Anfangs.

Inzwischen hatte er sich gänzlich von dem Gedanken verabschiedet. Nicht nur wegen Duffners überraschendem Angebot. Je länger die Diskussion dauerte, desto mehr war ihm bewusst geworden, auf welch herrlichem Flecken Erde er wohnen und leben durfte. In einer immer schnelllebigeren Welt brauchte er seinen Rückzugsort.

Er wusste, dass er in Maleck nicht der Einzige war. Die meisten Dorfbewohner sahen es ebenso, vor allem diejenigen, für die der kleine Ort mit seinen kaum 500 Einwohnern seit Generationen Heimat bedeutete.

Doch er wusste auch von anderen. Kaltenbach kannte zwei Jungbauern, die es satthatten, Jahr für Jahr den günstigsten Zuschüssen aus Brüssel hinterherzuwirtschaften. Sie hätten am liebsten sofort verkauft oder zumindest verpachtet. Schätzle hatte ihm von einer der Ortschaftsratssitzungen erzählt, bei der es hoch hergegangen war.

»Gepflegtes Rasengrün statt Maiswüsten, was macht das für einen Unterschied?« Einer der Jungbauern hatte heftige Worte von sich gegeben. »Ich bin schließlich derjenige, der bei Wind und Wetter rausmuss, der Jahr für Jahr hofft, dass es keinen Dauerregen und keine Hitzewelle gibt. Und was dabei rauskommt, reicht nie. Ich muss ständig investieren. Wer nicht am Ball bleibt, hat schon verloren.«

Kaltenbach nahm einen Schluck und verzog das Gesicht. Die rosa Notschorle hatte sich in eine lauwarme geschmacksneutrale Brühe verwandelt. Er kippte den Rest hinunter in den Garten.

Schätzle selbst hatte zu Kaltenbachs Erstaunen sein Wohlwollen für das Projekt signalisiert. »Warum nicht? Wir leben im 21. Jahrhundert. Und gegen ein bisschen Fortschritt ist doch nichts einzuwenden, oder?«, hatte er Kaltenbach erst vor ein paar Wochen anvertraut. Er war sich nicht sicher, ob hier der alte Politfuchs sprach oder nicht doch der Eigentümer mehrerer Äcker, die zu einem guten Preis für »Emmendingen 3000« verkauft werden konnten.

Nachdenklich drehte Kaltenbach das leere Glas in seiner Hand. War es Zufall, dass ausgerechnet jetzt in der heißen Phase der Entscheidungsfindung der Kirchmattbauer einen Unfall hatte? Die uralten Edgar-Wallace-Filme aus den 60er-Jahren kamen ihm in den Sinn. Einer der erfahrenen Kommissare hatte seinem jungen Gehilfen eine der grundlegenden Lektionen der Verbrechensaufklärung mit auf den Weg gegeben. Cui bono? Wem nützt es? Genauer gesagt, wer ist es, der am meisten davon profitiert, wenn etwas Unvorhergesehenes geschieht.

War es ein Zufall, dass die Befürworter am heftigsten über den Kirchmattbauern geschimpft hatten? Es war nicht zu übersehen, dass dessen plötzlicher Tod einigen auf wundersame Weise zugutekam. Seine Tochter wurde auf einen Schlag reich, die Aussichten auf einen profitablen Verkauf von Grundstücken besserten sich.

Kaltenbach spürte eine Ahnung in sich aufsteigen, ein unbestimmtes Gefühl. Unfall? Zufall? Was war, wenn der Alkohol gar nicht die entscheidende Rolle gespielt hatte? Schätzle hatte zwar gemeint, ein Traktor sei kaum zu manipulieren. Was war, wenn er gar nicht recht hatte?

Kaltenbach ging zurück zum Kühlschrank. Er war noch nicht ganz zufrieden mit der Temperatur, doch goss er sich jetzt ein Glas voll ein. Die Flasche stellte er zurück und schlurfte dann zu seiner Couch im Wohnzimmer.

Nach den ersten Schlucken spürte Kaltenbach, wie sich die feinen Aromen des Weins in ihm ausbreiteten. Es war der perfekte Moment, den Tag abzuhaken und in einen entspannten Abend hinüberzugleiten.

Doch es ging nicht. Immer wieder schob sich das Bild des umgestürzten Traktors vor sein inneres Auge. Draußen wurde es allmählich dunkel. Es machte keinen Sinn, heute noch einmal hinzugehen und sich das Fahrzeug genauer anzusehen. Zumal er sowieso nicht gewusst hätte, wonach er suchen sollte. Trotzdem musste er Gewissheit bekommen. Irgendwie.

Kaltenbach ärgerte sich, dass er von Technik so wenig Ahnung hatte. Es hatte ihn einfach nie interessiert, wie Motoren funktionierten oder die Mechanik einer Waschmaschine konstruiert war. Einzig am Computer kannte er sich so weit aus, dass er bei einem Absturz nicht völlig hilflos dasaß. Aber sein Interesse hatte von jeher mehr der Musik und der Kunst gegolten. Und den Menschen. Lehrer zu werden, schien ihm damals in seinen Zwanzigern der erstrebenswerte Kompromiss zwischen gesicherter Stellung und brotlosem Künstlerdasein. Es hatte nicht geklappt, weder das eine noch das andere. Das Schicksal und die Ideen von Onkel Josef hatten ihn zum Geschäftsmann gemacht. Inzwischen war er es gerne. Und genügend Zeit für die Musik blieb ihm allemal.

Nach dem nächsten Glas fiel Kaltenbach ein, wer ihm helfen konnte. Er sah auf die Uhr, dann stand er auf und ging zum Telefon.

Bereits nach dem ersten Läuten wurde der Hörer abgenommen. Kaltenbach hatte richtig vermutet. Alexander Jungwirth, Chef und Eigentümer des größten Emmendinger Autohauses saß um diese Zeit noch in seinem Büro.

»Lothar, was gibt's? Willst du dir endlich ein richtiges Auto kaufen?«

Kaltenbach lachte. »Wenn du mir 50 Prozent gibst – jederzeit! Du weißt, dass ich mir dich nicht leisten kann.«

Ein Dauerthema zwischen ihnen. Der Kleinlaster der Stuttgarter Edelmarke war zwar erstklassig und schon lange Kaltenbachs Wunschfahrzeug. Doch sein finanzieller Rahmen ließ das bei Weitem nicht zu. Und eine Limousine schon gar nicht. Wenn er je übriges Geld für ein neues Fahrzeug hätte, würde Kaltenbach in die neue große Vespa investieren, die die italienische Kultfirma vor einiger Zeit auf den Markt gebracht hatte. Doch dazu hätte er den Einser-Führerschein machen müssen. Seine ET4 war seine derzeitige Finanz- und Hubraumobergrenze.

Die beiden Männer tauschten ein paar freundschaftliche Worte aus, ehe Kaltenbach zur Sache kam.

»Alex, du bist doch auch Landmaschinenspezialist? Oder ist das für dich vorbei?«

»Von wegen. Schließlich hat der Großvater damals so angefangen. Ich habe Stammkunden seit drei Generationen. Das ist bloß nicht so publik nach außen.«

»Umso besser. Ich brauche deinen Rat.«

Jungwirth lachte. »Was willst du denn mit einem Traktor? Oder hat dich dein Onkel vorgeschickt, um ein paar Prozente rauszuschlagen?«

»Nichts von alledem.« Kaltenbach räusperte sich. »Es geht um den Kirchmattbauern in Maleck. Das hast du sicher schon mitbekommen.«

»Unfall mit seinem Uralt-Bulldog. Hab ich mitgekriegt. Ein Fendt, glaube ich. Der hält normalerweise ewig. Leider«, knurrte Jungwirth, »schlecht fürs Geschäft.« Er zögert kurz. »Moment mal. Klar! Ich weiß, warum du anrufst. Der Breisgauer Sherlock Holmes ist wieder unterwegs. Hab ich recht?«

Kaltenbach überging die Anspielung. »Kann man einen alten Traktor manipulieren, ohne dass es groß auffällt? Motor, Bremsen, Getriebe, Räder – irgendwas?«

»Du glaubst also nicht an einen Unfall?«

»Na ja.« Kaltenbach behielt seine bisherigen Überlegungen für sich. »Es interessiert mich eben. Immerhin war er so etwas wie mein Nachbar.«

»So, so, es interessiert dich. Na gut. Dann werde ich deinem Spürsinn mal ein wenig Futter geben.«

Zehn Minuten später und etliche erklärte technische Fachausdrücke weiter war Kaltenbach wenig schlauer als zuvor.

»Das hört sich alles ziemlich kompliziert an.«

»Ist es nicht«, gab Jungwirth zurück. »Aber du hast recht, ein bisschen durchblicken sollte man schon.«

»Gibt es auch etwas Einfaches? Etwas, das jeder Laie hinbekommen würde. Etwas, das nicht auffällt?«

Jungwirth überlegte nur kurz. »Also ich würde den Verbindungsbolzen zwischen Bremsgestänge und Vorderachse lockern. Irgendwann fällt der dann von selber raus.«

»Und – ist das schwer?«

»Gar nicht. Du musst nur den Sicherheitssplint rausziehen. Das geht mit jeder großen Rohrzange. Der Rest kommt dann irgendwann von selber. Nur ...«

»Was?«

»Normalerweise ist das Ganze ziemlich mit Lack und Fett verklebt. Das müsste man zuerst einmal auflösen.«

»Aber das würde man dann auch sehen?«

»Schon. Aber du kannst hinterher noch einmal ein bisschen Farbe darüberpinseln. Bei dem Schrotthaufen fällt das eh nicht auf. Du müsstest schon gezielt danach schauen. Aber wer macht das schon. Du prüfst ja auch nicht vor jeder Fahrt, ob das Vorderrad deiner Vespa noch fest angeschraubt ist.«

KAPITEL 5

»Verdammt!«

Kaltenbach brauchte einen Moment, ehe er begriff, warum der Wecker heute eine Stunde früher als gewohnt geschnarrt hatte. Es war halb sechs und bereits hell. Er stand auf, ging ins Bad und schlug sich ein paar Handvoll Wasser ins Gesicht, um wach zu werden.

Er hatte kaum geschlafen und schlecht noch dazu. Andauernd hatte er sich hin und her gewälzt, war zwischendurch aufgestanden, um etwas zu trinken, musste aufs Klo. Irgendwann hatte er die ersten Vögel vor dem Fenster gehört und war eingeschlafen.

Kurz. Viel zu kurz.

Kaltenbach stand am Fenster und sah hinunter auf den Brandelweg. Kein Mensch auf der Straße. Die schwarzweiß gefleckte Katze der Nachbarin strich träge an der Gartenmauer entlang und verschwand durch ein Loch im Gebüsch, das nur sie sah. Die Sonne hielt sich noch weit hinten im Elztal verborgen. Doch es war bereits hell genug für das, was Kaltenbach vorhatte.

Ein paarmal atmete er tief die Morgenfrische ein, dann schlurfte er in die Küche und setzte die Kaffeemaschine in Gang. Ein paar Minuten später saß er frisch geduscht in kurzen Hosen auf seinem kleinen Balkon und trank vorsichtig die ersten heißen Schlucke.

Luise hatte nicht mehr angerufen. Kaltenbach fragte sich, ob er dies als gutes Zeichen deuten sollte. Vielleicht hatte das Treffen mit dem Galeristen lange gedauert, womöglich hatte es keine Entscheidung gegeben. Luise hätte gute Nachrichten noch in der Nacht mit ihm geteilt, dessen war er sich sicher. Die schlechten auch. Er würde sich gedulden müssen, bis sie heute vorbeikam.

Der Himmel über ihm verwandelte sich rasch von grauroter Dämmerung in das zarte Blau des Morgens. Keine Wolke war zu sehen. Es würde wieder ein heißer Tag werden.

Der aromatische Duft aus der Tasse weckte seine Lebensgeister. Die frische Luft auf dem nackten Oberkörper tat ihm gut. Am liebsten wäre er noch eine Weile gesessen. Vielleicht sollte er bei der Hitze in den nächsten Tagen einfach früher aufstehen, den Morgen genießen. Nach dem letzten Schluck stand er auf und zog sich an.

Die paar Meter bis zu dem Unfallort fuhr Kaltenbach ohne Helm. Um diese Zeit war er völlig allein. Kein Wanderer war unterwegs, Autos fuhren sogar tagsüber hier nur selten.

Über Nacht hatte sich das Gras auf der Hangwiese wieder aufgerichtet. Als er die Böschung emporkletterte, spürte Kaltenbach an den Beinen, dass es sogar noch ein wenig feucht von der Nacht war. In ein, zwei Stunden würde es hier ganz anders aussehen.

Der Traktor lag noch genauso, wie er ihn gestern verlassen hatte. Für ihn als Laien sah das Ganze wie Totalschaden aus, braungrüner Metallschrott, den man nicht mehr reparieren konnte. Ob Winterhalters Tochter versuchen würde, das Fahrzeug wieder instand zu setzen? Bei dem zu erwartenden Geldsegen konnte sie sich ohne Weiteres einen neuen leisten.

Kaltenbach wischte die Gedanken zur Seite und versuchte, sich auf das zu konzentrieren, was er gestern am Telefon gehört hatte. Die Stelle, die Jungwirth ihm beschrieben hatte, musste irgendwo in der Nähe des Vorderrades sein, dort, wo die Kraft des Bremspedals über das Bremsgestänge auf den Reifen übertragen wurde.

Er musste nicht lange suchen. Das Vorderrad ragte hoch in die Luft. Die Mechanik war selbst für einen technischen Laien wie ihn leicht zu durchschauen. Die lange Stange vom Pedal her war ziemlich verbogen, doch die Verbindungsstelle zum Rad war leicht zu erkennen. Hebel, Scharnier, Splint. Alles da und fest verbunden. Keine Spuren am

Lack, wenn man von Kratzern und Schürfungen absah, die aber eindeutig von dem Unfall herstammten.

Kaltenbach war enttäuscht. Ob er etwas übersehen hatte? Er ging zurück zum Fahrersitz und verfolgte erneut den Weg vom Fußpedal bis zum Vorderrad, dieses Mal langsam, Zentimeter für Zentimeter. Nichts Auffälliges.

Jungwirths andere Tipps hatte er rasch ausgeschlossen. Zu auffällig und damit zu unwahrscheinlich. Es sah ganz so aus, als ob ihn sein Gefühl dieses Mal getäuscht hatte.

Kaltenbach kauerte sich ins Gras und ließ seinen Blick über das Fahrzeug gleiten, als er sich plötzlich an einen Satz erinnerte. Auf beiden Seiten, hatte der Autohändler gesagt. Mit den Bremsen kannst du die Lenkung unterstützen, je nachdem. Natürlich! Es gab eine weitere Bremse mit derselben Funktion auf der anderen Seite.

Kaltenbach kniete sich in das Gras. Es war nicht leicht, an die Stelle heranzukommen, der Traktor war bei seinem Sturz genau auf die Seite gekippt. Zur Sicherheit rüttelte er mit beiden Händen an dem Fahrzeug. Das Wrack wackelte bedrohlich, und für einen Moment befürchtete er, es würde weiter abkippen. Doch der Holunderstrauch, in dem sich der vordere Teil der Karosserie verfangen hatte, gab nicht nach.

Zwischen dem Trecker und dem Erdboden war ein etwa 30 Zentimeter breiter Zwischenraum geblieben. Kaltenbach bog die Zweige beiseite und rutschte nach unten, so gut es ging, bis er unter das Fahrzeug sehen konnte. Die Mechanik war kaum verbogen. Die lange Bremsstange, die kurze, das Verbindungsstück. Dann sah er es.

Erst vor ein paar Tagen hatte er hinter seiner Garage versucht, mit einem Schraubenschlüssel die Manschette des kaputten Regenabflussrohrs aufzudrehen. Er hatte seine ganze Kraft gebraucht, bis sie sich bewegt hatte. Erst als der alte Lack abgesprungen war, hatte er sie lösen können.

Genauso sah es hier aus. An der Schraube am Scharnier war erst vor Kurzem gedreht worden. Die Spuren an der Lackierung waren eindeutig. Die fingerdicke Schraube war zerbrochen, der Teil mit dem Kopf hing an der Seite, der Rest wahrscheinlich irgendwo im Gras.

Kaltenbach zog den Kopf ein und kroch wieder unter dem Fahrzeug hervor. Sein Gefühl hatte ihn nicht getrogen. Nach jahrzehntelanger täglicher Arbeit auf den Feldern bei Wind und Wetter würde einem Bauern ein solches Missgeschick beim Bremsen nicht passieren. Selbst wenn er einen Schluck zu viel getrunken hatte. Diese Bremse musste irgendwann einmal ins Leere gehen. Der Kirchmattbauer hatte den ungünstigsten Moment erwischt. Er hatte keine Chance. Der Unfall des alten Winterhalter war absichtlich herbeigeführt worden.

Im Laden war den ganzen Vormittag über viel los. Dabei kam bei der Hitze kaum einer seiner Stammkunden vorbei, wenn er von dem alten Steiert absah, der seit Jahren jeden Tag bei ihm erschien und eine Flasche Wein kaufte. Dafür fanden erfreulich viele Stadtbesucher den Weg in seinen Laden. Ein neuer Kunde bedeutete für Kaltenbach jedes Mal eine besondere Herausforderung. Er hätte es sich leicht machen können, besonders bei Touristen, die bei den Weinen gerade eben weiß und rot unterschieden, oder als Geschmacksrichtung »nicht so sauer« angaben. Er kannte manche Weinhandlung, die den Ahnungslosen gerne besonders teure Abfüllungen anpriesen, wohl wissend, dass sie die Unterschiede kaum schmecken würden und mit ziemlicher Sicherheit nie wiederkommen würden, schon gar nicht, um sich zu beschweren.

Kaltenbach war zu sehr selbst Weinliebhaber, als dass er diese Art Kundenservice auch nur in Erwägung zog. Er nahm sich für jeden Einzelnen Zeit und versuchte, mit ein paar gezielten Fragen dem Geschmack und der Vorliebe seines Gegenüber nachzuspüren. Wenn er dann am Ende des Verkaufsgespräches eine besondere Empfehlung aus seinem Sortiment abgab, fühlten sich die meisten Kunden als die sprichwörtlichen Könige. Auf diese Weise hatte er im Laufe der Jahre eine ganze Reihe von saisonalen Stammkunden bekommen, die bei einem Urlaub regelmäßig bei ihm vorbeikamen oder sich ihre Lieblingssorte zuschicken ließen.

Natürlich hatte auch Frau Kölblin wie angekündigt hereingeschaut. Als sie aber merkte, dass sie keine Neuigkeiten erfahren würde, war sie rasch wieder verschwunden. Kaltenbach hatte sich ganz auf das beschränkt, was sowieso in der Zeitung stand, und von seinem Verdacht kein Wort gesagt. Zumal er sich die ganze Sache zuerst noch einmal in aller Ruhe durch den Kopf gehen lassen wollte. Er konnte sich nicht erlauben, als Urheber von Gerüchten ausgemacht zu werden, die sich am Ende als unwahr erwiesen.

In der Mittagspause flüchtete Kaltenbach vor der Hitze in den Stadtpark. Er hatte Glück, der Platz auf seiner Lieblingsbank war noch frei. Die Glyzinien im Spalier über ihm waren längst verblüht, doch das dichte Laub hielt die Sonne einigermaßen ab. Ein träges Rinnsal plätscherte aus einem dünnen Brunnenrohr neben ihm in ein steinernes Becken und vermittelte zumindest die Illusion von Erfrischung.

Kaltenbach streckte sich und gähnte ein paarmal herzhaft. Ob er mit seinem Verdacht zur Polizei gehen sollte? In Anbetracht der äußeren Umstände gab es für die Staatsmacht keinen Grund, an einem Unfall zu zweifeln. Und ein bisschen abgesplitterter Lack würde kaum genügen, um eine offizielle Untersuchung in Gang zu setzen.

Vielleicht schickte die Versicherung jemanden. Eine halbe Million war kein Pappenstiel. Kaltenbach wusste, dass es Verträge gab, die bei bestimmten Umständen eine Auszahlung verzögerten oder gar ausschlossen. Wie zum Beispiel bei Selbstmord.

Kaltenbach hielt seine Finger unter den dünnen Strahl. An diese Möglichkeit hatte er bisher noch nicht gedacht. Aber warum dann auf eine solch umständliche und vor allem unsichere Art und Weise? Keiner konnte voraussehen, wann und in welcher Situation die Bremsen versagen würden. Und warum sollte der Alte seiner Tochter das Geld vorenthalten?

Unsicher. Nicht vorhersehbar. Kaltenbach hatte sich soeben selbst das gewichtigste Argument gegen einen kühl geplanten Mord geliefert.

Er tauchte seine Hand in das abgestandene Wasser und strich sich anschließend über Stirn und Hals. Vielleicht war alles Unsinn. Die Hitze. Es ist die Hitze, die alle verrückt macht.

Eine Viertelstunde später wachte er mit Kopfweh und schmerzendem Genick auf. Er stand auf und lief von einem Schatten zum nächsten durch den Stadtpark zurück in die Stadt. Savianes Spaghetti-Eis, das wäre jetzt das Richtige. Vanilleeis durch die Spätzlemaschine gedrückt, dicken roten Erdbeersirup darüber, garniert mit Raspeln von weißer Schokolade. Eine herrlich ungesunde Kalorienbombe, perfekt zur Abkühlung und zum Auffüllen der Zuckerspeicher.

Doch die Schlange der Wartenden inklusive quengelnder Kleinkinder reichte bis zum Schneckenbrunnen vor dem Drogeriemarkt. Kaltenbach verzichtete.

Gegen halb vier rief Luise an. Sie klang müde.

»Wir sind fertig für heute. Der Regisseur hat alle Komparsen heimgeschickt. Zu heiß, zu hell, wir sollen morgen wiederkommen. Noch früher als heute. Jetzt brauche ich dringend eine Dusche.«

Kaltenbach hörte heraus, dass sich ihre gestrige Euphorie deutlich gelegt hatte. »Hast du deinen Schlüssel dabei? Mach es dir gemütlich, bis ich komme.«

»Ich fahre noch mal zurück nach Freiburg. Ich ziehe mich um. Und dann muss ich noch ein paar Sachen erledigen.«

»Wie war es mit dem Schweizer?«

»Erzähle ich dir alles nachher. Ich freue mich auf dich.«

»Ich freue mich auch. Bis dann.«

Sie legte auf. Kaltenbach war ein wenig enttäuscht. Es wurde bestimmt spät, bis sie kam. Immerhin konnte er dann in aller Ruhe das Essen vorbereiten.

Kurz vor Ladenschluss kam Grafmüller. Kaltenbach ahnte, was der Redakteur der »Badischen Zeitung« wollte, und hatte ihn längst erwartet. In der heutigen Ausgabe war natürlich bereits eine Notiz über den tödlichen Unfall auf dem Malecker Acker erschienen. Doch Georg Grafmüller wäre nicht Georg Grafmüller, wenn er nicht ein Näschen gehabt hätte für alles, woraus er mehr machen konnte.

Er warf sich in einen der Sessel in Kaltenbachs Probierecke und kam sofort zum Thema.

»Mitten in der wegweisenden Bürgerinformationssitzung kommt der schärfste Gegner des Megaprojekts ums Leben. Das kann mit keiner erzählen, dass das ein Zufall ist. Die Schlagzeile für morgen steht schon: ›Mysteriöser Unfall in Maleck – was steckt dahinter?‹« Er breitete beide Hände vor dem Gesicht aus. »Schlagzeile, Lothar. Schlagzeile!« Er nahm die Hände wieder herunter und lehnte sich zurück ins Polster. »Hast du etwas zu trinken?«

Kaltenbach nickte und holte die letzte Flasche Sprudel aus dem Kühlschrank. Er musste unbedingt nachfüllen, spätestens, bevor er nach Hause fuhr. Er goss dem Redakteur ein Glas ein. Grafmüller trank es in zwei gierigen Schlucken aus.

»Du glaubst also, dass das Ganze mehr ist als ein Unfall?« Kaltenbach gab sich zurückhaltend.

»Glauben?« Grafmüllers Augen leuchteten. »Ich sage nur eines: ›Emmendingen 3000‹. Wenn es um so viel geht, gibt es kein ›glauben‹.«

»Es war ein Unfall, heißt es.« Kaltenbach blieb abwartend.

»Unfall? Ha, da lache ich! Lass es dir von einer alten Journalistennase sagen: Da steckt mehr dahinter.«

»Hast du schon etwas herausgefunden?«

Grafmüller verzog den Mund. »Bisher noch nicht. Aber deswegen bin ich hier. Investigativer Journalismus, Lothar! Das ist mehr als Schreibtischarbeit und Internetgefummel.« Er lehnte sich herausfordern nach vorne. »Also, was weißt du?«

Kaltenbach hatte die Frage erwartet. Es würde nichts helfen, wenn er den Ahnungslosen spielte. Grafmüller würde ihm nicht glauben, dafür kannte er ihn zu gut. Am einfachsten wäre es, ihm von dem zu erzählen, was er vermutete und was er wusste. Grafmüller würde sich dahinterklemmen, bis er mehr herausgefunden hatte. Wenn etwas an der Sache dran war, würden früher oder später die Polizei und die Versicherung dazukommen. Kaltenbach konnte sich in Ruhe zurücklehnen und auf die Ergebnisse warten.

Trotzdem zögerte er. »Viel weiß ich auch nicht«, meinte er nach kurzem Nachdenken. »Was die Leute halt so reden.«

»Was reden sie denn? Was glauben denn die Malecker?«

Kaltenbach war sicher, dass der Redakteur längst vor Ort gewesen war und alle möglichen Leute ausgefragt hatte. Genauso sicher war er sich aber auch, dass dabei nicht viel herausgekommen war. Wenn es um einen der ihren ging, waren die Leute auf dem Dorf zurückhaltend. Und das übliche Getratsche war zu verwirrend und widersprüchlich, als dass für einen Außenstehenden eine klare Linie erkennbar wäre. Auch wenn Grafmüller ein manchmal übereifriger Redakteur war, musste Kaltenbach ihm eines lassen: Er war nicht nur seriös, sondern auch grundehrlich und würde keine Reportage auf wilden Spekulationen aufbauen.

Kaltenbach entschied sich, vorläufig in der Defensive zu bleiben. »Na ja. Der alte Winterhalter war ein Eigenbrötler, der nur wenige Kontakte hatte. Das meiste sind Vermutungen. Eine Tochter hat er, die mit ihm zusammen den Hof macht.«

»Es soll auch einen Enkel geben«, unterbrach ihn Grafmüller eifrig. »Und keinen Vater dazu, wie man hört.«

Kaltenbach runzelte die Stirn. »Willst du etwa einen Klatschartikel schreiben?«

Grafmüller schüttelte energisch den Kopf. »Natürlich nicht. Genau deswegen frage ich ja dich. Also, was meinst du, war das ein Unfall?«

»Ich weiß es nicht.« Kaltenbach dachte an die Muffe und den Splint. »Aber das wird sich doch leicht nachweisen lassen.«

Grafmüller nickte. »Oh ja, und das schon bald. Hast du eigentlich gewusst, dass der Bauer eine Lebensversicherung hatte? Da geht es um noch mehr Geld als mit dem Verkauf von Grundstücken, wie man hört. Man weiß ja, dass die nicht gerne zahlen. Die lassen extra einen Sachverständigen kommen.« Grafmüller schenkte sich selbst nach und trank das Glas erneut in einem Zug aus. »Trotzdem bin ich überzeugt, dass es etwas mit dem Bauprojekt zu tun hat. Die Leute, mit denen ich gesprochen habe, schätzen alle, dass die Tochter jetzt verkaufen wird. Und voilà!« Er breitete die Hände aus und ließ seine Zähne blitzen. »Da haben wir doch eine Eins-a-Hauptverdächtige!«

»Willst du das tatsächlich so schreiben?«

»Natürlich nicht. Aber es ist eine Arbeitshypothese. Darauf lässt sich aufbauen. Die Fakten sind das eine, unabdingbar. Aber es braucht auch Fantasie. Irgendwas kommt immer dabei heraus. Alte Journalistenregel: die Story am Leben halten.«

»Wenn du meinst. Aber übertreib es nicht.«

Grafmüller lachte. »Keine Sorge.« Er stand auf. »Danke für das Wasser. Außerdem kannst du ja mithelfen. Sag mir, wenn du etwas weißt. Meine Nummer hast du ja.« Er tippte sich mit zwei Fingern an die Schläfe. »Wir hören voneinander.« Weg war er.

Kaltenbach atmete tief aus. Das Gebimmel der Glöckchen über der Ladentür klang wie sein Wecker heute früh. Nervig.

KAPITEL 6

Die Hitze machte Kaltenbach zu schaffen. Er fühlte sich müde und abgeschlagen. Sein Körper lechzte nach Abkühlung, innen wie außen. Der Gedanke an eine weitere schlaflose Hochsommernacht trug nicht eben zur Hebung seiner Laune bei. Er war heilfroh, als er am Abend endlich den Laden zumachen konnte.

Er nahm die Tageseinnahmen aus der Kasse und steckte sie in seine breite Lederbrieftasche. Die Münzen ließ er liegen. Ich sollte Urlaub machen, dachte er. Einfach mal den Alltag hinter sich lassen, die Sorgen und Verpflichtungen vergessen. Drei Wochen am Strand liegen, kristallklares Wasser um die Beine plätschern lassen, etwas Kühles trinken. Luise neben sich spüren. Er fragte sich, wie lange er das aushalten könnte.

Warum mischte er sich immer wieder in Dinge ein, mit denen er eigentlich nichts zu tun hatte? Was ging ihn der Tod des alten Winterhalter an? Warum nahm er sich die Ereignisse in seinem Umfeld so zu Herzen?

Ein paarmal war es ihm schon so gegangen, dass er die innere Unruhe nur dadurch auflösen konnte, dass er sich einmischte. Dass er dem Drang nach Auflösung so lange nachgehen musste, bis die Balance wiederhergestellt war. Es war paradox. Das Bedürfnis nach Ruhe und Ordnung ließ ihn zum Abenteurer werden.

Er setzte seinen Helm auf, startete die Vespa und fuhr von seinem Standplatz hinter dem Landratsamt über die Brettenbachbrücke zum Bahnhofsplatz. Der Regionalzug aus Freiburg stand auf dem Einser-Bahnsteig. Die

Türen der roten Doppelstockwagen waren weit geöffnet. Ein paar Minuten lang bevölkerten die Pendler den Bahnhofsvorplatz, ehe sie in ihre Autos oder in abfahrtbereite Busse stiegen. Manche ketteten ihre Fahrräder los, der Rest strebte wie an unsichtbaren Schnüren gezogen Richtung Innenstadt.

Für einen Augenblick glaubte Kaltenbach, unter den müden Gesichtern Luise zu erkennen, doch er ließ die zum Gruß erhobene Hand rasch wieder sinken. Die junge Frau mit den hellbraunen Locken hatte zum Glück nichts gemerkt.

Er schalt sich einen verliebten Spinner. Natürlich kam Luise nicht mit dem Zug. Heute und in den nächsten Tagen würde sie mit dem Auto unterwegs sein. Ihr weißer Yaris-Hybrid, den sie liebevoll »Hueschdeguetsli« nannte, stand um diese Zeit mit Sicherheit noch vor ihrem Haus in St. Georgen.

Kaltenbach sah auf die Uhr. Luise würde nicht vor neun in Maleck sein. Einer spontanen Eingebung folgend setzte er den Blinker nach rechts und fuhr an den Bussen vorbei über den hinteren Bahnhofsparkplatz nach Norden. Es blieb ihm noch genügend Zeit, eine kleine Rundtour zu machen, um ein bisschen runterzukommen.

Hinter dem Ortsausgang schlug ihm die Hitze wie eine Mauer entgegen. Es nützte nichts, wenn er schneller fuhr, im Gegenteil. Es gab keine Kühlung, weder beim Fahren noch beim Anhalten. Der Köndringer Asphalt dampfte unter seinen Füßen, als er an der Ampel halten musste.

Der Nachmittag zerfloss um ihn her. Kaltenbach spürte, dass er sich konzentrieren musste. Das vertraute Grün der Vorberge hatte sich hinter einen stumpfen Mantel aus bleiernem Grau zurückgezogen, aus dem von Zeit zu Zeit die Drähte der Weinreben nervös aufblitzten. Die Ebene in Richtung Rhein flimmerte wie ein schlecht justiertes Fernsehbild. Die Vogesenkette dahinter war nicht mehr als die Andeutung eines nachlässig hingeworfenen Scherenschnittes.

Kurz hinter Kenzingen bog Kaltenbach nach rechts ab. Hier ganz in der Nähe lag der Golfplatz, der vor Jahren nach dem Willen seiner damaligen Mitglieder und Finanziers in Maleck hätte errichtet werden sollen. Schon damals hatte der Plan für erhebliche Unruhe gesorgt. Schon damals war der Kirchmattbauer sämtlichen Plänen im Weg gestanden. Die Geschichte wiederholt sich, dachte Kaltenbach. Vielleicht wäre eine kleine exquisite Anlage das kleinere Übel gewesen.

Kaltenbach streckte während der Fahrt die Beine aus und reckte den Hals. Nein, er wollte jetzt nicht daran denken. Er hatte Feierabend und wollte sich auf den Abend mit Luise freuen. Er klappte das Visier des offenen Sporthelms herunter und gab Gas.

Hinter Bleichheim begann eine seiner Lieblingsstrecken. Die gut ausgebaute Straße schlängelte sich in sanft ausladenden Kurven durch das Tal, immer begleitet vom träge dahinplätschernden Bleichbach. Die Pappeln, Schwarzerlen und Silberweiden am Wasser sahen deutlich frischer aus als die Bäume an den Bergsäumen links und rechts der Straße. Die anhaltende Hitze war erbarmungslos auch in dieses ansonsten schattige Tal gekrochen. Die Zweige der am Waldrand stehenden Laubbäume hingen kraftlos herab, in das sommerliche Grün hatten sich unübersehbar vereinzelte gelbe, rötliche und hellbraune Farben gemischt. Selbst die Natur litt unter Hitzestress.

Auf der Straße war wenig los. Kaltenbach kostete den

Rechts-links-Rhythmus der Kurven aus, er schwang hin und her wie zwischen den Wellen eines Ozeandampfers. Am Ende des Tales ging es im Wald steil nach oben. Beim Höhengasthof »Kreuz« bog Kaltenbach erneut rechts ab. Auch hier war die Straße bestens ausgebaut. Doch das erhoffte Durchatmen wollte sich nicht einstellen, auch wenn er jetzt ein paar Hundert Meter weiter oben war. Auf den Freiflächen auf der Höhe um Freiamt hatte sich die Hitze ebenso erbarmungslos ausgebreitet wie unten im Tal entlang der B3. Auf den Weideflächen drängten sich die Kühe in den kargen Schatten der wenigen Bäume. Der an besseren Tagen atemberaubende Blick über das Rheintal verlor sich im flimmernden Dunst des späten Nachmittags.

Gegen halb acht bog Kaltenbach mit seiner Vespa in Maleck in die Einfahrt neben dem Haus ein. Er zog den Helm von seinen verschwitzten Haaren und riss sich die Jacke auf. Mit wackligen Beinen schob er den Roller in die Garage, schloss ab und ging zur Haustür. Im Schatten des Treppenabsatzes stand ein geflochtener brauner Henkelkorb. Kaltenbach freute sich. Frau Gutjahr, seine Vermieterin und Nachbarin, hatte ihn mal wieder mit Liebesgaben aus ihrem Garten bedacht.

Er nahm den Korb mit nach oben in seine Wohnung und zog sich aus. Dann duschte er und zog ein paar leichte kurze Leinenhosen an. Zum Glück standen im Kühlschrank ein paar Flaschen Wasser, die er am Morgen vorsorglich eingestellt hatte. Er schraubte eine davon auf und trank in gierigen Schlucken.

Er nahm die feuchte Zeitung weg und holte aus dem Korb Stück um Stück heraus, was Frau Gutjahr aus ihrem reichhaltigen Gemüsegarten für ihn übrig hatte. Die Blätter des obenauf liegenden Rucola waren noch überraschend frisch, ebenso wie der Bund Schnittlauch. Nur die drei Stängel Zitronenminze ließen die Blättchen hängen.

Weiter unten lagen ein Bund Gelbe Rüben, an dem noch das fiedrige Grün hing, eine Rispe Kirschtomaten, ein blaugrüner Brokkoli und ein paar Zwergzucchini, kaum mehr als fingerdick. Zuunterst fand Kaltenbach zwei Salatgurken, einen roten Rettich und eine Handvoll Bohnen.

Kaltenbach sah auf die Uhr. Er hatte noch fast eine Stunde Zeit. Wenn er sich gleich an die Arbeit machte, konnte er Luise mit einem leichten Sommerabendessen überraschen.

Im Kühlschrank hatte er noch vier wunderbare feste Forellenfilets. Er improvisierte eine Marinade aus zwei ausgepressten grünen Limetten, rieb etwas frischen Ingwer hinein und bestäubte das Ganze mit einem Hauch ägyptischem Minzcurry. Er tupfte die Filets ab, bestrich die Stücke auf beiden Seiten und deckte sie mit einer Lage Küchenpapier ab.

Angesichts der frischen Zutaten entschied er sich für eine bunte Gemüsepfanne. Er wusch, putzte und schnippelte, bis er am Ende mehrere Schälchen gefüllt hatte. Wenn Luise kam, musste er nur noch die Pfanne heißmachen und das Ganze kurz andünsten.

Kaltenbach lachte leise vor sich hin. Dies war der Teil, den die Starköche im Fernsehen gerne mit der Bemerkung »Ich habe das schon einmal vorbereitet« kommentierten. Es würde ihn nicht wundern, wenn mancher unbedarfte Hobbykoch zu Hause sein Menü verpfuscht hatte, weil er das »schon mal vorbereitet« sträflich unterschätzt hatte. Die Arbeit musste getan werden, und sie brauchte ihre Zeit. Für ihn gehörten der Einkauf, die Vorbereitung und das Zubereiten zusammen und erhöhten den Genuss.

Zum Schluss schnitt er ein paar Tomaten auf, gab ein paar klein gehackte Zwiebeln und Schalotten hinzu und schmeckte mit etwas frisch gemahlenem rotem Pfeffer ab. Das Ganze durfte gerne noch eine Weile ziehen, bis Luise kam.

Eine besondere Idee stand noch aus. Die Babyzucchini waren wie geschaffen für eine ungewöhnliche Vorspeise. Kaltenbach kramte aus einer Küchenschublade seinen Spargelschäler heraus. Er schnitt den Stängelansatz ab und begann, das Gemüse rundum nach Carpaccioart in feine Streifen zu schälen. Er arrangierte die Zucchini auf zwei kleine Teller, träufelte ein paar Tropfen Olivenöl darüber und garnierte alles mit ein paar Schnittlauchspitzen.

Als alles vorbereitet war, sah er auf die Uhr. Das Ganze hatte nicht viel mehr als eine halbe Stunde gedauert. Kaltenbach wusch sich die Hände und betrachtete zufrieden sein Werk. Der Rest würde ganz schnell gehen.

Im Kühlschrank lag noch eine angebrochene Schale mit Eis, das würde heute für den Nachtisch genügen. Der Wein war gut temperiert, Wasser und Saft ebenso.

Eine der Flaschen nahm er heraus. Ein »Bickensohler Eichgasse«, ein Pinot Gris aus dem Weinberg von Onkel Josef, war das ideale Dankeschön für die Nachbarin. Kaltenbach zog ein T-Shirt über, schlüpfte in seine Sandalen und stieg die Treppe hinunter.

Es war immer noch warm, als er aus der Haustür trat. Um diese Zeit werkelte Frau Gutjahr gerne noch in ihrem Garten hinterm Haus. Oder sie saß auf der Bank und genoss das abendliche Panorama mit Hochburg, Kandel und Schwarzwald. Kaltenbach läutete daher erst gar nicht an der Haustür, sondern ging gleich um das Haus nach hinten.

Er hatte richtig vermutet. Auf der Gartenbank saß eine Frau und blickte hinunter zur Zaismatt. Beim Näherkommen sah er, dass es nicht seine Nachbarin war. Kaltenbach kannte die Frau trotzdem. Frau Gutjahrs Mutter musste inzwischen schon weit über 80 sein. In den ersten Jahren, nachdem er mit seiner ehemaligen Freundin Monika nach Maleck gezogen war, hatte sie noch bei Tochter und Schwiegersohn gewohnt. Sie hatte sich damals sehr über »die jungen Leute« im Nachbarhaus gefreut. Und sie hatte, wie Frau Gutjahr heute, ihn mit Liebesgaben aus dem Garten beschenkt. Manchmal gab es auch eine Tüte Obst oder sogar ein Stück Kuchen. Von ihr hatte Kaltenbach viel über das Dorf und die Menschen erfahren. Sie schien nicht nur jeden der 400 Einwohner persönlich zu kennen, sondern sie wusste auch über jeden etwas zu erzählen. Nie abfällig, nie gehässig. Immer hatte sie für jeden ein freundliches Wort übrig. In den letzten Jahren war es für sie schwierig geworden, sie brauchte immer mehr Unterstützung, und so war sie vor ein paar Monaten runter in die Stadt in eines der Pflegeheime umgezogen.

Sie hatte es bei allem Trennungsschmerz mit Humor genommen. »Das ist mein Haus!«, sagte sie zu ihrer neuen Einzimmerwohnung in der Metzger-Gutjahr-Stiftung. Gutjahr bei Gutjahr. Das passte.

Ihre Tochter holte sie, so oft es ging, nach Maleck. Um sie nicht zu erschrecken, grüßte Kaltenbach schon von Weitem. Ihre Augen leuchteten, als sie ihn erkannte. »Ja, der Lothar! Wo kommst denn du her? Wo ist die Monika?«

»Guten Abend, Frau Gutjahr«, antwortete Kaltenbach. »Mir geht's gut. Und bei Ihnen?« Frau Gutjahr fragte fast jedes Mal nach Monika. Inzwischen hatte er es aufgegeben, ihr zu erklären, dass sie schon seit über drei Jahren nicht mehr zusammen waren. Monika war längst ausgezogen.

Zum Glück fragte die alte Dame nicht weiter nach. Stattdessen begann sie, von ihrer Wohnung im Seniorenstift und den Enkelkindern zu erzählen. Kaltenbach wollte nicht unhöflich sein. Er setzte sich auf einen Gartenstuhl in den Abendschatten und streckte die Beine aus. Seine Nachbarin würde bestimmt gleich kommen, er wusste, dass sie ihre Mutter nie lange alleine ließ. Die Schatten der Hochburg wurden jetzt lang, die Abendsonne überzog das Zaismatttal mit rotem Gold. Am Himmel flog eine Schar Krähen in Richtung der Pappeln am Brettenbach.

»Der Franz ist ja jetzt auch gestorben«, wechselte sie unvermittelt das Thema. Kaltenbach horchte auf. Anscheinend war Frau Gutjahr bestens informiert. »Jetzt gibt's nicht mehr viele. Und ich bin auch bald dran.«

»Denken Sie doch nicht an so etwas«, gab Kaltenbach zurück. »Sie haben noch schöne Jahre vor sich.«

Sie lachte. »Das musst du nicht sagen, Bub. In meinem Alter muss man froh sein um jeden Tag. Der Franz war ja noch ein Jahr älter.«

»Der Franz?«

»Ja, der ist damals sitzen geblieben.« Sie kicherte. »Der hat immer Tatzen gekriegt.«

»Das hat er erzählt?«

»Ich war ja dabei. Streng war er, der Lehrer. Sogar die Mädchen haben Tatzen gekriegt. Nur nicht so fest wie die Buben. Ich habe nie welche gekriegt. Ich war immer gescheit.« Sie kichert erneut.

Kaltenbach verstand nicht, was sie meinte. Anscheinend verwechselte Frau Gutjahr da etwas. »Aber der Franz war doch nicht bei Ihnen in der Klasse? Der Franz, der jetzt gestorben ist? Das kann doch nicht sein!«

»Ein richtiger Kavalier war er, ein richtiger Scheerie.« Ihre Augen bekamen einen wässrigen Glanz. »Mir hat er auch gefallen, der Scheerie. Der hat Blumen gebracht. Und Fleisch. Ein großes Stück. Ich hab auch etwas gekriegt.« Sie legte den Finger an den Mund. »Aber nicht verraten, Bub. Nicht verraten.« Plötzlich zog ein Schatten über ihr Gesicht. »Das darf man nicht. Das ist böse. Ich komme nicht in den Himmel, wenn ich es verrate.« Sie griff sich an den Hals und begann heftig nach Luft zu ringen.

Kaltenbach bekam es mit der Angst. Er sprang auf und beugte sich zu der Frau. »Ist Ihnen nicht gut? Soll ich etwas zu trinken holen?«

»Ich verrate nichts!«, keuchte sie. »Der Scheerie ist fort. Keiner weiß es. Keiner!«

»Was ist denn hier los?«, hörte Kaltenbach plötzlich eine Stimme hinter sich. »Gott im Himmel, Mutter, was ist mit dir?«

Kaltenbachs Nachbarin stürzte zu ihrer Mutter, legte den Arm um sie und begann sofort, die Bluse am Hals aufzuknöpfen. »Schnell, hol Wasser, Lothar. Und die Tabletten, sie liegen vorne auf dem Küchenschrank.«

Kaltenbach sprang auf. Er rannte durch die offen stehende Terrassentür in die Küche. Er griff sich ein Glas und ließ es mit Wasser volllaufen. Zum Glück sah er die Tablettenschachtel sofort. Er griff sie und eilte dann zurück nach draußen.

»Schnell, hol eine heraus! Es ist nicht schlimm, aber es muss schnell gehen.« Frau Gutjahr hielt den Kopf ihrer Mutter gestützt, mit der freien Hand fächelte sie ihr etwas Kühlung zu. »Mund auf!«, befahl sie und drückte ihr die kleine weiße Pille zwischen die Zähne. »Und jetzt trink!«

Die alte Frau verschluckte sich, doch ihre Tochter passte auf, dass die Tablette nicht wieder herausrutschte.

Schon nach wenigen Sekunden begann die Frau, wieder ruhig zu atmen. Kaltenbach ging noch einmal in die Küche und holte ein Kissen. Er schob es der alten Dame in den Rücken.

»Danke, Lothar«, sagte Frau Gutjahr. »Was war denn? Warum hat sich Mutter so aufgeregt?«

Kaltenbach war ziemlich durcheinander. Hatte er etwas Falsches gesagt? Die letzten Sätze der Frau waren ihm ziemlich wirr vorgekommen. Es sah ganz so aus, als sei sie von einer schlimmen Erinnerung befallen worden, aber was hätte er tun sollen?

»Wir haben ein bisschen geplaudert.« Er zögerte. »Sie hat nach Monika gefragt.«

»Hast du ihr von deiner neuen Freundin erzählt? Und darüber hat sie sich aufgeregt?«

»Nein. Sie hat auf einmal von dem toten Kirchhofbauern erzählt. Von sich aus. Und von einem Scheerie. Ich habe das meiste nicht verstanden. Und dann bekam sie plötzlich Angst vor irgendetwas.«

Frau Gutjahr strich ihrer Mutter liebevoll über die Wangen. »Es ist alles gut. Jetzt ruh dich aus, und nachher bringe ich dich wieder in deine Wohnung, dann kannst du schlafen.« Sie sah Kaltenbach ernst in die Augen. »Du kannst nichts dafür. Der Tod des Winterhalter Franz hat sie ziemlich mitgenommen«, sagte sie leise. »Das Beste wäre gewesen, wir hätten ihr gar nichts davon erzählt.«

Kaltenbach war unschlüssig. Es schien zu gefährlich, das

Thema in Gegenwart der Alten noch einmal anzusprechen. »Sie bekam es richtig mit der Angst.«

»Es gibt alte Geschichten. Sie mischt gerne alles Mögliche durcheinander. Vergiss es einfach.« Sie beugte sich wieder zu ihrer Mutter. Die alte Dame hatte die Augen geschlossen und atmete tief und gleichmäßig. »Ich bin froh, dass du da warst. Aber jetzt ist es besser, wenn du wieder gehst. Mutter braucht absolute Ruhe. Wir bleiben noch ein bisschen sitzen, bis mein Mann kommt. Dann bringen wir sie rein und legen sie ins Bett. Sie wird heute bei uns übernachten.«

»Ich kann gerne noch bleiben«, bot er an. Gleichzeitig spürte er, dass es jetzt gut war. »Ach, ehe ich es vergesse!« Er stand auf und zeigte ihr die Weinflasche. »Vielen Dank für den Gemüsekorb. Das kam genau richtig.«

»Schon recht. Es gibt ja genug.«

Kaltenbach stellte die Flasche neben die Bank. Dann ging er zurück in seine Wohnung und begann, das Essen vorzubereiten.

Zehn Minuten später kam Luise, verschwitzt und voller Erlebnisse von ihrem Drehtag unter der Hochburg. Während sie erzählte, hörte er nur mit halbem Ohr zu. Er hatte das unbestimmte Gefühl, dass ihm die Worte der alten Frau Gutjahr ein Rätsel aufgegeben hatten, das ihn schon bald beschäftigen würde.

Erst als sie gemeinsam den Tisch deckten, konnte er seine Gedanken von der eben zurückliegenden Begegnung lösen. Er schenkte einen leichten Gutedel ein. Dann wählte er aus seiner Vinyl-Sammlung eine Langspielplatte der alten Fleetwood Mac mit ruhigen Chicago-Bluesstücken. Schließlich präsentierte er nicht ohne Stolz seine Zucchini-Carpaccio-Kreation.

»Voilà!«, lächelte er. »Das Amuse-Gueule, ein Gruß aus der Küche. Lass es dir schmecken.«

KAPITEL 7

Kaltenbach brauchte eine Weile, ehe er realisierte, dass das wohlige Etwas, in das er sich eingerollt hatte, sein Kopfkissen war. Auf seiner linken Wange lag ein breiter Streifen Wärme, der sich bis zu seinen Haaren hochzog. Sein Auge blinzelte in die schräg durch das Fenster einfallenden Sonnenstrahlen. Er brummte und rollte sich auf die andere Seite. Der Platz neben ihm war leer.

Er riss die Augen auf. Ein zerknülltes Leintuch lag über der Bettkante halb auf dem Boden. Luises Geruch hing kaum mehr wahrnehmbar im Kopfkissen.

Der Blick auf den Wecker ließ ihn endgültig wach werden. Halb neun.

Er sprang aus dem Bett und sah durch den halb heruntergelassenen Rollladen nach draußen. Es war taghell. Die schwache Hoffnung, dass es Sonntag sein könnte, verflog beim Anblick einer Gruppe Kindergartenkinder, die unter seinem Fenster vorbeizog, eine Erzieherin an der Spitze, eine als Schlusslicht. Die Kinder liefen in Zweierreihen, jedes hatte ein Hütchen auf, rot, hellblau, weiß, die meisten gelb. Alle redeten fröhlich durcheinander.

Kaltenbach ging in die Küche. Die rote Kontrollleuchte der Kaffeemaschine blinkte, das Display der De'Longhi forderte zum Wassernachfüllen auf.

Der Zettel auf dem Tisch war nicht zu übersehen. »Bin schon am Set. Keine Ahnung, wie lange es dauert. Luise. P.S.: Tolles Essen, tolle Nacht. Danke. Kuss.« Um das letzte Wort hatte sie ein Herzchen gemalt.

»Na dann«, brummte er vor sich hin. Er fragte sich, warum der Wecker nicht geklingelt hatte. Oder war er noch einmal eingeschlafen? Das passierte ihm selten. Aber er hatte wenig geschlafen die letzten Tage. Und es war ziemlich spät geworden gestern.

Kaltenbach füllte den Wasserbehälter auf und spülte. Dann stellte er eine frische Tasse unter und drückte die Espresso-Taste. Über all das konnte er sich später Gedanken machen. Jetzt musste er auf dem schnellsten Weg hinunter in die Stadt zu seinem Laden. Die Kundschaft wartete nicht gern.

Der Espresso und eine Dreiminutendusche ließen ihn einigermaßen zu sich kommen. Er zog sich an, rote Jeans, ein hellgrünes Kurzarmhemd, Sandalen. Die Zeitung steckte im Briefkasten, er nahm sie mit. Kurz nach neun war er im Laden.

Wie in den Tagen zuvor kamen fast alle Kunden am Morgen. Sogar Lilo Bär, eine ehemalige Gymnasiallehrerin, stand heute schon kurz nach halb zehn im Laden. Sie arbeitete seit ihrer Pensionierung ehrenamtlich im Tagebucharchiv. Normalerweise kam sie kurz vor Ladenschluss und kaufte einen halbtrockenen Weißen. Heute nahm sie zwei Flaschen. »Ich bekomme Besuch«, erklärte sie auf

Kaltenbachs erstaunten Blick. »Ein ehemaliger Kollege«, fügte sie erklärend hinzu.

»Wie schön.« Kaltenbach gab sich höflich. Der leichte Anflug von Rot auf den Wangen der Frau war ihm nicht entgangen. »Ich wünsche einen gemütlichen Abend.«

Gegen zehn stürmte Grafmüller herein. Er kam direkt aus der täglichen Redaktionssitzung und war sichtlich schlecht gelaunt. »Deine Malecker, die können mich mal alle. Ich kriege nichts raus aus denen. Die einen sind höflich und maulfaul, die anderen schweigen. Der Rest ist Tratsch.« Er warf sich schnaufend in den Sessel. »Wie soll ich da einen seriösen Artikel schreiben?«

»Und die Tochter?«, fragte Kaltenbach.

»Hat komplett abgeblockt. Das sei alles privat und ginge niemanden etwas an. Schon gar nicht die Presse. Als ich nach der Lebensversicherung gefragt habe, wurde sie giftig und hat mich rausgeschmissen.«

Kaltenbach grinste innerlich und verkniff sich einen Kommentar. Georg Grafmüller war ein hervorragender Journalist mit erstaunlichem Spürsinn. Aber die Sprache der Leute auf dem Dorf fand er bis heute nicht.

Grafmüller schenkte sich aus der Sprudelflasche auf dem Beistelltisch ein und stürzte das Glas in einem Zug hinunter. »Der Schätzle ist der Einzige, bei dem etwas Vernünftiges zu holen ist. Die beiden sind ja Nachbarn seit ewig. Jetzt weiß ich zumindest einiges über den Bauern und den Hof. Aber für einen gescheiten Artikel reicht das nicht.« Er schenkte sich nach. »Hast du wenigstens etwas für mich?«

Kaltenbach zuckte mit den Schultern und schüttelte den Kopf. »Tut mir leid.«

Grafmüller zog die Stirn in Falten. »Heißt das, du hast

keine Infos? Mensch, Lothar, du kennst doch alle und jeden dort oben!«

»Eben deshalb!«, platzte Kaltenbach heraus. »Da braucht es Geduld. Fingerspitzengefühl. Warten, bis der andere bereit ist, von sich aus zu erzählen. Außerdem kann ich es mir nicht leisten, mich unbeliebt zu machen. Das kann ganz schnell gehen.«

»Vielleicht hast du recht«, seufzte Grafmüller. »Gib mir einfach Bescheid, wenn du etwas für mich hast.« Er leerte auch das zweite Glas in einem Zug. »Aber ich gebe nicht so schnell auf. Ich werde das Gefühl nicht los, dass mit der Tochter etwas nicht stimmt. Und das werde ich herauskriegen, verlass dich darauf.«

»Und wie willst du das machen, ohne dass sie den Hund auf dich hetzt?«

»Recherche. Handwerk. Kleine Bausteine zusammentragen. Zurück zu den Basics. Hacken ablaufen, Klinken putzen. Ohren offen halten. Ich habe auch schon angefangen damit.«

»Nämlich?«

»Ich denke, es ist interessant zu wissen, welches die wirklich wichtigen Grundstücke sind. Wo sie liegen. Und vor allem, wem sie gehören.«

»Du meinst, wer am meisten von einem Verkauf profitiert? Wie willst du das herausbekommen? Das sagt dir keiner.«

»Klar, und den Datenschutz gibt es auch, ich weiß.« Er lächelte. »Ich kenne da jemanden im Katasteramt.«

»Georg!« Kaltenbach warf ihm einen tadelnden Blick zu.

»Der Zweck heiligt die Mittel. Solange ich es nicht öffentlich mache. Und außerdem: Dich wird das doch sicher auch interessieren?« Er stand auf. »Ich muss. Vielleicht hast du ja bei der Tochter mehr Erfolg. Bleib dran, ich zähle auf dich.« Unter der Tür wandte er sich noch einmal um. »Übrigens, der Traktor wurde abgeholt. Er steht jetzt auf dem Bauhof.«

»Wie bitte?« Kaltenbach war überrascht. »Woher weißt du das?«

»Schätzle. Die Versicherung hat das veranlasst. Für die ist das Thema noch lange nicht erledigt.«

Es dauerte bis zur Mittagspause, ehe Kaltenbach einen Blick in die Zeitung werfen konnte. Auf ein Mittagessen verzichtete er. Er hatte nur wenig Hunger. Außerdem wollte er bei der Hitze nicht irgendwo sitzen, weder in einer Gaststube noch im Freien unter einem Sonnenschirm. Stattdessen holte er sich am Bahnhof ein mit Mozzarella, Tomaten und Ei belegtes Fladenbrot und streckte sich auf dem schmalen Sofa hinten im Laden aus. Er biss in das Brötchen und überflog den Sport- und Kulturteil. Dann las er Grafmüllers Artikel.

Kaltenbach musste anerkennen, dass sich der Reporter geschickt aus der Affäre gezogen hatte. Da er so gut wie keine handfesten Informationen bekommen hatte, spielte er auf der Gefühlsorgel. Unerwartet, unerklärlich, zutiefst bedauerlich, viel zu früh – die üblichen Vokabeln, die ihre Wirkung nicht verfehlten. Auf Spekulationen hatte er trotz seiner Ankündigung verzichtet. Lediglich gegen Ende der Viertelseite warf er die Frage auf, ob die Karten für das Projekt »Emmendingen 3000« jetzt neu gemischt werden müssten.

Interessanter war die Todesanzeige am Ende des Lokalteils.

»Das Lebenswerk, es ist vollbracht,
dein gütig' Herz legt sich zur Ruh,
du hast der Wahrheit stets gedacht
nun schließe deine Augen zu.«
Ein Spruch, offensichtlich selbst gemacht, das war alles. Kein Kreuz, keine betenden Hände, wie es meist üblich war. Zwei Namen. Elisabeth Winterhalter, die Tochter. Darunter Jonas Winterhalter. Keine Verwandtschaftsbezeichnungen. Wahrscheinlich war das der Enkel, von dem Schätzle erzählt hatte. Am Ende der Hinweis auf den Beerdigungstermin.

Kaltenbach faltete die Zeitung zusammen und warf sie auf einen Stuhl. Er rollte sich auf den Rücken, verschränkte die Hände im Nacken und starrte an die Decke. Das war also die letzte Erinnerung an den Kirchmattbauern. Keine großen Aufzählungen von Kindern, Cousins, Verwandten. Keiner, der an den geliebten Vater, Bruder, Großvater, Onkel und so weiter erinnerte. Zwei Namen. Und ein Spruch, der dem Bild, das die Öffentlichkeit von dem Toten hatte, in seltsamer Weise widersprach.

De mortui nihil nisi bene. Du sollst über einen Toten nur Gutes sagen. Ein gütiges Herz. War Winterhalter doch anders, als ihn viele gesehen hatten? Ein Familienvater? Oder hatten sich Tochter und Enkel nur die üblichen freundlichen Abschiedsworte zu eigen gemacht? Einer, der die Wahrheit hochhält. Welche Wahrheit?

Zwei Minuten später war Kaltenbach eingeschlafen.

Ein schmerzender Nacken und das penetrante Läuten des Telefons weckten ihn. Luise war am Apparat.

»Die Regisseurin hat die Außenszenen mit den Statisten auf den Abend gelegt. Es sei einfach zu hell, sagt sie. Jetzt habe ich den ganzen Mittag frei. Was ist mit dir?«

Kaltenbach rieb sich den Hals und drehte langsam seinen Kopf hin und her. Es knirschte leise in seinen Halswirbeln.

»Du weißt doch, dass ich hier nicht weg kann. Tut mir leid. Hast du nicht Lust vorbeizukommen?«

»Nein, in die Stadt will ich nicht. Dann gehe ich eben mit den anderen. Ein paar wollen an einen Baggersee fahren. Dort sind Wasser und Schatten. Nette Truppe übrigens«, fügte sie hinzu.

»Heißt das, wir sehen uns heute wieder erst spät?«

»Sieht ganz so aus. Acht oder neun kann es schon werden.«

Sie verabschiedeten sich und warfen sich einen Kuss durchs Telefon zu. Kaltenbach spürte, wie die Enttäuschung in ihm hochstieg. So hatte er sich die Tage mit Luise nicht vorgestellt. Wenigstens blieben die Abende. Wenn sie rechtzeitig kam, konnten sie noch ins Kino gehen. In der »Maja« gab es Aircondition.

Er aß den Rest des Brötchens, das neben ihm auf dem Sofa lag. Er überlegte, ob er Alexander Jungwirth anrufen sollte, ließ es dann aber. Es reichte, wenn die Experten der Versicherung seine Entdeckung bestätigten. Er war sich sicher, dass es nicht lange dauern würde.

Stattdessen wählte er Schätzles Handynummer. Der Ortsvorsteher nahm schon nach dem ersten Läuten ab. Kaltenbach fragte nach dem Traktor.

»Klar war ich dabei. Ich habe dem ja zeigen müssen, wo der Trecker lag. Der Mann von der Versicherung hat nicht lange rumgemacht. Er hat gleich die Kripo angerufen. Kurz darauf kamen zwei und haben alles abfotografiert. Und am Ende kam ein Abschleppwagen, mit dem haben sie den Traktor runter zum Bauhof gebracht.«

»Also kein einfacher Unfall?«

»Doch. Aber auch wieder nicht. Da war etwas kaputt. Jetzt wollen sie prüfen, ob das normaler Verschleiß war.«

»Oder Absicht.«

»Gesagt hat es keiner. Die müssen Gewissheit haben. Es geht schließlich um viel Geld. Der Versicherungsfritze hat etwas von Vertragsklauseln gesagt, die bei einem Mord in Kraft treten.«

»Das heißt?«

»Dass sie unter Umständen gar nichts zahlen und die Tochter leer ausgeht. Ich schaue übrigens später bei ihr vorbei«, fügte er hinzu. »Willst du mitkommen?«

»Du kennst sie also doch näher?«

»Ein bisschen. Außerdem fühle ich mich als Ortsvorsteher verpflichtet, ihr persönlich zu kondolieren.«

Kaltenbach wunderte sich nicht. Auf dem Dorf war so etwas üblich. Wobei Schätzles Vorhaben sicher mehr als höfliche Pflicht war. Wer so wunderfitzig war wie er, würde die Gelegenheit überaus gerne nutzen, mehr zu erfahren.

»Also, was ist? Heute Abend, wenn es nicht mehr so heiß ist. So gegen acht?«

Kaltenbach dachte an seine leere Wohnung. Ohne Luise.

»Ich komme«, sagte er.

Luise kam nicht früher. Kaltenbach wartete bis halb acht, ehe er aus dem Haus ging. Er ließ den Roller stehen und entschied sich für einen Abendspaziergang. Ein wenig Bewegung tat ihm gut. Die Hitze machte nicht nur müde, sondern auch träge.

Schätzle erwartete ihn auf der Bank im Hof vor seinem Haus. Als er Kaltenbach sah, stand er auf und wedelte mit einem Blumenstrauß. Rosen, Nelken, ein wenig Ziergrün. »Gehört sich so«, brummte er. »Komm, wir laufen die paar Meter.«

Vom Mittleren Zaismatthof aus war es nicht weit. Nach ein paar Minuten kamen sie an der Stelle vorbei, an der der Traktor gelegen hatte. Die Stelle im Gras hinterließ eine seltsame Leere. Die wenigen Obstbäume ließen Zweige und Blätter hängen, so als trauerten sie mit.

Eine Kurve weiter bog ein Feldweg von der Straße nach rechts ab. Von Weitem sah Kaltenbach den Kirchmatthof zwischen zwei Baumreihen in Richtung Sexauer Landstraße.

Ein Auto kam mit hohem Tempo auf sie zu. Der Motor des Geländewagens heulte, die Räder wirbelten die knochentrockene Erde zu einer Staubwolke auf. Am Steuer saß ein Mann, kurze Haare, kaum älter als 20. Er blickte starr vor sich hin und machte keine Anstalten, die Geschwindigkeit zu drosseln.

Der Weg war schmal und ließ keinen Platz zum Ausweichen.

»Spinnt der?« Kaltenbach sprang im letzten Moment zur Seite, Schätzle war in das Maisfeld gestolpert.

»Wer war der Idiot?« Kaltenbach klopfte den Staub aus seiner Hose. Dann half er Schätzle zurück auf den Weg. »Kennst du den?«

Schätzle musste dreimal tief durchatmen, ehe er antwortete. »Das war der junge Winterhalter.« Seine Stimme zitterte. »Kaib, bleede.« Er schüttelte den Kopf und klopfte dann ebenfalls Hose und Hemd ab. »Wenigstens sind die Blumen heil geblieben. Komm, vergiss ihn.«

Auf der Brücke über den Brettenbach umfing sie der betörend süßliche Duft des Indischen Springkrautes, das sich entlang des Bachbettes ausgebreitet hatte. Der Bach war fast ausgetrocknet, überall ragten Steine heraus. Ein paar Mücken tanzten in den letzten Sonnenstrahlen.

Hinter dem mit Erlen, Pappeln und Weiden bestandenen Ufer breiteten sich Felder aus. Auch hier Mais, der bereits hüfthoch stand, dazwischen ein Feld mit Roggen, dessen Farbe von Grün zu Braungelb wechselte. Der Weg führte direkt auf den Kirchmatthof zu.

Kaltenbach war noch nie hier gewesen. Als Erstes fiel ihm auf, dass der freie Platz zwischen den Gebäuden anders war als bei den Höfen, die er kannte. Der Boden war weder asphaltiert noch gepflastert. Stattdessen blanker festgetretener Erdboden, sauber gefegt, dazwischen und am Rand ein paar Grasstreifen, in der Mitte eine Linde, größer als die am Dorfende neben dem Friedhof. Im Schatten darunter stand eine Bank, grün gestrichen. Ringsum reihten sich einfache schmucklose Gebäude – der Stall, bei dem die Tür offen stand, ein großer und ein kleiner Schuppen, daneben ein nach drei Seiten offenes Holzlager, ein Brunnen mit einem angewetzten Sandsteintrog, aus dem ein müdes Rinnsal herausfloss. Neben dem Wohngebäude ein Pkw, ein kleiner Japaner, wie Kaltenbach vermutete. Vor dem Schuppen ein Traktoranhänger, halb beladen mit Heu. Ein flacher Misthaufen mit einem uralten dreckverschmierten Kran. Vor den oberen Fenstern des Wohnhauses Geranienkästen, das Rot der Blüten zog sofort den Blick auf sich. Ein paar Hühner liefen herum und pickten. Von der Sexauer Landstraße her hörte man ein Motorrad.

Quer über den Hof sprang ihnen mit großen Sätzen ein Hund entgegen. Es war ein prächtiger Labrador-Retriever mit kurzem goldbraunem Fell. Am Hals hatte er einen weißen Fleck. Die Männer verlangsamten den Schritt, doch es sah so aus, als ob das Tier in den Männern keine Gefahr witterte. Der Hund schnüffelte kurz, dann lief er neben ihnen her bis zum Haus.

Auf der linken Seite der Treppen, die zu beiden Seiten des Kellereingangs zur Haustür hoch führten, saß eine Frau. Sie hatte die Haare unter einem Kopftuch verborgen, das einmal blau gewesen sein musste. Über ihr Gesicht fiel eine graue Strähne. Ihre Augen waren gerötet, ihr Blick verhangen und mutlos. Sie schien geweint zu haben.

Als sie die beiden Männer sah, hob sie kurz den Kopf, sagte aber nichts.

Schätzle trat vor. »Wenn's gerade nicht passt, kommen wir ein andermal wieder«, begrüßte er sie. »Ich wollte nur … na ja, wegen deinem Vater.«

Kaltenbach stieß ihn in die Seite und deutete auf die Blumen.

Schätzle entfernte das Papier und streckte der Frau den Strauß entgegen. »Mein Beileid. Auch im Namen des Ortschaftsrats. Die Blumen sind für dich.«

Jetzt wandte die Frau ihm langsam das Gesicht zu. »Schon recht, Fritz«, sagte sie. Kaltenbach war überrascht über ihre kräftige Stimme. Ernste graublaue Augen sahen ihn an. Ihre Haut war von der Sonne gegerbt.

»Jetzt kommt schon rein.« Sie erhob sich und stieg die Treppe hinauf.

Direkt hinter dem Eingang öffnete sich ein breiter Flur, an dessen hinterem Ende eine gewundene Holztreppe nach oben führte. Die Frau führte sie in die Küche. Sie deutete auf eine Eckbank, sie sollten sich setzen. Sie holte eine Vase vom Schrank herunter, füllte Wasser ein und stellte die Blumen hinein. Die Vase war viel zu groß, doch sie achtete nicht darauf.

Sie stellte einen Krug und drei Gläser auf den mit einer weißen Wachsdecke überzogenen Tisch. »Frisches Wasser mit Apfelsaft. Nehmt euch, wenn ihr wollt.«

Schätzle hatte seine Verlegenheit rasch überwunden. Er gab sich sichtlich Mühe, ein einigermaßen lockeres Gespräch in Gang zu bringen. Er brachte sein Mitgefühl zum Ausdruck und versuchte gleichzeitig, der Frau ein paar Details zu entlocken.

Kaltenbach ließ sich von Schätzle einschenken. Auch sonst hielt er sich lieber im Hintergrund. Es wunderte ihn, dass Winterhalters Tochter bisher nicht gefragt hatte, wer er war.

Während Schätzle sich mühte, ließ Kaltenbach seinen Blick durch die Küche schweifen. Was er sah, war eine bunte Mischung aus Gegenwart und längst vergessen geglaubten Erinnerungen an Besuche bei seinen Großeltern. Ein großer alter Eisenherd mit Eisenringen, Wasserschiff und geschwungenem Ofenrohr, daneben ein moderner Elektroherd, auf dem Regal darüber eine Mikrowelle. Eine Spüle aus Stein, ein weiß gestrichenes Küchenkänsterle, ein Kühlschrank, eine einfache Kaffeemaschine. Auf dem Boden eine große Kiste mit einem Stapel gespaltenem Holz daneben. Auf dem Buffet ein uraltes Blaupunkt-Röhrenradio mit poliertem Holzgehäuse und Stoffüberzug über dem Lautsprecher. Die Kunst mit bestickten Kissen, ein blanker, sauber gescheuerter Holzboden. Über allem lag ein schwacher Geruch, eine seltsame Mischung aus Holz und Saurem, den Kaltenbach nicht zuordnen konnte.

»Fritz, ich kenne dich. Du bist ein netter Mensch und ein Schlitzohr.« Elisabeth Winterhalter unterbrach Schätzles Redefluss. »Dein Mitgefühl tut mir gut. Es gibt nicht viele, die den Anstand aufbringen, mit mir zu reden. Aber ich weiß auch, dass du eine Antwort suchst. Du willst wissen, ob ich verkaufen werde. Jetzt, da Vater ...« Sie brach mitten im Satz ab und senkte den Blick.

Schätzle fühlte sich ertappt. »Na ja, ich will dich nicht drängen. Du musst nichts sagen. Jetzt noch nicht. Aber es wäre schon gut, wenn man das wüsste. Wirst du?«

Die Frau sah ihn an. »Offen gestanden, ich weiß es nicht. Vater war dagegen, vom ersten Tag an, als er von den Plänen hörte. Grund verkauft man nicht, hat er immer gesagt. Die Erde ist unser Zuhause.« Sie sah aus dem hinteren Küchenfenster hinaus auf die Weide. »So oft sind wir hier an diesem Tisch gesessen. Und jetzt ...«, fuhr sie langsam fort. »Es geht mir alles zu schnell. Es war sogar schon wieder einer vom Investor da. Er ist bereit, das Angebot aufzustocken. Aus Respekt, wie er sagt. Ich glaube denen kein Wort.« Sie stieß einen Seufzer aus. »Der Jonas, mein Sohn, will unbedingt. Er braucht das Geld, sagt er.«

»Habt ihr euch deshalb gestritten?«, fragte Schätzle. »Er hat uns fast über den Haufen gefahren.«

»Er ist kein schlechter Junge. Ein bisschen impulsiv manchmal. Wie sein Großvater.« Sie nahm den Krug und schenkte alle drei Gläser nach. »Er hat Pläne, aber die Bank will ihm nichts geben.«

»Hat sich die Versicherung schon gemeldet?«

»Du weißt davon?« Die Frau schien überrascht, sprach dann aber ruhig weiter. »Sie wollen erst klarkriegen, ob es wirklich ein Unfall war. Da gibt es Klauseln, von denen ich nichts verstehe.«

Kaltenbach und Schätzle sahen sich an. Anscheinend wusste sie noch nichts von dem Verdacht. Oder sie verbirgt es geschickt, dachte Kaltenbach. Während der letzten Minuten hatte er versucht sich vorzustellen, ob diese Frau ihren eigenen Vater umgebracht haben könnte. Aus Verzweiflung? Aus Hass? Aus Geldgier? Doch was er bisher gesehen hatte, ließ ihn schwanken. Sie wirkte zwar sehr angespannt, doch einen verzweifelten Eindruck machte sie nicht. Wenn sie sich nicht raffiniert verstellte.

»Glauben Sie an die Möglichkeit, dass der Tod Ihres Vaters kein Unfall war?« Es war Kaltenbachs erster Satz, seit sie die Küche betreten hatten.

»Die Versicherung hat so etwas angedeutet. Deshalb verzögert sich ja alles. Sie müssten zuerst alle Möglichkeiten prüfen.« Sie nahm einen kleinen Schluck und behielt das Glas beim Sprechen in der Hand. »Die meisten haben nichts von ihm gewusst. Gar nichts.« Sie nippte erneut an ihrem Glas. »Ich weiß, dass er als versponnen galt. Als Eigenbrötler. Aber Feinde? Alle oder keiner.« Sie schüttelte entschieden den Kopf. »Nein. Ich kann mir so etwas nicht vorstellen. Wer hätte schon etwas davon?«

»Hat ihn jemand bedroht in letzter Zeit?«, fragte Schätzle. »Oder gab es Streit?«

»Streit hatte er andauernd mit irgendjemandem. Deshalb ging er auch so selten unter die Leute. Nur für das Nötigste. Zum Baumarkt. Oder zum Raiffeisen nach Sexau. In meinen Augen waren das immer nur Kleinigkeiten. Auf größere Diskussionen ließ er sich sowieso nie ein.« Sie nickte. »Ja, der Typ vom Investor. Der war ein rotes Tuch für ihn. Ein unangenehmer Mensch. Penetrant. Ich mochte den auch nicht. Nach seinem dritten Besuch hat Vater ihn vom Hof gejagt. Aber umbringen?« Wieder schüttelte sie den Kopf.

Es entstand eine Pause. Das einzige Geräusch, das zu hören war, war das monotone Ticken der alten Aufziehuhr, die über der Tür an der Wand hing.

Kaltenbach fühlte sich unwohl. Er konnte die Situation schwer einschätzen, er schwankte zwischen Nähe und Fremdheit. Die letzten Minuten erinnerten ihn an eine Vernehmung in einem Vorabendkrimi im Fernsehen.

Auch Schätzle schienen die Worte ausgegangen zu sein. »Morgen ist die Beerdigung, oder?« Er fragte aus Höflichkeit, obwohl er es längst wusste.

Elisabeth Winterhalter nickte. »Morgen«, sagte sie leise. Ihre Augen nahmen wieder denselben verhangenen Ausdruck an wie zuvor auf der Treppe.

»Ja, dann. Ich denke, wir gehen jetzt. Nicht wahr, Lothar?« Er erhob sich, Kaltenbach ebenfalls. »Wenn du noch irgendetwas brauchst, melde dich.«

»Schon recht.« Auch sie stand jetzt auf. »Ich komme klar. Und danke für die Blumen.«

Als sie vor die Tür traten, sprang der Hund sofort auf. Er bellte zweimal kurz. Dann trottete er zurück an seinen Platz.

Schätzle verabschiedete sich: »Wir sehen uns dann morgen.«

Auch Kaltenbach reichte ihr die Hand. Ihm kam plötzlich eine Idee. »Eine Frage habe ich noch. Hat Ihr Vater einmal von einem Scheerie gesprochen? Oder kennen Sie jemanden, der so heißt?«

Elisabeth Winterhalters Hand zuckte für einen winzigen Moment. Sie sah ihm direkt in die Augen. »Warum fragst du das? Woher kennst du diesen Namen?«

Kaltenbach entschied sich für die Wahrheit. »Von der alten Frau Gutjahr vom Brandelweg. Es schien ihr sehr wichtig.«

Die Frau fing sich sofort wieder. »So, so, die Emma. Was die immer so sagt. Vergiss es.« Sie wandte sich ab und trat zurück unter die Haustür. »Kommt gut heim, ihr zwei.«

Kaltenbach verzichtete darauf nachzuhaken. Mit gebührendem Abstand gingen sie an dem Hund vorbei zur Hofeinfahrt. Das Tier hatte den Kopf zwischen die Vorderpfoten gelegt und beobachtete sie aufmerksam.

Ohne ein Wort zu wechseln, gingen die beiden Männer auf dem Weg über die Felder zurück zur Straße. Die Sonne war inzwischen hinter dem Buck verschwunden. Die Schatten wurden länger, vereinzelt kamen die Farben wieder zum Vorschein. Ein kaum wahrnehmbarer Wind ließ die Rispen der Gräser erzittern.

»Es könnte mal wieder regnen«, meinte Kaltenbach, als sie sich vor Schätzles Hof verabschiedeten.

»Stimmt. Es wird Zeit. Kommst du noch auf ein Glas herein?«

Kaltenbach dachte an Luise. Bestimmt wartete sie längst auf ihn. »Sonst gerne. Aber du weißt, ich habe Besuch.«

»Ausrede!« Schätzle grinste. »Dann das nächste Mal. Bei der dritten Absage kriegst du Ärger!«

Im Hohlweg hinauf nach Maleck kam Kaltenbach gehörig ins Schwitzen. Die Straße stieg steil an, die Luft hing abgestanden im Unterholz und über der ausgetrockneten Erde. Natürlich hätte er gerne noch mit Schätzle geredet. Immer wieder musste er feststellen, dass es nach all den Jahren, in denen er in dem Emmendinger Ortsteil wohnte, Dinge gab, von denen er keine Ahnung hatte. Fritz Schätzle war eine gute Quelle. Wenn er dazu bereit war. Dann erzählte er gerne und viel, doch Kaltenbach war sich bis heute nicht sicher, ob nicht mehr dahintersteckte, das er nicht preisgeben wollte.

Manchmal hatte Kaltenbach das Gefühl, dass hinter der Idylle des Dorfes eine Art geheimer Garten lag, ein Feld mit Ereignissen und Erinnerungen, das Außenstehenden nicht zugänglich war. Das Rätsel um den Tod des Kirchmattbauern hatte zwar einen Spalt in der Mauer geöffnet. Doch Kaltenbach hatte noch kein zusammenhängendes Bild vor Augen. Er musste die Tür finden. Und wenn möglich den Schlüssel dazu.

Auf der Anhöhe beim Friedhof setzte er sich zum Verschnaufen auf die Holzbank unter der Linde. Von hier öffnete sich der vertraute Anblick der Vorberge mit der Hochburg, dahinter der Kandel und der Eingang ins Elztal. Nach Süden hin Denzlingen und Freiburg, wo bereits ein paar Lichter aufschimmerten.

Direkt vor ihm neigte sich die Wiese in steilem Bogen hinunter ins Brettenbachtal. Dort unten, nur wenige Schritte von hier, war Winterhalters Traktor umgestürzt. Wieder ein paar Hundert Meter weiter die Wipfel der Bäume am Bach, die den Blick auf den Kirchmatthof verbargen. Der Ort, über den seltsame Geschichten und wirre Gerüchte im Umlauf waren. Und wo sich jetzt eine Frau auf die Beerdigung ihres Vaters vorbereitete.

Elisabeth Winterhalter hatte ihn überrascht mit ihrer Kraft und Offenheit inmitten von Zerbrechlichkeit und Trauer. Sie schien erschöpft, doch nicht mutlos. Eine Frau, die wusste, was sie tat. Eine Frau, die ihr Schicksal angenommen hatte, vor Jahren schon.

Nur am Ende war für einen Moment etwas anderes aufgeblitzt. Scheerie. Auf den Namen hatte sie deutlich anders reagiert als im Gespräch zuvor. Und eine Antwort hatte er nicht bekommen.

Luise erwartete ihn vor laufendem Fernseher. Musik, Landschaft und die Gesichter der Schauspieler »pilcherten« verdächtig.

Kaltenbach verzog den Mund. »Das ist nicht dein Ernst«, maulte er, »mach das aus. Oder schalte wenigstens um.«

Luise warf ihm eine Kusshand zu. Dann kuschelte sie sich wieder auf das Sofa und zog sie Beine an. Neben ihr stand ein halb volles Glas Rotwein. »Nichts da. Ich will wissen, ob sie sich kriegen.«

»Natürlich kriegen sie sich!«

»Trotzdem!«

Kaltenbach trat von hinten an das Sofa und küsste Luise auf den Hals. Dann setzte er sich neben sie, legte den Arm um ihre Hüfte und zog sie zu sich heran. »Mach das aus«, grollte er mit Tigerstimme. »Sonst fresse ich dich.«

Luise nahm sein Gesicht in beide Hände und schaute ihm tief in die Augen. Im nächsten Augenblick verschmolzen beide zu einem langen Kuss.

Doch dann schob sie ihn von sich. »So, und jetzt will ich sehen, wie sie sich kriegen.« Sie rollte sich wieder in ihre Kuschelstellung und starrte mit großen Augen auf den Bildschirm.

»Danach kannst du mich immer noch fressen!«

Später lag Kaltenbach auf dem Bett. Ein dünnes Leintuch bauschte sich über seine Hüfte, im Schlafzimmer war die Hitze kaum auszuhalten. Luise lag auf der Seite neben ihm und atmete ruhig. Vor dem Fenster war es stockdunkel, die Straßenlaternen waren längst abgeschaltet.

Vom Flur her hörte er das Telefon. Kaltenbach sah auf den Wecker. Es war kurz vor zwölf. Er blieb liegen. Alles hatte seine Zeit. Es war genug für heute.

Er drehte sich zu Luise um und schmiegte sich an ihren Rücken. Sie bewegte sich kaum.

Das Telefon sprang auf den Anrufbeantworter um. Leise, aber deutlich klang Fritz Schätzles Stimme von Weitem durch die geöffneten Türen der Wohnung.

»Du wirst doch nicht schon schlafen?«, kicherte er. »Ich

denke, du hast Besuch? Egal. Nur damit du es weißt. Die Beerdigung morgen ist verschoben. Sie bringen ihn zuerst zur Obduktion in die Pathologie nach Freiburg. Der Traktor war tatsächlich manipuliert.«

Kaltenbach spürte, wie sein Atem rascher ging. Wieder einmal hatte ihn sein Gefühl nicht getrogen. Der Kirchmattbauer war ermordet worden.

KAPITEL 8

Die Frau lag auf dem Feldweg. Ein paar Meter daneben ein ältliches Fahrrad, der Lenker verbogen, Speichen und Felgen des Vorderrades zerquetscht.

Die Jeans der Frau waren aufgeplatzt, an ihrem rechten Knie trat aus einer klaffenden Wunde Blut hervor. Das schwarze T-Shirt mit der knallroten Rolling-Stones-Zunge war aufgerissen. Ihre Hände zeigten blutende Schürfwunden, mit kleinen Steinchen und Dreck verklebt.

Die Frau hatte die Augen geschlossen. Aus ihrem Mundwinkel rann ein schmaler Streifen Blut. Sie stöhnte leise.

Über ihr stand ein Mann. Er war groß, breitschultrig, mit einem kantigen unrasierten Gesicht. Trotz der Hitze trug er eine abgewetzte Lodenjacke, die hochgekrempelten Hosenbeine steckten in einem Paar knallgelben Gummistiefeln. Seine kräftigen Hände umklammerten den Stiel eines breiten Heurechens. Er schob seinen abgewetzten Filzhut aus der Stirn und fixierte die Frau mit wütendem Blick.

»Jammere nicht! Geschieht dir gerade recht!« Der Mann verzog den Mund zu einem verächtlichen Grinsen. »Das ist mein Weg, und da hast du nichts zu suchen!«

Das Stöhnen wurde lauter. Die Frau hob den Kopf und schlug die Augen auf. Im nächsten Moment zuckte sie mit schmerzverzerrtem Gesicht wieder zusammen.

»Blöder Seckel, ich glaube, der Fuß ist gebrochen«, stieß sie mühsam hervor.

»Na und?« Der Bauer knurrte verächtlich. Er machte keine Anstalten, der Frau zu helfen. »Sieh selber, wie du klarkommst. Du weißt doch sonst immer alles besser. Ich habe zu tun.«

In diesem Moment kam eine Frau mit raschen Schritten den Weg herbeigelaufen. Mit einem Blick hatte sie die Situation erfasst. Sie zog ihre Strickjacke aus, kniete sich nieder und schob sie der Verletzten unter den Kopf.

»Steh nicht so herum!«, fuhr sie den verdutzten Bauern an. »Geh und hole Hilfe. Sie braucht dringend einen Arzt!«

»Ich denke nicht daran. Wegen der paar Kratzer. Außerdem hat die hier nichts verloren.«

»Kratzer? Das Mädchen ist schwer verletzt.« Die Frau stand auf. »Jetzt lass mal für einen Moment euren idiotischen Streit. Siehst du nicht, wie schlecht es ihr geht? Am Ende verliert sie noch ihr Kind. Und nun mach, was ich sage!«

Der Mann riss die Augen auf. »Ihr Kind? Soll das heißen ...« Für einen Moment war er sprachlos. Dann schwollen seine Adern an den Schläfen. Sein Gesicht wurde puterrot. »Der elende Kerl!«, schrie er. »Der kann was erleben. Ich schlage ihm das Kreuz ab!« Er trat einen Schritt zu der Verletzten. »Und du, du … Schwanger von meinem Franz! Ich könnte dich …«

Die Frau trat rasch dazwischen. Sie baute sich direkt vor ihm auf. Ihre hochgereckte Nase reichte gerade bis zu seiner Brust. »Nichts wirst du. Du machst jetzt genau, was ich dir sage. Sonst kannst du was erleben, du Hornochse. So wahr ich hier stehe. Und so wahr ich seit 26 Jahren mit dir verheiratet bin!«

»Cut!«

Aus einem Megafon ertönte eine blecherne Stimme. Die Szene löste sich sofort auf. Die Frau auf dem Boden stand auf, reckte sich ausgiebig und wischte sich dann den Schweiß aus den Augen. Der mit Jacke, Stiefeln und Kappe ausgestattete Bauer signalisierte Durst und bekam von einem Assistenten eine Flasche Wasser gereicht. »Bäh, brühwarm!« Er verzog das Gesicht. »Kann man hier nicht einmal eine ordentlich gekühlte Erfrischung bekommen?« Trotzdem stürzte er das Getränk in gierigen Schlucken hinunter. Die als Bäuerin verkleidete Schauspielerin war bereits in den Schatten eines der am Weg stehenden Apfelbäume geflüchtet.

»Ist das nicht spannend?« Luise stand mit Kaltenbach ein paar Meter entfernt vor einem Kleinbus. »Ich könnte da ewig zuschauen!«

Vor Kaltenbachs Augen kam nun von allen Seiten Bewegung in die Szene. Die Regisseurin rief die drei Schauspieler zusammen. Es sah so aus, als sei sie noch nicht zufrieden. Mit deutlichen Gesten verlieh sie ihren Vorstellungen Ausdruck. Kurz darauf ließ sie durch ihren Assistenten per

Megafon eine weitere Aufnahme ankündigen, die sie »Take drei« nannte. Gleichzeitig stürzten sich zwei Maskenbildnerinnen mit Puderdosen, Pinsel, Tüchern und Make-up-Stiften auf die schwitzenden Schauspieler. Eine Helferin zupfte die Hosenbeine des Bauern zurecht. Der Kameramann begab sich zurück auf seine Ausgangsposition, flankiert von einem weiteren Helfer, der an einer drei Meter langen Stange ein mit einem Windpuschel überzogenes Mikrofon in Stellung brachte. Zwei junge Frauen hielten eine überdimensionale Folie in die Höhe, um das Sonnenlicht abzumildern. Alle waren sommerlich gekleidet – kurze Hosen, Bikini-Oberteil, Sandalen, Kappen und Strohhüte gegen die Sonne.

Die Frau legte sich wieder an derselben Stelle auf den Boden, der Bauer stand daneben, seine Frau ein paar Meter versetzt dahinter.

»Alles bereit? Und – Action!«

Die Kamera richtete sich auf die Frau auf dem Boden und fuhr dann langsam hoch zu dem Bauern.

»Jammere nicht! Geschieht dir gerade recht!« Wieder verzog der Mann den Mund zu einem verächtlichen Grinsen. Kaltenbach hatte den Eindruck, als ob er dieses Mal noch eine Spur bärbeißiger klang. »Das ist mein Weg, und da hast du nichts zu suchen!« Die Frau stöhnte auf und hob den Kopf.

Bei der vierten Wiederholung wurde es Kaltenbach zu viel. Er ging ein paar Schritte den Fußweg nach oben in Richtung Burgeingang und setzte sich auf eine der Bänke. Er schimpfte über sich selber, dass er nichts zum Trinken mitgenommen hatte.

Schatten gab es hier keinen. Hinter der Bank zogen sich die Streuobstwiesen bis hoch zu den südwestlichen

Außenmauern der Hochburg. Vor ihm breiteten sich zum Greifen nah die Häuser von Windenreute aus mit dem Sportplatz am Ortsrand. Weiter oben lag Maleck. Er sah deutlich die hell in der Sonne leuchtende Wand der Friedhofskapelle am Ende des Brandelwegs. Über der Ebene Richtung Freiburg war es diesig, der Kaiserstuhl war nur schemenhaft zu erkennen.

Heute hatte der Tag gut angefangen. Luise war vor ihm aufgestanden und hatte Brötchen besorgt mit Mohn und Sesam, so wie er sie gerne hatte. Dazu gab es als Überraschung für jeden eine Seele, hell gebacken und mit grobem Salz und Kümmel bestreut. Es war ihm gelungen, die Frühstückseier auf den Punkt zu kochen, mit festem Eiweiß und leicht flüssigem Dotter. Fein aufgeschnittener Schwarzwälder Schinken, Ziegenfrischkäse, Schnittlauch, Honig, Marmelade von Frau Gutjahr – es war alles da.

Kaltenbach hatte überlegt, ob er Martina wieder absagen sollte. Seine Cousine aus dem Kaiserstühler Zweig der Kaltenbach-Sippe half seit einiger Zeit regelmäßig im Laden aus. Sie hatte sofort zugesagt, als er sie gebeten hatte, heute einzuspringen.

Jetzt, nachdem die Beerdigung des Kirchmattbauern verschoben war, hätte er auch selbst in die Stadt runterfahren können. Doch dann hatte er beschlossen, sich den Vormittag freizunehmen. Es war eine unverhoffte Gelegenheit, Luise zum Filmdreh zu begleiten. Er war gespannt darauf, einmal persönlich mitzuerleben, wie ein solcher Tag verlief.

Martina hatte er trotzdem angerufen. Er wollte sichergehen, dass sie nichts Wichtiges für ihn verschoben hatte.

»Das ist schon in Ordnung so«, hatte sie geantwortet. »Ich hatte mir für heute sowieso nichts vorgenommen. Und die paar Euro zusätzlich kann ich gut gebrauchen.«

Kaltenbach wusste, dass Martina auf den Motorradführerschein sparte. Ihre Kinder waren inzwischen groß genug, dass sie ihr Zeit ließen, ihren lang gehegten Traum zu verwirklichen.

»Ich soll dir übrigens vom Onkel ausrichten, dass er dich demnächst sprechen will. Es geht wohl um den Laden.«

Als er das gehört hatte, war es Kaltenbach etwas mulmig geworden. Wenn es bei Onkel Josef »um den Laden« ging, bedeutete dies meist etwas Unangenehmes. War der alte Weinbauer etwa nicht mehr zufrieden mit dem Geschäft in »Kaltenbachs Weinkeller«? Erwartete er mehr Umsatz? Oder wollte er ihm wieder mal in das Sortiment reinreden? Kaltenbach erinnerte sich mit Schrecken an die Auseinandersetzungen im dritten Jahr nach der Eröffnung, als er zusätzlich zu Onkel Josefs Kaiserstühler Weinen sein Angebot erweitern wollte, vor allem um Franzosen.

Leider konnte Martina ihm nichts Genaueres sagen. Er würde bis zu ihrem Treffen warten müssen, denn der Alte zog es vor, statt am Telefon stets Auge in Auge zu verhandeln. Trotzdem war es ein Wink des Schicksals. Kaltenbach musste endlich seinem Geschäftspartner von seinen eigenen Vorhaben erzählen. Außerdem konnte er Duffner nicht länger warten lassen.

Luise kam den Weg herauf und setzte sich zu ihm.

»Die Szene ist im Kasten. Bei der fünften Aufnahme war sie endlich zufrieden. Eine tolle Frau, die Regisseurin. Weiß, was sie will. Hat detaillierte und genaue Vorstellungen.«

Kaltenbach nickte. Die Beschreibung klang wie eine Gebrauchsanweisung für sein bevorstehendes Gespräch mit Onkel Josef.

»Und wie geht es jetzt weiter?«, fragte er.

»Jetzt bin ich dran!« Luise klang aufgeregt. »Deshalb muss ich auch gleich wieder. Sie machen grade noch zwei, drei Einstellungen mit dem Bauern auf der Wiese, danach gehen alle hoch auf die Burg. Im Innenhof wird ein Bauernmarkt nachgestellt. Ich bin eine der Kundinnen. Ich darf sogar etwas sagen. ›Die Zwetschgen sehen gut aus. Ich nehme ein Kilo!‹. Toll, was?«

»Zwetschgen? Gibt's doch jetzt noch gar keine.«

»Das sind spanische vom Großmarkt in Mulhouse. Die Szene spielt im Herbst, da muss alles stimmen.« Sie sprang auf. »Los, komm mit. Das musst du unbedingt sehen. Und mach ein paar Fotos, nicht vergessen!«

Kaltenbach stand auf und folgte ihr. »Zwetschgen!«, brummte er. »Im Juli!«

Der Dreh im Burghof versprach abwechslungsreicher als auf dem Feldweg zu werden. Die Filmleute hatten Marktstände aufgebaut und mit Obst, Gemüse und Salat dekoriert. Gedreht wurde aber lediglich an zweien, die im Wechsel als Kulisse für die beiden verfeindeten Familien dienten.

Kaltenbach hatte Mühe, so etwas wie eine Handlung zu erkennen. Vor seinen Augen mischten sich Schauspieler, Statisten, Techniker und Helfer zu einem unüberschaubaren Durcheinander. Er fragte sich, wie das Ganze später zu einem zusammenhängenden Film werden sollte.

Dass in dem Chaos trotzdem eine klare Ordnung steckte, merkte er in dem Moment, als er ein paar Fotos machen wollte.

»Hier nicht. Du bist in der Szene. Geh nach hinten!«, mahnte ihn freundlich, aber bestimmt ein junger Mann mit Sonnenbrille und einem riesigen Klemmbrett in der Hand. Kaltenbach verzog sich ein paar Schritte weiter auf eine kleine Mauer. Doch auch von dort wurde er weggescheucht. Es schien also doch Menschen zu geben, die in dem scheinbaren Durcheinander den Überblick behielten.

Gegen halb elf rief Kaltenbach ein weiteres Mal bei Martina an. Insgeheim hatte er doch ein wenig ein schlechtes Gewissen. »Läuft alles?«, fragte er.

»Im Laden schon.« Er hörte, wie seine Cousine kicherte. »Aber in der Stadt ist schwer etwas los. Das wird ja allmählich gefährlich bei euch!«

»Was meinst du?«

»Na, der Mord. Die Leute reden von nichts anderem.«

Kaltenbach erinnerte sich an Schätzles Anruf gestern Nacht. In einer Stadt wie Emmendingen brauchte es keine Zeitung, bis sich etwas Wichtiges herumsprach.

»Und was reden sie?«

»Sie reden eben. Die meisten schimpfen, ein paar haben Angst. Vor allem wird heftig spekuliert. Es geht um euer Jahrhundertprojekt. Auf der Gasse sind ein paar mit Plakaten vorbeigezogen, anscheinend soll es eine Demo geben. Und grade eben kamen zwei ältere Herren für eine Unterschriftensammlung. ›Stoppt Emmendingen 3000 sofort!‹ Einer von ihnen hieß Mack, glaube ich.«

Kaltenbach überraschte das nicht. Sein Freund Walter würde sich eine solche Gelegenheit nicht entgehen lassen. Den »alten Herrn« würde er ihm beim nächsten Stammtisch unter die Nase reiben.

»Und ein Reporter von der BZ war da«, fuhr Martina fort. »Wo du seist, wollte er wissen.«

»Was hast du gesagt?«

»Du seist unterwegs beim Ausliefern.«

Kaltenbach lachte. Grafmüller würde heute ganz in seinem Element sein. »Schaffst du das alleine? Soll ich doch noch kommen?«

»Nein, bleib du nur. Ich habe alles im Griff. Ich muss auflegen, Kundschaft. Bis dann.«

Kaltenbach merkte, dass er heute auf das Gerede der Leute lieber verzichtete. Viel mehr interessierte ihn, wie bestimmte Menschen auf die Nachricht von dem Anschlag reagieren würden. Allen voran Jonas, der Enkel des Bauern. Er hatte auch schon eine Idee.

Er wartete, bis Luise fertig war, dann ging er hinüber zu ihr. »Wie sieht dein Tag heute weiter aus?«

Luise spürte die Ungeduld in seiner Stimme sofort. »Hast du schon genug?«, antwortete sie mit einer Gegenfrage. »Oder soll ich mal fragen, ob es für dich noch eine Statistenrolle gibt?«

»Nein, nein.« Kaltenbach wehrte ab. »Das ist nichts für mich. Ich dachte nur …, ich meine … Vielleicht könnten wir heute zusammen an den Baggersee fahren?«

Luise freute sich. »Klar, gerne. Heute Abend ist kein Dreh. Jedenfalls keiner mit Statisten. Ich bin übrigens in einer halben Stunde fertig für heute. Wir können gerne auch schon jetzt etwas unternehmen.«

Kaltenbach war erleichtert. »Ich weiß auch schon, was«, sagte er. Das passte bestens. Vier Augen sahen mehr als zwei. Und Luise war eine ausgezeichnete Beobachterin. »Wir fahren ins Glottertal.«

KAPITEL 9

Nach Luises Dreh fuhren beide zurück nach Maleck in Kaltenbachs Wohnung. Nachdem sie geduscht, sich umgezogen und einen Kaffee getrunken hatten, brachen sie erneut auf, dieses Mal mit der Vespa.

Schätzle war nicht erreichbar, doch hatte Kaltenbach die Adresse des jungen Winterhalter im Internet herausgefunden. Er wohnte im oberen Glottertal.

»Ich will doch einmal sehen, wie der Enkel auf den Tod des Großvaters reagiert. So wie ich ihn erlebt habe, gibt es da deutliche Spannungen.«

»Du verdächtigst ihn?«

»Sicher bin ich mir nicht. Aber wir werden sehen. Wir könnten über den Kandel fahren«, schlug Kaltenbach vor, ehe sie sich die Helme überzogen.

»Ist das nicht ein Umweg?«

»Schon. Aber die Strecke ist schöner. Und die Abkühlung wird uns guttun.«

Sie fuhren an den Zaismatthöfen vorbei Richtung Sexau. Auf dem Kamm des Hachbergs über dem Brettenbachtal glänzten die Mauern der Hochburg in der Mittagssonne. Von dieser Seite aus sah die Ruine anders aus, weniger wie eine Festung als eine Ansiedlung auf dem Berg irgendwo zwischen Umbrien und der Toskana.

Kaltenbach spürte Luises Körper, sie umschlang ihn von hinten mit beiden Armen und drückte ihn fest an sich. Es war kein Wunder, dass die Vespa in ihrem Heimatland seit über 70 Jahren so beliebt war wie kaum ein anderes Fahrzeug. Und das trotz Ferraris, Alfas oder Lamborghinis.

Die Vespa war mehr als ein Alltagsgefährt, von Anfang an. Sie war sinnlich und verführte zur Sinnlichkeit. Im erzkatholischen Italien der 50er- und 60er-Jahre eine willkommene Gelegenheit für die Jugend, den moralischen Zwängen und Vorschriften der damaligen Zeit zu entfliehen.

Im Kreisel in der Sexauer Ortsmitte bog Kaltenbach Richtung Waldkirch ab und gab ordentlich Gas. Cousine Martina machte also den Einser. Warum nicht? Auch er könnte noch einmal in die Fahrschule gehen. Er könnte seinen Führerschein erweitern, er dürfte eine größere Maschine fahren, er könnte sich die neue große 300er kaufen. Seine jetzige fuhr er schon seit Jahren. Er liebte sie über alles, doch es gab Grenzen. Spätestens nach drei Stunden tat ihm der Hintern weh, das hatte ihm größere Touren bislang verleidet. Mit einer Großen war viel mehr möglich. Er könnte mit Luise nach Südfrankreich fahren. Oder in die Toskana zu den kleinen Dörfern auf den Bergrücken ...

Hinter Waldkirch verließen sie die Schnellstraße und bogen Richtung Kandel ab. Kaltenbach riss sich von seinen Träumen los. Er musste sich jetzt auf die Straße konzentrieren.

Hinter dem Waldgasthof Altersbach tauchte die Straße in den Schatten des Bergwaldes ein. Gleichzeitig ging es steil nach oben. Sofort wurde die Luft angenehmer. Zum ersten Mal seit Tagen spürte Kaltenbach eine Erleichterung von der anhaltend drückenden Schwüle.

Auf der Passhöhe fuhr er auf den Parkplatz und bockte die Vespa auf. Sie waren nicht die Einzigen, die an diesem Nachmittag vor der Hitze flohen. Der Kiosk, der seit dem Brand des ehemaligen Kandelhotels als Dauerprovisorium diente, war belagert von Motorradfahrern, Wanderern und Familien mit Kindern. Eine Gruppe Rennradler mit hörbarem Schweizer Zungenschlag in grellbunten Trikots schob ihre futuristisch anmutenden Maschinen mit staksigen Schritten zu der letzten freien Ruhebank.

Kaltenbach und Luise setzten sich auf den Boden und streckten die Beine aus. Im Gras am oberen Ende des Gleitschirmplatzes direkt vor ihnen kauerten zwei Piloten in voller Montur. Offenbar warteten sie auf ein geeignetes Windfenster für den Start.

»Die werden Pech haben«, meinte Kaltenbach. Er zeigte auf die Windfahne, ein schmaler länglicher Fetzen Stoff, der im Wipfel einer stattlichen Fichte reglos herabhing. »Ohne Wind wird der Start schwierig.«

»Man soll die Hoffnung nie aufgeben.« Luise sah zu dem roten Punkt, der schräg über ihnen über den stahlblauen Himmel zog.

Kaltenbach beschattete seine Augen und sah ihm eine Weile hinterher. Keine 1.000 Pferde hätten ihn dazu gebracht, sich in ein solches Abenteuer zu stürzen. Er bekam schon wacklige Knie, wenn er nur den steilen Starthang hinuntersah.

»Was erwartest du eigentlich von dem Besuch bei dem jungen Winterhalter?«, fragte Luise unvermittelt.

»Die Lösung bestimmt nicht. Aber wenn wir Glück haben, weiß er noch gar nichts von dem Mord. Es wird interessant sein, wie er darauf reagiert.«

Sie standen auf und schlenderten zurück zu ihrem Fahrzeug. Kaltenbach klappte die Sitzbank hoch und holte aus dem Gepäckfach eine Thermosflasche. »Hält Heißes heiß und Kaltes kalt.« Er schraubte den Deckel auf und bot Luise zu trinken an. »Mineralwasser mit Holundersirup. Das trinke ich zurzeit dauernd im Laden.«

Luise nahm den Becher dankbar entgegen. »Traust du dem Enkel den Mord an seinem Großvater zu?«

»Kann ich nicht sagen. Ich kenne ihn ja kaum.« Er dachte an die gestrige Begegnung im Maisfeld und an die verweinten Augen der Bauerstochter. »Aber Geldgier ist immer ein Motiv. Für die meisten Menschen jedenfalls.«

Im Schritttempo schlängelte sich Kaltenbach durch die Reihen der parkenden Autos zurück auf die Straße. Direkt vor ihnen setzte sich ein Rudel von etwa zehn Motorradfahrern blubbernd in Bewegung. Alle waren schwarz gekleidet. Sie ordneten sich in einer Reihe hinter ihrem Anführer an, einer nach dem anderen wie eine dunkle zornige Raupe. Kaltenbach ließ sie ein Stück vorausfahren, bis sie in dem Waldstück Richtung Glottertal verschwanden. Dann gab auch er Gas und fuhr los.

Die Gleitschirmflieger saßen immer noch im Gras und warteten.

Die Werkstatt des jungen Winterhalter musste irgendwo in einer Seitenstraße im oberen Glottertal sein. An einer Straußwirtschaft kurz hinter dem Ortseingang hielt Kaltenbach an und fragte. Die Abzweigung, die sie suchten, kam bereits wenige Meter dahinter. Sie fuhren über eine kleine Brücke und bogen dann ein weiteres Mal nach links in eine Stichstraße ab. Drei ältere Einfamilienhäuser standen nebeneinander auf der den Feldern zugewandten Seite. Am Ende stand ein etwas heruntergekommenes Gebäude, das sich von den übrigen deutlich abhob. Früher musste es einmal ein Bauernhof gewesen sein. Jetzt sah es aus wie eine Mischung aus Wohnhaus, Laden, Schuppen und Garage. Direkt neben der Eingangstür war eine Art Schaufenster. Es war leer bis auf einen roten Spielzeugtraktor und ein angelaufenes Blechschild, das für Landmaschinen warb. An der Innenseite klebte ein Plakat, das für ein zwei Wochen zurückliegendes Treckertreffen in St. Peter warb.

Kaltenbach stellte die Vespa ein paar Meter weiter entfernt an den Straßenrand. Sie zogen ihre Helme ab und hängten sie über den Lenker.

»Das sieht nicht gerade vertrauenerweckend aus«, meinte Luise. »Ob wir hier richtig sind?«

»Doch, doch. Sieh hier, unter der Klingel steht der Name.«

Unter der Sprechanlage waren zwei Knöpfe mit ausgebleichten Namensschildern. »Winterhalter Landmaschinen und Zubehör«, las Kaltenbach. Darüber abgekürzt J. Winterhalter.

»Was willst du ihm sagen?«, fragte Luise.

»Mir wird schon etwas einfallen«, murmelte Kaltenbach. »Schau mal, es ist offen.«

Er drückte die Haustür auf und trat ein. Vor ihnen lag ein schmaler Gang, von dem mehrere Türen abzweigten. Der Flur war leer bis auf eine Wandgarderobe, an der eine Jeansjacke hing. Darunter ein einfaches Schränkchen mit zwei Paar Schuhen davor.

Die erste Tür nach rechts stand weit offen. Kaltenbach und Luise traten ein. Der Raum hinter dem Schaufenster schien Winterhalters Büro zu sein.

Das Zimmer war spartanisch eingerichtet. Ein älterer Ikea-Schreibtisch mit einem schnurlosen Telefon, ein Flachbildschirm, daneben eine doppelte Ablage, in der sich kreuz und quer Papiere und Umschläge stapelten. Der Rechner war ausgeschaltet. An der Wand hinter einem dunkelblauen Bürosessel einfache Regale, ein paar Ordner und Bücher. Vor dem Fenster standen zwei Lederimitatstühle an einem niedrigen Tisch, darauf ein paar Prospekte und ein halb voller Aschenbecher. Auf einem Sideboard lagen mehrere Stapel Zeitschriften, alle schon älteren Datums und ziemlich angefleddert. Auto-Motor-Sport, ComputerBild, Focusmagazine, ein Geo-Heft mit einem Dinosaurier auf dem Titelblatt. An der Wand eine Uhr mit dem Werbeaufdruck eines deutschen Lkw-Herstellers. Hinter dem Schreibtisch führte eine Tür nach draußen. Über allem hing der unangenehme Geruch von altem Zigarettenrauch.

Kaltenbach griff nach den Papieren in der Ablage. Was er sah, waren Rechnungen, Mahnungen, Post vom Finanzamt, Kundenbeschwerden. Es sah nicht so aus, als gingen die Geschäfte von »Winterhalter Landmaschinen und Zubehör« gut.

Luise öffnete die Tür hinter dem Schreibtisch, durch deren Milchglasfenster das Licht hereinfiel. Sie führte hinaus auf einen Hinterhof. Hier gab es einen weiteren Schuppen und eine Werkstatt. Davor stand der Geländewagen, mit dem Winterhalter Kaltenbach gestern fast umgefahren hatte. Mehrere Haufen Schrottteile lagen herum, Reste von einem Pflug, verbogene Metallstangen, ein alter Traktorsitz, ein paar Blechkanister ohne Aufschrift, alte Reifen in verschiedenen Größen. Dazwischen wucherten Gras und Unkraut. Durch das Fenster der Werkstatt sah man eine einfache Hebebühne, Werkzeug lag auf dem Boden. Es roch nach Öl.

Die Tür des Schuppens wurde aufgestoßen. Ein Mann trat heraus, unsicher auf den Beinen, sein Gesicht war gerötet, die Haare ungekämmt. Obwohl er ihn nur kurz gesehen hatte, erkannte Kaltenbach Jonas Winterhalter sofort. Der Enkel des Kirchmattbauern war betrunken und keineswegs erfreut, Besuch zu bekommen.

»Geschlossen!«, stieß er mühsam hervor. »Feierabend. Könnt wieder gehen!« Er musste sich an der Tür des Schuppens festhalten. Trotzdem schwankte er bedrohlich.

Luise versuchte es mit einer freundlichen Anrede. »Sind Sie Herr Winterhalter?«

Er starrte sie mit trüben Augen an. »Winterhalter. Jawoll. Feierabend. Heute gibt's nix mehr. Heute nicht. Und morgen auch nicht. Verschwindet.« Er sprach langsam und abgehackt. Seine Zunge war ihm im Weg.

»Wir kommen aus Maleck.« Kaltenbach versuchte, so normal wie möglich zu sprechen. »Wir sollen Ihnen Grüße ausrichten.«

»Grüße? Aus Maleck?« Winterhalter versuchte sich aufzurichten. »Ihr könnt mich alle mal! Kuhdorf, elendes. Alles Idioten. Alle gleich.« Er atmete schwer.

»Ihre Mutter …«

»Meine Mutter?« Winterhalter spuckte auf den Boden. »Das ist die Schlimmste. Die Schlimmste ist das! Gönnt mir nichts, gar nichts.« Die Stimme schlug ins Weinerliche um. »Das einzige Kind, nichts.«

Kaltenbach wurde das Ganze unangenehm. Einen derartigen Gefühlsausbruch hatte er nicht erwartet. Aber hier war kein vernünftiges Gespräch möglich. Er entschied sich, einen letzten Versuch zu wagen.

»Das mit Ihrem Großvater tut mir leid.« Er versuchte, so ruhig zu sprechen wie möglich. »Es ist furchtbar, dass er umgebracht worden ist.«

Winterhalter hielt mitten in seinen schwankenden Bewegungen inne. In seinem Gesicht konnte man sehen, wie er versuchte, seine Gedanken zu ordnen. »Umgebracht?«, wiederholte er ungläubig. »Was redest du für einen Scheiß? Wer sagt so etwas?«

Kaltenbach beobachtete den Mann. Die Überraschung schien echt. Winterhalter hatte von den Ermittlungen der Kriminaltechnik noch nichts mitbekommen.

»Die Polizei und die Versicherung …«

»Die Versicherung!«, fuhr Winterhalter dazwischen. Seine Stimme kehrte zu ihrer alten Lautstärke zurück. »Die Versicherung! Das sind die Schlimmsten. Die Übelsten sind das. Wollen nicht zahlen. Aber ich«, schrie er und stieß sich mit dem Daumen vor die Brust, »ich krieg das Geld. Das ist mein Geld. Meins!«

Plötzlich straffte er sich. Seine Augen nahmen ein gefährliches Glitzern an. »Moment mal.« Er stieß sich von der Tür ab und wankte auf Kaltenbach zu. Luise trat erschrocken zurück. »Jetzt weiß ich, was ihr wollt. Grüße! Ha, von wegen!« Er stützte sich auf der Kühlerhaube des Geländewagens ab. »Von der Versicherung seid ihr! Ausspionieren wollt ihr mich! Irgendwas anhängen wollt ihr mir!« Er griff nach einer der herumliegenden Eisenstangen. »Ich schlag euch tot! Macht, dass ihr fortkommt! Sofort!«

Kaltenbach sah, dass er schnell handeln musste. »Komm, wir gehen. Der Typ ist unberechenbar!« Er nahm Luises Hand und lief mit ihr ein paar Schritte bis zur Hofeinfahrt.

Winterhalter war stehen geblieben. Der plötzliche Zornausbruch hatte ihm zugesetzt. Schwer atmend stand er mitten im Hof und schwenkte die Eisenstange. »Haut bloß ab!«, bellte er hinter ihnen her. »Sonst …« Der Rest ging in einem undefinierbaren Krächzen unter.

Ehe Kaltenbach den Helm aufsetzte, hörte er eine Stimme über sich.

»Ich habe alles gehört. Ein übler Bursche. Passen Sie lieber auf, der ist zu allem fähig.«

Im ersten Stock des mittleren Reihenhauses beugte sich eine Frau über das Fenstersims. Sie war Mitte 60, hatte kurz geschnittene Haare und trug eine modische rotgeränderte Brille. In der Hand hielt sie eine grüne Zimmergießkanne aus Plastik.

»Was wollt ihr denn von dem?«

Kaltenbach blickte zurück zur Hofeinfahrt. Winterhalter war nicht zu sehen. »Winterhalter Landmaschinen. Der Laden scheint nicht gut zu laufen, oder?«

»Das ist untertrieben.« Die Frau kicherte. »Der hat seit Wochen keine Kundschaft mehr gehabt. Mich wundert's nicht!«

»Er wirkt nicht sonderlich vertrauenerweckend«, meinte Luise. Sie schien immer noch erschrocken über die plötzliche Aggression des Mannes.

»Nett gesagt.« Die Frau kicherte wieder. »Vom Ort geht da keiner mehr hin. Und von auswärts sowieso nicht. Wisst ihr«, ging sie zur alemannischen Höflichkeitsform über, »am Anfang, als der herkam, war es ja ganz praktisch. Endlich noch ein Mechaniker für die Bauern im Glottertal. Der alte Bucher hinterm Sportplatz war ja völlig überlastet. Aber das hat nicht lange gehalten. Der Kerl hat schlecht gearbeitet. Ich könnte euch Sachen erzählen.«

Kaltenbach war sich sicher, dass sie das konnte. Die neugierige Nachbarin hätte sich mit Frau Kölblin gewiss bestens verstanden.

»Wissen Sie, ob er Geldprobleme hatte? Schulden vielleicht? Immerhin hat er ein teures Auto.«

Sie fuchtelte mit der Gießkanne durch die Luft. »Das Haus gehört ihm, das Auto auch. Ob er Schulden hat, weiß ich nicht. Keiner kennt ihn so genau. Ich möchte schon mal wissen, von was der lebt. Vielleicht hat er geerbt. Oder er hat eine reiche Freundin.« Wieder das Kichern. »Aber gesehen habe ich noch keine.«

»Seid ihr noch nicht fort, ihr Saubande!« Winterhalter stand breitbeinig in seiner Hofeinfahrt. In der Hand hielt er eine Flasche.

Luise zog den Helm auf. »Komm, Lothar, wir fahren besser!«

Kaltenbach nickte. Er winkte zu der Frau hinauf. »Wir müssen. Vielen Dank. Und passen Sie auf!« Er schwang sich auf die Vespa und betätigte den Starter. Im Rückspiegel sah er, wie Winterhalter drohend die Flasche schwenkte.

»Keine Sorge.« Die Nachbarin grinste grimmig. »Mit dem werde ich noch lange fertig.«

Kaltenbach zweifelte keine Sekunde daran. Er nickte und fuhr los.

KAPITEL 10

Am späten Nachmittag parkte Kaltenbach seinen Wagen am Rande des Maisfeldes kurz hinter der Abzweigung zur Gärtnerei Keller. Nach dem Abstecher ins Glottertal waren sie zurück nach Maleck gefahren und hatten die Fahrzeuge getauscht.

Kaltenbach wäre gerne zu Hause geblieben, doch Luise hatte darauf bestanden, zum Baggersee zu fahren.

»Daheim rumhocken kannst du noch lange genug«, hatte sie ihm zu verstehen gegeben. »Außerdem wird dir ein bisschen Bewegung guttun.«

Bewegung bekam Kaltenbach mehr, als ihm lieb war. Der Parkplatz an der Straße nach Riegel war überfüllt, und so mussten sie wieder ein gutes Stück zurückfahren und von dort aus zu Fuß gehen. Die kleine Liegewiese an der Vorderseite des Sees war völlig überfüllt. Obwohl es schon nach sechs war, herrschte ein Trubel wie im Freibad. Kinder rannten umher, Teenies kreischten und posierten für Handyselfies. Bälle und Frisbees flogen durch die Luft, aus etlichen Radios tönte ein multikultureller Musikmix von Helene Fischer bis zu arabischem Rap. Überall bunte Decken, Handtücher, Liegestühle und Campinghocker. In der schwülen Luft hingen Schwaden von Sonnenmilch und gegrilltem Schweinenacken.

»Das ist nicht dein Ernst!« Kaltenbach startete einen letzten Versuch, Luise umzustimmen. »Wir gehen wieder. Ich lade dich ein. In der Waldschänke gibt es zurzeit ein fantastisches Abendbuffet!«

»Nichts da.« Sie wandte sich nach rechts. »Einladen kannst du mich später noch. Jetzt weiß ich etwas Besseres. Komm mit!«

Auch der schmale Ufersaum zwischen Wasser und Maisfeld abseits der Liegewiese war gut besetzt. Hier standen einige weit ausladende Erlen, deren dunkelgrüne Blätter willkommenen Schatten spendeten.

Erst am Ende des Sees dünnte es allmählich aus. Schließlich standen sie vor einem Schild. »Tier- und Pflanzenschutzzone. Baden und Wassersport verboten«, las Kaltenbach. Im Wasser vor ihnen lag über die gesamte Breite des Sees ein schwimmender Balken, der für jeden sichtbar den Schutzbereich abteilte. Von hier aus wurde der Uferbereich schlammig und war dicht bewachsen mit Schilf.

»Na toll. Genau das Richtige.«

»Ein Stück noch«, ermunterte ihn Luise. Sie kletterte über einen alten Baumstamm. Dahinter verengte sich der Weg zu einem Trampelpfad, halb zugewuchert mit Gräsern, Efeuranken und tief hängenden Zweigen. Im Schilf raschelte es. Mit einem erschrockenen »Kiwitt, Kiwitt!« flog ein kleiner brauner Vogel auf und verschwand im nahe gelegenen Auwald.

Nach ein paar Minuten wurde der Weg wieder etwas breiter. Das Dickicht lichtete sich. Als sie herauskamen, sah Kaltenbach, dass sie den hinteren Teil des Sees umrundet hatten. Die Liegewiese lag von hier aus auf der genau gegenüberliegenden Seite. Der Lärm und das Geschrei wehten nur schwach zu ihnen herüber. Ansonsten waren sie allein. Keiner hatte Lust, den weiten Weg bis zu diesem Platz zu gehen.

Vor einem Baumstumpf breitete Kaltenbach die Decke aus, der Waldboden war hier einigermaßen eben. Die Handtücher hängte er über einen Ast. Luise stellte die Kühlbox unter einen Busch am Rande des Ufers. Dann zogen sie sich rasch um und stiegen ins Wasser.

Es war überraschend kühl. Kaltenbach watete vorsichtig über den schlammigen Grund, aus dem ein paar Kiesel herausragten. Luise beugte sich und bespritzte ihn mit einer Wasserfontäne, eine zweite folgte sofort hinterher. Sekunden später tollten sie wie zwei ausgelassene Teenager im Wasser herum.

Später machten sie sich über den Obstsalat her, den Luise in Kaltenbachs Küche noch rasch geschnippelt hatte. Kaltenbach hatte eine Flasche Winzersekt von Onkel Josefs Weingut spendiert. Er füllte zwei Gläser, die er extra mitgenommen hatte.

»Auf Freiburgs kommenden Hollywoodstar!«

»Auf Emmendingens Hercule Poirot!«

Danach gingen beide noch einmal ins Wasser. Miteinander schwammen sie ein Stück in Richtung Mitte des Sees. Luise glitt mit anmutigen Bewegungen durchs Wasser und war stets ein Stück voneweg. Kaltenbach war es in diesem abgelegenen Teil des Baggersees nicht ganz geheuer. Einmal schreckte er zusammen, als etwas Weiches seine Beine streifte, von dem er nicht wusste, was es war. Das Wasser war zwar sauber, doch dunkel, und man sah höchstens einen Meter in die Tiefe.

Später streckten sie sich nebeneinander auf der Decke aus. Es war immer noch so warm, dass ihnen ihre Badesachen in wenigen Minuten am Körper trockneten. Über dem Wasser begann das Spiel der Mücken in der Abendsonne.

Luise trank den Rest des Sektes. »Meinst du, er wäre wirklich auf uns losgegangen?«

»Der junge Winterhalter?« Kaltenbachs Blick schweifte über den See. »Ich weiß nicht. Man sagt ja, Hunde, die bellen, beißen nicht.«

»Der war vielleicht blau. Ich habe nie verstanden, dass sich Menschen derart gehen lassen können.« Sie trank das Glas aus und tauchte es in das Wasser, um es sauber zu spülen. »Aber es klang auch so etwas wie Verzweiflung durch.«

Kaltenbach beugte sich zu ihr und küsste sie auf die

Wange. »Dafür, dass du immer das Gute im Menschen sehen willst. Und wenn es noch so ein Ekel ist.«

»Würde ich sonst mit dir hier liegen?«

Kaltenbach grinste und revanchierte sich mit einer Kitzelattacke. Luise lachte laut auf und krümmte sich. »Das ist der Beweis! Du bist ein Ungeheuer, das sich an wehrlosen Frauen vergeht!«

»Wenn sie so frech sind wie du!« Er schlang den Arm um sie und küsste sie auf den Bauch. Sie fuhr ihm liebevoll mit den Fingern durch die Haare.

»Zwischen ihm und seiner Mutter stimmt etwas gewaltig nicht«, sagte sie. »Hast du gehört, wie er sich über sie ausgelassen hat? Die Schlimmste von allen sei sie. Wer so etwas über seine eigene Mutter sagt …«

Kaltenbach erinnerte sich an den Besuch auf dem Kirchmatthof. Der Gegensatz konnte nicht größer sein. Der wütende Sohn im Wagen, die weinende Mutter auf der Treppe. Das schlampige Büro und die sauber aufgeräumte Küche. Er fragte sich, welche Rolle der alte Bauer in diesem Gefüge eingenommen hatte.

»Trotzdem. Die Emotionen sind das eine. Da hineinzuschauen, ist schwierig. Aber es gibt Tatsachen.« Er stützte sich mit beiden Armen auf und sah einer Krähe nach, die mit kräftigem Flügelschlag über den See Richtung Westen flog. »Tatsache ist nun einmal, dass Jonas Winterhalter dringend Geld braucht. Wahrscheinlich hat er fest damit gerechnet, dass seine Mutter jetzt den Hof verkaufen wird. Dazu ein dicker Batzen von der Versicherung. Beides klappt nicht, bei beidem gibt es Schwierigkeiten. Und er kann nichts daran ändern.«

Zwei weitere Krähen zogen über ihnen hinweg, gleich dahinter weitere drei.

»Du meinst, er hat …?«

»Möglich. Wem nützt denn der Tod des Bauern am meisten? Grafmüller hatte sich gleich auf die Tochter festgelegt. Das war auch mein erster Verdacht. Aber jetzt, nachdem ich beide kennengelernt habe, bin ich mir nicht mehr so sicher.«

»Du verdächtigst ihn, seinen Großvater umgebracht zu haben? Und jetzt stellt sich heraus, dass alles umsonst war? Das würde einiges erklären.«

»Der Junge braucht Geld. Er will nicht warten. Vielleicht hat er Schulden, ziemlich sicher sogar. Er steht unter Druck. Und vergiss eines nicht: Er kennt sich mit Landmaschinen bestens aus. Er weiß, wie man etwas an einem Traktor verändert, ohne dass es auffällt. Und er hat das nötige Werkzeug dazu.«

»Das mit dem Know-how und dem Werkzeug gilt aber genauso für Elisabeth Winterhalter. Außerdem stand der Traktor auf ihrem Hof.«

Aus der Handvoll Krähen war inzwischen ein ganzer Schwarm geworden. Eine dunkle Wolke von etwa 100 Tieren zog mit lautem Krächzen über den Himmel, der sich allmählich zu verfärben begann.

Luise stand auf und zog ihren Rock über die Bikini-Hose. »Hast du dir schon mal überlegt, dass sie ihrem Sohn vielleicht gar nichts geben wollte? Man kann nicht automatisch davon ausgehen, dass sie ihn beteiligt hätte. Zumindest nicht gleich.«

Neben einem alten Baumstamm, der wenige Meter vor ihnen aus dem Wasser ragte, erschien geräuschlos ein faltiger kleiner Kopf mit winzigen Augen. Eine handtellergroße Schildkröte zog sich mühsam an dem Holz empor und kroch ein Stückchen bis zu dem Teil, der noch in der

Sonne lag. Eine zweite folgte und legte sich daneben. Die beiden Panzer glitzerten feucht.

Fasziniert beobachtete Kaltenbach die beiden Tiere. Teilen statt kämpfen. Diese Geschöpfe waren klüger als manche Menschen.

»Du hast recht.« Er stand ebenfalls auf und zog sich an. »Wir sollten niemanden vorschnell verurteilen, nur weil er unsympathisch ist. Vielleicht steckt noch etwas dahinter, von dem wir bisher noch gar nichts ahnen.«

Luise lächelte. »Die Ahnungen des Herrn Kaltenbach. Ich bin gespannt.« Sie zog ihr T-Shirt über und griff sich die Kühltasche. Kaltenbach faltete Decke und Handtücher zusammen und klemmte sie sich unter den Arm. »Zurück will ich aber anders herum. Das geht schneller. Und wenn wir Glück haben, hat man uns in der Waldschänke noch etwas übrig gelassen.«

KAPITEL 11

Kaltenbach erwachte aus traumlosem Schlaf. Irgendetwas war anders. Er tastete nach dem Wecker. 3.23 Uhr.

Von irgendwoher kamen Stimmen. Laut, undeutlich. Er fuhr hoch. Im Zimmer war es dunkel. Von der Straße kam das Geräusch von rasch laufenden Füßen. Türenschlagen. Ein Automotor wurde gestartet, ein zweiter unmittelbar danach.

»Es scheint etwas passiert zu sein.« Luise stand in einem weiten Hemd am offenen Fenster und sah hinunter auf die Straße. Kaltenbach rieb sich die Augen, dann stand er auf und trat hinzu. Zwei Autos fuhren mit quietschenden Reifen Richtung Hotel »Krone«. In einzelnen Häusern brannte Licht. Ein paar Gestalten huschten über den Gehweg.

Kaltenbach schlüpfte in die Hose. Er rannte die Treppe hinunter und trat vor die Haustür. Ein weiteres Auto fuhr vorbei, seltsamerweise in die andere Richtung.

Ein paar Schritte weiter stand das Ehepaar Gutjahr hinter der Gartentür, beide mit einem Morgenmantel bekleidet.

»Was ist los?«, rief Kaltenbach. »Ist etwas passiert?«

Von Weitem hörte er jetzt eine Sirene, zuerst laut, dann leiser.

»Es brennt. Unten bei der Zaismatt.«

Das Brettenbachtal leuchtete blutrot. Kaltenbach stand mit Luise auf dem Radweg am Rand der Sexauer Landstraße. Der Kirchmatthof lag keine 200 Meter vor ihnen.

Das Prasseln und Pfeifen der Flammen hörte sich an wie ein Sturm. Meterhoch schlugen die Lohen in den Nachthimmel. Glühende Funken stoben in die Schwärze. Dicke graue Rauchwolken hüllten die Gebäude ein.

Die Feuerwehren hatten sich in Stellung gebracht. Lange Schläuche führten hoch zur Straße, andere zum offenen Wasser des Brettenbachs. Etwa zwei Dutzend Feuerwehrleute in dicken Schutzuniformen bemühten sich verzweifelt, der Gewalt des Brandes entgegenzutreten. Befehle wurden gegeben, Schreie tönten.

Drei der vier Wasserstrahlen waren auf das zentral stehende Wohnhaus gerichtet. Dort drangen schwarze Rauchwolken durch das Dach und die oberen Fenster nach außen. Die Scheune daneben brannte ebenso wie der Stall lichterloh.

Mittlerweile standen etliche Schaulustige um Kaltenbach herum. »Das Wasser reicht nicht. Sie versuchen, das Haus zu retten.« Die Sprecherin war eine etwa 70-jährige Bäuerin, die aus einem der oberhalb der Landstraße gelegenen Höfe herbeigeeilt war. »Menschenleben vor Material!«, erklärte sie wichtig. »Mein Seliger war auch bei der Feuerwehr, seit seiner Jugend. Er hat das oft erlebt.«

»Weiß man, ob jemand im Haus war?«

»Vor ein paar Minuten ist ein Sanka weggefahren. Im Eiltempo. Wahrscheinlich die Winterhalterin.«

»Die arme Frau. Zuerst der Vater, jetzt der Hof.«

»Hat sie es überlebt?«

»Man weiß es nicht.«

»Sie ist erstickt. Das überlebt keiner.«

»Rauchvergiftung. Lebensgefährlich.«

»Vielleicht hat sie Glück gehabt.«

»Man würde es ihr wünschen. Das war noch die Angenehmste der Familie.«

Stimmen flogen hin und her, Einschätzungen wurden ausgetauscht, Gerüchte in die Welt gesetzt, Theorien aufgestellt und verworfen. Währenddessen brannte das Feuer mit unverminderter Wucht weiter. Alle paar Minuten hörte man von Weitem ein dumpfes Krachen, gefolgt von einer prasselnden Funkenfontäne, wenn wieder ein Teil der Stallgebäude eingestürzt war. Die Hitze war trotz der Tropennacht auch auf die Entfernung deutlich zu spüren.

»Ich halte das nicht länger aus«, sagte Luise nach einer Weile. »Lass uns wieder heimgehen.«

Kaltenbach konnte den Blick kaum von dem Geschehen abwenden. Auf seltsame Weise war er von dem Anblick des zerstörerischen Infernos fasziniert. Eine gewaltige Macht hatte zugeschlagen und in kurzer Zeit eine Existenz vernichtet. Dies war mehr als ein Zufall. Hier wollte jemand vollendete Tatsachen schaffen. Und erneut hatte derjenige gezeigt, dass er bereit war, über Leichen zu gehen.

Kurz darauf fuhren sie mit der Vespa in die Hauseinfahrt im Brandelweg. Die Nachbarn lagen wieder im Bett, auf der Straße war es ruhig. Über den Schwarzwaldhöhen im Osten lag ein heller Saum, der rasch breiter wurde.

»Geh schon mal hoch«, meine Kaltenbach. Er warf der verdutzten Luise den Hausschlüssel zu, dann wendete er den Roller und fuhr noch einmal denselben Weg das Tal hinunter.

Der Hof brannte immer noch. Rauchwolken zogen über die Felder. Kaltenbach dachte an den Hund. Was war eigentlich aus dem Hund geworden? Hatte die Frau ihn rechtzeitig von der Kette befreien können? Oder hatte sie genug mit sich selbst zu tun gehabt?

Kaltenbach fuhr zügig. Sexau, die Elzbrücke, die Bahnunterführung. Hinter Denzlingen überquerte er die Bundesstraße 294, passierte die Blumenfelder am Ortsrand von Heuweiler. Dann Glottertal. Der Ort, kilometerlang, ein paar Häuser rechts, ein paar links, der Ortskern mit der Kirche, der Bach, die Abzweigung zur ehemaligen Schwarzwaldklinik.

Fast wäre er an der kleinen Brücke vorbeigefahren. Alles lag im Dunkel. Die drei Reihenhäuschen auf der rechten Seite. Kaltenbach nahm das Gas zurück, ließ die letzten Meter ausrollen. Auch bei Winterhalter brannte nirgends Licht. Kaltenbach stieg ab, zog den Helm herunter. Er wartete einen Moment, um seine Augen an das Dunkel zu gewöhnen. Dann die Hofeinfahrt. Er ging ein paar Schritte hinein.

Kein Geländewagen. Jonas Winterhalter war nicht zu Hause.

In Sexau fand Kaltenbach eine Bäckerei, die gerade aufmachte. Er ließ sich von einer um diese Zeit erstaunlich wachen jungen Frau drei Brezeln und ein paar Brötchen einpacken. Den Rest des Wegs fuhr er etwas langsamer.

Der junge Winterhalter war in dieser Nacht unterwegs. Was hatte das zu bedeuten? Ob er so weit gehen würde, seine Mutter derart unter Druck zu setzen? In Kauf nehmen, dass sie in den Flammen umkam? Andererseits – war er überhaupt dazu in der Lage? Noch vor wenigen Stunden war er sturzbetrunken herumgetorkelt. Musste man nicht sehr geplant vorgehen, um ein solch großes Anwesen in Brand zu stecken?

Gegen halb sechs war Kaltenbach wieder daheim. Er schloss mit seinem Zweitschlüssel auf, der hinter der Garage versteckt lag. Luise lag im Bett und schlief tief und fest. Kaltenbach schloss leise die Tür zum Schlafzimmer, dann ging er in die Küche. Er fuhr die Kaffeemaschine hoch und ließ sich einen Espresso einlaufen. Er schnitt eine der Brezeln auf, strich Butter darauf und klappte sie wieder zusammen. Dann stellte er einen der Küchenstühle auf den schmalen Balkon und setzte sich. Nach dem ersten Bissen spürte er, wie die Müdigkeit in ihm hochkroch.

In den Gärten ringsum begann das Morgenkonzert der Vögel. In diesen Tagen war tagsüber wenig von ihnen zu sehen und zu hören. Umso stärker jubilierten sie jetzt der aufgehenden Sonne entgegen. Es hörte sich an, als sei jeder

Baum in jedem Garten entlang des Brandelwegs von mindestens einem Sänger besetzt.

Der Himmel über dem Schwarzwald war inzwischen so hell, dass er das alte Kandelhotel auf der Passhöhe erkennen konnte. Die Badenfahne über der Hochburg hing wie seit Tagen unbewegt herunter. Auf dem Kirchgässle von der Zaismatt herauf tuckerte ein Traktor mit Anhänger.

Es war anzunehmen, dass die Kripo wie er den Mord und den Brand in Zusammenhang brachte. Die Spurensicherung der Polizei würde einiges zu tun haben. Immerhin war es genauso möglich, dass es gar kein Anschlag war. Ein Kurzschluss in einer alten Stromleitung? Eine Unvorsichtigkeit mit dem Holzofen? Eine Kerze? Eine Verpuffung irgendwo in den Ställen? Bei der Trockenheit der letzten Wochen genügte ein Funke. Ein alter Hof mit Holzgebäuden war ein Paradies für gefräßige Flammen.

Gerade als Kaltenbach am Eindösen war, wurde er von Luise mit einem Kuss auf die Stirn wieder zu sich gebracht. »Ich habe uns den Tisch gedeckt«, sagte sie. Sie schlang von hinten die Arme um seinen Hals. »Danke für die Brötchen.«

Kurz darauf saßen sie zusammen am Tisch. Kaltenbach hatte den zweiten Kaffee vor sich, Luise trank Orangensaft.

»Was willst du jetzt machen?«, fragte sie.

Kaltenbach legte zwei Scheiben luftgetrocknete Salami auf ein halbes Mohnbrötchen und biss hinein. »Ich weiß es nicht«, meinte er kauend. »Jahrelang, jahrzehntelang gibt es diesen Hof, diese Familie. Nur wenige Minuten von der eigenen Haustür entfernt. Du weißt fast gar nichts über diese Menschen. Ein paar Gerüchte, ein paar Vorurteile. Nichts Auffälliges.« Er trank einen Schluck Kaffee. »Dann plötzlich wird alles anders. Über Nacht jagt eine Tragödie

die andere. Man will etwas tun. Verstehen. Helfen. Irgendetwas.« Er schüttelte den Kopf. »Man kommt sich hilflos vor. Ausgeliefert.«

Luise griff nach seiner Hand und drückte sie. »Mach dir nicht so viele Gedanken. Die Polizei wird das Nötige tun. Es ist nicht deine Aufgabe.«

Kaltenbach sah sie an. »Du verstehst mich nicht. Es ist mehr als das. Jeden Tag wird man vollgeschüttet mit Katastrophen und Schreckensmeldungen aus dem Nahen Osten, aus Afghanistan, aus Südamerika. Terroranschläge, Zugunglücke, Wirtschaftskrisen, Amokläufe. Kein Mensch kann das aushalten. Und doch sehen wir es uns an. Weil es nicht hier passiert, sondern anderswo. Irgendwo. Und damit für unser Bewusstsein gar nicht existiert. Bürgerkrieg in Afrika? Bei uns wissen 90 Prozent der Bevölkerung überhaupt nicht, was Krieg bedeutet. Dürrekatastrophe? Alles ist nur im Kopf. Bei uns regnet es zwei Wochen nicht, aber die Kühlschränke sind voll, die Schwimmbäder überlaufen, die Dusche wahlweise kalt, heiß oder handwarm. Und man beklagt sich, dass man den Rasen nicht mehr sprengen soll.«

Kaltenbach hatte sich in Rage geredet. Er legte das angebissene Brötchen auf den Teller. »Der Kirchmatthof ist hier. Um die Ecke. Bewohnt von richtigen Menschen. Mit richtigen Freuden und Sorgen und Ängsten. Was ich tun werde? Ich will wissen, was dahintersteckt! Und ich will es verstehen! Was bringt die Menschen dazu, so etwas zu tun?«

Luise stand auf und nahm ihn in den Arm. »Mir geht es auch nicht anders. Aber ich fürchte, im Moment können wir nur abwarten.«

»Wir?«

»Ich bin bei dir. Das weißt du.«

Für kurze Zeit blieben sie beide stumm. Dann stand Kaltenbach auf und ging zur Kaffeemaschine. »Bohnen nachfüllen«, blinkte es auf dem Display.

»Willst du auch einen?«

»Jetzt ja«, sagte Luise und trank den Rest ihres Saftes aus. »Ein schöner Cappuccino wäre nicht schlecht.«

Kaltenbach hängte den dünnen Plastikschlauch in die Milchtüte und drückte den Startknopf. Ein leises Summen ertönte, dann ein Zischen.

»Wahrscheinlich hast du recht. Wir sollten die Polizei ihre Arbeit machen lassen. Trotzdem werde ich weiter Augen und Ohren offen halten.«

Er reichte Luise die Tasse. Für sich drückte er einen weiteren Espresso. Wahrscheinlich würde er demnächst das Herzflattern bekommen. Aber das war ihm im Moment egal. »Wann bist du heute fertig?«

»Nachher muss ich noch mal eine Stunde hoch. Dann ist erst einmal Pause. Die Komparsen sind erst übermorgen wieder dran.«

»Wann kommst du?«

Luise räusperte sich. »Gar nicht. Ich fahre gleich anschließend nach Freiburg. Ich muss dringend ein paar Sachen erledigen. Unter anderem Wäsche waschen.«

»Aber das kannst du doch auch hier!«

»Ich weiß. Aber es ist auch sonst einiges liegen geblieben.«

»Hat sich mit dem Galeristen etwas ergeben?«

»Er hat sich noch nicht gemeldet.«

»Dann ruf ihn an!«

»Ich glaube nicht, dass er das so gerne hätte. Er macht einen vielbeschäftigten Eindruck. Außerdem will ich nicht, dass er glaubt, ich laufe ihm hinterher.«

»Du wärst aber schon glücklich, wenn er dir zusagt?«
»Das wäre der Knaller. Ein Traum. Dafür würde ich alles geben. Sogar bis nach Basel laufen.«
»Aber anrufen würdest du nicht?«
»Das verstehst du nicht.«
»Nein.«

KAPITEL 12

Pünktlich um neun schloss Kaltenbach die Eingangstür zu seinem Laden auf. Martina hatte alles tipptopp hinterlassen. Auf der Theke lag ein Zettel.

»Der Achkarrer Rosé ist alle. Denk an den Onkel.«

Das war typisch. Sie brachte das Wesentliche auf den Punkt. Wobei die Nachbestellung das Einfachere sein würde.

In der ersten Stunde blieb es erstaunlich ruhig. Dabei hatte Kaltenbach fest damit gerechnet, dass nach seinem Auszeittag die üblichen Verdächtigen nicht lange auf sich warten lassen würden.

Ihm war es recht. Seine Verfassung erinnerte ihn an seine Studentenzeit. Damals war es gang und gäbe, ab und zu eine Nacht durchzumachen. Man traf sich bei irgendjemandem in irgendeiner Bude, oder, wenn das Wetter danach war, an der Dreisam, auf der Sternwaldwiese oder im damals nach der Bundesgartenschau neu entstandenen Seepark. Am Morgen war man vollkommen übernächtigt und aufgekratzt gleichzeitig. Danach ging es in die Vorlesung.

Er hatte keine Ahnung, ob die heutigen Studenten sich so etwas noch leisten wollten oder konnten. Er hatte gehört, dass der moderne Universitätsbetrieb immer stärker gestrafft und verschult wurde. Und die künftigen Akademiker wollten schneller an das große Geld.

An diesem Morgen spürte er überdeutlich, dass er keine 20 mehr war. Sein Kopf fühlte sich an wie ein vermatschter Kürbis, andauernd klappten ihm die Augenlider herunter. Selbst mit Kaffee ließ sich nicht viel ausrichten.

Er zwang sich zu einfachen Arbeiten. Regale mit Flaschen auffüllen, Etiketten nach vorne ausrichten, Preisschilder schreiben. Wenn er sich in den Sessel gesetzt hätte, wäre er eingeschlafen. Die beiden Kunden, die bis zehn kamen, überließ er sich selber, ließ sie sich umsehen und beschränkte sich auf ein routiniertes Lob für ihre ausgezeichnete Wahl.

Es half alles nichts. Er überlegte, ob er abschließen und sich eine halbe Stunde hinlegen sollte, als Grafmüller hereinplatzte, schnell, laut und eifrig wie immer.

»Kannst du nicht einmal an dein Handy gehen?«, hielt er Kaltenbach ohne Begrüßung entgegen. »Derzeit ist die Hölle los, und mein Informant ist nicht erreichbar. Hast du schon die BZ gelesen?«

Kaltenbach nahm sich zusammen. »Nein, habe ich nicht. Aber du wirst mir sicher gleich sagen, was wichtig ist.«

»Der Mord ist bestätigt. Ich hatte recht. Die Winterhalterin hat nachgeholfen!«

Kaltenbach riss die Augen auf. »Das hast du geschrieben?«

»Natürlich nicht. Immer schön bei den Fakten bleiben. Aber für mich ist die Sache klar. Und jetzt hat sie auch noch ihr Haus angezündet. Man munkelt etwas von Feuerversicherung. Also bitte!«

»Aber sie ist ins Krankenhaus eingeliefert worden!«

»Ja und? Ich habe heute Morgen schon angerufen. Es ist nichts Schlimmes. Ein, zwei Tage, dann ist sie wieder draußen.«

Kaltenbach war erleichtert. Das war eine gute Nachricht. Das Bild des brennenden Hofes stand immer noch deutlich vor seinem inneren Auge.

»Willst du etwas trinken?«

»Nein danke. Ich wollte nur sehen, ob du wieder da bist. Die Ereignisse überschlagen sich. Der Artikel von heute Morgen ist jetzt schon wieder überholt. Aber in der Digitalausgabe habe ich schon etwas Neues geschrieben. Mit Fotos von heute Nacht. Spektakulär. Auch wenn's schlimm ist. Du warst doch sicher auch dort. Hast du etwas erfahren? Was sagen die Leute?«

»Die meisten sind entsetzt und bedauern die Frau.«

»Und weiter?«, drängte Grafmüller. »Trauen sie ihr das zu, selbst den Brand gelegt zu haben?«

Kaltenbach schüttelte den Kopf. Er wusste nicht, warum, aber er hatte das Bedürfnis, Elisabeth Winterhalter in Schutz zu nehmen. Gerüchte würde es auch so genug geben.

»Da ist keine Rede davon. Ein Unglück, sagen die meisten. Vielleicht ein Kurzschluss. Die Hitze.«

»Die Hitze, die Hitze!« Grafmüller ruderte mit den Armen. »Ich sage dir eines: Das ist eine brisante Sache.

Du wirst schon sehen.« Er schaute auf die Uhr. »Mist, schon so spät. Die Redaktionskonferenz beginnt in zehn Minuten. Aber wir sind noch nicht zu Ende, wir beide!« Er schüttelte den Kopf und wandte sich zum Gehen. »Eigentlich bin ich nur schnell vorbeigekommen, weil ich dich ja sonst nie erreiche! Ich wollte dir sagen, dass ich inzwischen einiges über die Grundstücke herausbekommen habe. Komm doch nachher mal vorbei, das wird dich interessieren!«

»Salli, Walter!« Grafmüller stieß beim Hinausgehen mit Walter Mack zusammen, der eben in der Tür auftauchte. »Wir reden nachher, ich ruf dich an«, sagte er zu ihm. Dann wandte er sich noch einmal zu Kaltenbach. »Bis später bei mir im Büro!«, rief er ihm über die Schulter zu. Im nächsten Moment war er draußen.

»Multitasking. Ich dachte, das können nur Frauen!« Walter grinste. »Hier habe ich etwas Wichtiges.« Er öffnete die lederne Aktentasche, die er mitgebracht hatte, und zog ein Blatt Papier heraus. »STOPPT EMMENDINGEN 3000 SOFORT!«, stand in fetten Großbuchstaben am oberen Ende, darunter etwas kleiner: »Kein Megaprojekt gegen den Willen der Bürger!« Eine Liste mit Namen und Unterschriften folgte.

»843 habe ich schon«, erklärte Walter stolz. »Und es werden immer mehr. Das wird der OB nicht ignorieren können!«

»Nicht schlecht!« Kaltenbach nickte anerkennend. Eines musste er Walter zugutehalten. Er gehörte zu den wenigen, die großen Worten auch Taten folgen ließen. »Und du glaubst, damit wird das Ganze abgeblasen?«

»Natürlich!« Walter gab sich selbstbewusst. »Vielleicht nicht gleich. Obwohl es in meinen Augen längst überfällig ist. Mord und Totschlag! Feuerterror! Das muss sofort aufhören!«

»Du meinst, das hängt zusammen?«

»Absolut. Wer nicht pariert, wird eingeschüchtert. Das ist das Wesen des Kapitalismus. Willst du nicht mein Bruder sein, so schlag ich dir den Schädel ein!«

Kaltenbach verkniff sich eine Antwort. Auch wenn Walter einer seiner engsten Freunde war, hatte er es schon vor Jahren aufgegeben, mit ihm politische Diskussionen zu führen. Anfangs hatten sie sich in hitzigen Auseinandersetzungen über Gott und die Welt gestritten. Doch irgendwann einmal hatte Kaltenbach gemerkt, dass die Gespräche für den bekennenden Altachtundsechziger weniger ein echtes Austauschen von Argumenten waren. Viel mehr dienten sie stets der ideologischen Überzeugungsarbeit. Obwohl Kaltenbach auf diese Weise eine Menge dazulernte, hatte er darauf irgendwann einmal keine Lust mehr.

Heute schon gar nicht. Er war schlichtweg viel zu müde. Er setzte Name und Unterschrift auf die Liste und wünschte viel Erfolg.

Walter packte das Blatt wieder ein. »Danke. Ich muss auch gleich wieder. Bis übermorgen will ich die Tausend voll haben. Du kommst doch auch?«

Kaltenbach verstand nicht. »Was meinst du?«

»Die große Infoveranstaltung! Ich habe Grafmüller überzeugt, dass die einzige Tageszeitung am Ort die Pflicht zur Meinungsbildung wahrnehmen muss. Es wird eine Podiumsveranstaltung geben, von der BZ initiiert. Der OB ist eingeladen, der Leiter der Kripo, der Vorsitzende des Hochburgvereins, die Ortsvorsteher, alle. Dazu natürlich Altstätter, der Investor. Die Pläne müssen glasklar auf den Tisch, alles muss transparent gemacht werden. Als Höhepunkt werden dann die Unterschriften vorgelegt. Lebendiger Ausdruck des Bürgerwillens! Jeder wird sehen, wie der Hase läuft. Das Projekt ist in meinen Augen gestorben!«

»Ja, dann!« Kaltenbach blieb nicht viel anderes übrig, als die Pläne seines Freundes zur Kenntnis zu nehmen. Ob sich die Beteiligten davon beeindrucken ließen, war eine andere Sache.

»So, die Herre. Sin er am Schaffe?«

Eine vertraute Stimme kündigte einen weiteren Besuch an. Kaltenbach holte tief Luft. Sein Nickerchen im Hinterzimmer konnte er vergessen. Aller »guten« Dinge sind drei, dachte er. Aber dass es an einem gebrauchten Vormittag wie diesem ausgerechnet die Höchststrafe sein musste, ließ ihn endgültig aufgeben.

Er ließ sich in den Sessel fallen, während Walter die Gelegenheit nutzte, sich mit einem freundlichen Gruß davonzumachen.

»Bue, was hesch? Scho miedgschafft hit morge? 'S isch schu anders, wenn dr Scheff selber im Lade schdoht, gell? Gang hol mir ebbis z' trinke, dann kannsch verzelle!«

Kaltenbach stemmte sich seufzend wieder hoch. Aus Frau Kölblins Mund war dies keine Bitte, sondern ein Befehl. Er schlurfte ins Hinterzimmer und holte Wasser aus dem Kühlschrank und frische Gläser aus dem Regal. Dazu ließ er zwei Tassen Kaffee einlaufen.

Als er zurückkam, hatte es sich Frau Kölblin in seinem Sessel bequem gemacht. Es war ihr Stammplatz, den sie mit größter Selbstverständlichkeit einnahm. Heute war ihre opulente Gestalt von einer Tücherkomposition aus Gelb und Orange umweht. Außerdem schwitzte sie noch mehr als sonst. Ihre Wangen und ihr Hals waren stark gerötet.

Trotzdem kam sie Kaltenbach darunter sehr blass vor. Sie litt sichtlich unter der Dauerhitze.

Sie brauchte eine ganze Weile und ein volles Glas Wasser, ehe sie wieder einigermaßen zu Atem kam.

»O wenns nur endlich rägne däd!«, stöhnte sie. »Oder wenigschdens e paar Wolke hett! D' Hitz duet me net guet. Hitt Mittag blib ich daheim!«

Kaltenbach ahnte, wie schwer ihr das fallen musste. Die täglichen ausgedehnten Rundgänge durch die Stadt waren Erna Kölblins Lebenselixier.

»Gib mir noch e Glas. Und jetz verzell!«

Kaltenbach schenkte ihr nach. Er wusste, dass er dieses Mal um einen ausführlichen Bericht nicht herumkam. Er begann an dem Moment, als er in der Nacht geweckt wurde, beschrieb ausführlich, was er vor Ort im Brettenbachtal gesehen und erlebt hatte, und schmückte das Ganze mit ein paar Originalstimmen von Feuerwehrleuten und Schaulustigen aus. Seine kurze Fahrt ins Glottertal ließ er weg.

Frau Kölblin hörte gebannt zu. Sie unterbrach ihn entgegen ihrer Gewohnheit kein einziges Mal. Den Kaffee rührte sie nicht an. Sie nippte lediglich an ihrem Wasserglas und ließ ab und zu ein »Ach Gott«, »Oje!« oder Ähnliches hören. Dazwischen tupfte sie sich immer wieder mit einem ihrer Spitzentaschentücher den Schweiß von Stirn und Hals.

Nachdem Kaltenbach geendet hatte, blieb sie für einen Moment still. »Des isch grueslig, wenn's brennt«, meinte sie schließlich. »Ich weiß noch guet, domols in der Unterstadt …« Kaltenbach rechnete mit einer ausführlichen Erinnerung, als Antwort sozusagen. Doch sie brach ab.

»Weisch du ebbis vu de Frau?«, fragte sie stattdessen.

»Sie haben sie hoch ins Krankenhaus gebracht. Grafmüller hat sich schon erkundigt, er meinte, es sei nicht so schlimm. Genaues wusste er nicht.«

»Ich sag dir Bscheid, wenn ich ebbis mitkrieg.«

Kaltenbach nickte. Sie wusste sicher genau, wen sie fragen musste.

»Un de Hund?«

»Der Hund?«

»Was isch mit dem Hund? Du hesch doch verzellt ...«

Sie brach ab und fasste sich an den Hals. Ihr Blick wurde starr.

Kaltenbach sprang auf. »Was ist? Ist Ihnen nicht gut? Wollen Sie noch etwas trinken?«

»Ja. Ich ... nai ...« Ihr Atem ging schneller. Sie griff sich an die Brust.

Kaltenbach rannte nach hinten und holte eine weitere Flasche. Frau Kölblin war in ihrem Sessel zusammengesunken. Die Augen waren halb geschlossen, sie stöhnte leise.

Fieberhaft schenkte Kaltenbach ein Glas voll und hielt es ihr an die Lippen. Sie reagierte nicht.

»Scheiße!« Kaltenbach stürzte zum Telefon und tippte die Notrufnummer ein. »Kommen Sie rasch«, rief er. »Sie stirbt!«

Die Frauenstimme am anderen Ende beruhigte ihn. »Ich brauche die Adresse«, sagte sie. »Wir schicken sofort jemanden los. Es dauert nur ein paar Minuten!«

Kaltenbach eilte zurück. Er hätte Frau Kölblin gerne auf das Sofa gelegt, doch es war unmöglich. Sie war viel zu schwer für ihn und ließ sich kaum bewegen. Er schob zwei Weinkisten vor dem Sessel zusammen, legte ein Kissen darüber und hob ihre Beine hoch. Dann griff er nach einem Prospekt und fächelte ihr Kühlung zu, so gut es ging.

»Durchhalten! Es kommt gleich jemand!«

Sie antwortete nicht. Ihr Gesicht war inzwischen völlig bleich geworden, der Atem ging stoßweise.

Es kam ihm vor wie eine Ewigkeit. Doch es waren kaum fünf Minuten vergangen, bis zwei Rettungssanitäter in der Tür standen. Sie verloren keine Zeit, fühlten den Puls, sahen ihr in die Augen und gaben ihr eine Spritze. Mit vereinten Kräften hievten sie sie auf eine Transportbahre. Noch im Rettungswagen bekam sie eine Infusion gelegt, dazu eine Sauerstoffmaske über Nase und Mund.

Kaltenbach war schockiert. »Was ist es? Was hat sie?«, fragte er.

»Ich kann es nicht 100-prozentig sagen«, antwortete einer der Sanis. »Wenn sie Glück hat, ist es nur ein Schwächeanfall. Es kann aber auch Schlimmeres sein, ein Infarkt womöglich. Die Hitze, das Übergewicht. Wir müssen sehen. Wir fahren sie gleich hoch. Sind sie ein Angehöriger?«

Kaltenbach schüttelte den Kopf. »Soll ich mitkommen?«

»Nein, Sie können nicht helfen. Sie haben alles richtig gemacht.«

Kaltenbach warf einen letzten Blick durch die Hecktür des Krankenwagens. Frau Kölblin lag auf dem Notbett und rührte sich nicht. Der zweite Sani saß neben ihr und wischte ihr mit einem feuchten Tuch über die Stirn.

Sein Kollege warf die Tür zu und setzte sich ans Steuer. Das Blaulicht begann zu blinken, das Martinshorn heulte auf. Sekunden später war das Fahrzeug Richtung Landvogtei und Stadttor verschwunden.

Kaltenbach sah ihm noch nach, als es längst verschwunden war. Dann ging er langsam zurück in den Laden.

Neben dem Sessel lagen noch die Seidentücher auf dem Boden. Er hob sie auf, faltete sie sorgfältig zusammen und legte sie auf die Theke neben die Kasse.

KAPITEL 13

Kaltenbach fühlte sich elend. Erst allmählich dämmerte ihm, was gerade geschehen war. Er konnte nur hoffen, dass die Helfer rechtzeitig gekommen waren.

In der nächsten halben Stunde stand die Ladenklingel nicht still. Offenbar hatte jeder im Westend mitbekommen, dass ein Krankenwagen vor »Kaltenbachs Weinstube« gestanden war. Jetzt wollte man natürlich mehr wissen. Ein paar hatten vermutet, dass es Kaltenbach selbst war, der abtransportiert worden war. Doch dann sprach es sich schnell herum, dass es um Frau Kölblin ging. Von Hitzschlag, Beinbruch und Nierenkolik war die Rede. Es wurde heftig gefachsimpelt über die Hitze im Allgemeinen und Kreislaufprobleme im Besonderen. Für den Rest des Vormittags traten die Ereignisse in Maleck in den Hintergrund.

Als Kaltenbach endlich wieder allein im Laden war, rief er Luise an. Es tat gut, ihre Stimme auf der Mailbox zu hören, leider erinnerte sie ihn auch daran, dass sie während der Dreharbeiten ihr Mobiltelefon ausschaltete.

Er entschied sich, die Mittagspause vorzuziehen. Im Hinterzimmer warf er sich ein paar Hände voll Wasser ins Gesicht, dann trat er hinaus in die Tageshitze. Hunger hatte er kaum, trotzdem würde ihm eine Kleinigkeit guttun.

Die Palmen vor dem »Emotion« in ihren großen Holzkübeln fühlten sich bei den Temperaturen sichtlich wohl. Ein paar unentwegte Sommerfans saßen an den Tischen unter den Sonnenschirmen. Kaltenbach flüchtete sich sofort ins Innere des Lokals. Im hinteren Teil lief ein riesiger Standventilator. Die Bewegung der Luft vermittelte zumindest eine Illusion von Frische. Kaltenbach fand einen Platz an der Wand und bestellte einen Griechischen Salat, dazu Wasser mit Limettenscheiben und Eiswürfeln.

Am Nachbartisch saßen Mitarbeiterinnen der nahe gelegenen Stadtverwaltung für ihre Mittagspause. Ein paar von ihnen waren Stammkunden bei ihm im Laden. Kaltenbach winkte hinüber. Sie machten eine Geste, dass er sich zu ihnen setzen sollte. Doch er verzichtete. Ablenkung hätte ihm gutgetan. Aber im Moment war es ihm noch lieber, für sich zu sein.

Der Salat war liebevoll zurechtgemacht. Die frischen grünen Blätter waren reich dekoriert mit Zwiebelringen, Tomatenscheiben, milden Schafskäsewürfeln und dreierlei Sorten Oliven. Darunter verbargen sich fein geraspelte Karotten und Salatgurken. Ein unaufdringliches Dressing mit frischen Kräutern rundete das Ganze ab. Dazu gab es in einem Strohkörbchen ein paar Scheiben frisch aufgeschnittenes Baguette.

Nach dem Essen lief er Richtung Marktplatz. Überall standen Tische und Stühle vor den Cafés und Restaurants, bunte Sonnenschirme waren aufgespannt. Selbst die Metzgerei an der Ecke hatte zwei Stehtische ins Freie gestellt.

Die Turmuhr über dem Alten Rathaus zeigte halb eins, als Kaltenbach durch die gläserne Schiebetür das Gebäude der »Badischen Zeitung« betrat. Das Treppenhaus war angenehm kühl, als er die Stufen nach oben zur Redaktion stieg. Die Räume reihten sich entlang eines hellen Flurs aneinander.

Georg Grafmüller nahm nur kurz den Blick vom Monitor. »Moment noch«, sagte er, ehe er weiter in die Tasten hämmerte. »Ich hab's gleich.«

Kaltenbach trat ans Fenster. Das Rollo war heruntergezogen, in der Ecke surrte ein Ventilator. Er zog mit den Fingern die Lamellen etwas auseinander und schaute hinaus. Sein Blick fiel auf den kleinen Platz, der sich räumlich vom eigentlichen Marktplatz absetzte. Er war zu beiden Seiten flankiert vom Alten Rathaus auf der einen und dem Anwesen Leonhardt, einem gut erhaltenen Ackerbürgerhaus aus dem 18. Jahrhundert, auf der anderen Seite. Direkt gegenüber der BZ standen die Sparkasse und ein Modegeschäft, dazwischen die überdachte Passage Richtung Bahnhof. Mitten auf dem Platz der Goethebrunnen, ein Arrangement steinerner Plastiken berühmter Persönlichkeiten, die die Emmendinger gerne mit ihrer Stadt in Verbindung brachten. Fritz Böhle, der Kunstmaler, war ebenso verewigt wie der Luftfahrtpionier Carl Friedrich Meerwein, der nach der Legende schon lange vor Lilienthal die ersten Flugversuche unternommen hatte. Und natürlich Goethe selbst als Namensgeber und herausragende Geistesgröße. Seine Schwester hatte in Emmendingen gelebt und lag ein paar Schritte entfernt neben der Bahn auf dem alten Friedhof begraben. Der Meister hatte sie zweimal besucht, Grund genug für die Emmendinger, sich stolz als Goethestadt zu präsentieren. Allerdings hatten derzeit die Sachzwänge Vorrang vor historischem Stolz, das Wasser war abgedreht, das Sandsteinbecken leer bis auf ein paar Papiertaschentücher und eine blausilberne Red-Bull-Dose.

»Schöne Aussicht«, meinte Kaltenbach und setzte sich auf den Stuhl neben dem Ventilator.

Der Redakteur schrieb noch einige Sätze weiter, ehe er antwortete. »So, sichern, speichern, fertig. Was hast du gesagt?«

»Dass du ein Büro in bester Lage hast. Eine solche Aussicht hat nicht jeder.«

»Ja, schon. Wenn ich sie genießen dürfte. Die Arbeit frisst mich auf. Hier zum Beispiel.« Er deutete auf den Bildschirm. »Ein Artikel über den Eichbergturm. Die Holzstämme leiden unter Hitze und Pilzbefall. Der Verein freut sich über Spenden. Vorher der Bericht über das Jahreskonzert der ›Südbadischen Grammophon‹. Mit Chorleiterinterview. Und so weiter. Ich komme nicht einmal zum Mittagessen.«

»Du Ärmster«, lachte Kaltenbach. »Soll ich dir eine Bratwurst holen?« Kaltenbach wusste, dass Grafmüller sich nicht ernsthaft beklagte. Er war ganz Lokalreporter und genoss die Vielfalt, die der Beruf mit sich brachte.

»Bei der Hitze? Nein danke. Ich hatte gehofft, dass du etwas anderes mitbringst. Gibt es Neues vom Kirchmatthof?«

Kaltenbach musste ihn enttäuschen. Dieses Mal entsprach es sogar der Wahrheit. Es gab nichts, was für Grafmüller interessant gewesen wäre. Stattdessen berichtete er kurz von Frau Kölblins Missgeschick.

»Die Ärmste«, meinte Grafmüller. »Hoffentlich ist sie bald wieder auf den Beinen, ehe ihr Infolevel zu weit abgesackt ist«, flachste er. »Aber du bist natürlich wegen der Grundstücke gekommen.« Er wechselte rasch das Thema. »Ich sage nur eines: Da steckt einiges drin!« Er griff nach einem Ordner, der auf der Ablage hinter seinem Bürostuhl lag. »Komm mal mit ins Konferenzzimmer, da haben wir mehr Platz.«

Kaltenbach folgte ihm in den Raum auf der anderen Seite des Gangs. Er war fast leer bis auf einen großen Tisch in der Mitte, um den etwa zehn Stühle standen. Ein paar ältere Zeitungen lagen am hinteren Ende der Tischplatte.

Grafmüller nahm einen gefalteten Plan aus dem Ordner und breitete ihn aus. Kaltenbach war gespannt. Das Papier war mit einem Gewirr von Linien bedeckt, von denen die meisten schnurgerade verliefen wie mit einem Lineal gezogen, andere waren merkwürdig gekrümmt und folgten keiner auf den ersten Blick sinnvollen Anordnung. Überall dazwischen waren Zahlen und verschiedene Groß- und Kleinbuchstaben geschrieben. Das Ganze erinnerte Kaltenbach an einen der Schnittmusterbögen, die seine Großmutter vor langer Zeit für ihre selbst genähten Kleider verwendet hatte.

»Was ist das?«, fragte er.

»Recherchearbeit eines Starreporters.« Aus Grafmüllers Antwort klang hörbarer Stolz. »Das ist Maleck!«

Kaltenbach verstand nicht sofort. »Ich sehe nichts davon.«

»Habe ich dir nicht gesagt, dass ich gewisse Beziehungen habe? Dies ist eine Karte aus dem Grundbuchamt. Das hier sind alle Grundstücke mit den genauen Grenzen. Und hier«, er zog drei eng bedruckte Blätter aus dem

Ordner, »ist die gesamte Auflistung ihrer Eigentümer. Mit Kreuztabelle.«

Kaltenbach war überrascht. Grafmüller hatte den Mund nicht zu voll genommen.

»Sieh mal hier zum Beispiel«, fuhr Grafmüller fort. Er deutete auf einen von mehreren schmalen nebeneinanderliegenden Streifen. »Katasternummer 73/a. Eigentümer Lorenz Müller. Daneben Katasternummer 73/b. Eigentümer Werner Bühler.«

»Und wo ist das?«

»Die unregelmäßige Linie am Rande von 73/b ist der kleine Bach, der vom Kindergarten zur Zaismatt hinunterfließt. Auf der anderen Seite 74/a. Das gehört, Moment …« Er sah wieder auf die Liste. »Eigentümer ebenfalls Werner Bühler. So ist das bei allen. Du musst nur die Nummern vergleichen.«

Kaltenbach war beeindruckt. Er hatte gewusst, dass es so etwas gab. Doch die behördliche Genauigkeit verblüffte ihn.

»Wo ist der Brandelweg?«, fragte er.

»Straßen sind gestrichelt. Hier oben, das müsste er sein.«

Jetzt erkannte Kaltenbach das spärliche Straßennetz. Brandelweg, Kirchgäßle, Buckweg, Oberdorfstraße, die Hauptstraße, alles war da. Er fuhr mit dem Finger von der Ortsmitte den Weg entlang und suchte das Grundstück, auf dem er wohnte. »Wem gehört 112?«, fragte er neugierig.

Grafmüller schaute nach. »Gutjahr. Genauso wie 110, 112 und 113.«

»Sieh mal an, denen gehört ja der halbe Brandel. Interessant.«

»Nicht wahr? Aber das ist nicht so wichtig. Hier wird es spannend.« Er fuhr eine weitere gestrichelte Linie im unteren Teil der Karte entlang, die sich von den anderen deutlich unterschied. Sie sah aus wie nachträglich hinzugefügt. »Dies ist exakt die Grenze des Bereichs, der für ›Emmendingen 3000‹ geplant ist. Was sagst du jetzt?«

Kaltenbach wusste nicht, worüber er mehr staunen sollte: über die Insider-Information, die Grafmüller beschafft hatte, oder über die Größe der verplanten Fläche. Er schätzte, dass sie etwa ein Viertel des gesamten Gemeindegebiets umfasste.

Er stieß einen leisen Pfiff aus. »Dass so viele betroffen sind, hätte ich nicht gedacht. Und das soll alles für das Projekt verkauft werden?«

»Entweder verkauft oder zumindest mit langfristigen Pachtverträgen gebunden.«

»Das geht ganz schön ins Geld. Und da ist noch kein einziger Stein verbaut.«

Grafmüller nickte. »Stimmt. Das kann sich nur ein finanziell sehr potenter Investor leisten.«

»Und die Eigentümer versuchen natürlich, so viel wie möglich herauszuschlagen.«

»Allerdings. Für die meisten ist es wie ein kleiner Lottogewinn.«

»Da wäre bestimmt mancher sehr sauer, wenn sich da einer querstellt.«

»So ist es.«

In der Tür des Konferenzraumes erschien der Kopf eines jungen Mannes. Er machte mit den Fingern die Geste eines Hörers am Ohr. »Herr Grafmüller, Telefon für Sie. Es sei dringend. Irgendjemand aus Freiburg. Die Frau lässt sich nicht abwimmeln.«

»Schön, ich komme.« Grafmüller nickte Kaltenbach zu und eilte in Richtung Büro. »Bin gleich wieder da.«

Kaltenbach erkannte sofort die Gelegenheit. Grafmüller würde diese Unterlagen gewiss nicht weitergeben wollen. Jetzt hieß es rasch handeln. Kaltenbach versuchte, mit seiner Handykamera die Karte abzufotografieren. Bei der Größe musste er auf einen Stuhl steigen, um alles zu erfassen. Vorsichtshalber machte er noch mehrere Teilaufnahmen, um ganz sicherzugehen, dass die Beschriftung zu lesen sein würde. Dann nahm er sich der Reihe nach die Blätter mit den Auflistungen vor.

Er hatte kaum das Handy zurück in die Tasche gesteckt, als Grafmüller zurückkam.

»Die Sache in Maleck schlägt Wellen. Der SWR hat sich angekündigt. Sie wollen ein Team vorbeischicken. Schätzle wird sie im Ort herumführen, und ich soll mitkommen und ergänzen, was ich schon weiß.«

»Schön für dich. Aber mich lässt du draußen.«

»Hatte ich auch nicht anders vor.« Er begann, die Papiere wieder einzusammeln. Am Ende faltete er die Karte wieder zusammen und heftete alles in den Ordner ab. »Von nun an beginnt die Kleinarbeit. Ich will versuchen herauszubekommen, wer von den Grundbesitzern am meisten profitiert. Mit anderen Worten, wem ein Aufschub oder gar ein Abbruch des Projekts gar nicht passen würde.«

»Und der sogar bereit wäre, das zu verhindern. Mit allen Mitteln.«

»Mit allen Mitteln. Seit dem Brand bin ich mir gar nicht mehr so sicher, ob die Winterhalter-Tochter hinter alldem steckt. Ich halte sie zwar immer noch für verdächtig. Aber ich werde da mal ein wenig nachbohren. Ob jemand Schulden hat, zum Beispiel.«

»Gute Idee. Aber wie willst du das anstellen? Die Polizei wird das nicht so gerne sehen, wenn sich die Presse in die Ermittlungen einmischt. Oder hast du außer zum Katasteramt auch besondere Beziehungen zu den Kreditinstituten?«

»Leider nicht.« Grafmüller verzog den Mund. »Aber mir wird schon etwas einfallen.«

»Davon bin ich überzeugt.« Kaltenbach beschloss, auf den Busch zu klopfen. »Wie wäre es mit einer Kopie von diesen Unterlagen für mich? Ich könnte dann ein wenig mithelfen.«

Grafmüller wiegte den Kopf. »Schwierig, schwierig. Gar nicht gern. Ich musste hoch und heilig versprechen, niemandem überhaupt etwas davon zu erzählen.« Er klopfte Kaltenbach auf die Schulter. »Ich täte es ja gerne. Aber das musst du verstehen. Dafür halte ich dich auf dem Laufenden.«

Kaltenbach dachte daran, dass er umgekehrt Grafmüller bei Weitem nicht alles gesagt hatte, was er bisher wusste. »Georg, du bist ein Gauner«, sagte er.

»Aber ein netter. Ich weiß!«

Der Besuch bei Grafmüller und ein kurzes Erholungsnickerchen hatten Kaltenbach wieder so weit in Form gebracht, dass er entschied, den Laden am Nachmittag doch wieder zu öffnen. Es kamen nur wenige Kunden. Wer von den Emmendingern es sich leisten konnte, verkroch sich bei der Hitze in der Wohnung. Ein paar wenige schauten kurz herein, um sich nach Frau Kölblin zu erkundigen. Er hätte selber gerne gewusst, was mit ihr los war. Aus dem »Mahlwerkk«, dem Café nebenan, in dem ihre Busenfreundin Maria arbeitete, kam das Gerücht, dass es ihr wieder besser gehe. Anscheinend war es nichts Ernstes. Von Elisabeth Winterhalter sprach niemand. Auch der Brand des Hofes am Brettenbach schien in der Stadt an diesem Nachmittag kein Thema zu sein.

Gegen vier rief Luise an. Sie sei auf dem Weg nach Basel mit dem Auto, die Sache sehe vielversprechend aus, und sie glaube nicht, dass sie sich heute noch einmal sehen würden. Sie könne bei einer Bekannten übernachten. Kaltenbach drängte sie nicht, sondern wünschte ihr viel Erfolg.

Zwischendurch fand er genügend Zeit, sich die Fotos anzusehen, die er von Grafmüllers Unterlagen gemacht hatte. Bis auf eines waren alle scharf geworden, sodass er die einzelnen Namen gut entziffern konnte. Er hatte jedoch keinen Nerv, sich auf dem kleinen Display des Smartphones in die Details zu vertiefen. Das musste warten. Er würde die Aufnahmen zu Hause auf den Rechner übertragen und am besten alles ausdrucken.

Kurz vor Ladenschluss drängte eine Gruppe Touristen in den Laden. Sie hatten an einer der Sommerführungen der städtischen Tourist-Information teilgenommen und waren fest entschlossen, neben den historischen Eindrücken auch einen guten Tropfen als Erinnerung mit nach Hause zu nehmen. Die Gruppe bestand aus lauter Damen und Herren mittleren Alters. Ihrem Zungenschlag nach zu schließen, kamen sie aus dem Norden.

Zu Kaltenbachs Überraschung erwiesen sie sich als ausgesprochene Kenner und Genießer gleichermaßen. Das war ungewöhnlich. Kaltenbach stieg sofort darauf ein, und so entwickelte sich ein längeres angeregtes Verkaufsgespräch, bei dem er Gelegenheit hatte, seine eigene Begeisterung für guten Wein mit den Gästen zu teilen. Am Ende konnte er einige Kartons seiner hochpreisigen Qualitätstropfen als Bestellung aufnehmen. Ein paar Flaschen nahmen sie gleich mit, um »den Abend in der Stadt gemütlich ausklingen zu lassen«, wie sie sagten. Am Ende waren alle zufrieden. Die Touristen zogen ab, nicht ohne zu versprechen, im nächsten Jahr wiederzukommen. Kaltenbach freute sich über ihr Interesse und die unerwartete Umsatzsteigerung zum Wochenende.

Er begleitete sie hinaus und schloss dann hinter ihnen die Ladentür zu. Dann räumte er ab und spülte die Probiergläser. Die angebrochenen Flaschen stellte er in den Kühlschrank, die beiden französischen Merlot-Cuvées aus dem Languedoc verschloss er sorgfältig und packte sie für den Abend ein.

Als er fast fertig war, klopfte es an die Ladentür.

»Ich bin mal auf gut Glück vorbeigekommen«, sagte Fritz Schätzle. »Du machst ja manchmal ein bisschen länger.« Er machte keine Anstalten, unter der Tür stehen zu bleiben.

Kaltenbach ließ ihn herein. »Fritz, wie geht's?«

Schätzle kam eher selten zu ihm in den Laden. Er hatte ein paar eigene Reben in Sexau, die ihm für den Eigenbedarf mehr als ausreichten. Wenn er einmal etwas anderes trinken wollte, ließ er sich die Flaschen von Kaltenbach nach Hause bringen.

»Wenn du nicht da gewesen wärst, hätte ich bei dir daheim vorbeigeschaut. Ich war im Krankenhaus.«

»Bei wem?«

»Elisabeth Winterhalter. Ich wollte wissen, wie es ihr geht.«

»Und?«

Schätzle setzte sich und wischte den Schweiß aus der Stirn. »Gib mir erst einmal einen Schluck«, bat er.

»Wasser oder Wein?«

»Wasser und Wein.«

Kaltenbach holte ein frisches Glas und mischte eine Müller-Schorle. »Hier, zum Wohl!«

Schätzle trank das Glas in einem Zug aus. »Es ist nicht so einfach«, begann er. »Sie hat Verbrennungen an den Händen und am Kopf. Aber das Schlimmste war anscheinend der Rauch. Die Lunge hat böse etwas abgekriegt. Sie mussten sie auf die Intensivstation bringen.«

Kaltenbach war erschrocken. »Ist es gefährlich?«

»Sie wird es schaffen. Sie hat Glück gehabt. Aber es wird dauern.«

»Eine tapfere Frau.«

»Du hast recht. Sie macht einiges durch zurzeit. Aber weswegen ich gekommen bin …« Schätzle wischte sich erneut den Schweiß von der Stirn. »Ich soll dir Grüße ausrichten.«

»Mir?«

»Ja. Und nicht nur das. Sie bittet dich, dass du sie besuchst. Sie will etwas mit dir besprechen. Etwas Wichtiges.«

Kaltenbach war vollkommen überrascht. »Wie bitte? Was denn?«

»Hat sie nicht gesagt. Nur, dass du kommen sollst. Möglichst bald. Deshalb bin ich ja jetzt hier. Es klang sehr ernst.«

»Aber sie kennt mich doch kaum!«

Schätzle zuckte mit den Schultern. »Wahrscheinlich hast du bei unserem Besuch einen guten Eindruck hinterlassen. Dabei dachte ich, deine Bemerkungen am Ende hätten sie genervt.«

Kaltenbach erinnerte sich. Als der Name »Scheerie« fiel, hatte sich ihr Gesichtsausdruck mitten im Satz gewandelt. War es das? Oder etwas ganz anderes, von dem er bisher keine Ahnung hatte?

Er sah auf die Uhr. »Halb sieben. Meinst du, ich kann da jetzt noch hin?«

»Klar!«, meinte Schätzle. »Die sind nicht so streng mit den Besuchszeiten. Ich weiß aber nicht, ob du auf die Intensiv darfst.« Er stand auf und verabschiedete sich. »Ich muss dann mal wieder. Ich will mir noch bei Tageslicht den Hof ansehen.«

»Gut, vielleicht sehen wir uns noch.«

»Salli!«

KAPITEL 14

Schätzle war zu optimistisch gewesen. Als Kaltenbach gegen halb acht im Emmendinger Kreiskrankenhaus an der Eingangstür zur Intensivstation stand, wurde er höflich, aber bestimmt abgewiesen. Frau Winterhalter habe eine anstrengende Behandlung hinter sich und müsse sich unbedingt ausruhen. Es gehe ihr den Umständen entsprechend gut. Er solle morgen wiederkommen.

Kaltenbach war erleichtert, konnte jedoch seine Unruhe nicht verbergen. Zu gerne hätte er gewusst, was die Tochter des Kirchmattbauern von ihm wollte.

Auf der Station der Inneren Medizin erkundigte er sich nach Frau Kölblin. Die Nachtschwester, die eben von Tür zu Tür ging und die Abendmedikamente verteilte, gab bereitwillig Auskunft.

»Die Frau Kölblin? Ja, der geht es gut. Die Hitze. Sie sollte tagsüber nicht so viel herumlaufen. Und vor allem viel trinken. Morgen darf sie wieder heim. Der Kreislauf ist stabil. Sind Sie der Sohn?«

Kaltenbach schüttelte den Kopf. »Ein guter Bekannter. Ich wollte nur mal hören, was los ist.«

»Sie können gerne rein.« Die Schwester öffnete eine der Türen auf der rechten Seite. »Die Damen freuen sich bestimmt über Besuch.« Aus der halb offenen Tür klang vielstimmiges Lachen.

»Nein, nein, ist schon gut. Vielen Dank, ich muss weiter.« Er drehte sich um und ließ eine kopfschüttelnde Schwester zurück. Er ahnte, dass er so leicht nicht wieder davongekommen wäre. Sosehr sich Frau Kölblin auch gefreut hätte. Stattdessen sehnte er sich nach Ruhe und einem entspannenden Bad.

Auf dem Heimweg nach Maleck versuchte er, sich genauer an den Besuch mit Schätzle auf dem Hof zu erinnern. Sie hatten vor allem Höflichkeiten ausgetauscht, aber auch über einen möglichen Verdacht gesprochen. Erst beim Verabschieden war etwas aufgeblitzt, was Kaltenbach nicht einordnen konnte. Er hatte nach »Scheerie« gefragt, und sie hatte deutlich darauf reagiert. Aber sie war mit keinem Wort darauf eingegangen. Wenn er nur wüsste, was das Wort überhaupt bedeutete? War es ein Name? Ein Ort? Ihm fiel ein, dass auch Frau Gutjahr das Gespräch in eine andere Richtung gelenkt hatte, als ihre alte Mutter das Wort erwähnt hatte. Gab es etwas, das er nicht wissen sollte?

Ehe er in den Brandelweg fuhr, machte er einen Schlenker ins Brettenbachtal und zur Sexauer Landstraße. Nahe der Stelle, an der er in der Nacht mit Luise gestanden war, hielt er an. Die Dämmerung hatte sich über die Wiesen gelegt, die Schatten der Pappeln und Erlen waren lang.

Kaltenbach klopfte das Herz, als er aus der Entfernung den Schaden sah. Es war eine Katastrophe. Von Scheune, Stall und Schuppen waren nur noch verkohlte, ineinander verkeilte Balkenreste übrig. Vereinzelt stieg Rauch auf. Immer noch hing der beißende Brandgeruch in der Luft.

Immerhin schien es der Feuerwehr gelungen zu sein, das Haus zu retten. Trotzdem sah es übel aus. Im oberen Stock waren sämtliche Fensterscheiben zersplittert, in den Rahmen steckten Scherbenreste. Die Fassade war im Bereich der Türen und Fenster in großen Flächen schwarz verrußt. Im Dach fehlten etliche Ziegel, an einer Stelle klaffte ein breites Loch.

Kaltenbach wendete und fuhr über die schmale Brettenbachbrücke zurück nach Hause. Das sah nicht gut aus. Es würde viel Zeit und Geld kosten, den Hof wieder bewohnbar zu machen. Hatte Elisabeth Winterhalter die Kraft dazu? Wollte sie es überhaupt?

Zu Hause warf er alles von sich und zog sich aus bis auf die Unterhose. Er stopfte Jeans, Hemd und alles, was sich im Wäschekorb angesammelt hatte, in die Waschmaschine und schaltete sie ein. Daneben ließ er Badewasser einlaufen. In der Küche mischte er sich ein großes Glas seines Lieblingsdurstlöschers – Medium Mineralwasser aus dem Kühlschrank mit Holundersirup, dazu eine geviertelte Limette. Er nahm einen großen Schluck und wählte dann Luises Nummer. Zu seiner Enttäuschung meldete sich wieder nur die Mailbox. Er tippte einen SMS-Gruß ein und schickte ihn los. Vielleicht saß sie gerade in einem

Strandcafé am Rheinufer in Basel. Er war gespannt, was sie erreichen würde.

Ehe er in die Wanne stieg, verteilte er ein paar Spritzer Lavendelkonzentrat im Wasser. Nach den anstrengenden Stunden würde ihm ein wenig Provencestimmung guttun. Und der Tag war noch nicht zu Ende.

Nach dem Bad trocknete er sich ab und zog ein frisches T-Shirt und eine kurze Leinenhose an. In der Küche machte er sich etwas zu essen zurecht. Er schnitt zwei Tomaten auf, dazu einige dünne Scheiben Salatgurke und je eine halbe rote und gelbe Paprika. Nachdem er vier Scheiben Brot in den Toaster gesteckt hatte, nahm er sie heraus, strich Butter darauf und streute klein geschnittenen Schnittlauch darüber.

Vor dem Essen holte er die Wäsche aus der Maschine und hängte sie auf den Ständer auf dem Balkon. Was nicht darauf passte, legte er über das Geländer. Es war immer noch so warm, dass wahrscheinlich alles trocken sein würde, bevor er schlafen ging.

Er nahm eine Flasche Auggener Schäf aus dem Kühlschrank, schenkte sich ein Glas voll ein und nahm dann alles mit ins Wohnzimmer. In seiner stattlichen Vinylplattensammlung war auch dieses Mal etwas dabei, was seiner momentanen Stimmung zuträglich war. Nach kurzem Suchen wählte er »96 Degrees In The Shade«, eine Reggaeplatte aus den späten Siebzigern. Er nahm die Platte mit zwei Fingern aus der Hülle, legte sie auf den Plattenspieler und setzte vorsichtig die Nadel auf. Ein leises Knistern ertönte, dann setzte die Musik ein.

Der gleichmäßige Zweierschlag der Orgel und die ruhig dahintuckernde Basslinie zeigten schon nach wenigen Takten ihre beruhigende Wirkung. Er trank einen Schluck

Wein und aß langsam. Er ließ sich eine ganze Plattenseite Zeit, dem frischen Geschmack nachzuspüren und währenddessen seine Gedanken treiben zu lassen.

An jede seiner Platten war ein Stück Erinnerung angeheftet – an den Ort und das Geschäft, wo er sie gekauft hatte, an die Begegnung, wenn er sie geschenkt bekam. Er erinnerte sich an Menschen, die er damals kannte, an gute Gespräche und erotische Freuden und Enttäuschungen. Und er erinnerte sich an die Versuche, Melodien und Akkordfolgen auf der Gitarre nachzuspielen. »Third World« war eine der spannenden musikalischen Entdeckungen, die er zusammen mit Hans und Thomas, seinen damaligen Kumpels, gemacht hatte. Sie waren in einer heftigen Karibikphase, einer Zeit während des Studiums, als sie zwar kein Geld hatten, dorthin zu fliegen, dafür aber jede Menge Fantasien entwickelten, wie es auf Jamaika, Kuba oder Trinidad sein könnte.

Nach dem Essen brachte er den Teller zurück in die Küche und spülte gleich ab. Sein Glas schwenkte er aus und goss sich einen weiteren Gutedel ein. Im Wohnzimmer drehte er die Platte um und fuhr den Rechner hoch.

Mit seinem neuen Handy konnte er Daten drahtlos übertragen, das wusste er. Doch bisher hatte er noch nicht herausgefunden, wie er es anstellen sollte. Also benutzte er wie zuvor ein Kabel. Er erstellte einen neuen Ordner und beschriftete ihn mit »EM-3000«, dann zog er mit dem Mauszeiger die Fotos hinein.

Es waren im Ganzen acht Bilder, fünf von der Karte und drei mit den Listen. Die Gesamtaufnahme der Karte war nichts geworden. Zu klein, zu unscharf, die Linien waren gut zu erkennen, nicht jedoch die Beschriftungen. Zu seinem Ärger war auch eine der Listen im unteren Teil unleserlich. Er versuchte, beide Grafiken nachzuschärfen, doch ohne Erfolg. Trotzdem war es besser als nichts. Er druckte alles aus, dann nahm er einen kräftigen Schluck und legte los.

Er beschränkte sich auf den Bereich, der für das Großprojekt vorgesehen war, dazu die Nachbargrundstücke. Leider war die Liste der Eigentümer nicht nach den Flurnummern, sondern alphabetisch nach Namen sortiert. Es blieb ihm daher nichts anderes übrig, als für jedes einzelne Grundstück die gesamte Liste durchzugehen.

Bisher hatte sich Kaltenbach noch nie mit Dingen wie Grundstücken und Eigentumsrechten befasst. Es erstaunte ihn, dass es trotz mehrfacher Flurbereinigung immer noch einige Parzellen gab, die zwischen größeren Feldern eines anderen Eigentümers lagen. Wenn man die Bauern bei der täglichen Arbeit sah, fiel das nicht weiter auf. Kaltenbach nahm an, dass es Absprachen gab, die die Nutzung regelten. Falls es jedoch wie jetzt um eine neue Nutzung oder gar um einen möglichen Besitzerwechsel ging, war ein möglicher Streit geradezu vorprogrammiert.

Nach einer halben Stunde hatte Kaltenbach eine neue Liste erstellt. Sie enthielt sieben Namen. Die meisten kannte er. Dem Kirchmattbauern hatte das meiste Land gehört, vor allem die Äcker entlang des Brettenbachs. Burger und Schillinger waren ebenfalls Bauern aus Maleck, die zu den wenigen gehörten, die noch aktiv Landwirtschaft betrieben. Von Hedwig Burgstaller, deren Name als Vierte auf der Liste stand, wusste er, dass sie bei ihren Kindern in der Oberdorfstraße wohnte. Die Familie hatte nichts mehr mit Landwirtschaft zu tun. Ihr Mann war gestorben, die beiden Söhne arbeiteten in Freiburg. Der fünfte Name auf der Liste gehörte Fritz Schätzle, die beiden letzten, Meierling und Langenbacher, kannte er nicht.

Um das Ganze übersichtlicher zu gestalten, klebte Kaltenbach die Kartenteile an den Rändern zusammen, sodass er den Katasterplan als Ganzes vor sich hatte. In seiner Schreibtischschublade fand er ein paar Buntstifte, die er lange nicht benutzt hatte. Er ordnete jedem Namen eine Farbe zu und schraffierte die Grundstücke. Die unbekannten Namen ließ er weiß.

Kaltenbach nahm Karte und Liste mit in die Küche. Die beiden gerahmten Gewürz- und Kräuterposter über dem Esstisch nahm er ab und stellte sie vorsichtig auf den Boden. An ihrer Stelle heftete er mit ein paar Stecknadeln die Karte an. In seinem Zeitungsständer neben dem Wohnzimmersofa fand er zwischen der deutschen Rolling-Stone-Ausgabe und dem Regiomagazin den Hochglanzprospekt von »Emmendingen 3000«, der seit Wochen überall in der Stadt auslag. Auf der mittleren Doppelseite der Broschüre prangte ein Übersichtsplan des Gesamtprojekts. Kaltenbach bog die Heftklammern auf, löste die Zeichnung heraus und hängte sie ebenfalls an die Küchenwand.

Auf den ersten Blick wurde deutlich, dass ohne die Grundstücke des Kirchmattbauern das gesamte Projekt zum Scheitern verurteilt war. Sie nahmen nicht nur die meiste Fläche ein, sondern waren auch für die zentralen Vorhaben von herausragender Bedeutung.

Für Maleck hatte der Investor die ehemaligen Pläne für einen Golfplatz wieder aufgenommen und großzügig erweitert. Zu einer ausgedehnten 18-Loch-Anlage kamen ein Golfhotel, ein Restaurant und ein Klubhaus mit angrenzender Trainingshalle. Nahe der Landstraße sollte ein Parkhaus entstehen, in Richtung Windenreute waren Tennisplätze geplant.

Jetzt, da er die bunte Vision und deren reales Ausmaß direkt vor Augen hatte, wurde ihm bewusst, dass »Emmendingen 3000« mehr war als Finanzbewegungen und das Geschäft mit Grundstücken. Das Gesicht des idyllischen Ortes samt umgebender Landschaft würde so grundlegend verändert werden, dass manch einer auf die Idee kommen konnte, das gesamte Vorhaben zu sabotieren. Notfalls mit Gewalt.

Kaltenbach füllte sein Weinglas nach und betrachtete nachdenklich das Ganze. Diesen Aspekt hatte er bisher noch viel zu wenig betrachtet. Doch was hätte es für einen Gegner des Projekts für einen Grund gegeben, ausgerechnet denjenigen aus dem Weg zu schaffen, dessen Sturheit ihren Interessen am meisten entgegenkam? Konnte ein Natur- und Heimatliebhaber zu einem solch schrecklichen Mittel wie Brandstiftung greifen?

Inzwischen war es nach 23.00 Uhr. Die Reggaeplatte war längst abgelaufen. Kaltenbach entschied, dass es genug war für heute. Er erinnerte sich an den Rotwein, den er heute im Laden für die Kunden geöffnet hatte. Er nahm ein frisches Glas, schenkte sich einen Schluck ein und probierte. Samtener, voller Geschmack breitete sich in seinem Mund aus. Er war fast zu warm, ließ sich jedoch gut trinken. Er goss sich ein halbes Glas voll und stellte den Rest der Flasche in den Kühler. Das zweite Glas zum Spätfilm würde noch besser schmecken. Leider gab das Fernsehprogramm wie so oft nichts her, was ihn interessierte. In seiner kleinen feinen DVD-Sammlung fand er einen seiner Lieblingsfilme, uralt, schwarz-weiß und mit blechernem Ton. Irgendwie passte er zu der Hitze dieser Tage.

Doch Kaltenbach hielt nicht lange durch. Während Anthony Quinn als Alexis Sorbas zu griechischen Sirtakiklängen über den Strand hüpfte, fielen ihm die Augen zu.

KAPITEL 15

Kaltenbach sah auf den Wecker und fluchte. Es war sieben Uhr, die Sonne schien, und er war hellwach. Er fluchte, weil er heute endlich einmal hätte ausschlafen können. Es war Sonntagmorgen, er musste nicht in den Laden, Luise war nicht da.

Dabei war er erst vor ein paar Stunden ins Bett gekrochen, nachdem er vor dem Fernseher eingeschlafen war. Die Sirtaki-Endlosschleife des DVD-Menüs und ein schmerzender Nacken hatten ihn geweckt.

Er drehte sich noch ein paarmal hin und her, doch es half nichts. Er stand auf, duschte und zog sich an. Hunger hatte er keinen. Das Frühstück beschränkte er auf zwei Tassen Kaffee und einen Becher Joghurt, in den er einen Löffel von Frau Gutjahrs selbst gemachter Erdbeermarmelade mischte.

Er hatte seine Nachbarin seit der Begegnung mit deren Mutter nicht mehr gesehen. Für einen Moment überlegte er, ob sie ihm aus dem Weg ging, nachdem sie sonst keine Gelegenheit zu einem Schwätzchen über den Zaun ausließ.

Er verwarf den Gedanken wieder, so rasch er gekommen war. Er sollte sich nicht verrückt machen lassen. Immerhin war er die letzten Tage kaum zu Hause gewesen, zumindest tagsüber nicht. Vielleicht sollte er nachher kurz klingeln und sich nach der Mutter erkundigen.

Nach dem Kaffee holte Kaltenbach die Wäsche vom Balkon herein. Er hatte sie gestern Nacht vergessen, jetzt war alles knochentrocken. Die Unterwäsche faltete er zusammen und legte sie in den Schrank. Dann zog er mit einem dicken Seufzer das Bügelbrett heraus und machte sich ans Werk. Kaltenbach hasste Bügeln. Normalerweise gab er den vollen Wäschekorb einmal in der Woche einer Frau aus dem Oberdorf, die sich seit Jahren darum kümmerte. Es war eine der wenigen Extraausgaben, die er sich leistete. Doch war sie derzeit mit ihrem Mann für drei Wochen in Urlaub. So lange konnte er die Sachen nicht liegen lassen.

Es ging schneller, als er dachte, vor allem, nachdem er auf die Idee kam, die Wäsche vor dem Bügeln mit Wasser einzusprühen. Nach einer halben Stunde legte er die fertigen Hemden und Hosen in den Schrank und stellte das Bügelbrett weg.

Halb neun. Immer noch zu früh, um ins Krankenhaus zu gehen. Morgens gab es Frühstück, Untersuchungen, Behandlungen, Arztvisite. Da wollte er nicht hineinplatzen. Zumal er spürte, dass er sich möglichst ungestört mit Elisabeth Winterhalter unterhalten musste.

Er beschloss, die noch einigermaßen erträgliche Morgentemperatur für eine kleine Vespatour zu nutzen. Eine Stunde durch den Kaiserstuhl, danach direkt ins Krankenhaus. Mit der Sonne im Rücken fuhr er über Teningen zunächst nach Riegel, von dort am nördlichen Rand des Kaiserstuhls entlang nach Endingen. Im Schritttempo passierte er die historische Altstadt mit dem schmucken Marktplatz, der Kornhalle und dem Brunnen. Das rot-weiß-rote Habsburger Wappen über dem markanten Stadttor erinnerte daran, dass die Stadt noch bis zu Beginn des 19. Jahrhunderts ein westlicher Außenposten Vorderösterreichs war. Wie Freiburg, Waldkirch oder Breisach. Kaltenbach schmunzelte, als er daran dachte. Vor 200 Jahren hätte er für seine Tour ein paarmal die Grenze passieren müssen.

In Königschaffhausen hielt er sich links. Von hier führte die Straße in engen Schleifen über eine Bergkuppe in das Herz des Kaiserstuhls. Der Texaspass, wie ihn die Einheimischen aus unerfindlichen Gründen nannten, war bekannt bei sämtlichen Zweiradfahrern im Südwesten. Auch jetzt am noch frühen Morgen standen bereits ein paar Biker mit ihren schweren Maschinen am Aussichtsparkplatz in einer der Kurven an der Südseite. Den Kennzeichen nach kamen sie aus Heidelberg. Kaltenbach konnte nicht vorbeifahren, ohne zumindest ein paar Minuten das Panorama zu genießen. Vor ihm lagen die terrassenförmig angelegten Reben, die hier jeden verfügbaren Quadratmeter ausnutzten. Im Tal vor ihm lag Oberbergen, eine der vielen kleinen Winzergemeinden, die von Wein und Tourismus lebten. Dahinter ragte der markante Totenkopf auf, die höchste Erhebung des ehemaligen Vulkanberges. Als Kind hatte es Kaltenbach ungeheuer beeindruckt, dass diese liebliche Gegend vor langer Zeit einmal ein Feuer speiender Berg mit Rauch, Asche und Lavaströmen gewesen sein sollte. Die Anzahl der Millionen Jahre, die seither vergangen waren, sagten ihm gar nichts und hatten kaum geholfen, das mulmige Gefühl im Bauch zu beschwichtigen bei der Vorstellung, das Ganze könne plötzlich wieder ausbrechen.

Das Schild und die Abzweigung nach Bickensohl erinnerten Kaltenbach an etwas ganz anderes. Er konnte dem Gespräch mit Onkel Josef nicht länger aus dem Weg gehen. Wenn er nur wüsste, was der Alte von ihm wollte! Etwas Erfreuliches konnte es kaum sein, denn solange der Onkel zufrieden war, gab es in seinen Augen nichts zu besprechen.

Allmählich spürte er, dass er kaum etwas gefrühstückt hatte. Am liebsten hätte er sich in einen der schattigen Innenhöfe der zahlreichen Gaststätten gesetzt, deren Speisekarten alleine schon beim Durchlesen dem Feinschmecker das Wasser im Munde zusammenlaufen ließ. Doch es war natürlich zu früh für ein Mittagessen, außerdem war er gespannt darauf, was ihn bei Elisabeth Winterhalter erwarten würde.

Trotzdem hatte Kaltenbach noch ein bisschen Zeit. Er fuhr weiter nach Breisach, setzte sich auf eine der Bänke am Rheinuferweg und sah zu, wie die Ausflugstouristen an Bord der Schiffe gingen, die sie nach Basel oder Straßburg bringen würden. Eine Schwanenmutter führte ihre beiden Jungen spazieren. Sie hatten bereits das Alter erreicht, in dem sie ebenso aufrecht und anmutig wie ihre Mutter durch das Wasser paddelten. Drüben auf der französischen Seite standen die Autos der Badegäste, dazwischen zeigte ein Wasserskifahrer seine Künste. In den glitzernden Wasserfontänen spiegelte sich silbern die Morgensonne.

Kaltenbach spürte, wie ihm das alles guttat. Der kleine Ausflug gab ihm ein Stück Normalität und Unbeschwertheit zurück, die ihm in den letzten Tagen gefehlt hatten. Er hatte versucht, sich nicht hineinziehen zu lassen, er hatte versucht, sich zu distanzieren und die Klärung anderen zu überlassen. Doch es hatte nichts geholfen. Wie schon einige Male zuvor. Die Neugier war zu stark. Der Kirchmatthof war zu nah. Der Schrecken zu real.

Gegen zehn betrat Kaltenbach zum zweiten Mal in kurzer Zeit den Haupteingang des Emmendinger Kreiskrankenhauses. Kurz hinter der Pforte empfing ihn ein lautstarkes »Hu-huuu!«

Im nächsten Moment wurde er überrumpelt von einem bunten, schwitzenden Etwas. Niemand anders als die strahlende Erna Kölblin drückte ihre 151 Zentimeter wieder und wieder an seine Rippen.

»Mei Retter!«

»Der Bue!«

»Wenn due nit gsi wärsch!«

Frau Kölblin wurde nicht müde, ihn ihrer grenzenlosen Freude und Dankbarkeit zu versichern. Nachdem sie ihm fast die Luft abgedrückt hatte, löste sie sich und deutete mit beiden Händen auf ihn. »Schaue emol alli her, des isch mi Lebensretter!«

Sämtliche Leute im Flur blieben stehen und wandten sich dem ungleichen Paar zu. Kaltenbach spürte neugierige Blicke auf sich. Röte schoss in sein Gesicht. Das Ganze war ihm furchtbar peinlich.

»Ja, nun gut. Ist schon recht«, stotterte er verlegen. »Das war doch selbstverständlich.« Er versuchte, Frau Kölblin zu beschwichtigen. »Nicht der Rede wert.«

»So bescheide isch er. Und er bsuecht mich jede Dag! E echte Kavalier!«

In ihrem Überschwang vergaß sie, wie sehr sie das Ganze anstrengte. Ihre Stimme verließ sie, sodass sie schwer atmend vor ihm stand und ihn mit ihren blitzenden Äuglein ansah. Kaltenbach nutzte die Gelegenheit, sie auf die Seite zu ziehen.

Die Gruppe der Neugierigen löste sich lächelnd und kopfschüttelnd auf. Nachdem Frau Kölblin wieder zu Atem gekommen war, bestand sie darauf, Kaltenbach auf der Stelle zu einem Kaffee einzuladen. Sie zog ihn hinaus auf die Terrasse der Cafeteria unter einen der riesigen Sonnenschirme. Jetzt sprudelte endgültig alles heraus, was ihr an ihrem großen Herzen lag. Innerhalb der nächsten Viertelstunde bekam Kaltenbach sämtliche Details vom Zeitpunkt ihres Eintreffens im Laden bis zu ihrer jetzigen Begegnung haarklein erzählt. Zum Glück hatte sich herausgestellt, dass ihr vorübergehender Blackout tatsächlich nur ein Schwächeanfall gewesen war. Schon am Abend war es ihr wieder besser gegangen, sie musste lediglich zur Vorsicht über Nacht dableiben.

»Des vergiss ich dir nit«, sagte sie und ließ erneut eine Lobeshymne auf Kaltenbach und sein entschlossenes Handeln folgen. »Un jetz gang i«, sagte sie abrupt. »Ich muess glich e paar Litt bsueche go. Bschdellsch due mir e Taxi?«

Kaltenbach war bei alldem kaum zu Wort gekommen. Es kam ihm gerade recht, dass sie kein einziges Mal gefragt hatte, warum er denn ins Krankenhaus gekommen war. Von Elisabeth Winterhalter wollte er nichts erzählen, und irgendetwas zu flunkern, wäre ihm nicht leichtgefallen.

Er nahm sein Mobiltelefon heraus und wählte eine der Nummern, die an verschiedenen Stellen ausgehängt waren, und bestellte ein Fahrzeug. Dann begleitete er Frau Kölblin zum Ausgang.

Das Taxi kam nach fünf Minuten und hielt direkt vor der Tür.

»Ich kumm in de Lade, wenn ich allini verzellt hab, was los war. Und dann muess ich unbedingt 's Neischt ues Maleck wisse. Un vu dem Buer!« Sie zwängte sich ächzend auf den Beifahrersitz. »Jetzt hab ich dich no gar ned gefrogt, warum due hitt Morge do warsch. Bschtimmt hesch due mich bsueche welle!«

Zum Glück für Kaltenbach schlug in diesem Moment der Fahrer, ein vierschrötiger Türke, mit elegantem Schwung die Beifahrertür zu. Sekunden später fuhr er los. Kaltenbach winkte hinterher und ging zurück in das Gebäude.

Am Eingang zur Intensivstation erwartete ihn die nächste Überraschung.

»Frau Winterhalter ist nicht mehr hier«, erklärte die Schwester, die eben herauskam und fast mit ihm zusammengestoßen wäre.

Kaltenbachs Herz krampfte sich zusammen. »Ist sie …?«

»Sie wurde auf Station verlegt. Es geht ihr zwar noch nicht so gut. Aber sie hat das Schlimmste überstanden. Wir konnten sie daher heute Morgen verlegen.«

Kaltenbach war erleichtert. Er ließ sich den Weg beschreiben, dann holte er am Kiosk ein paar Blumen. Die Tulpen waren für seinen Geschmack etwas dürftig, aber für eine freundliche Geste mussten sie genügen.

Elisabeth Winterhalter lag im Halbschatten alleine in einem Zimmer auf der Hinterseite des Gebäudes. Die Fenster waren geschlossen, das Rollo fast ganz heruntergelassen. Dahinter sah man das Blattwerk des Wäldchens, das sich von hier zum Waldspielplatz am Vogelsang hochzog.

Kaltenbach trat näher. Sie hatte ihn kommen hören und wandte ihm ihr Gesicht zu. Er erschrak, als er sie sah. Über Haare und Stirn trug sie einen weißen Verband, der wie ein Helm aussah. Das Gesicht war bleich und hatte rote Flecken. An der linken Wange klebte ein Pflaster, beide Augenbrauen waren angesengt. Von den Schultern bis zu den Händen waren beide Arme ebenfalls mit weißem Stoff bandagiert.

Als Elisabeth Winterhalter Kaltenbach erkannte, flackerte für einen Moment ein Leuchten über ihr Gesicht. »Ich soll mich nicht bewegen«, sagte sie leise. Ihre Stimme klang schwach.

»Haben Sie Schmerzen?«

Sie nickte kaum wahrnehmbar. Kaltenbach spürte, dass selbst diese kleine Bewegung ihr schwerfallen musste.

»Ich habe Blumen mitgebracht!« Um seine Verlegenheit zu überbrücken, hielt er ihr den Strauß hin. Gleichzeitig merkte er, wie absurd die Geste war. Er legte die Tulpen hinter sich auf den Beistelltisch. »Ich werde die Schwester nach einer Vase fragen«, murmelte er.

»Komm her.«

Kaltenbach zog einen Stuhl heran und setzte sich so nahe an den Rand des Bettes, wie es ihm noch vertretbar schien. Er wusste, dass es in dieser Situation keinen Raum für den Austausch von Höflichkeiten und großen Erklärungen gab.

»Schön, dass du gekommen bist. Hat Schätzle es ausgerichtet?« Der Satz war mehr eine Feststellung als eine Frage.

Kaltenbach nickte.

»Ich brauche dich. Du musst mir helfen.«

Kaltenbach schwieg, obwohl es ihn drängte, danach zu fragen, warum sie ausgerechnet ihn gebeten hatte.

»Fritz hat erzählt, wie schlimm es um den Hof bestellt ist. Aber man soll die Hoffnung nie aufgeben.« Sie versuchte, den Kopf zu heben. »Pass auf: Ich will, dass du zum Hof gehst und …«

Sie wurde von einem Hustenanfall geschüttelt und sank zurück in ihr Kissen. Das Husten ging in ein Rasseln über. Sie atmete schwer.

»Über der Küche ist Vaters Schlafzimmer. Dort steht ein großer Schrank. Darin ist eine Truhe. Schlüssel.« Sie stieß die Worte jetzt einzeln hervor. »Vorne im Spind. Du musst …« Erneut hustete sie. Jeder Atemzug fiel ihr schwer. »Schachtel!«, stieß sie hervor. Sie hob die Hand, wie um zu winken. Schweißperlen traten auf ihre Stirn. »Schachtel!« Erneut schüttelte sie ein schwerer Hustenanfall.

Kaltenbach konnte es nicht länger mit ansehen. Er drückte den roten Notrufknopf, der von dem Metallgalgen über dem Bett herunterbaumelte.

Kurz darauf kam die Schwester ins Zimmer. Sie sah sofort, was los war. Mit ein paar geübten Handgriffen verschaffte sie der Kranken Erleichterung. Dann stülpte sie ihr die neben dem Bett hängende Atemmaske über.

»Sie sollte möglichst nicht sprechen«, meinte sie zu Kaltenbach, der das Ganze vom Fußende des Bettes aus hilflos beobachten musste. »Und die Blumen nehmen Sie am besten gleich wieder mit.«

Das Husten hatte jetzt aufgehört. Elisabeth Winterhalter hatte den Kopf auf die Seite gelegt. Sie hielt die Augen geschlossen und atmete jetzt ruhiger. Die Schwester sprach beruhigend auf sie ein.

Kaltenbach verstand die Aufforderung zum Gehen. Er nickte der Schwester zu und ging zum Ausgang. Im vorderen Teil des Zimmers waren neben der Toilette die Garderobe und vier schmale hohe Wandschränke. In einer der Türen steckte ein Schlüssel. Er öffnete und fand im mittleren Fach neben einer Handtasche einen Schlüsselbund. Er steckte ihn ein, schloss die Tür und ging hinaus auf den Flur.

Erst als er auf seiner Vespa die Gartenstraße zur Stadt hinunterrollte, merkte er, dass er die Blumen vergessen hatte.

KAPITEL 16

20 Minuten später war Kaltenbach zurück in Maleck. Vor dem Hotel »Krone« bog er rechts ab und fuhr das Kirchgäßle hinunter zum Kirchmatthof. Dieses Mal fuhr er auf dem Feldweg so nahe es ging zu dem, was von dem Anwesen noch übrig geblieben war.

Aus der Nähe war der Anblick noch trostloser. Das Feuer hatte erbarmungslos gewütet. Schwarze verkohlte Balken und verrußte Trümmer lagen wild durcheinandergewürfelt. Die Mauern der Fundamente von Stall und Scheuer lagen blank wie die Ruine einer zerstörten Burg. Das Holzlager war komplett niedergebrannt. Nichts hatte das Feuer verschont. Nur das Blechdach lag vollkommen verzogen über den Resten der ehemaligen Stützpfeiler. Über allem schwebte immer noch ein beißender, unangenehmer Gestank. Dort, wo die Hundehütte gestanden war, lagen nur noch verkohlte Trümmer. Von Hasen und Hühnern war nichts zu sehen. Wenn die Tiere Glück gehabt hatten, hatten sie sich irgendwohin in die Felder retten können.

Kaltenbach stellte den Roller an einer einigermaßen sauberen Stelle ab und ging zu Fuß weiter zum Wohnhaus. Traktor und Anhänger waren ausgebrannt und völlig zerstört. Das Auto stand noch neben der Hauswand, mit Ruß und Löschschaum bedeckt. Es sah nicht aus, als sei es noch fahrbereit.

Kaltenbach stieg die Treppe zum Eingang hoch. Von der Haustür hingen nur noch ein paar wenige Trümmer in den Angeln. Der Gestank im Innern des Gebäudes war kaum auszuhalten. Trotzdem zwang er sich vorwärts. Das Licht funktionierte nicht. Im Halbdunkel sah er, dass Ruß und Löschwasser überall ihre Spuren hinterlassen hatten, Boden und Wände im Flur waren mit einer schmierigen Schicht überzogen.

Am Fuß der Holztreppe, die nach oben führte, blieb Kaltenbach stehen. Der Aufgang sah bis auf den allgegenwärtigen Schmutz unversehrt aus. Doch er wollte keine unangenehme Überraschung erleben. Er packte das Geländer mit beiden Händen und rüttelte daran. Es bewegte sich nicht. Vorsichtig setzte er den Fuß auf die unterste Stufe. Von oben hörte er ein deutliches Knarren, gefolgt von einem leisen Klopfen.

Wieder hielt er inne. Das Geräusch gehörte eindeutig nicht zu der Treppe. War da oben jemand? Nicht nur die Tür war offen. Durch die kaputten Fenster konnten Vögel ein und aus fliegen. Hatte sich eines der Hühner verirrt? Würde sie der unangenehme Brandgeruch nicht eher abschrecken? Der Hund? Wenn er nicht in den Flammen umgekommen war, streunte er vielleicht noch über das Gelände.

Kaltenbach lauschte noch einmal. Jetzt blieb es still. Vorsichtig stieg er Schritt um Schritt die Holzstufen hinauf. Am oberen Ende blieb er reglos stehen.

Ein kaum wahrnehmbares Quietschen kam aus der Mitte des Flurs. Mäuse! Natürlich, das musste es sein. Die Tierchen waren hartnäckig und hielten einiges aus. Bestimmt waren sie auf der Suche nach etwas Verwertbarem.

Kaltenbach rief sich in Erinnerung zurück, was Elisabeth Winterhalter gesagt hatte. Das Schlafzimmer des Bauern lag über der Wohnküche. Er musste also im Flur wieder nach vorne gehen. Links und rechts gab es zwei weitere Türen, die aber geschlossen waren. Die Schlafzimmertür stand offen. Kaltenbach trat ein und erstarrte.

Es waren keine Mäuse. Von der Mitte des Zimmers hingen die Reste einer Glühlampe an einem Deckenkabel, das sanft hin- und herschwang. Es gab keinen Durchzug. Es hatte seit Tagen keinen Wind gegeben. Jemand musste die Lampe gestreift haben. Jemand, der größer war als …

Ein harter Schlag explodierte auf seinem Hinterkopf. Das Bewusstsein verließ ihn, grelle Sterne leuchteten auf und zerplatzten in konturloser Schwärze.

»Verdammt!«

Kaltenbach stieß einen Fluch aus und stürzte zum Grill. Die teuren Lendenfleischstücke hatten bereits bedenklich ihre Farbe verändert. Luise trat zu ihm und legte ihren Arm um seine Hüfte. »Niemals vom Grillen weggehen«, lachte sie. »Deine eigenen Worte!«

Kaltenbach griff rasch nach der Grillzange und drehte die Scheiben um. Die Unterseite war schwarz verkohlt, Rauch stieg auf. Der Geruch war alles andere als appetitlich.

»Nein!« Er war verzweifelt. »Das ganze ausgeklügelte Menü ist im Eimer! Was soll ich denn jetzt tun?«

Luise zog seinen Kopf zu sich heran und küsste ihn auf die Nase. »Nicht so schlimm«, hauchte sie. »Gehen wir doch gleich zum Nachtisch über.« Ihre Lippen streiften seine Stirn, seine Wangen, fanden sein Ohr. Ihre feuchte Zunge …

Mit einem Ruck fuhr er auf. Ein kurzes Jaulen ertönte, gefolgt von einem bedrohlichen Knurren. Der Hund hatte einen erschrockenen Satz nach hinten gemacht und stand jetzt in der Schlafzimmertür.

Kaltenbach spürte einen stechenden Schmerz in seinem Hinterkopf. Trotzdem zwang er sich, den Kopf zu heben. Er lag vor einem großen altmodischen Doppelbett. Neben ihm stand eine Kommode mit drei breiten Schubladen, hinter ihm an der anderen Wand ein riesiger Schrank. Über ihm baumelten die Reste der Deckenlampe.

Als er versuchte aufzustehen, ging das Knurren des Hundes in ein kehliges Bellen über.

»Ruhig, Alter. Ich tu dir nichts. Tu du mir auch nichts.«

Der Hund bellte noch einmal, dann sprang er zurück zur Tür und beobachtete, wie Kaltenbach sich am Bettpfosten hochzog.

Kaltenbach setzte sich vorsichtig auf die Bettkante und versuchte, sich zu erinnern. Er war in das Zimmer gekommen, hatte gesehen, wie die Lampe geschaukelt hatte, danach wusste er nichts mehr. Er musste niedergeschlagen worden sein. Wie lange er gelegen hatte, wusste er nicht. Der Hund hatte ihn entdeckt und mit seiner feuchten Schnauze wachgekitzelt.

Langsam stand er auf und trat in die leere Fensterhöhle. Unten auf dem Hof war niemand zu sehen. Ob ihm jemand aufgelauert hatte? Der Gedanke war wenig wahrscheinlich. Woher hätte der Unbekannte wissen sollen, dass Kaltenbach ausgerechnet jetzt hierherkommen würde? Nur Elisabeth Winterhalter wusste davon.

Er musste jemanden überrascht haben. Jemanden, der auf keinen Fall erkannt werden wollte.

Der Schmerz in seinem Kopf wischte alle klaren Gedanken beiseite. Kaltenbach konnte nicht hierbleiben. Er stand auf und ging langsam zur Tür. Um den Schrank würde er sich später kümmern.

Der Hund sprang um ihn herum und bellte. Doch dieses Mal folgte ein Fiepen, das wenig bedrohlich klang. Der Hund blieb stehen und sah zu ihm. Der Schwanz bewegte sich zaghaft hin und her.

Kaltenbach hatte früher oft mit Hunden zu tun gehabt. Bei seinen Kaiserstühler Verwandten hatte er mit ihnen gespielt und dabei gelernt, auf ihre Zeichen zu achten. Dieser Hund war müde, verängstigt und bestimmt sehr hungrig.

»Ist gut, Alter. Dann komm mal mit.« Er trat auf den Flur, der Hund folgte ihm. Die Worte schienen ihn zu beruhigen. »Ich will mal sehen, ob ich etwas für dich finde.«

Kaltenbach schleppte sich die Treppe hinunter in die Küche. Er hatte Glück. Zu seinem Erstaunen funktionierte der Wasserhahn noch. Anscheinend gehörte die Pumpe noch zu der alten robusten Sorte, der Wasser und Hitze nichts anhaben konnten.

Unter dem Herd fand Kaltenbach eine weiße Emailschüssel. Er spülte sie aus und stellte sie gefüllt mit frischem Wasser auf den Boden. Der Hund hatte keine seiner Bewegungen aus den Augen gelassen. Sofort sprang er hinzu und begann eifrig zu schlabbern.

Kaltenbach drehte das Wasser erneut auf und hielt seinen Kopf direkt unter den Strahl. Er biss die Zähne zusammen, um nicht laut aufzuschreien. Das Stechen verwandelte sich in ein dumpfes Pochen. Eine bleierne Abrissbirne schlug von innen an seine Schädeldecke.

Kaltenbach wurde übel. Er schleppte sich zu dem Tisch, an dem er vor Kurzem gesessen war, und ließ sich auf einen Stuhl fallen. Vorsichtig betastete er die schmerzende Stelle mit seinen Fingerspitzen. Er spürte Blut. Der Hund hatte die Schüssel leer getrunken und beobachtete ihn aus sicherer Distanz.

Kaltenbach konnte sich überhaupt nicht vorstellen, wer ihm den Schlag verpasst haben könnte. Offenbar war es jemand, der nicht gesehen und erkannt werden wollte. War es der Brandstifter, der zurückgekommen war, um jetzt auch das Haus in Schutt und Asche zu legen? Hatte der Alte in dem Schrank ein privates Geldversteck? Oder war es ein Gelegenheitsdieb, ein Plünderer, der mit dem Anschlag überhaupt nichts zu tun hatte?

Ächzend stemmte sich Kaltenbach hoch und ging noch einmal zurück zum Waschbecken. Er nahm eines der herumliegenden Geschirrtücher, machte es nass und hielt es sich an den Kopf. Das Stechen ließ etwas nach, dafür spürte er das dumpfe Pochen umso stärker.

Der Hund ließ jetzt ein leises Knurren hören, das in ein Winseln überging, so wie er es bereits zuvor getan hatte. Er kam vorsichtig näher und stupste mit der Schnauze an Kaltenbachs Bein. Er ließ es geschehen, dass Kaltenbach ihn hinter den Ohren kraulte. Er sah jetzt, dass es ein älteres Tier war. Trotzdem war das hellbraune Fell immer noch dicht und kräftig.

»Ich glaube, du hast Hunger. Dann wollen wir doch mal sehen.«

Die Küche war wie die anderen Räume, die er bisher gesehen hatte, überall verdreckt. Die halbe Einrichtung lag auf dem Boden verstreut. Dennoch schienen die Möbel, wie schon im Zimmer darüber, wenig abbekommen zu haben.

Kaltenbach öffnete einige Türen und Schubladen, bis er fand, was er suchte. Hinter einer der Klappen des großen Küchenschranks stand eine ganze Batterie Dosen mit Hundefutter. Er nahm eine davon herunter, zog den Deckel am Ring auf und kippte den Inhalt in einen Teller. Der Hund stürzte sich sofort darauf und schlang in wenigen gierigen Happen alles hinunter. Kaltenbach nahm eine zweite Dose und füllte nach. Wieder stürzte sich der Hund darauf.

»Du bist ein Braver«, sagte Kaltenbach und tätschelte den Kopf des Tieres. »Wenn ich nur wüsste, wie du heißt. Solange nenne ich dich einfach ›Alter‹. Gut so, Alter?« Der Hund ließ ein Knurren hören, das sich dieses Mal zufrieden anhörte, und fraß weiter.

Kaltenbach hielt erneut das Tuch unter das kalte Wasser und presste es an seinen Kopf. Der Schmerz blieb unverändert. Doch er musste noch einmal nach oben.

Jeder Schritt bereitete ihm große Mühe. Der Schädel pochte. Der Brandgeruch würgte ihn.

Doch er zwang sich vorwärts. Als er wieder vor dem Schrank im Schlafzimmer stand, sah er, warum der Unbekannte gekommen war. Um das Türschloss herum war das Holz zersplittert. Tiefe Kerben und ein verbogener Beschlag zeigten, dass jemand versucht hatte, die Tür mit Gewalt zu öffnen.

Kaltenbach zog den Schlüsselbund heraus, den er von Elisabeth Winterhalter mitgenommen hatte. Einer der beiden altmodischen Bartschlüssel ließ sich mit ein wenig Gefummel hineinstecken und umdrehen.

Als die Tür aufschwang, kam ihm ein starker Geruch nach Mottenkugeln entgegen. An der einzigen Querstange hingen zwei Mäntel, braun und schwarz. Daneben ein paar Jacken und Hemden, dazu ein dunkler Anzug. Darunter auf dem Schrankboden standen zwei Paar schwarze Schuhe mit Schuhspannern.

Daneben die Kiste.

Kaltenbach fasste sie an den auf beiden Seiten angeschraubten Metallgriffen und hob sie heraus auf den

Boden. Die Kiste war etwa kniehoch, aus dunklem starkem Holz. Deckel und Vorderseite zierte ein Blumenmuster, eingedunkelt von der Patina vieler Vorbesitzer.

Kaltenbach probierte den zweiten Schlüssel und klappte den Deckel nach oben. Auf den ersten Blick war er enttäuscht. Unter einer silbrig glänzenden Krawatte und einer mit Glasperlen bestickten schwarzen Weste lagen zwei dicke Stapel Bettlaken, akkurat zusammengefaltet und gestärkt wie für die Aussteuer einer Bauerstochter vor 100 Jahren. Kaltenbach nahm eines nach dem anderen heraus und stapelte alles neben der Kiste auf den Boden.

Ganz unten fand er schließlich, was er suchte. Ein einfacher fester Karton mit Pappdeckel. Das musste es sein. Kaltenbach stellte die Schachtel auf das Bett und hob den Deckel ab.

Mehrere braune Umschläge lagen darin, dazu eine abgegriffene Schmuckschatulle mit einem dünnen Ring, der einen blau schimmernden Stein trug. Als Letztes zog er eine zerdrückte dunkelblaue Filzkappe hervor, die ihn entfernt an eine Baskenmütze erinnerte.

Für einen Moment erwog er, die Kuverts zu öffnen, doch er ließ alles, wie es war. Bis auf die Schachtel räumte er alles wieder genauso ein, wie er es vorgefunden hatte. Am Ende hievte er die Kiste zurück in den Schrank und schloss ab. Mehr war nicht zu tun, und mehr sollte er auch nicht tun.

Sein immer noch heftig schmerzender Hinterkopf erinnerte ihn daran, dass es höchste Zeit war, sich darum zu kümmern. Er klemmte die Schachtel unter den Arm, ging über den Hof zu seiner Vespa und fuhr langsam zurück nach Hause. Den Hund hatte er nicht wiedergesehen.

Zu Hause suchte und fand er eine Schmerztablette von seinem letzten Zahnarztbesuch. Er würgte sie hinunter, dann wiederholte er die Kaltwasserbehandlung, die zumindest vorübergehende Linderung brachte. Mit einem feuchten Handtuch um den Kopf legte er sich auf das Sofa.

Allmählich wurde das Ganze immer undurchschaubarer. Ein Unfall, der sich als Mordanschlag entpuppte, ein niedergebrannter Hof, bei dem Brandstiftung nicht auszuschließen war. Und jetzt ein Angriff auf ihn, den er sich nicht erklären konnte. Der Unbekannte war zweifellos von ihm überrascht worden. Die Gewaltspuren an der Schranktür zeigten, dass er wusste, dass dort etwas zu finden war. Etwas, das nicht nur für Elisabeth Winterhalter von enormer Bedeutung sein musste.

Kaltenbachs Gedanken wurden wieder und wieder durch die Schmerzen durchkreuzt. Die Tablette zeigte keinerlei Wirkung, das Handtuch war rasch abgetrocknet. Er stand auf und schleppte sich erneut in die Küche. Das Bedürfnis nach einem starken Kaffee unterdrückte er, er befürchtete, dass dieser die Schmerzen nur noch schlimmer machen würde. Stattdessen nahm er eine weitere Tablette und schluckte sie mit etwas Wasser hinunter. Ihm fiel ein, dass er im Gefrierschrank stets zwei Schalen mit Eiswürfeln auf Vorrat hatte. Er brach die Stücke heraus, kippte sie auf das Tuch und schlug das Ganze ein. Die Schalen füllte er sofort wieder mit Wasser auf und stellte sie mitsamt dem Plastikeinsatz zurück ins Eisfach. Auf dem Sofa machte er es sich mit ein paar Kissen erneut so bequem wie möglich. Er legte den improvisierten Eisbeutel auf seinen Kopf und versuchte, ein wenig zu schlafen.

Es sollte nicht gelingen. Nach einer Viertelstunde gab Kaltenbach auf. Wenn es schon nicht besser wurde, konnte er genauso gut auch bereits jetzt ins Krankenhaus fahren. Vielleicht bekam er dort die Hilfe, die er brauchte.

Er steckte den Schuhkarton in eine Stofftasche, dann schlüpfte er in seine Sandalen und holte das Auto aus der Garage. Bei dem Schwindel, den er spürte, wollte er nicht mit der Vespa fahren. Mit dem Auto war es riskant genug.

Kaltenbach fuhr langsam und versuchte, sich auf die Straße zu konzentrieren. Die Sonne knallte auch heute erbarmungslos von einem gläsernen Himmel herunter. Die Hitze war drauf und dran, den Asphalt aufzuweichen.

Kaltenbach war gespannt, wie Elisabeth Winterhalter reagieren würde. Er würde sie auf jeden Fall auf den Inhalt der Schachtel ansprechen, dazu war seine Neugier zu groß. Sollte er von dem Überfall erzählen? Oder war es in ihrem jetzigen Zustand besser, wenn er sie nicht weiter beunruhigte? Zumindest würde sie sich freuen, dass der Hund wohlauf war. Er würde ihr anbieten, sich in den nächsten Tagen um das Tier zu kümmern.

Als er das Krankenzimmer betrat, hielt er überrascht inne und blieb unschlüssig stehen. In dem Bett am Fenster lag nicht Elisabeth Winterhalter. Stattdessen schlief dort eine ältere Frau mit grauen strähnigen Haaren. In zwei weiteren Betten lagen ebenfalls Patientinnen, die heute Morgen noch nicht da gewesen waren. Die eine der beiden mochte noch kaum 20 sein. Sie trug Kopfhörerstöpsel in beiden Ohren und beachtete ihn nicht. Die dritte saß aufrecht im Bett und las eine Frauenzeitschrift. Als sie Kaltenbach sah, faltete sie sie zusammen und nickte ihm freundlich zu.

Er entschuldigte sich. »Ich habe wohl das falsche Zimmer erwischt, tut mir leid. Lassen Sie sich nicht stören.«

»Zu wem wollen Sie denn?«

Kaltenbach nannte den Namen.

Die Frau lächelte immer noch. »Sind sie vom Sozialen Dienst? Das ist schön. Wollen wir eine Tasse Kaffee miteinander trinken?«

Kaltenbach wehrte ab. »Nein, danke.« Er versuchte, höflich zu bleiben. »Ein andermal gerne. Ich muss gehen.« Er lächelte freundlich und trat den Rückzug an. Auf dem Gang lief ihm eine der Schwestern über den Weg.

»Frau Winterhalter? Nein, da kommen Sie zu spät. Wir haben das Zimmer bereits komplett neu belegt.«

Kaltenbach spürte einen Stich in der Magengrube. »Was ist mit ihr? Ist sie schon entlassen?« Er wagte an gar nichts anderes zu denken.

Die Schwester legte die Stirn in Falten. »Schön wär's. Im Gegenteil. Es ist wieder schlimmer geworden. Die Vergiftung ist ärger als angenommen. Wir mussten sie zurück auf die Intensiv bringen.«

»Kann ich sie sehen?« Kaltenbach hob die Tasche hoch. »Ich soll ihr etwas bringen. Etwas sehr Wichtiges.«

»Das wird nicht gehen, tut mir leid.« Sie schüttelte energisch den Kopf. »Oder sind Sie der Ehemann?«

»Nein. Ein Freund.«

»Keine Chance, junger Mann. Geben Sie mir die Tasche, und wir bewahren sie auf, bis sie wieder zu Kräften kommt. Aber da fällt mir etwas ein. Sind Sie Herr Kaltenbach?«

Kaltenbach nickte.

»Frau Winterhalter hat eine Nachricht für Sie hinterlassen.« Sie verschwand hinter der Tür des Schwesternzimmers. Kurz darauf kam sie mit einem einfachen Briefumschlag zurück. »Für Sie. Meine Kollegin hat es aufgeschrieben.«

Kaltenbach verstand nicht, was sie meinte. Er bedankte sich und lief den Gang zurück. Auf dem Weg die Treppe hinunter riss er den Umschlag auf. Ein gefaltetes Stück Papier kam zum Vorschein.

»Alles anschauen!«

Zwei Worte und ein Ausrufezeichen. Das war alles. Aber es war unmissverständlich. Mit einem Mal war die Schachtel, die er mit sich herumtrug, bleischwer geworden. Ein Auftrag. Was er bedeutete, war völlig unklar.

Die Schmerzen hatte Kaltenbach in der letzten Viertelstunde fast vergessen. Nach dem Treppensteigen meldete sich das Klopfen unter der Schädeldecke mit Macht zurück.

Er war zwar nicht wehleidig. Doch wenn er schon einmal hier war, konnte er sich auch helfen lassen. An der Pforte fragte er nach der Ambulanz und wurde in ein Zimmer in der Nähe des Haupteingangs verwiesen. Zum Glück musste er nicht lange warten.

Der junge Assistenzarzt, dessen Miene er ansah, dass sich seine Begeisterung über den sonntäglichen Bereitschaftsdienst in Grenzen hielt, warf einen kurzen Blick auf die Wunde und schickte ihn zur Röntgenabteilung in den zweiten Stock. Kaltenbach war froh, dass er nicht weiter nachfragte, wie es dazu gekommen war. Der Arzt gab sich mit der Erklärung zufrieden, dass er beim Aufräumen in der Garage unglücklich an einen Metallbügel gestoßen sei.

Als Kaltenbach in das Behandlungszimmer zurückkam, hingen die Bilder bereits von hinten beleuchtet an der Wand. Der Arzt stellte keine erkennbaren inneren Verletzungen fest und diagnostizierte eine leichte Gehirnerschütterung. Er drückte ihm eine Packung Schmerzmittel in die Hand, verordnete Bettruhe und riet ihm, am Montag zum Hausarzt zu gehen.

KAPITEL 17

Kaltenbach hatte kaum seine Wohnung betreten, als das Telefon läutete.

»Hallo, Handyausschalter!« Luise begrüßte ihn hörbar gut aufgelegt. »Endlich erwische ich dich. Halte dich fest: Es hat geklappt!«

»Eine Werkschau in der Fondation Beyeler?«

»Lästere du nur. Aber es hat sich wirklich etwas getan. Der Schweizer hat angebissen. Er will mir eine Präsenz bei Lüthi & Dornier vermitteln. Stell dir vor! Zuerst auf Probe natürlich. Vier Wochen! Lothar, ich bin total glücklich!«

Luises Worte sprudelten aus dem Hörer. Kaltenbach war noch nicht ganz bei der Sache. »Wer sind Lüthi & Dornier?«

»Banause! Eine der besten Galerie-Adressen in Basel. Das ist nahe am Lottogewinn! Dass wir das feiern müssen, ist ja wohl klar. Kommst du?«

»Wohin?«

»Nach Basel natürlich. Dann kann ich dir gleich alles zeigen. Und später gehen wir dann irgendwo schön essen, vielleicht im Markgräflerland?«

Kaltenbach hatte sich jetzt gefangen. »Das ist ja wunderbar. Aber es wird nicht gehen.« Er stieß einen Seufzer aus.

»Warum nicht? Es ist Sonntag, du hast nichts zu tun, in einer Stunde kannst du hier sein!«

Kaltenbach schilderte in knappen Worten, was geschehen war. Seine Schmerzen verheimlichte er nicht.

»Oje, du Armer. Wie geht es dir jetzt?«, fragte Luise hörbar geschockt.

»Geht so.«

»Geht so? Von wegen. Ich höre doch an deiner Stimme, dass es nicht geht. Ich komme natürlich sofort zu dir.«

»Das brauchst du nicht, ich komme schon zurecht. Mach du deine Sachen in Basel. Es reicht, wenn wir uns heute Abend sehen. Du gehst doch morgen noch einmal zum Filmdreh?«

»Klar, morgen und übermorgen. Trotzdem. Ich komme, so schnell es geht. Keine Widerrede. Ich muss nur noch zwei, drei Dinge erledigen. Hast du Schmerztabletten? Soll ich welche besorgen?«

»Der Arzt hat mir ein paar Hämmer mitgegeben.«

»Dann nimm jetzt eine und leg dich hin. Spätestens in zwei Stunden bin ich da. Mach's gut, bis dann.«

»Bis dann.«

Während ihres Gesprächs waren die Schmerzen wieder stärker geworden. Kaltenbach holte die Tablettenschachtel heraus und las den Beipackzettel. Nach schweren Operationen und bei extremen Zahnschmerzen eine Tablette alle drei Stunden. Mögliche Nebenwirkungen: Müdigkeit, Übelkeit, Gleichgewichtsstörungen, gelegentlicher Kontrollverlust. Keine Maschinen bedienen, kein Autofahren.

»Ist wohl für Pferde gedacht. Na dann«, brummte Kaltenbach grimmig. Er nahm eine der unschuldig aussehenden weißen Pillen in den Mund und schluckte sie hinunter. Anschließend trank er ein ganzes Glas Wasser hinterher.

Dann rief er Schätzle an. Im Gegensatz zu Kaltenbach hatte er sein Handy überall bei sich. »Salli, ich bin grade im Garten. Willst du vorbeikommen?«

»Ich wollte dir nur sagen, dass ich bei Elisabeth Winterhalter im Krankenhaus war.«

»Und? Wie geht es ihr?«

»Es schwankt ziemlich. Heute Morgen war sie auf dem Zimmer, und jetzt musste sie wieder auf Intensiv.«

»Schlimm?«

»Es dauert.«

»Und was wollte sie?« Es war klar, dass diese Frage kommen würde. Kaltenbach war gewappnet. »Sie hat mich gefragt, ob ich nach dem Hund sehen kann. Wie heißt er noch gleich?«

»Der Wilhelm? Stimmt, an den habe ich gar nicht gedacht.«

»Siehst du? Deshalb. Sie habe mir angesehen, dass ich mit Tieren kann.«

»So, so.« Schätzle klang nicht ganz überzeugt. »Und das war alles?«

»Das war alles. Ach ja, und wegen der Beerdigung«, schob Kaltenbach rasch hinterher.

»Das habe ich doch schon mit ihr besprochen. Der Pfarrer hat gemeint, in diesem Fall kann er eine Ausnahme machen und noch zwei, drei Tage warten.«

»Vielleicht wollte sie sich noch einmal überzeugen.« Kaltenbach spürte wie immer, wenn er schwindelte, ein leichtes Ziehen im Bauch.

»Doch, geht klar. Der Bauer liegt gut gekühlt in Windenreute in der Leichenhalle. Und sonst? Was treibst du heute am Sonntag?«

»Ich wollte die Tage noch einmal bei dir vorbeikommen.« Kaltenbach war froh um den Themenwechsel. »Wegen der Grundstückseigentümer.«

»Ah ja. Sherlock Holmes.« Er sprach den Namen aus, wie er geschrieben wurde. »Du gibst nicht auf, was? Von mir aus. Komm einfach. Aber morgen sehen wir uns, oder?«

»Morgen?«

»Ja, bei der Veranstaltung in der ›Maja‹. Es heißt, sogar der OB kommt. Und der Investor. Da geht es bestimmt gut zur Sache! Um halb sieben fängt es an.«

Schätzles letzte Worte hörte Kaltenbach schon kaum mehr richtig. Er spürte mit einem Mal, wie ihn eine ungeheure Müdigkeit überfiel. Gleichzeitig setzte ein leichter Schwindel ein. Die Tablette begann zu wirken.

»Du Fritz, ich will dich nicht länger stören. Wir sehen uns.« Etwas abrupt beendete er das Gespräch und legte auf. Er musste sich an der Wand abstützen und schaffte es gerade noch ins Bett. Im nächsten Moment sank er in traumlosen Schlaf.

Irgendwann wurde er aus zusammenhanglosen Bildern jäh in die Realität zurückgezerrt. Ein lauter Knall. Kaltenbach fuhr mit einem Ruck empor. Was war geschehen? Warum war es dunkel?

Er griff sich an den Kopf. Das quälende Hämmern hatte sich unter eine dicke dumpfe Masse zurückgezogen. Sein Schädel glich einer Matschbirne, seine Augenlider waren schwer und zuckten.

Er brauchte ein paar Sekunden, um sich zu orientieren. Nein, er hatte keinen über den Durst getrunken. Er saß auf dem Bett in seinem Schlafzimmer in Maleck.

»Keine Angst, es ist nichts passiert. Der Wind hat das Fenster zugeschlagen.« Aus der Ecke zwischen Bett und Außenwand kam Luises Stimme. »Ich habe für einen Moment nicht aufgepasst. Ich dachte, der Durchzug tut dir gut.«

»Durchzug?«

»Ja, draußen stürmt es. Es sieht nach Gewitter aus. Das wäre auch höchste Zeit.«

»Wie spät ist es? Ist es schon Nacht?« Kaltenbach war immer noch nicht ganz klar.

»Halb sechs. Später Nachmittag. Ich bin seit fast einer Stunde da. Du hast geschlafen wie ein Toter.«

»So weit ist es noch nicht.« Kaltenbach konnte sich eine ironische Bemerkung nicht verkneifen. »Ich spüre das. Leider. Autsch!« Er fasste sich an den Kopf.

Luise tastete vorsichtig nach der Wunde. Er zuckte zusammen.

»Das sieht nicht gut aus. Fieber hast du auch ein bisschen. Ich mache dir einen frischen Umschlag. Und einen Tee.«

Sie nahm die Schale, die auf dem Nachttisch stand, und ging in die Küche. Im selben Moment schlug das Fenster erneut mit einem heftigen Knall.

Kaltenbach stand auf und sah hinaus. Draußen braute sich ein heftiges Gewitter zusammen. Der Himmel hatte sich mit bleiernem Anthrazit überzogen. Mächtige Wolken tauchten die Nachbarhäuser in fahles Licht. Der Wind pfiff um die Ecken. Über die Straße wehten welke Blätter und Papierfetzen. Die Zweige der beiden Birken im Garten gegenüber wedelten nahezu waagrecht durch die Luft. Noch fiel kein einziger Tropfen.

Kaltenbach machte das Fenster fest zu und ging in die Küche. Luise nahm eben den Wasserkocher vom Elektrosockel und goss die kochende Flüssigkeit in eine Kanne. Dann hängte sie zwei Teebeutel hinein. »Guten-Abend-Mischung. Kamille, Fenchel, Lavendel«, erklärte sie.

»Wir müssen nach den Pflanzen sehen!« Kaltenbach trat zur Balkontür. »Der Oleander!« Er riss die Tür auf. Sofort schoss ein scharfer Windstoß herein.

Es war fast schon zu spät. Der meterhohe Papyrus lag umgestürzt in der Ecke zwischen Scherben, Erde und Wasser, die schlanken Halme waren abgeknickt. Ein paar der

Gewürzpflanzen in den Balkonkästen waren herausgerissen und verschwunden, die übrigen boten einen wild zerzausten Anblick. Der Oleander hatte die meisten seiner Blüten verloren, seine Zweige mit den großen dunkelgrünen Blättern bogen sich bedenklich.

Mit vereinten Kräften zogen sie den großen Topf in die Küche. Luise schloss die Tür.

Kaltenbach sah noch einmal hinaus. Der Anblick verhieß nichts Gutes. Von Westen her trieb das Wetter dunkle Wolken heran. Der Kandel lag bereits hinter einer mächtigen grauen Wand. Davor auf dem Hachberg zeichnete sich die Hochburg wie ein stahlgrauer Scherenschnitt ab. Hinter den Wolkenungetümen flackerte Licht auf. Selbst durch das Fenster war das dumpfe Grollen zu hören. Immer wieder fuhr der Sturm in den Wipfel der großen Fichte im Garten nebenan. Von irgendwoher wehte eine zerfetzte Plastiktüte in verrückten Kurven durch die Luft.

Kaltenbach hatte den Arm um Luise gelegt. Beide waren gleichermaßen von dem Anblick fasziniert und erschrocken.

»Jetzt wird es gleich anfangen zu schütten«, meinte Luise. »Da wird einiges herunterkommen.«

»Ich wäre froh, wenn es dazu käme«, erwiderte er.

»Wieso sollte es nicht regnen?«

»Warten wir's ab.«

Der Duft nach Sommerkräutern erfüllte die Küche. Luise goss zwei große Becher voll. »Trink, das wird dir guttun. Und dann wieder zurück ins Bett!«, befahl sie.

Kaltenbach schüttelte den Kopf. »Nein, ich will jetzt nicht. Ich muss zuerst wissen, was in der Schachtel ist. Außerdem geht es mir schon wieder besser.« Er ließ sich vorsichtig auf den Stuhl sinken.

Luise lächelte süß. »Der große starke Mann! Du nimmst jetzt noch eine Tablette und ruhst dich aus. Und morgen bringe ich dich zum Arzt.«

Kaltenbach hätte am liebsten laut aufgestöhnt. Doch er beherrschte sich. »Ich kann ebenso gut auf dem Sofa sitzen«, protestierte er.

»Na schön«, seufzte Luise. »Geh rüber. Ich bringe den Tee und die Tablette. Du bist ein hoffnungsloser Fall.«

»Ich weiß.« Kaltenbach zwang sich zu einem Lächeln, das eher einem Grinsen glich. »Deshalb liebst du mich ja.«

Er räumte die Fernsehzeitschrift auf dem Wohnzimmertisch zur Seite. Dann stellte er die Schachtel vor sich hin. »Bringst du bitte ein Messer mit?«, rief er in die Küche.

Wie schon am Morgen nahm er Stück für Stück heraus. Den merkwürdigen Hut, die Schatulle mit dem Ring, die Umschläge. Ganz unten lag noch etwas, das er zuerst übersehen hatte. Eine gepresste Blume. Waren das Elisabeth Winterhalters persönliche Erinnerungen? Aber was hatten sie im Schlafzimmer ihres Vaters zu suchen?

Luise kam mit dem Tablett. Sie goss beiden eine neue Tasse ein, dann stellte sie Kanne, Tassen und ein paar Kekse an die Seite. Neugierig beugte sie sich über den Inhalt der Schachtel.

»Der Ring ist hübsch«, meinte sie. »Nichts Aufregendes, aber hübsch. Das könnte ein Aquamarin sein. Wenn er echt ist.« Sie drehte den Ring hin und her und betrachtete ihn. »Der Reif ist vergoldet. Von der Größe her für eine Frauenhand. Eine junge Frauenhand.«

Kaltenbach sah sie erstaunt an. Luise schien sich auszukennen. »Der Hut, kennst du den etwa auch?«

Luise drehte die Kappe hin und her und strich mit den Fingern über die Oberfläche. »Das könnte eine Mütze sein. Normalerweise würde ich sagen, eine Baskenmütze. Aber irgendetwas ist anders. Auf jeden Fall ist sie schon ziemlich abgetragen. Etwas speckig. Schau, hier die Flecken.« Sie wies auf mehrere sichtbare Abschabungen. Dann drehte sie sie um und betrachtete das Innere. »Einfacher Futterstoff, Massenware. So etwas würde eine Frau eher nicht tragen. Außerdem ist sie zu groß!« Sie setzte sich die Mütze probehalber auf. Sofort rutschte sie ihr über die Stirn.

»Und die Brosche?«, fragte Kaltenbach. »Oder was könnte das sonst sein?«

Das Abzeichen war etwas kleiner als ein altes Fünfmarkstück und an der Seite fest angenäht. Eine schmale runde Fassung trug in der Mitte eine von breit nach spitz zulaufende Form, dahinter ein schräges Kreuz, das von der Mitte zum Rand auslief.

»Vielleicht ein Schwert? Eine Pfeilspitze? Das hier könnte ein Griff sein.«

Luise wiegte den Kopf. »Ich weiß nicht. Es könnte auch ein Symbol sein. Etwas Abstraktes.«

Kaltenbach ging noch näher heran. »Eine Feder. Das ist eine Feder! Hier, der Kiel in der Mitte, die feinen Linien nach außen.«

Luise wirkte unschlüssig. »Vielleicht. Bei Symbolen muss man vorsichtig sein. Sie sind nur scheinbar universell. Denk nur mal an das T.«

»Das T? Was ist da unklar?«

»Ich sollte sagen, die Form des T. Bei uns ein Großbuchstabe. Es kann aber auch Teil eines koptischen Kreuzes sein, also Ägypten. Oder der Hammer des Thor. Dasselbe Zeichen mit einer völlig anderen Bedeutung.«

»Du willst sagen, das hier könnte irgendetwas aus dem

Ausland sein? Aus einer anderen Kultur vielleicht? Warum sollte der Bauer so etwas aufbewahren?«

Luise antwortete nicht. Sie strich mit den Fingerspitzen die Linien entlang. »Langsam. Ich will nur damit sagen, dass wir nicht vorschnell urteilen sollen. Ich komm schon noch darauf.« Sie legte die Mütze zur Seite und griff nach dem obersten Kuvert. »Hier, mach doch mal auf.«

Kaltenbach griff nach dem Messer und schlitzte den größten der Umschläge an der Schmalseite auf. Eine Din-A4-Plastikhülle kam zum Vorschein, in der ein einziges Blatt Papier steckte.

»Doppelt gesichert«, meinte Luise.

»Hat aber wenig genützt. Das kann ja kein Mensch mehr lesen!« Ein paar wenige mit Bleistift handgeschriebene Zeilen standen darauf. Die Schrift war dünn und ausgebleicht.

»Sieht aus wie ein Brief.«

»Oder eine Rechnung.«

Ratlos betrachtete Kaltenbach die geraden und spitzen Linien. »Das ist doch die Schrift, wie sie früher benutzt wurde. Vor dem Krieg, glaube ich. Das nützt uns wenig.«

»Hier sind Zahlen!« Luise wies auf den oberen Rand. »1945. Eine Jahreszahl. Und davor eine 10.«

»Dann ist das dazwischen ein Monatsname. Ein etwas längerer. September vielleicht. Oder November. Da war der Krieg kaum vorbei. Seltsam.«

»Im Text ist noch eine Zahl. 300. Oder 388.«

»Also doch eine Rechnung? Oder eine Bestellung?« Kaltenbach versuchte vergeblich, irgendeinen Anhaltspunkt zu finden. »Nein, das hat keinen Sinn. So kommen wir nicht weiter. Wir müssen jemanden finden, der das lesen kann.« Er steckte die Hülle mit dem Papier zurück, dann griff er nach dem zweiten Umschlag. Er öffnete ihn und zog zwei Fotos heraus, beides Schwarz-Weiß-Aufnahmen.

Eine der Aufnahmen hatte die Größe einer Postkarte und zeigte eine junge Frau. Sie hatte die Haare streng nach hinten gebunden und war ungeschminkt. Sie trug eine dunkle Rüschenbluse mit hellen kleinen Punkten, darüber einen weißen Kragen. Ihr Blick war freundlich, aber ernst.

Kaltenbach musste sofort an Elisabeth Winterhalter denken. »Sieh dir die Augen an«, meinte er. »Außergewöhnlich.«

»Du hast recht«, meinte Luise. »Sie hat etwas Erwachsenes, Nachdenkliches. Dabei ist sie bestimmt noch keine 20.«

»Eine Verwandte von Elisabeth Winterhalter? Ihre Mutter vielleicht?« Kaltenbach gab sich selbst die Antwort. »Nein, das passt nicht. Wenn das Foto von 1945 ist, ist das zu lange her.«

»Das ist von einem Profifotografen aufgenommen. Licht, Hintergrund. Die Pose. Eindeutig.« Luise drehte das Bild um. »Und hier steht auch von wem. ›Photostudio Hirsmüller Emmendingen‹«, las sie erstaunt.

»Tatsächlich. Das ist doch wenigstens einmal ein konkreter Anhaltspunkt. Leider steht der Name der Frau nicht darauf. Aber das kriegen wir heraus.«

»Und der hier?« Luise betrachtete das zweite Bild. Es war wesentlich kleiner und etwas unscharf. Am unteren Rand war ein Riss. Man sah deutlich, dass es zerknittert war und wieder glatt gestrichen.

»Ein Mann. Ein Junge. Schwer zu sagen.« Ein mit schwarzen Locken umrahmtes Gesicht sah Kaltenbach entgegen. Der junge Mann lachte, seine Augen strahlten.

»Das sieht aus, als sei es irgendwo ausgeschnitten worden. Es gibt keinen regelmäßigen Rand. Außerdem ist hier unten etwas darübergeschmiert. Wie der Stempel bei einer Briefmarke. Das könnten sogar Buchstaben sein. Ein a oder ein o. Ganz schwer zu erkennen.« Nachdenklich legte Kaltenbach die beiden Fotos nebeneinander auf den Tisch. »Eine Ähnlichkeit mit der Frau hat der Junge jedenfalls nicht«, stellte Kaltenbach nüchtern fest. »Es hätten ja die Kinder des Kirchmattbauern sein können.«

»Bestimmt nicht«, meinte Luise und lächelte. »Ich glaube, ich weiß, was das ist.«

»Wie bitte?« Kaltenbach fuhr auf. »Du kennst die beiden?«

»Natürlich nicht. Nein, ich meine das Ganze. Ein Ring, Fotos von zwei jungen Menschen, eine gepresste Blume, ein Brief. Das ist eine Liebeskiste!«

»Eine was?«

»Eine Liebeskiste. Meine Mutter hatte auch so eine.«

Kaltenbach sah sie ungläubig an. »Das musst du mir erklären.«

»In der Liebeskiste ist alles gesammelt, was mit dem Liebsten zu tun hat. Heimlich natürlich. Das darf niemand sehen. Nicht einmal die beste Freundin.«

»Klingt sehr romantisch.«

»Ist es auch. Ich bin sicher, Mutter hätte mir ihre bis heute nicht gezeigt, wenn ich sie nicht zufällig bei einem Umzug entdeckt hätte. Ich fand das toll.«

»Hattest du auch eine?«

»Ein bisschen schon.« Luise wurde etwas verlegen.

»Was heißt denn das nun wieder?«

»Na ja. Wir leben in anderen Zeiten. Heute sowieso, wenn sogar Beziehungen per SMS beendet werden. Bei mir war es noch dazwischen.«

Kaltenbach beugte sich zu ihr und küsste sie auf die Wange. »Und was war in deiner Liebeskiste?«

»Geheim. Sag ich doch.« Sie erwiderte den Kuss. »Aber Romantik gefällt mir immer noch.«

Als Kaltenbach ein paar Minuten später wieder zu Atem kam, griff er nach dem dritten Umschlag. »Zwei haben wir noch. Ich bin gespannt. Vielleicht ein Brief, den wir lesen können.« Er schlitzte den Umschlag auf und zog eine weitere Plastikhülle heraus. Darin steckten zwei angegilbte Zeitungsausschnitte. Auf einem der beiden war ein Kreuz mit dicken schwarzen Balken. »Ein Soldatenkreuz. ›Unser lieber Sohn Josef‹«, las er vor, »›starb bei Kämpfen im Osten den Heldentod‹.« Er hielt inne. »Eine Familie Birnbacher. Meinst du, das ist der junge Mann auf dem Bild?«

Luise nahm ihm den Ausschnitt aus der Hand und las ebenfalls. »Makaber. Eine Todesnachricht in der Liebeskiste.« Sie nahm den zweiten Ausschnitt. »Was ist das hier?«

»Lies du«, meinte Kaltenbach.

»›Maleck wieder mit eigener Verwaltung? Wie bekannt wurde, hat die Militärverwaltung beschlossen, die örtliche Verwaltung wieder zurück an die Bewohner des Ortes zu geben. Dazu soll die Schaffung eines Ortschaftsrates vorbereitet werden.‹ Und so weiter.« Luise ließ das Blatt sinken.

Kaltenbach griff danach und las weiter. Am Ende sah er Luise ratlos an. »Und was hat das jetzt zu bedeuten? Auf jeden Fall keine Romantik. Das klingt nach Krieg. Nach Besatzung.« Er schaute den Abschnitt noch einmal an. »Aber ich finde auch hier kein Datum. Den Buchstaben nach könnte es immerhin dieselbe Zeitung sein.«

Luise schüttelte den Kopf. »Wir sollten erst alles vor uns haben, ehe wir weiterrätseln. Wir machen das letzte auch noch auf.«

In diesem Moment läutete das Telefon. Kaltenbach wollte aufstehen, doch Luise hielt ihn zurück. »Du bleibst schön sitzen«, sagte sie streng. »Ich gehe.«

Kurz darauf hörte er ihre Stimme aus dem Flur. Er nahm das Messer und öffnete den letzten Umschlag. Ein großes in der Mitte gefaltetes Blatt steckte darin. Kaltenbach breitete es aus und strich es vorsichtig glatt.

Dieses Mal brauchte er nicht lange, um zu erkennen, was es war. Vor ihm auf dem Tisch lag eine Karte.

Mit der bürokratischen Sorgfalt des Katasterplans an seiner Küchenwand hatte dies nichts zu tun. Ein paar wenige Striche, Linien und Buchstaben, mit dünnem Stift aufgemalt. Einen Titel gab es nicht. Es war nicht einmal ersichtlich, wo Norden war. Das Ganze ähnelte einer raschen Skizze von jemandem, der sich auf das Nötigste beschränkt hatte.

Ehe er genauer nachschauen konnte, kam Luise zurück. »Wer war dran?«

Luise nützte die Gelegenheit, Tee nachzuschenken. Dann setzte sie sich wieder zu ihm.

»Grüße von Walter. Ich habe ihm gesagt, du seist gerade im Keller. Er erinnert dich an die Anhörung morgen. Du sollst unbedingt kommen, jetzt sei jeder Einzelne gefragt.«

»Das habe ich ganz vergessen.« Kaltenbach fasste sich an den Kopf. Der Schmerz war schwächer, aber immer noch deutlich zu spüren. »Ich weiß nicht, ob ich das schaffe.«

»Aber ich weiß es«, erwiderte Luise. »Du wirst morgen schön daheim bleiben. Und das Geschäft bleibt auch zu.«

»Aber das geht auf keinen Fall«, protestierte Kaltenbach. »Außerdem ist es gar nicht so schlimm.«

»Das sehe ich. Nachher rufe ich Martina an, sie kann für dich übernehmen. Und jetzt nimmst du erst einmal noch eine Tablette. Hier!« Sie drückte ihm die längliche Pille in die Hand.

Kaltenbach schluckte sie hinunter. Ein wenig ekelte ihm davor, doch er hatte wenig Lust, den Helden zu spielen. Luise beugte sich über die Karte. »Sieh mal an. Maleck für Anfänger. Sieht aus, wie von einem Kind gezeichnet.«

»Maleck?« Kaltenbach war verblüfft. »Wie kommst du darauf?«

Wieder lächelte Luise ihn an. »Das, mein Lieber, ist der Beweis, dass dein Bewusstsein immer noch ziemlich benebelt ist.« Sie fuhr mit dem Zeigefinger über das Blatt. »Das ist Maleck, auf das Notwendigste reduziert. Ortsstraße, Brandel, Kirchgäßle. EM – hier geht es nach Emmendingen durch den Wald, hier nach Windenreute. Und KB steht wahrscheinlich für Keppenbach.«

»Natürlich. Du hast recht. Das hätte ich sehen müssen. Dann sind auch die anderen Buchstaben klar. F ist der Friedhof, hier unten die Hochburg. Die drei Höfe – Vordere und Hintere Zaismatt, dazwischen der Kirchmatthof. Die gewundene Linie ist der Brettenbach.«

Kaltenbach trank einen weiteren Schluck Tee, um den unangenehmen Tablettengeschmack wegzubekommen. Dann lehnte er sich zurück. »Na schön, eine Karte. Die scheint genauso alt zu sein wie die Fotos und der Brief.« Er wies auf die Papiere, die auf dem Tisch ausgebreitet lagen. »Aber wozu soll das alles gut sein? Warum hat der Bauer das alles aufbewahrt? Und was verbindet Elisabeth Winterhalter damit?«

»Darum werden wir uns später kümmern.« Luise nahm die Karte und steckte sie zurück in die Plastikhülle.

»Was machst du da?«, protestierte Kaltenbach. »Jetzt wird es doch erst spannend! Wir müssen ...«

»Du musst jetzt nur noch eines: ins Bett gehen und wieder gesund werden.« Sie stand auf. »Und ich werde jetzt Martina anrufen. Der Chef von ›Kaltenbachs Weinkeller‹ bleibt morgen zu Hause.«

Kaltenbach hatte nicht die Kraft zu widersprechen. Wie schon beim ersten Mal spürte er, wie die Wirkung des Medikaments einsetzte. Er ging ins Schlafzimmer und sah aus dem Fenster. Draußen heulte und pfiff es unvermindert. Das Wetterleuchten ließ die gezackten Wolkenränder in unregelmäßigem Flackern aufleuchten. Immer noch hatte es keinen Tropfen geregnet.

Dieses Mal zog er sich aus, ehe er sich ins Bett legte. Er drehte seinen Kopf auf die unverletzte Seite und lauschte dem Tosen des Windes. Nach wenigen Minuten war er eingeschlafen.

KAPITEL 18

Kaltenbach erwachte mit dem Gefühl, dass etwas nicht stimmte. Er tastete nach dem Wecker und drückte die Lichttaste. 9.37 Uhr. Um ihn herum war es noch dunkel.

Er kniff die Augen zusammen. Winzige schmale Lichtstreifen spiegelten sich auf dem Betttuch und an der Wand. Was war hier los? War der Wecker kaputt? Er knipste die Nachttischlampe an. Das Bett neben ihm war leer.

Der Blick zum Fenster ließ ihn endgültig wach werden. Der Wecker war keineswegs kaputt. Luise hatte ihn abgeschaltet und zusätzlich den Rollladen heruntergelassen. Er zog ihn eine Handbreit nach oben. Draußen schien die Sonne, es war heller Tag.

Luise hatte ihn überlistet. Er sollte gar nicht erst in Versuchung kommen, doch noch in den Laden zu gehen. Jetzt war es zu spät dafür.

In der Küche fiel ihm auf, dass sie auch sonst an alles gedacht hatte. Auf dem Tisch stand die Teekanne, die Kräutermischung hing bereits im Metallsieb. Davor ein Zettel.

»Guten Morgen! Schön, dass du so lange geschlafen hast. Den Tee brauchst du nur aufzugießen, 10 Minuten ziehen lassen. Um 14.30 Uhr hast du einen Termin bei Doktor Becker. Nimm ein Taxi, falls ich noch nicht da bin. Martina kann heute nicht. Ich habe Duffner gebeten, ein Schild rauszuhängen. Lass es dir gut gehen. Kuss! Luise«

Das war nun gar nicht nach Kaltenbachs Geschmack. Krank hin oder her, den Laden konnte er nicht einfach zu lassen. Dann würde er eben die Zähne zusammenbeißen und selbst gehen müssen.

Er streckte sich ausgiebig. Sofort wurde er daran erinnert, warum Luise ihn zu einer nicht ganz freiwilligen Pause gezwungen hatte. Der Schmerz in seinem Kopf war immer noch da, allerdings merklich geringer als gestern.

Na also, dachte er. Geht doch. Er stellte die Teekanne zur Seite und schaltete die Kaffeemaschine an. Luises Kümmern in allen Ehren. Aber jetzt brauchte er einen Kaffee. Und zum Arzt gehen? Wegen ein paar Kopfschmerzen? Stundenlang im Wartezimmer sitzen, nur damit er anschließend mit einem Rezept für weitere Tabletten auch noch in die Apotheke musste, das konnte er nicht gebrauchen. Er wusste selbst, was gut für ihn war.

Am Display der De'Longhi stellte Kaltenbach einen großen Milchkaffee ein. Während die Maschine vor sich hin brummte, machte er die Balkontür auf und trat hinaus. Das helle Licht blendete ihn. Überall in den Ecken verstreut lagen die kümmerlichen Reste seines Papyrus. Die beiden Minzebüsche und der Koriander hingen reichlich zerfetzt über ihren Töpfen. Der Schnittlauchstock und der robuste Oregano hatten dagegen einigermaßen überlebt und sich bereits wieder aufgerichtet. In den Gärten ringsum lagen überall verstreut heruntergerissene Äste und Zweige mit Blättern. Frau Gutjahrs Stangenbohnen boten einen bedauernswerten Anblick.

Über allem schien die Sonne wie alle Tage zuvor heiß und stechend aus einem wolkenlosen zartblauen Himmel herunter. Und es war so gekommen, wie Kaltenbach es befürchtet hatte. Kein Tropfen war gefallen. Wie schon so oft war der Regen an Emmendingen vorbeigezogen.

Der Duft des frisch aufgebrühten Kaffees lockte ihn zurück in die Küche. Er setzte sich an den Tisch und trank genießerisch den ersten Schluck des Tages.

Eine halbe Tasse später musste Kaltenbach sich eingestehen, dass Luise wieder einmal recht gehabt hatte. Sein Herzschlag ging spürbar in die Höhe, Schweiß trat ihm auf die Stirn. Der Kaffee trieb den Schmerz wieder hervor. Er spürte, wie ihm schlecht wurde.

Er stand auf und schüttete den Rest weg. Dafür trank er ein Glas Wasser und setzte sich auf sein Sofa. Es sah ganz so aus, als sollte er Luises Rat folgen und daheim bleiben. Zumindest am Vormittag.

Nach einer halben Stunde ging es ihm einigermaßen besser. Er befolgte auch Luises anderen Rat und trank eine große Tasse Kräutertee. Obwohl er keinen Hunger hatte, aß er einen Joghurt und eine Scheibe Brot mit Hüttenkäse. Auf die dritte Krankenhaustablette verzichtete er. Er hatte nicht vor, wieder stundenlang lahmgelegt zu sein. In seiner Schreibtischschublade fand er eine halbe Packung Aspirin, das sollte für den Notfall genügen. Im Moment war das Schädelbrummen einigermaßen auszuhalten.

Aus dem Briefkasten holte er die Zeitung. Natürlich hatte Grafmüller übers Wochenende den Brand des Kirchmatthofes eindrucksvoll aufbereitet. Vor allem die Fotos waren spektakulär und erschreckend zugleich. Auch beim zugehörigen Bericht zog der Reporter alle Register. Da er selbst dabei gewesen war, fielen seine Schilderungen drastisch aus. Dazu gab es Interviews mit dem Brandmeister der Windenreute-Malecker Freiwilligen Feuerwehr und mit der Bäuerin vom Nachbarhof, die schon in der Nacht Kaltenbach und den anderen vor Ort ihre Eindrücke geschildert hatte. Natürlich war auch ein kurzes Gespräch mit Fritz Schätzle zu lesen. Der Malecker Ortsvorsteher ließ es sich nicht nehmen, wie die anderen den aufopferungsvollen Einsatz der Helfer zu loben und den enormen Schaden zu bedauern, der trotzdem entstanden sei.

Über die Rettung von Elisabeth Winterhalter gab es lediglich eine kurze Notiz und den Hinweis, dass sie auf dem Weg der Besserung sei. Auch Grafmüllers Recherchen zur Brandursache fielen spärlich aus. Brandstiftung sei nicht auszuschließen, ebenso wenig ein Zusammenhang mit dem Anschlag auf den Kirchmattbauern.

Ähnlich äußerte sich der Polizeisprecher. Die Untersuchungen seien in vollem Gange, die ersten Hinweise seien bereits eingegangen und würden sorgfältig geprüft. Am Ende der Appell an die Bevölkerung, bei der derzeitigen Großwetterlage keine Zigarettenstummel wegzuwerfen und nach Möglichkeit auf das Grillen im Freien zu verzichten.

Kaltenbach faltete die Zeitung zusammen. Die üblichen Statements. Es sah so aus, als ob die Polizei bisher noch völlig im Dunkel tappte.

Kaltenbach trank eine zweite Tasse Tee, dann stellte er sich unter die Dusche. Zum ersten Mal seit dem Überfall fühlte er sich wieder einigermaßen bei Kräften. Trotzdem unterdrückte er den Drang, sofort in den Laden zu fahren.

Stattdessen machte er sich zwei weitere Scheiben Brot und wandte sich wieder der Schachtel zu. »Liebeskiste« hatte Luise sie genannt. Er war nicht sicher, ob sie recht hatte. Der Ring, die Fotos und die Blumen deuteten darauf hin. Vielleicht war die Todesanzeige die Erinnerung an einen schmerzlichen Verlust.

Aber was war mit den anderen Dingen? Der Ausschnitt über die Verwaltung hörte sich sehr nüchtern an. Und den Hut mit dem merkwürdigen Abzeichen konnte er überhaupt nicht einordnen. Er ärgerte sich, dass er die Schrift auf dem Brief nicht lesen konnte. Auch beim genaueren Hinsehen boten die gezackten Auf- und Ablinien in seinen Augen keinerlei Anhaltspunkt.

Im Internet würde er wahrscheinlich etwas dazu finden. Doch das war umständlich und kostete Zeit. Dabei hätte er noch nicht einmal gewusst, nach was er suchen sollte. Außerdem gab es keine Garantie, dass er auch Erfolg haben würde. Am besten war es, wenn er jemanden fragen könnte.

Onkel Josef wäre der Richtige. Er war in den Kriegsjahren geboren und hatte die Schrift möglicherweise noch von seinen Eltern gelernt. Doch irgendwie passte das nicht. Er konnte ihm kaum mit einer solchen Bitte kommen, solange es noch anderes Wichtiges zu besprechen gab. Ein paar seiner älteren Kunden aus dem »Weinkeller« fielen ihm ein, denen er das zutraute. Er konnte im Tagebucharchiv oder bei der Volkshochschule fragen. Die örtlichen Heimatforscher wären mit Sicherheit bereit, ihm zu helfen. Doch was sollte er denen sagen? Was, wenn sich der Inhalt als so brisant erwies, dass danach neugierige Fragen gestellt wurden?

Seufzend legte Kaltenbach das Blatt zur Seite. Vielleicht fiel ihm später noch etwas dazu ein.

1945. Das Jahresdatum auf dem Brief entsprach dem auf der Gefallenenmeldung. Kurz vor Kriegsende. Ob die Menschen damals bereits geahnt hatten, dass der beschworene »Endsieg« ein Hirngespinst war? So oder so musste es für die Familie schlimm gewesen sein. Birnbacher. Der Name sagte ihm nichts. Zumindest in Maleck hatte er ihn noch nie gehört. Er würde Schätzle fragen müssen. Ob es überhaupt der junge Mann war, der auf dem Foto so hoffnungsvoll in die Welt blickte? Ein Mädchen, ein Junge, die uralte Geschichte, brutal zerstört durch sinnlosen Hass.

Was geblieben war, war der Ring. Schlicht, ohne großen materiellen Wert. Aber seit ebenso alten Zeiten Symbol der Einheit, der Verbindung. Der Liebe.

War das Abzeichen auf der Mütze etwas Ähnliches? Mit etwas Fantasie erinnerte die Form an einen Pfeil, einen Speer, einen spitz aufragenden Turm, einen schlanken Baum. Nichts passte richtig. Er kam nicht weiter. Er konnte nur hoffen, dass Luise eine zündende Idee hatte.

Stattdessen fiel ihm plötzlich ein, wen er zu der Schrift fragen konnte. Friedrich Schiller, den früher alle »Tell« genannt hatten, kannte er seit ihrer gemeinsamen Schulzeit. Inzwischen hatte er Familie und war stolzer Besitzer eines Häuschens im Markgräflerland. Alle ein, zwei Jahre trafen sie sich in einer Straußwirtschaft, um alte Erinnerungen auszutauschen. Schiller war in seiner Freizeit Hobbyforscher für alles, was klassische Literatur betraf. Er würde ihm mit Sicherheit weiterhelfen können.

Sofort machte sich Kaltenbach ans Werk. Nach mehreren Versuchen schaffte er es, ein einigermaßen gelungenes Foto von dem Brief aufzunehmen. Vielleicht hatte Schiller auch eine Idee zu dem Abzeichen. Er machte auch von diesem eine Aufnahme. Danach lud er alles auf seinen Rechner, erhöhte bei beiden Aufnahmen den Kontrast und schärfte ein wenig nach. Am Ende schrieb er eine kurze Mail, hängte die Bilder an und schickte alles per Knopfdruck los.

Kurz darauf wählte er am Telefon Schillers Nummer. Seine Gattin begrüßte ihn vom Anrufbeantworter. Mit freundlicher Stimme informierte sie ihn, dass die Familie in Urlaub und erst wieder Ende August zu erreichen sei.

Kaltenbachs Hoffnungen erhielten einen Dämpfer. Er erinnerte sich, dass die Schillers wie jedes Jahr einen Großteil der Schulferien auf ihrem Stammcampingplatz an der Adria verbrachten. Sonne, Strand, Pasta und Kultur. Keine Aussicht auf eine Antwort.

Trotz der heruntergelassenen Rollläden war es bereits wieder unangenehm warm in der Wohnung. Kaltenbach ging in die Küche und goss sich ein weiteres Glas Wasser ein. Er mischte es mit etwas Holundersirup und schnitt zwei Limettenscheiben hinein.

Ein Zeltplatz in Italien, oder in Südfrankreich – ob er Luise dafür begeistern könnte? Mit der Vespa nach Italien! Im Schatten der Palmen am Meer sitzen, dem Rauschen der Wellen zuhören, ab und zu ein Sprung ins erfrischende Nass. Abends gutes Essen mit Rotwein aus einem der örtlichen Weingüter in den Bergen. Ein wenig radebrechen mit den Zeltnachbarn, Spaß haben.

Die Realität sah anders aus. Falls es ihm doch gelingen sollte, Duffners Laden zu übernehmen, würde ihm in den nächsten paar Jahren keine Zeit bleiben, solche Träume in die Tat umzusetzen. Das Los des Geschäftsmannes.

Vielleicht war es doch besser, die Expansionspläne zu verwerfen und sich auf den »Weinkeller« zu beschränken. Und wer weiß, was Onkel Josef noch an Überraschungen für ihn bereithielt. Vielleicht war der Schlag auf den Kopf ein Signal, ein Zeichen des Schicksals, dass er nicht immer das tun sollte, was direkt vor seinen Augen lag.

Und dass er nicht Dinge aufschieben sollte, die unangenehm waren. Kaltenbach atmete einmal tief ein und aus. Dann ging er zum Telefon.

Ein paar Minuten später wusste er nicht, ob er erleichtert oder besorgt sein sollte. Am anderen Ende der Leitung war Marcel, der 13-jährige Enkel des Weinbauern. Er begrüßte Kaltenbach mit unüberhörbarem Missmut.

Nein, der Opa sei nicht zu Hause, die Oma auch nicht. Außerdem sei er eben dabei, das nächsthöhere Level seines neuesten Computerspiels zu knacken. Erst mit einigem Nachdruck gelang es Kaltenbach, seinem Großneffen etwas mehr zu entlocken. Er erfuhr, dass Onkel Josef mit seiner Frau zu einem befreundeten Winzer nach Merdingen an den Tuniberg gefahren war. Er habe nicht gesagt, wann er wiederkomme. Mehr wisse er auch nicht. Außerdem sei er stinksauer, weil er zum Telefondienst verdonnert worden war, wo doch alle seine Kumpels in Breisach im Freibad seien.

In Kaltenbach machten sich widerstreitende Gefühle breit. Er hatte unverhofft einen weiteren Aufschub bekommen. Doch die Erleichterung wurde sofort überdeckt durch das, was er von Marcel gehört hatte. Wenn Onkel Josef aus dem Haus ging, war er nahezu ausschließlich in einem seiner Weinberge an den Westhängen des Totenkopfs zu finden. Ansonsten wurschtelte er mit seiner Frau von morgens bis abends auf dem Hof herum. Dass die beiden zusammen wegfuhren, war ungewöhnlich.

Kaltenbach zerbrach sich den Kopf, ob dies etwas mit ihrem anstehenden Gespräch zu tun haben könnte. Ein Freundschaftsbesuch außerhalb der Verwandtschaft konnte es kaum sein, das war nicht seine Art. Etwas Geschäftliches? Trotz seines Alters und seiner zunehmenden körperlichen Wehwehchen war Onkel Josef noch voller Energie und Tatendrang. Wollte er etwa expandieren? Ein paar Hektar dazupachten? Das würde erklären, weshalb er sich persönlich auf den Weg machte. Ehe er ein solches Vorhaben umsetzte, würde er die Lage, den Boden, das Wasser, Alter und Aussehen der Rebstöcke genau unter die Lupe nehmen.

Doch was, wenn es genau umgekehrt wäre? Wenn der Onkel entgegen allen Beteuerungen doch in den Ruhestand ging? Interessenten für seine Premiumlagen gab es genug.

Kaltenbach lief unruhig in der Wohnung hin und her. In seinem Magen grummelte es. Er versuchte sich einzureden, dass sein Onkel niemals auch nur einen halben Hektar seiner Reben an jemanden außerhalb der Familie geben würde. Und was sollte der eingefleischte Kaiserstühler Weinbauer am Tuniberg?

Allerdings hätten beide Entscheidungen Auswirkungen auf »Kaltenbachs Weinkeller«. So oder so. Und natürlich auch auf ihn. Wenn es besonders schlimm kam, ging es an seine Existenz.

Seine Gedanken schwirrten. Es war alles zu viel. Wenn wenigstens Luise jetzt bei ihm wäre! Bestimmt saß sie jetzt gerade in Bauernkleidern irgendwo im Hof auf der Hochburg und wartete auf ihren nächsten Statistenaufruf.

Es half nichts. Luise konnte ihm helfen, seine Unsicherheit besser zu bewältigen. Doch entscheiden musste er ganz alleine.

»Du bist ein Träumer!«, hatte sie gesagt, schon kurze Zeit, nachdem sie sich kennengelernt hatten. Monika, seine ehemalige langjährige Lebensgefährtin, hatte ihn »schusselig« genannt. Beide hatten auf ihre Weise recht. Er war ein guter Musiker und Sänger, er hatte Gedichte geschrieben und konnte kochen wie kaum ein anderer. In Schwierigkeiten geriet er meist dann, wenn er sich dem realen Leben stellen musste. Er musste über sich selbst den Kopf schütteln. Warum ließ er sich immer wieder verunsichern? Schließlich hatte seine jahrelange Arbeit als Weinhändler bewiesen, dass er auch als Geschäftsmann taugte.

Kaltenbach trat hinaus auf den Balkon. Ein Spaziergang würde ihm guttun. Doch die Hitze war nicht auszuhalten. Selbst hier im Halbschatten auf der Rückseite des Hauses schlug ihm die heiße Luft entgegen wie eine gigantische Faust. Im Radio hatte die Sprecherin von 38 Grad und neuen Hitzerekorden gesprochen. 38 Grad im Schatten!

Er goss zwei Kannen Wasser über die verbliebenen Gewürzpflanzen und flüchtete zurück in die Wohnung. Sein Kopf begann erneut zu schmerzen. Er sah auf die Uhr, es war halb zwei. Nein. Es hatte keinen Sinn. Er würde auch den Nachmittag über zu Hause bleiben.

Hunger hatte er immer noch keinen. Dafür hatte er den Drang, ständig etwas Kühles trinken zu müssen. Er holte die letzte Flasche Mineralwasser aus dem Kühlschrank, dann füllte er ihn aus dem Kasten unterm Küchentisch wieder auf.

Die Hitze, der Durst und das Brummen im Schädel ließen ihn nicht zur Ruhe kommen. Sollte er sich ein weiteres Mal die Kiste der Winterhalters vornehmen? Er spürte, dass ihm dies im Moment nicht weiterhalf. Es war dringend nötig, sich mit etwas völlig anderem abzulenken. Es war an der Zeit, wieder einmal den Träumer in sich zu spüren.

KAPITEL 19

Kaltenbach griff zu seiner Gitarre. Er ließ den Fingern Zeit, über das Griffbrett zu wandern, Töne zu suchen und zu verbinden, kleine Figuren entstehen zu lassen, die sich auftaten und wieder verschwanden. Schon nach wenigen Minuten war die Erleichterung da. Die Musik nahm ihm seine Sorgen nicht. Doch sie weckte kleine Farbinseln im Grau und nahm seinem Bewusstsein etwas von der Schwere, die sich ungewollt in den letzten Tagen ausgebreitet hatte.

Nach einer Weile spürte er, dass er heute mehr brauchte. Er unterbrach die fließenden Töne mit einem kräftig geschlagenen E-Dur-Akkord über alle sechs Saiten. Ein zweiter folgte, ein Rhythmus tat sich auf. Kaltenbach liebte diese Abwechslung, die Möglichkeiten, die von allen Instrumenten, die er kannte, sonst nur noch das Klavier bot. Für ihn war die Gitarre die ideale Möglichkeit, seine Seelenstimmung nicht nur in Tönen auszudrücken, sondern auch sie zu hegen, zu formen und wenn nötig in eine andere Richtung zu lenken.

Auf einmal war die Melodie wieder da, die ihn seit Tagen begleitete. Er hatte sie vernachlässigt, sie zur Seite geschoben, fast vergessen bei allem, was ihn in der letzten Zeit beschäftigte.

Jetzt kam sie zurück, samt den Worten, die er für die Strophen und einen Teil des Refrains gefunden hatte. Für ein Lied, das er Luise zum Abschluss ihrer gemeinsamen Woche schenken wollte. Jetzt konnte es vielleicht doch noch klappen.

Er stellte die Gitarre auf dem kleinen schwarzen Ständer ab und trat an sein Bücherregal. Er zog das schlanke, in Leder gebundene Büchlein heraus und öffnete den Schnürverschluss. »Lothar Kaltenbach. Gedichte. An heute.« Er lächelte, als er die Widmung las. Ein Geschenk von Luise während ihrer gemeinsamen Tage in Paris. Sie wolle seine poetische Ader wieder hervorlocken, hatte sie gesagt, nachdem sie per Zufall seine früheren Gedichte gefunden und ein paar von ihnen gelesen hatte.

Der Wiederanfang war holprig. Die Worte schienen ihm sperrig, unpassend, die Ideen und Inhalte unbedeutend. Er war nahe daran, wieder aufzugeben. Doch dann folgte die Poesie der Musik. Worte und Verse glichen auf einmal Tönen und Melodien. Auf einmal war alles da, er musste nur zugreifen. Doch es war nicht einfach, die fließenden Bilder auf Papier festzuhalten. Mit seinen besten Ideen ging es ihm wie nach dem Erwachen aus einem Traum mit intensiv erlebten Bildern, die unerbittlich verwehten, schon kurz, nachdem er am Morgen die Augen aufgeschlagen hatte.

Doch es gelang ihm immer besser. Inzwischen hatte er Luises Büchlein schon fast zur Hälfte gefüllt. Und vor wenigen Wochen hatte er einen völlig neuen Schritt gewagt. Bei einer seiner Vespa-Ausfahrten waren ihm ein paar Zeilen eingefallen, sinnlos zuerst, doch perfekt im Rhythmus der wiederkehrenden Bewegungen der Bergstraßen hinauf in den Schwarzwald. Die wenigen Worte hatte er bald wieder vergessen, doch Rhythmus und Melodie waren geblieben. Er hatte sie auf der Gitarre gespielt, wieder und wieder, dann waren neue Worte dazugekommen, gute Worte. Das Lied, das er Luise schenken wollte, war fast fertig.

Es fehlte ihm lediglich der Endreim zur vorletzten Zeile des Refrains. Sie nannte ihn einen Träumer. Also würde er sie mit in seinen Traum nehmen. Sie zu seinem Traum machen.

»In meinem Traum
treffe ich dich wieder,
steigst du zu mir nieder,
dammda dammda damm,
in meinem Traum.«

Wieder – nieder ... Ein Reim musste an dieser Stelle sein. Ohne Reim würde der Rhythmus seine Kraft verlieren. Wieder, nieder ... Vielleicht Lieder? Hörst du meine Lieder? Möglich. Nicht gut genug. Flieder, Gefieder, bieder. Er suchte das Alphabet nach passenden Anfangsbuchstaben ab, ging alle Möglichkeiten durch. Nichts passte. Er musste vorläufig bei »dammda dammda damm« bleiben.

Einer der kreativsten Komponisten der Neuzeit hatte es genauso gemacht. Kaltenbach hatte erstaunt und amüsiert reagiert, als er zum ersten Mal davon gelesen hatte. Paul McCartney war nachts eine Melodie eingefallen, die ihn nicht mehr losließ. Worte gab es keine, und um sie nicht zu vergessen, sang er das, was ihm beim Frühstück in den Sinn kam: »Scrambled eggs, dadada dadada scrambled eggs.« Rühreier. »Yesterday«, eines der meist gespielten und bekanntesten Lieder der Popgeschichte hatte als Rührei beim Frühstück begonnen.

Kaltenbach versuchte es noch ein paarmal, aber er kam nicht voran. Je mehr er sich bemühte, desto mehr spürte er das Brummen in seinem Kopf. Er musste eine Pause einlegen. Er stellte die Gitarre weg, schluckte ein Aspirin und legte sich auf das Sofa.

Er musste eingedöst sein, als er plötzlich das Geräusch des Schlüssels in der Haustür hörte. Luise kam zurück. Rasch schob Kaltenbach seine Liednotizen unter ein paar Zeitschriften, dann streckte er sich wieder aus.

»Schläfst du?«

Kaltenbach musste schmunzeln. Luises berühmtes Frageparadox. Falls er wirklich geschlafen hätte, wäre er spätestens jetzt wach. Und wäre er wach gewesen, hätte die Frage nicht gestimmt.

»Ich bin eben aufgewacht«, antwortete er pflichtschuldigst.

»Wie geht es dir? Ich habe dir etwas mitgebracht.« Sie beugte sich zu ihm hinunter und küsste ihn auf die Stirn. Dann öffnete sie ihre Umhängetasche. Vor Kaltenbachs Augen türmten sich der Reihe nach zwei Flaschen Johannisbeersaft, drei Packungen Kräutertee, eine reife Mango, eine Baguetteflöte, zwei Tafeln Nugatschokolade, eine Tube Schmerzsalbe und eine Packung Lutschpastillen. Zum Schluss griff sie in eine zweite Tasche und hob vorsichtig ein in gelbes Papier gewickeltes Päckchen heraus.

»Ich bin noch kurz in die Stadt gefahren«, meinte sie. »Schließlich muss ich dich doch ein wenig verwöhnen. Warst du beim Arzt? Was hat er gesagt?«

»Na ja, um ehrlich zu sein …«

»Du warst nicht!« Luise sah ihn streng an. »Ich hätte es mir denken können. Jetzt ist es für heute zu spät. Sonst hätte ich dich selbst noch kurz runtergefahren.«

»Es geht mir schon besser, ehrlich!«, versuchte Kaltenbach, sie zu besänftigen. »Vor allem jetzt, wo du da bist. Und all die feinen Sachen, die du mitgebracht hast! Aber im Hals habe ich es nicht!« Er deutete auf die Lutschtabletten. »Zuckerfrei. Mit Veilchengeschmack.«

»Die sind für mich«, lächelte sie. »Ich musste singen.«
»Singen?«
»Bei der Hochzeitsszene in der Kirche fiel der Regisseurin ein, dass der Chor der Gäste zu klein war. Und zu gut. Sie wollte mehr Fülle und ein paar schräge Töne. Also mussten noch ein paar Statisten ran.«

Kaltenbach verkniff sich einen Kommentar. Alles, was er jetzt sagte, würde falsch sein.

»Und jetzt hast du Halsweh?«, fragte er stattdessen.

»Ich bin es eben nicht gewohnt. Vor allem nicht so viel und nicht so laut.« Sie öffnete die Schachtel und steckte sich eines der Bonbons in den Mund. Kaltenbach roch den Veilchenduft.

»Außerdem ist das eine reine Vorsichtsmaßnahme. Du weißt, in den nächsten Tagen stehen ein paar wichtige Gespräche an. Hilfst du mir?«

Sie trugen den Einkauf in die Küche. Schokolade und Saft legten sie in den Kühlschrank, der Rest blieb auf dem Tisch. Luise schlug das gelbe Papier auf. Je ein großes Stück Obst- und Käsekuchen kamen zum Vorschein. Kaltenbachs Augen leuchteten.

»Wenn ich schon gerade nicht selber backen kann«, schmunzelte Luise. »Setz doch schon mal das Teewasser auf. Ich muss dringend duschen.«

Kaltenbach tat wie geheißen, dann versorgte er die restlichen Mitbringsel im Schrank. Den Kuchen verteilte er auf zwei Teller. Angesichts der süßen Verlockung fiel es Kaltenbach besonders schwer, auf eine Tasse Kaffee zu verzichten. Kuchen mit Kräutertee war für ihn nur der halbe Genuss. Doch wenn er schon nicht zum Arzt gegangen war, wollte er Luise nicht noch mehr vergrätzen.

Kurz darauf saßen beide nebeneinander auf dem Sofa

und ließen sich den Kuchen schmecken. Luise erzählte von den Dreharbeiten. »Morgen ist der letzte Tag. Alles andere wird dann in den Studios gemacht. Da sind die Profis dann wieder unter sich. Aber vorher gibt es noch eine kleine Feier. Die Produzenten lassen sich nicht lumpen.« Sie stach mit der Gabel in eine schwarzblaue Brombeere und schob sie sich in ihren Mund. »Trotzdem schade, dass dann alles vorbei ist.«

»Und du dann wieder nach Freiburg ziehst«, gab sich Kaltenbach etwas bedrückt. »So sehr viel hatten wir gar nicht voneinander.«

Luise pickte eine weitere Brombeere auf und hielt sie ihm vor die Nase. »Das finde ich gar nicht.« Sie lächelte. »Außerdem ist mir sowieso nach einer Verlängerung. Ich kann doch den starken, kranken Mann nicht seinem Schicksal überlassen.« Sie zog ihm die Gabel weg und biss selbst zu. »Was war denn bei dir heute? Wenn du schon nicht beim Arzt warst, hast du dich doch wenigstens geschont?«

Kaltenbach beschränkte sich auf einen kurzen Bericht über seine vergeblichen Versuche, mehr über die Inhalte der Kiste herauszubekommen.

»Das mit deinem Freund Schiller ist natürlich doof«, meinte Luise, nachdem er geendet hatte. »Ich könnte mal bei meinen Freiburger Bekannten nachfragen. Ich kenne da einen Assistenten am germanistischen Institut. Zu dem Abzeichen habe ich eine Idee. Meinst du, ich könnte die Mütze mitnehmen?«

Kaltenbach schüttelte den Kopf. »Lieber nicht. Ich finde, wir sind sowieso schon ziemlich in die Privatsphäre der Familie eingedrungen. Ich bin mir nicht sicher, ob Elisabeth Winterhalter das so will. Ich möchte zuvor noch einmal mit ihr sprechen.«

»Wie du meinst. Aber gegen ein Foto wird sie nichts einzuwenden haben. Du hast doch alles auf dem Rechner, hast du erzählt, den Brief und ein Bild von der Brosche. Du druckst es mir aus, und ich nehme es mit, wenn ich morgen Mittag heimfahre. Und sonst?«

Kaltenbach zögerte zuerst, dann erzählte er von dem Telefonat mit seinem Großneffen.

Luise sah ihn erstaunt an. »Was du dir immer Gedanken machst! Vielleicht haben sich die beiden Alten einfach einmal einen schönen Tag gegönnt. Verdient haben sie es sich schließlich.« Sie stibitzte das letzte Stück Käsekuchen von Kaltenbachs Teller.

»Für Onkel Josef ist nur ein Tag im Weinberg ein schöner Tag. Außerdem hat er keine Winzerfreunde am Tuniberg.«

»Was du alles weißt. Vielleicht hat ja der Junge etwas falsch verstanden. Am besten ist, du rufst noch einmal an. Gleich nachher, wenn ich weg bin.«

»Du gehst noch mal weg?«

»Wenn ich für dich sorge, dann richtig. Wenn du nicht zu dem Podiumsgespräch kannst, gehe ich für dich hin.«

»Stimmt.« Kaltenbach kratzte sich am Kopf. Daran hatte er nicht mehr gedacht. »Walter wird enttäuscht sein, wenn ich nicht da bin.«

»Siehst du.« Luise stand auf und räumte Teller und Gabeln zusammen. »Ich werde dich würdig vertreten. Bei der Gelegenheit kann ich mich gleich einmal umhören. Wenn die Emotionen hochgehen, rutscht so manchem etwas heraus, was er besser für sich behalten hätte.«

»Gute Idee. Aber mir fällt ein, ich muss auch noch einmal weg.«

»Heute? Kommt überhaupt nicht infrage. Du musst dich schonen. Mit einer Gehirnerschütterung spaßt man nicht.«

»Eine leichte Gehirnerschütterung«, verbesserte er sie.

»Wenn überhaupt. Ärzte übertreiben gerne. Außerdem duldet das, was ich tun muss, keinen Aufschub.«

»Was gibt es denn so Wichtiges? Schätzle besuchen? Eine Auslieferung zu deinen allerbesten Stammkunden? Mörderrecherche?«

»Wilhelm.«

»Wie bitte?« Luise schaute überrascht. »Wer ist Wilhelm?«

»Der Hund der Winterhalters. Ich muss ihn füttern. Er rennt irgendwo auf dem Gelände herum. Und sie kann ja nicht.«

Luises strenge Miene entspannte sich. »Das ist natürlich etwas anderes. Ein Tier lässt man nicht warten. Aber das kann ich auch übernehmen.«

»Er kennt dich nicht. Und ich müsste dir erklären, wo das Futter steht. Fahre du in die Stadt, ich kümmere mich um Wilhelm, und heute Abend treffen wir uns hier wieder.«

Luise schien nicht überzeugt. »Aber du sollst doch nicht fahren!«

»Ich gehe zu Fuß. Ein kleiner Spaziergang wird mir nicht schaden. Es ist ja nicht so weit.«

»Na schön. Aber zumindest einen Weg fahre ich dich. Und falls irgendetwas ist, rufst du mich an, dann hole ich dich ab. Versprochen?«

»Versprochen.«

Eine Stunde später brachen sie auf. Hinter Schätzles Hof stieg Kaltenbach aus und ging den Rest zu Fuß. Er stand keine drei Minuten in der Küche des Wohnhauses, als er das Geräusch von Hundepfoten hörte. Wilhelm sprang herein und begrüßte ihn überschwänglich.

»Ist schon gut, Alter!« Kaltenbach kraulte ihn am Hals hinter den Ohren. »Gleich kriegst du etwas.«

Er öffnete eine der großen Dosen und kippte das Futter auf einen Teller. Wilhelm war kaum zu bändigen. Er sprang um Kaltenbach herum, bellte und heulte im Wechsel. Seine Rute schlug heftig hin und her.

»Ich muss mir etwas einfallen lassen«, murmelte Kaltenbach vor sich hin, während sich der Hund über das Fressen hermachte. »Wer weiß, wann dein Frauchen wiederkommt.«

Natürlich konnte er herkommen, so oft es ging. Aber niemand wusste, wie lange das nötig sein würde. Und falls einmal etwas dazwischenkam? Vielleicht sollte er doch Schätzle bitten. Der wohnte nicht weit weg. Oder er fragte bei einem der umliegenden Höfe. Allerdings hatten dort alle einen Hofhund, und es war keineswegs sicher, ob diese einen fremden Gast dulden würden.

Er stellte eine frische Schüssel Wasser auf den Boden. Für die nächsten Tage musste er auf jeden Fall vorsorgen. Vor allem wollte er einen anderen Futterplatz finden. Auch nach drei Tagen war der beißende Brandgeruch kaum zu ertragen. Er sah sich nach einem Behälter um, doch nichts von dem, was er fand, war zu gebrauchen. Also nahm er die restlichen Futterdosen aus dem Schrank, trug sie hinaus und stapelte sie unter der Eingangstreppe. Zum Schluss spülte er Wilhelms leer gefressenen Teller aus und stellte ihn samt einer weiteren Schüssel mit Wasser daneben.

Der Hund beobachtete aufmerksam jede seiner Bewegungen. Er lief ihm nach und stupste ihn mit der Schnauze am Bein, so als ob er sich bedanken wollte.

Kaltenbach kraulte ihn wieder und sprach einige beruhigende Worte. »Ist ja gut. Morgen komme ich wieder. Oder ich schicke jemanden. Du weißt ja jetzt, wo dein Fressen steht.«

Wilhelm sah ihn mit großen Augen an. Bis zur Fahrstraße wich er Kaltenbach nicht von der Seite. Erst als sie schon fast bei Schätzles Hof waren, bellte er kurz auf und sprang in großen Sätzen davon.

Schätzle war nicht zu sehen. Kaltenbach hätte ihn einiges zu fragen gehabt, doch im Moment war es ihm gerade recht. Inzwischen spürte er die Anstrengung und wollte auf kürzestem Weg wieder nach Hause. Auf dem steilen Hohlwegstück des unteren Brandelwegs musste er einige Male stehen bleiben. Er war froh, als er endlich die Anhöhe hinter dem Friedhof erreicht hatte. Er setzte sich auf die Holzbank unter der Linde, um ein paar Minuten zu verschnaufen. Die Baumkrone warf einen angenehmen Abendschatten, sodass die Hitze einigermaßen erträglich war.

Kaltenbach war schon oft hier gesessen. Er konnte von dem Ausblick, der sich ihm bot, nicht genug bekommen. Das Panorama aus dem Schwarzwald mit dem Kandel und dem Teufelsfelsen, den Vorbergen um das Elztal, dem Brettenbachtal mit den Höfen, die Landstraße vom Sonnenziel nach Sexau, der Hachbergrücken mit der Hochburg – all dies fügte sich harmonisch zusammen und legte sich wie ein sanftes Tuch um seine Seele. Während die Sonne langsam Richtung Westen verschwand, traten die Konturen Stück um Stück deutlicher hervor. Die Farben änderten sich alle paar Minuten, das blasse, verschwommene Blau des Hochsommertages durchsetzte sich mit hellen rotgoldenen Streifen. Es war, als ob ein inneres Glühen nach außen drang, eine Wärme, die nicht belastend und erschöpfend wirkte, sondern ausgleichend und heimelig.

Die Wiese vor ihm stand kurz vor der zweiten Mahd. Die Luft war erfüllt vom Duft der Gräser. Die Natur stülpte ihre Seele nach außen – süß, wild und ungezähmt. Über allem lag die Stille der Blauen Stunde, das Atemholen nach einem langen Tag und vor dem abendlichen Wiedererwachen von Tier und Mensch.

Zum ersten Mal seit Langem fühlte sich Kaltenbach wieder zufrieden und einigermaßen ausgeglichen. Er wusste es selbst nicht, warum ihn die Geschehnisse der letzten Woche derart mitgenommen hatten. Letztlich stand die Antwort darauf auch nicht im Vordergrund. Wichtig war, dass er sich rechtzeitig auf die Quellen der Kraft besann, die ihm ermöglichten, seine äußere und innere Balance wiederherzustellen. Die Bank unter der Linde am Friedhof war ein solcher Ort, dem man sich nicht entziehen konnte. Der Hang mit der Streuobstwiese, die sich sanft hinunter ins Tal senkte, wäre ein Baugebiet, um das die Malecker jede andere Gemeinde beneiden würde. Die Bauplätze wären in kürzester Zeit zu ordentlichen Preisen verkauft. Die Diskussion darüber kam alle paar Jahre wieder auf, nicht zuletzt durch den Wohnungsmangel, der in der Kernstadt immer drängender zu spüren war. Doch der Ortschaftsrat hatte sich vor ein paar Jahren nach intensiven Diskussionen eindeutig dagegen ausgesprochen. Das Signal für eine Ausweitung stand auf Rot. Die Räte hatten ein feines Gespür bewiesen, was derartige Veränderungen in dem überschaubaren 400-Seelen-Dorf bewirken würden.

Und jetzt »Emmendingen 3000«. Ein Projekt, das an den Grundfesten der Dorfgemeinschaft rüttelte. Das Grenzen einreißen und Möglichkeiten schaffen würde, von denen man bisher nicht zu träumen wagte. Die Gegensätze waren bereits aufgeflammt. Waren sie so heftig, dass die Auswirkungen bis zum Tod eines Menschen führen konnten?

Kaltenbach saß länger, als er beabsichtigt hatte. Als er aufstand, hatten die Schatten bereits eine beträchtliche Länge erreicht. Trotzdem hatte er es jetzt nicht mehr eilig. Er fühlte sich erfrischt und ausgeruht. Es würde noch eine Weile dauern, ehe Luise zurückkam.

Sein Blick fiel auf das Kriegerdenkmal, das direkt hinter der Hecke im vorderen Teil des Friedhofs stand. Bisher hatte er es noch nie aus der Nähe betrachtet. Er entschloss sich, einen Blick darauf zu werfen.

Der Malecker Friedhof war kaum größer als das Grundstück eines Einfamilienhauses. Es gab weder eine Kapelle noch eine Aussegnungshalle. Wenn der Kirchmattbauer bestattet wurde, würde man ihn zuerst mit dem Leichenwagen von Windenreute herbringen müssen. Der kleine überdachte Raum ähnelte eher einem Behelfsunterstand. Er war auf einer Seite offen und gab den Blick frei auf drei spartanische Bankreihen. An der Rückwand hing ein schlichtes Holzkreuz.

Direkt hinter der Mauer gab es eine Sitzbank und ein Wasserbecken, vor dem ein paar grüne Plastikgießkannen auf dem Boden standen. Einige Schritte weiter an der äußersten Ecke des Friedhofs war eine gemauerte Nische ausgespart, in der in der Art eines Komposthaufens der verwelkte Grabschmuck entsorgt werden konnte. Unter den alten Bäumen, die wohltuenden Schatten spendeten, war reichlich Platz. Die Lage der Gräber folgte keinem bestimmten Muster. Das ganze Gelände war von einer dichten Hecke eingesäumt.

Kaltenbach öffnete das schmiedeeiserne Tor mit den Goldverzierungen und trat ein. Er hob die Hand und grüßte zu zwei Frauen, die an der der Hochburg zugewandten Seite neugierig zu ihm herüberäugten. Sonst war niemand zu sehen.

Kaltenbach warf einen Blick über das Gelände. Auf den Grabsteinen tauchten immer wieder dieselben Namen auf, Familien, die seit Generationen im Dorf wohnten, lebten und starben. Alle Gräber waren bestens gepflegt. Frische Gladiolen in der Vase trotzten der Sommerhitze.

Unter dem ältesten Baum stand ein wuchtiger Block aus hellem Granit. Kaltenbach las die Inschrift. »Unseren Gefallenen und Vermissten zum ehrenden Gedenken.« Darunter waren über 20 Namen in klaren Großbuchstaben eingemeißelt, ein paar wenige aus dem Ersten Weltkrieg, die meisten aus den Jahren 1939 bis 1945. Es waren die Namen von Männern im besten Alter, Familienväter, aber auch blutjunge Burschen, kaum über 20, die das ganze Leben noch vor sich gehabt hätten.

Ganz zuunterst waren die Vermissten aufgeführt, Opfer, von denen den Angehörigen nichts geblieben war als ein Name und die Erinnerung. Der Name, den er suchte, stand an vorletzter Stelle. Josef Birnbacher, geboren 1923. Vom Alter her konnte es der junge Mann auf dem Foto sein. Kaltenbach suchte nach einem weiteren Hinweis, doch außer den Jahreszahlen war nichts zu entdecken. Ein Winterhalter war nicht aufgeführt.

»Ja, der Herr Kaltenbach! Sieht man sie auch einmal auf dem Friedhof?«

Die zwei Frauen waren unbemerkt näher getreten. Er kannte beide vom Sehen, hatte aber bisher kaum mehr als ein paar Worte mit ihnen gewechselt. Sie waren aus dem Ort, beide um die 50 Jahre alt. Die kleinere half im Sommer als Bedienung im Hotel »Krone«, die größere sah er manchmal, wenn er am Freigelände des Kindergartens vorbeikam. Sie trugen leichte geblümte Sommerkleider, die Größere in Blau, die Kleinere in Gelb.

Die Frauen sahen ihn neugierig an. Kaltenbach konnte sich denken, warum. Er wohnte zwar schon seit weit über zehn Jahren hier, man wusste, wie er hieß und wo er arbeitete, doch in den Augen der Malecker galt er noch immer als Zugezogener. Und als solcher hatte er keine Gräber auf dem Friedhof, die er besuchen müsste.

Er entschied sich, ihrer Neugier entgegenzukommen. »Ich wollte mir einmal die Namen auf dem Kriegerdenkmal ansehen. Lauter bekannte Familien. Gibt es noch Angehörige, die ab und zu herkommen? Es sieht alles so gepflegt aus!«, bemerkte er unschuldig.

»Gefällt es Ihnen?« Die kleine Gelbe strahlte ihn an. »Die Blumen habe ich ausgesucht!«

»Haben wir ausgesucht, wolltest du sagen«, verbesserte sie die Blaue.

Kaltenbach merkte sofort, dass er seine Zunge hüten musste. »Mir gefällt es. Begonien, Fuchsien, sehr geschmackvoll. Das macht bestimmt viel Arbeit.«

»Geht so.« Die Gelbe nickte mit sichtlichem Stolz. »Man muss eben jeden Tag vorbeikommen bei der Hitze und gießen.«

»Sie kennen sich aus!« Die Blaue war über den Sachverstand des Besuchers offensichtlich angetan. Sie hob zu einem Vortrag über Grabpflege an, den Kaltenbach mit Lächeln, Nicken und einem gelegentlichen »Ach ja?« begleitete.

»Halten Sie auch den Stein in Ordnung? Er sieht ja fast aus wie neu. Man kann alles wunderbar lesen, sogar ganz unten.« Er versuchte, möglichst unauffällig das Gespräch auf die Namen der Vermissten zu lenken. »Weiß man nach all den Jahren immer noch nichts von denen?«

Die Große schüttelte den Kopf. »Keine Ahnung. Ist ja schon so lange her. Hast du mal etwas darüber gehört?«, fragte sie ihre Freundin.

Doch auch die zuckte mit den Schultern. »Ich weiß nur, dass das die Großväter sein müssen. Die Familien wohnen alle hier.«

»Birnbachers auch?«

»Nein, die nicht. Ich glaube, die haben einmal hier gewohnt und sind dann weggezogen. Irgendwohin ins Schwäbische. Aber das sind die Einzigen. Alle anderen wohnen noch hier. Die Familien natürlich.« Sie freute sich über den ihrer Ansicht nach kleinen Scherz.

»Natürlich.« Kaltenbach setzte sein gewinnendstes Lächeln auf. »Bestimmt sind alle froh, dass es zwei derart gewissenhafte und verlässliche Menschen gibt, die helfen, die Erinnerung zu pflegen.« Er sah auf die Uhr. »Ich will Sie nicht weiter aufhalten, meine Damen. Noch weiterhin frohes Schaffen und viel Erfolg wünsche ich.«

»Sie halten uns nicht auf. Gar nicht. Wollen sie nicht noch …«

»Ein andermal gern«, unterbrach er sie, so höflich es ging. »Ich muss leider weiter. Besuch. Den lässt man nicht gerne warten. Das verstehen Sie sicher.« Er hob die Hand zum Abschied und wandte sich dem Ausgang zu, bevor eine der beiden auf die Idee kommen würde nachzufragen. Sein Besuch auf dem Friedhof würde sowieso schon für ausreichend Gesprächsstoff sorgen.

Von der Straße aus sah er noch einmal zurück und winkte. Gelb und Blau sahen ihm nach und nickten. Dann steckten beide die Köpfe zusammen.

Zu Hause stellte er sich unter die Dusche, zog sich um und legte eine Platte mit Musik von David Crosby auf. Er streckte sich auf dem Sofa aus und genoss die sanften akustischen Gitarrenklänge. Der Spaziergang hatte ihm gutgetan. Er fühlte sich ein bisschen müde, doch die Kopfschmerzen waren deutlich abgeklungen und ähnelten nur noch einem leichten Kater »am Morgen danach«.

Kurz bevor die erste Plattenseite abgelaufen war, hörte er Luise kommen. Sie küsste ihn zur Begrüßung, dann eilte sie hinüber in die Küche. Eine Minute später kam sie zurück mit zwei Tellern Pizza, in handliche Stücke zerteilt.

»Die ist noch warm«, sagte sie. »Lass es dir schmecken!«

Kaltenbach stieg ein verführerischer Duft in die Nase. Jetzt merkte er, wie hungrig er war. »Wo hast du die gekauft?«, wollte er wissen.

»Der neue Türke am Goetheplatz. Ich weiß, das ist kein Gourmet-Highlight. Aber heute ist es zu spät zum Kochen. Und noch mal weggehen will ich nicht. Und du sollst nicht.« Sie griff sich ein Stück. »Wie war es denn? Ging alles gut?«

»Ja, klar. Wilhelm hat sich gefreut. Er war ganz ausgehungert. So wie ich gerade.« Auch er nahm sich ein Stück Pizza. Der Teig war knusprig und flach ausgebacken, der Belag mit Meeresfrüchten reichlich. »Und bei dir?«

Luise lachte. »Anfangs waren alle noch ganz friedlich. Am Ende war ich froh, dass ich fortkam.«

»So schlimm? Wer war denn da?«

»Der Saal war gut gefüllt, mindestens 100 Leute, schätze ich. Grafmüller hat begrüßt und moderiert.«

»Und auf der Bühne?«

»Einer vom BUND, den kannte ich nicht. Doktor Scholl, der Marketingleiter der Stadt. Und ein Herr Klungler. Bernd Klungler, rechte Hand von Altstätter, dem Investor. So wurde er vorgestellt.«

»Und der OB?«

»Der OB hat sich entschuldigen lassen. Er hat stattdessen seinen Referenten geschickt und ein faires Gespräch angemahnt. Zum Wohle der Stadt.«

»Da wird Walter aber enttäuscht gewesen sein!«

»Das kannst du wohl sagen. Gleich, als die Publikumsrunde begann, hat er sich das Mikrofon geschnappt und als Erstes der Stadtverwaltung einen heftigen Rüffel erteilt. Höflich formuliert, aber jeder wusste, wer und was gemeint war.«

Kaltenbach musste schmunzeln. Walter Mack, wie er ihn kannte. Wahrhaftig in der Sache, undiplomatisch in der Kommunikation. »Und dann?«

»Dann ist er auf die Bühne und hat eine Liste in die Höhe gehalten. ›1.012 Unterschriften‹, rief er. ›1.012 besorgte und heimatliebende Bürger. Herr Oberbürgermeister, ich fordere Sie auf, zu reagieren!‹ Zur Bekräftigung kippte er eine Tüte mit 1.012 bunten Papierstreifen aus. Auf jedem stand einer der Namen von der Liste.« Luise grinste über das ganze Gesicht. »Da war etwas los, kann ich dir sagen. Warte, ich zeige dir ein paar Bilder.« Sie nahm ihr Mobiltelefon aus der Tasche und öffnete die Fotogalerie. Kaltenbach beugte sich vor, um besser sehen zu können. Es war genauso, wie es Luise geschildert hatte. Anfangs saßen die Gesprächsteilnehmer gesittet im Halbkreis auf der Bühne. Luise hatte ein paar Aufnahmen aus der Nähe gemacht. Grafmüller hatte zur Feier des Tages seine allgegenwärtige Josef-Beuys-Fischerweste mit einem dunkelbraunen Jackett vertauscht. Direkt neben ihm saß der Mann vom BUND, stilecht in kurzärmeligem bunt kariertem Hemd. Die beiden Vertreter der Stadt im weißen Hemd und Krawatte kannte er von anderen Veranstaltungen, bei denen er für den Weinausschank gesorgt hatte. Klungler, der Vertreter des Investors, war überraschend jung, Kaltenbach schätzte ihn auf Ende 20. Er war ebenfalls dezent gekleidet und hatte als Einziger außer Grafmüller sein Jackett anbehalten. »Eine Krawattennadel mit dem Badenwappen«, stellte Kaltenbach fest. »Clever. Demonstrative Heimatverbundenheit.«

Luise griff sich eine von Kaltenbachs Pizzaschnitten und biss hinein. »Jetzt schau her, das Video«, sagte sie. »Leider ein wenig unscharf.«

Zuerst war Walters Stimme deutlich zu hören. Dr. Scholl versuchte, höflich zu beschwichtigen, doch es nutzte nichts. Walter wurde lauter, die anderen auf der Bühne schauten ziemlich perplex drein. Von dem Konfettistreifenregen waren nur noch verwischte Bilder zu sehen.

»Wie ging es dann weiter?«, fragte Kaltenbach.

»Ein paar Zuschauer mischten ebenfalls mit. Es wurde ziemlich laut. Und ziemlich unfein. Die Übrigen schauten betreten drein. Oder sie amüsierten sich.«

»So wie du, nehme ich an.«

»Im Freiburger Theater hätte es nicht besser sein können. Wenn erwachsene Menschen sich derart daneben benehmen, bleibt dir nur noch Kopfschütteln oder Humor. Aber eigentlich habe ich mich mehr geärgert, als dass ich es lustig fand.«

»Geärgert? Wieso?«

»Weil wir nicht schlauer geworden sind. Schließlich bin ich nur deswegen überhaupt hingegangen. Keine neuen

Erkenntnisse, kein Verdacht. So wie die Stimmung war, könnte jeder mit dem Mord etwas zu tun haben.«

»Oder keiner. Hunde, die bellen, beißen nicht, heißt es doch immer.«

»Du magst recht haben. Wenn der Täter an dem Abend dabei war, würde er wohl eher unter den Stillen im Hintergrund zu finden sein. Ich schlage vor, wir schauen das Ganze morgen noch einmal in Ruhe an. Vielleicht fällt uns dann noch etwas auf.« Sie stellte die leeren Teller aufeinander und stand auf. »Wie wäre es mit etwas zu trinken?«

»Fisch will schwimmen«, gab Kaltenbach zurück. »Von mir aus gern.« Er nahm die Teller und ging mit ihr in die Küche. »Ich habe da noch etwas ganz Feines für uns.« Er zeigte ihr eine seiner angebrochenen Rotweinflaschen und wies auf das Etikett. »Ein Grand Cru aus dem Bordeaux. Ein Spitzentropfen!«

Luise nahm ihm die Flasche aus der Hand und stellte sie zurück. »Jetzt heißt es stark sein, Lothar. Solange du Kopfschmerztabletten nimmst, bleibst du bei Tee. Und ich zeige mich solidarisch. Schweren Herzens«, schmunzelte sie. Sie stellte den Wasserkocher an und öffnete eine der neu gekauften Packungen. »›Abendtraum‹«, las sie. »Das passt doch!«

Kaltenbach verzog den Mund. Dann stellte er sich hinter sie und schlang seine Arme um ihre Schultern. »Es passt noch mehr«, brummte er ihr ins Ohr. »Und das schadet nicht. Im Gegenteil.«

KAPITEL 20

Am Morgen fuhr ihn Luise mit ihrem Wagen in die Stadt, nachdem er sie überzeugt hatte, dass er so weit wiederhergestellt war, dass er den Laden öffnen konnte.

»Du gibst mir sofort Bescheid, wenn etwas ist!«, hatte sie bei ihrer Verabschiedung auf dem Bahnhofsvorplatz gesagt. Doch was sollte schiefgehen? Wenn er auf körperliche Anstrengungen verzichtete, sollte es ihm gelingen, zumindest den Vormittag im Laden zu überstehen. Später würde er dann sehen, wie es ging.

Kaltenbach ging die Post durch. Es war das Übliche – Bestellungen zu Versand und Auslieferung, eine Anfrage für eine Bewirtung bei einem Empfang im Kurhaus in Freiamt, ein paar kleinere Rechnungen. Er war eben dabei, einen Stapel Reklame in den Papierabfall zu werfen, als das Ladentelefon läutete.

Luise sprach kaum hörbar. Ihre Stimme zitterte. »Es ist schrecklich, Lothar. Furchtbar.«

»Was ist los? Ist dir etwas passiert?«

»Mir nicht. Aber ...« Sie stockte, so als fiele es ihr schwer weiterzusprechen.

»Luise! Was hast du? Was ist mit dir?«

»Da liegt einer. Ein Toter.« Er hörte, wie sie heftig atmete. »Lothar, ich habe so etwas noch nie gesehen! Ganz verdreht ist er – der Hals, die Arme. Das ganze Blut. Und die Augen! Du müsstest seine Augen ...« Wieder brach sie ab.

Im selben Moment ertönte das Glockenspiel über der Ladentür. Ein Kunde.

»Wo bist du jetzt? Ich komme sofort zu dir!«

»Ich weiß auch nicht so genau. Irgendwo auf der Hochburg, weiter hinten. Da sind eine hohe Mauer und ein Gerüst. Auf der anderen Seite sind Reben. Die anderen sind auch alle da, die ganze Crew.«

»Weiß man denn, wer es ist?«

»Nein, er liegt einfach da. Lothar, ich …«

»Gibt es einen Doktor?«

»Einer der Statisten ist Arzt. Er hat gesagt, der Mann habe sich das Genick gebrochen.«

»Und die Polizei?«

»Bisher ist noch niemand da.«

»Bleib, wo du bist, ich komme, so rasch es geht. Es dauert ein bisschen, weil ich kein Auto habe. Lass dein Handy an.«

Erneut bimmelten die Glöckchen an der Tür. »Ich fahre jetzt los. Bis gleich.«

»Beeile dich.«

Zum Glück gehörten die beiden Käuferinnen zu Kaltenbachs Stammkundschaft. Sie kamen meist dienstags und verbanden ihren Einkauf auf dem Wochenmarkt mit einem Besuch in »Kaltenbachs Weinkeller«. Er entschuldigte sich und bat sie, später noch einmal wiederzukommen. Er müsse wegen eines dringenden Unglücksfalles rasch weg und den Laden zusperren.

Ihre Enttäuschung über das entgangene Schwätzchen verflog rasch, als er jeder der beiden eine Flasche ihres Lieblingsweins in die Hand drückte. »Als Entschädigung«, meinte er, als er sie sanft zur Tür schob und hinter ihnen abschloss.

Drei Minuten später saß er in einem der Taxis, die vor dem Bahnhofsgebäude auf Kundschaft warteten. »Zur Hochburg. Bitte zügig, wenn es geht.« Der Fahrer brummte etwas Unverständliches und brauste los.

Der Wanderparkplatz auf dem kleinen Passsattel hinter Windenreute war voll belegt. Zwischen den Pkws, die bis auf den Grünstreifen am Straßenrand standen, waren ein paar Kleinbusse der Filmleute und ein Übertragungswagen mit einer Antenne auf dem Dach zu sehen.

Der Taxifahrer hielt an der gegenüberliegenden Straßenseite. Ein mächtiges Steinrelief zeigte einen stilisierten Ritter, auf der anderen Seite lud ein Schild zum Entschleunigen ein:

»Lass stan dein neumodisch Stahlross
und thu ab deyn Hatz und deyn Eyl.«

Daneben das gevierte Wappenschild mit den badischen Farben der Hachberger und dem rot-silbernen Schachbrettmuster der Grafen von Sponheim.

Von hier aus führte ein asphaltierter Feldweg in zwei großen Schleifen hinauf zur Burg. Die Schranke stand offen, ein Polizeifahrzeug war nicht zu sehen.

Kaltenbach reichte dem Fahrer das Geld. Plötzlich kam ihm eine Idee. Er zog die Wagentür wieder zu und bat den verdutzten Mann, noch ein paar Meter weiterzufahren.

Kurz bevor die Landstraße in einer engen Kurve steil nach unten ins Brettenbachtal führte, stieg Kaltenbach aus. Von hier aus führte ein wenig benutzter Weg durch ein kleines Waldstück hoch zur Burg.

Kaltenbach hoffte, von dieser Seite aus rascher an die Unglücksstelle heranzukommen. Doch es war schwieriger, als er es sich vorgestellt hatte. Der Pfad war überwuchert von niedrigem Buschwerk, Efeu und Brombeerranken. Das Gras stand hüfthoch, abgebrochene Äste lagen über dem Weg.

Als er endlich unter den Bäumen hervortrat, ragte rechts von ihm die trutzige Burgmauer auf. Nach links fiel das

Gelände steil ab. Auf dem Wirtschaftsweg, der sich vor ihm auftat, war kein Mensch zu sehen.

Nach weiteren 200 Metern kam er zu einer Schutzhütte unterhalb der Burgmauer. Vom Weg oberhalb, wo er den Unfall vermutete, hörte er Stimmen.

Er zog sein Mobiltelefon hervor und wählte Luises Nummer. »Ich bin da«, keuchte er. »Wo bist du?«

»Lothar! Gott sei Dank! Gerade eben ist die Polizei gekommen und sperrt alles ab. Sie haben uns alle zu dem Platz mit den drei Fahnenmasten geschickt. Wir sollen alle beisammenbleiben, bis sie mit jedem Einzelnen gesprochen haben.«

Kaltenbach kannte die Stelle. Er war manchmal vom Sexauer Sportplatz aus zur Burg hochgelaufen. An der südlichen Mauer gab es einen Treppenaufgang, der erst vor ein paar Jahren für Wanderer eingerichtet worden war.

»Ich komme gleich«, sagte er. »Aber ich will mich zuerst noch etwas umsehen.«

Hinter der Schutzhütte entdeckte er einen unbefestigten Aufstieg, kaum mehr als ein paar ausgetretene Stufen im Hang. Er stützte sich abwechselnd mit beiden Händen ab und zog sich an Grasbüscheln und alten Rebstöcken nach oben. Wenn er richtig vermutet hatte, würde er genau an der Stelle herauskommen, wo der Tote lag. Endlich gelang es ihm, ein Bein über den Rand der Böschung zu schwingen. Er stand schwer atmend auf und lief genau einem Polizisten in die Arme.

»Was machen Sie noch hier? Die anderen sind längst schon drüben. Haben Sie nicht gehört, dass sich hier niemand aufhalten darf?«

Erst jetzt erkannte er an der Stimme, dass ihm eine Frau gegenüberstand. Sie hatte die schwarzen Haare zu einem

Pferdeschwanz zusammengebunden und war sichtlich nervös.

»Ich war …, ich musste noch …«

»Schon gut. Jetzt aber hopp!« Anscheinend vermutete sie, dass er sich in den Büschen erleichtert hatte.

Während Kaltenbach betont langsam in Richtung Filmcrew stolperte, nutzte er die Gelegenheit, sich umzusehen. Etwa zehn Meter von der Stelle, an der er heraufgestiegen war, knieten zwei Sanitäter in ihren knallig gelb-roten Westen auf dem Boden im Gras. Zwischen ihnen stand ein Mann, der, seiner ländlichen Kleidung nach zu schließen, der Arzt aus der Komparserie sein musste, von dem Luise gesprochen hatte. Einer der Polizisten trat soeben hinzu. Aus der Entfernung konnte er nicht verstehen, was gesprochen wurde. Die vier gruppierten sich um einen reglosen Körper, von dem Kaltenbach nur die Beine sehen konnte.

Die Polizistin schob Kaltenbach ungeduldig weiter zu der Absperrung, die ihr Kollege eben mit dem üblichen weiß-roten Band kennzeichnete. Er hatte das eine Ende um einen der Steinquader geschlungen, die hier überall im Gras lagen, das andere Ende war am äußersten Streben des Baugerüstes verknotet. Kaltenbach sah nach oben. Es war offensichtlich, dass der Tote entweder vom Baugerüst oder von ganz oben von der Mauerkante heruntergestürzt war.

Die junge Polizistin kümmerte sich jetzt nicht weiter um ihn, sondern half ihrem Kollegen, die Schar der Neugierigen zurückzuhalten. Die Statisten waren offenbar nicht die Einzigen, die an diesem Morgen bereits unterwegs waren. Ein paar Wanderer mit Rucksäcken drängten sich ebenso hinter der Absperrung wie die Mitglieder einer Nordic-Walking-Gruppe, die mit ihren grellbunten Funktionsklamotten einen scharfen Kontrast zu den Übrigen bildeten.

Luise saß abseits im Gras an einen der Flaggenmasten gelehnt. Als sie Kaltenbach sah, winkte sie. Er eilte zu ihr und nahm sie in den Arm. Luise schmiegte sich an ihn und schloss die Augen. Er spürte, wie ein Zittern durch ihren Körper lief.

Eine Weile blieben sie schweigend nebeneinander sitzen. In der Zwischenzeit fuhr ein zweiter Polizeiwagen heran. Neben drei weiteren Beamten stieg ein hochaufgeschossener Mann in Zivilkleidung aus und eilte direkt zu der Stelle, an der der Tote lag. Kaltenbach vermutete, dass es ein Vertreter der Kriminalpolizei war. Fast gleichzeitig erschien Grafmüller, der sofort seine Kamera auspackte und begann, das Geschehen festzuhalten.

»Der Volker hat ihn gefunden«, sagte Luise unvermittelt. »Einer der Statisten. Ich war mit den anderen oben im Burghof, es sollte einen Nachdreh geben. Natürlich sind alle sofort hingerannt. Irgendjemand hat dann die Polizei angerufen.« Luise sah ihn an. Ihre Augen waren feucht. »Ich habe noch nie etwas so Schlimmes gesehen. Er lag völlig verrenkt, wie eine Puppe, der man die Glieder zerbrochen hat. Es war so unwirklich. Wie in einem schlechten Film.«

»Weißt du, wer der Tote war? Kennt ihn jemand?«

»Ich habe ihn noch nie gesehen.« Luise schüttelte kaum merklich den Kopf.

»Könnte es ein Spaziergänger gewesen sein? Ein Tourist, der sich auf der Ruine zu weit vorgewagt hat?«

»Wie die dort drüben hat er jedenfalls nicht ausgesehen.« Luise nickte in Richtung der Wanderer, die sich immer noch nahe der Absperrung drängten. Die Walkerinnen fotografierten eifrig mit ihren Handykameras.

»Er war irgendwie anders.« Luise rieb sich mit den Fingern über die Schläfen. »Jetzt fällt es mir wieder ein: Er hatte Arbeitskleidung an.«

»Arbeitskleidung? Was meinst du damit? Ein Uniformierter? Oder ein Weinbauer?«

»Nein. Eher ein Straßenarbeiter. Oder einer vom Bau. Er hatte eine Latzhose an, glaube ich.«

In diesem Moment ertönte eine laute Stimme. »Einen Moment, bitte!«

Einer der Polizisten war auf den niederen Teil der Stützmauer geklettert und versuchte, die Aufmerksamkeit auf sich zu lenken.

»Bitte! Ich bitte Sie um einen Moment Ruhe!«

Die meisten drehten sich zu dem Sprecher um. Neben ihm stand der große Mann in Zivil aus dem Polizeiwagen. Nach wenigen Augenblicken waren alle Gespräche verstummt.

»Herr Lohmann von der Kriminalpolizei möchte Ihnen etwas Wichtiges mitteilen.«

Kaltenbach hatte richtig vermutet. Der Mann war ein Zivilbeamter.

»Ferdinand Lohmann, Kripo Emmendingen«, stellte er sich vor. Sofort erhob sich wieder Gemurmel unter den Zuhörern. Zusammen mit den Leuten vom Film waren jetzt etwa 30 Menschen auf dem Platz vor den drei Flaggenmasten versammelt.

»Kein Grund zur Aufregung.« Lohmann hatte eine kräftige Bassstimme, die man bei seiner hageren Gestalt nicht vermutet hätte. »Sie alle wissen, dass ein Unglück passiert ist. Was genau, können wir noch nicht sagen. Wir wissen nur, dass ein Mensch zu Tode gekommen ist.« Lohmann hob die Arme wie ein Dirigent vor dem Einsatz. »Es ist unsere Pflicht, die genauen Umstände aufzuklären. Dazu bitten wir Sie um Ihre Mithilfe.«

»Ist er runtergesprungen?«, rief einer der Wanderer dazwischen.

Lohmann antwortete ruhig. »Das wissen wir nicht. Noch nicht. Ich bitte Sie dringend, keine Spekulationen anzustellen. Bevor wir nichts Genaueres in Erfahrung gebracht haben, gehen wir von einem Unfall aus.«

»Und warum dann die Kripo?« Der Zwischenrufer ließ nicht locker.

»Eine Vorsichtsmaßnahme. Wir wollen nichts außer Acht lassen.« Wieder erhob sich Gemurmel. Lohmann zog eine Chipkarte aus seiner Brusttasche und hob sie in die Höhe. »Eine Frage an alle: Der Name des Toten lautet Oskar Kienle. Er war gemeldet in Windenreute. Gibt es jemanden unter Ihnen, der ihn kennt?«

Erneut entstand Unruhe, doch niemand meldete sich. Kaltenbach beobachtete, wie Grafmüller sich die ganze Zeit über eifrig Notizen machte. Abwechselnd fotografierte er aus allen Blickwinkeln. »Morgen werden wir alles genau wissen«, raunte Kaltenbach scherzhaft zu Luise, um sie etwas aufzumuntern. Doch sie reagierte nicht.

»Schön, wir werden das klären.« Lohmann hatte inzwischen ein paar Worte mit dem neben ihm stehenden Beamten gewechselt. Der Polizist nickte und kletterte von der Mauer herunter.

»Ich möchte Sie nun bitten, sich bereitzuhalten«, fuhr Lohmann fort. »Meine Kollegen werden Ihre Personalien aufnehmen. Kein Grund zur Sorge, alles bleibt streng vertraulich. Falls Ihnen etwas aufgefallen ist, sagen Sie es bitte gleich. Jede Kleinigkeit kann wichtig sein. Ich danke Ihnen für Ihr Verständnis.«

Er stieg von der Mauer herunter. Dann zog er sein Handy aus der Tasche und telefonierte.

Zwei der Polizisten bezogen nun Stellung auf den beiden Sitzbänken unterhalb der Burgmauer an der Südseite. Sofort bildeten sich zwei mehr oder weniger geordnete Schlangen.

Auch Kaltenbach und Luise reihten sich ein. Um sie herum wurde eifrig diskutiert.

»Von Windenreute ist der. So, so.«

»Ich kenne einen in Freiburg, der heißt auch Kienle. Aber mit anderem Vornamen, Ludwig glaube ich.«

»So etwas Unvorsichtiges! Das weiß doch jeder, dass so eine Ruine gefährlich ist. Meinen Kindern erlaube ich das nicht!«

»Vielleicht wollte er die Mauer hochklettern? Das habe ich neulich im Fernsehen gesehen. Da gibt es Leute, die klettern überall hoch, auf den Eiffelturm zum Beispiel. Oder auf den Kölner Dom.«

»Als Kind war ich oft dort oben. Damals war alles noch zugewuchert. Man durfte sich nur nicht erwischen lassen.«

»Der hat sich umgebracht. Der arme Kerl. Hat wohl nicht mehr weitergewusst im Leben.«

Grafmüller war ganz in seinem Element. Er sprang hin und her, befragte die Leute, schrieb fleißig mit. Dazwischen hielt er immer wieder mit seiner Kamera drauf.

»Allmählich wird es spannend in Emmendingen«, rief er Kaltenbach zu. »Zwei Tote, ein Brand. Goldene Zeiten für den Zeitungsmacher. Wenn es nicht so furchtbar wäre«, setzte er rasch hinzu, als Luise ihn erschrocken ansah. »Du hast natürlich wieder nichts mitbekommen,

Lothar, nehme ich an? Was machst du überhaupt hier, ich denke, du bist krank?«

Kaltenbach blieb keine Zeit, sich darüber zu wundern, woher der Reporter das wusste. Er stand vor dem Polizisten, der ihn um seinen Ausweis bat.

»Name, Wohnort?«, fragte er knapp.

»Kaltenbach, Lothar, Emmendingen.«

Der Beamte verglich das Passbild mit dem Gesicht, das er vor sich sah, dann steckte er den Ausweis in ein kleines Lesegerät.

»Ist Ihnen etwas aufgefallen?«

Kaltenbach schüttelte den Kopf.

»Haben Sie etwas gehört? Einen Schrei vielleicht? Ein Rufen?« Kaltenbach verneinte erneut. »Und Sie kennen den Namen nicht? Oskar Kienle. Mit i-e.« Kaltenbach kannte eine Erika Kühnle, eine Krankengymnastin aus dem Westend, die manchmal bei ihm einkaufte. Aber da gab es wohl keinen Zusammenhang. »Kenne ich nicht«, sagte er.

Der Beamte machte sich bei jeder seiner Antworten eine Notiz in seinen Laptop. »Eine letzte Frage: Warum waren Sie heute Morgen auf der Hochburg?«

Dieses Mal zögerte er mit der Antwort. Was sollte er sagen? Dass er heimlich von hinten her an den Unfallort herangeschlichen war? Das würde ihm der Mann nicht abnehmen. Etwas erfinden? Aber was?

»Nun?«, fragte der Polizist und sah ihn ungeduldig an.

»Also, hier wird gerade ein Film gedreht. Und ich ...«

»Er ist einer der Statisten. So wie ich«, warf Luise ein und trat vor. »Wie die meisten hier.«

»Bitte zurückbleiben.« Der Beamte scheuchte Luise zurück. »Warten Sie, bis Sie an der Reihe sind.« Dann wandte er sich wieder zu Kaltenbach. »Statist? Stimmt das?«

»Nicht ganz.« Kaltenbach fühlte sich unwohl. Er war ein schlechter Lügner. Doch wenn er wahrheitsgemäß antwortete, würde es sehr unglaubwürdig klingen. »Ich bin Besucher. Diese Dame«, er wies auf Luise, »ist meine Bekannte. Sie arbeitet bei den Dreharbeiten mit und hat mich eingeladen zuzuschauen.«

Der Polizist schien nicht ganz überzeugt. Doch zu Kaltenbachs Erleichterung verzichtete er darauf, weiter nachzubohren. Er tippte ein paar Anmerkungen in seinen Rechner. Dann zog er den Ausweis aus dem Lesegerät und reichte ihn Kaltenbach zurück, dazu eine Visitenkarte, auf der deutlich das Polizeilogo zu sehen war. »Wenn Ihnen noch etwas einfällt, melden Sie sich. Sie können jetzt gehen. Der Nächste!«

Das Rettungsfahrzeug war inzwischen bis an die Absperrung herangefahren. Die beiden Rotkreuzler hievten mithilfe eines der Polizisten den Toten auf eine Trage und schoben ihn in den Wagen. Mehr konnte Kaltenbach nicht erkennen, eine große Plane verdeckte den Leichnam.

Die Sensationslust wich nun dem Bedürfnis, die Emotionen verbal auszutauschen. Die Leute standen in kleinen Gruppen beisammen und diskutierten aufgeregt.

Kaltenbach wartete, bis Luise ihr Gespräch mit dem Polizisten beendet hatte. »Wie geht es jetzt bei dir weiter?«

»Für mich ist auf jeden Fall Schluss. Egal, was entschieden wird. Ich frage trotzdem.« Nach einem kurzen Gespräch mit ihren Kollegen kam sie zurück. »Die Produktionsleitung hat alles abgesagt. Keine weiteren Drehs heute. Die Abschiedsfeier wird nachgeholt«, sagte sie knapp. »Und jetzt muss ich weg von hier, Lothar!«

KAPITEL 21

Ohne viele Worte zu wechseln, liefen sie nebeneinander den Weg hinunter zum Parkplatz. Luises Auto war zur Landstraße hin hoffnungslos zugeparkt.

»Fahr einfach hintenrum«, meinte Kaltenbach. »Hinter der Scheune links runter, da kommst du durch.«

»›Durchfahrt verboten‹? Ich weiß nicht.«

»Ausnahmsweise. Es wird schon niemand etwas dagegen haben. Wir müssen nur hoffen, dass die Schranke offen ist.«

Der Schlagbaum am Ende der Hofausfahrt war zwar heruntergelassen, aber nicht abgeschlossen. Kaltenbach stieg aus, hob die Schranke so weit, dass Luise durchfahren konnte, und schloss sie dann wieder.

»Vor ein paar Jahren war hier noch alles offen«, erklärte er, während sie den Hügel hinunter Richtung Zaismatt rollten. »Irgendwann gab es zu viele Schlaumeier, die meinten, ein paar Meter einsparen zu müssen. Als sie dann anfingen, den Hof zuzuparken und den Betrieb zu stören, schritten die Besitzer ein.«

»Jetzt sehe ich, wo wir sind«, rief Luise. Direkt vor ihnen tauchte Schätzles Hof auf. »Dann sind wir ja gleich zu Hause!«

Kaltenbach hatte eine Idee. »Wollen wir kurz einen Abstecher zum Kirchmatthof machen? Wilhelm freut sich bestimmt, wenn er jetzt schon sein Futter bekommt. Und ich muss heute Abend nicht noch einmal los.«

»Machen wir.« Statt abzubiegen, fuhr Luise noch etwa 300 Meter weiter. Den Rest des Weges gingen sie zu Fuß.

»Den Wagen kennen wir doch!« Kaltenbach deutete auf das Auto, das im Hof stand. Inmitten der rauchgeschwärzten Trümmer wirkte es mit seiner Metalliclackierung und den chromblitzenden Stoßstangen wie ein Raumschiff auf einem Ascheplaneten. Die Pflege seines Statussymbols bedeutete dem Besitzer offenbar mehr als alles andere.

»Der junge Winterhalter!« Luise erkannte ihn ebenfalls sofort. »Was will denn der hier?«

Aus dem Haus tönte heftiges Gebell, unterbrochen von wütenden Schreien. Der Lärm kam aus dem oberen Stock. Vorsichtig stiegen sie über die beschädigte Holztreppe nach oben. Eines der Zimmer stand offen. Was er sah, ließ Kaltenbach zwischen Lachen und Zorn schwanken.

Hinter einem umgestürzten Tisch stand Jonas Winterhalter. Sein Kopf war hochrot, seine linke Hand blutete leicht. Mit der rechten Hand fuchtelte er wild mit den Resten eines Stuhlbeins in der Luft und versuchte, den wütend bellenden Wilhelm abzuwehren.

Als der Hund Kaltenbach sah, ließ er sofort von Winterhalter ab und sprang zu ihm. Sein Schwanz wedelte heftig zur Begrüßung.

»Ist ja gut, Alter. Brav. Ganz ruhig.«

»Brav!« Winterhalter löste sich aus seiner Abwehrhaltung. »Das Mistvieh hat mir den Arm zerbissen! Ich bringe ihn um, den Drecksköter!«

Er trat einen Schritt neben den Tisch und hob drohend den Knüppel. Sofort fuhr Wilhelm herum und fletschte die Zähne. Vor Schreck sprang Winterhalter zurück in Deckung.

»Komm her, Wilhelm! Guter Hund!« Wilhelm war kaum zu beruhigen. Er sprang aufgeregt hin und her. Luise hatte einstweilen unter der Tür Schutz gesucht und beobachtete aus sicherer Entfernung das Geschehen.

»Ich werde Wilhelm mit nach unten in die Küche nehmen. Inzwischen können Sie herauskommen!«, schlug Kaltenbach vor.

»Ich denke gar nicht daran«, schrie Winterhalter. »Das ist mein Haus! Was wollt ihr eigentlich hier? Ich kenne euch doch!«

»Wie Sie wollen.« Kaltenbach trat aus dem Zimmer hinaus in den Flur. Sofort ging Wilhelm wieder in Angriffsstellung.

»Nein, nein! Halt!«, brüllte Winterhalter, der jetzt einsah, dass er nicht ohne Hilfe aus seiner misslichen Lage kommen würde. »Nehmen Sie das Vieh weg!«

»Dann kommen Sie jetzt herunter. Jetzt sofort!«

»Ja, verdammt!«

»Wilhelm, komm!«, lockte er. Der Hund zögerte, dann entschied er sich für die Aussicht auf sein Fressen. Er lief den Flur entlang und sprang mit großen Sätzen die Treppe hinunter. Vor der Küchentür blieb er stehen, hob die Schnauze und sah Kaltenbach erwartungsvoll an.

»Gut gemacht!«, lobte er ihn. »Ab sofort ist die Restaurantterrasse geöffnet.« Kaltenbach zeigte Luise den Vorrat unter der Eingangstreppe. »Ich habe alles hierher geschafft. Ich dachte, so ist es einfacher für den, der ihn füttert.« Er öffnete eine der Dosen. Wilhelm begann, vor Freude zu winseln. »Der Gestank im Haus ist kaum auszuhalten.«

»Allerdings«, meinte Luise. »Ich dachte nicht, dass es so schlimm ist. Die arme Frau. Den Brandgeruch bekommt sie doch auf Jahre nicht mehr heraus.«

»Schon möglich. Ich bin gespannt, wie sie sich entscheiden wird.«

»Du meinst, sie verzichtet auf den Wiederaufbau?«

»Das könnte doch sein. Manchmal ist es besser, ganz neu anzufangen.«

Luise wiegte den Kopf. »Da bin ich mir nicht so sicher. Das wäre ein großer Schritt. Es ist ihr Elternhaus. Der Ort, an dem sie aufgewachsen ist und viele Jahre gelebt hat. Ein Ort voller Erinnerungen. Und Sentimentalitäten.« Sie ließ ihren Blick über den Hof wandern. »Und jetzt ein Ort des Schreckens.«

Wilhelm unterbrach seine Mahlzeit und knurrte grollend. Winterhalter erschien auf dem oberen Treppenabsatz. Er hielt immer noch den Knüppel in der Hand.

»Haltet das Vieh zurück! Ich gehe ja schon!« Mit eiligen Schritten lief er zu seinem Wagen und stieg ein. »Aber ich komme wieder!«, rief er durch das geöffnete Seitenfenster. »Dann sieht es anders aus!«, drohte er. Er warf den Knüppel in hohem Bogen auf den Hof, dann brauste er mit aufheulendem Motor davon.

Eine halbe Stunde später saßen Kaltenbach und Luise bei einer Tasse Cappuccino im Wohnzimmer im Brandelweg. Nach der Begegnung mit Winterhalter trat das Geschehen auf der Hochburg wieder in den Vordergrund. Luise war der Schock der Ereignisse des Vormittags noch deutlich anzumerken. Sie kuschelte sich in Kaltenbachs Arme und sprach nicht viel.

»Holst du mir ein Glas Wasser?«, bat sie ihn nach einer Weile. Sie trank in großen Schlucken, dann lehnte sie sich wieder an ihn. »Ich glaube, dieser Anblick wird mich noch lange verfolgen.« Sie sprach langsam und in sich gekehrt. »Es ist einfach nicht zu begreifen. Vor deinen Augen hast du die Realität. Nackt, brutal. Alle Sinne schreien sie dir entgegen. Du kannst sie greifen, sehen, spüren. Du kannst dich nicht verstecken. Du musst es aushalten.«

Kaltenbach spürte, wie ihr Körper förmlich vibrierte. Die Erinnerung zerrte an ihr. Er drückte sie fester an sich und streichelte ihren Arm.

»Gleichzeitig hast du das Gefühl, dass das alles gar nicht wahr ist. Dass es gar nicht wahr sein kann. Ein Riss in der Realität. Eine andere Wirklichkeit, die ich nicht einordnen kann.«

»Das brauchst du auch nicht.« Kaltenbach sprach beruhigend auf sie ein. »Es ist geschehen und nicht mehr zu ändern.«

»Ich weiß. Aber mein Verstand schafft es nicht. Er hinkt hinterher. Meine Gefühle sowieso. Ich bekomme es nicht zusammen, verstehst du?«

»Ich glaube schon.« Kaltenbach spürte, dass es Luise half, über den Schock zu sprechen. Er musste sie irgendwie aus ihrem Loch herausholen. »Andererseits – machst du das als Künstlerin nicht immer wieder? Musst du es nicht sogar tun? Du schaffst Realitäten, die es vorher nicht gegeben hat. Du veränderst andauernd die Welt, du schaffst Neues.«

Luise stieß einen Seufzer aus. »Das ist es ja. Deshalb trifft es mich so tief. Gerade weil diese Welten in mir leben. Weil ich andauernd damit umgehe.« Sie machte sich los und setzte sich aufrecht. »Aber es ist nicht dasselbe. Alles, was ich schaffe, kommt aus mir heraus. Selbst wenn ich oft genug rätsle, wie es in mich hineingekommen ist. Aber das, was entsteht, begleite ich. Ich kann es lenken, gestalten, einordnen. Es kann noch so fremdartig oder skurril sein, ich bin immer dabei.« Ihr Blick wurde ernst. »Erschrick nicht über das, was ich dir jetzt sage. Es wäre für mich einfacher gewesen, wenn ich dabei gewesen wäre.«

»Bei dem Sturz?« Kaltenbach wurde es tatsächlich etwas anders. So hatte er Luise noch nie reden hören. »Wenn du das alles beobachtet hättest?«

»Ja, vielleicht.« Sie ließ sich wieder ins Sofa zurücksinken. »Ich kann nur hoffen, dass es sich aufklären wird. Dass man herausfindet, wie der arme Kerl zu Tode gekommen ist. Vielleicht kann ich dann die Gespenster wegerklären. Die Bilder werden bleiben. Da habe ich wenig Hoffnung.«

Zu Kaltenbachs Überraschung gab sich Luise plötzlich einen Ruck und stand auf. »Ich muss aufpassen, dass es mich nicht noch weiter runterzieht. Ich werde jetzt duschen und nach Basel fahren.«

»Ja, aber das geht doch nicht!«

»Ablenkung ist das Beste. Schlechte Bilder mit guten überdecken.«

Während er aus dem Bad das Plätschern des Wassers hörte, räumte Kaltenbach die Tassen weg. Wahrscheinlich war es tatsächlich das Beste, was sie tun konnte. Er erinnerte sich an Renate, eine frühere Freundin aus Studienzeiten. Sie wohnte in Denzlingen und fuhr täglich mit dem Zug nach Freiburg zur Uni und wieder zurück. Sie musste mit ansehen, wie am Bahnsteig direkt vor ihren Augen eine Frau vor einen durchfahrenden Güterzug sprang. Sie hatte das Bild nicht mehr aus dem Kopf bekommen. Selbst eine psychologische Behandlung hatte nichts genutzt. Er konnte nur hoffen, dass es Luise nicht ähnlich gehen würde. Er konnte nicht mehr tun, als sie zu unterstützen.

Als Luise zurück in die Küche kam, machte er trotzdem einen letzten Versuch, sie umzustimmen. »Meinst du, du schaffst die Autofahrt?« Es war ihm nicht wohl bei dem Gedanken, dass ihre Konzentration abschweifen könnte. »Soll ich nicht besser mitkommen?«

»Lieb von dir. Aber das musst du nicht«, erwiderte sie, während sie versuchte, mit der Bürste ihre Locken einigermaßen zu bändigen. »Schließlich bist du rekonvaleszent und musst dich schonen. Außerdem steht da noch ein Arztbesuch aus!«

Kaltenbach wunderte sich schon lange nicht mehr, wie schnell Luise das Thema wechseln konnte. »Das ist wirklich nicht mehr nötig. Es geht mir gut. Ich werde nachher in den Laden runterfahren. Das ist für mich die beste Medizin.«

»Siehst du! So geht es mir, wenn ich den Rhein entlang durch das schöne Markgräflerland fahre. Das vertreibt die schlechten Gedanken.«

»Versprich mir, dass du vorsichtig fährst! Und ruf an, wenn du angekommen bist!«

Luise legte die Bürste zur Seite und schlang die Arme um seinen Hals. »Mach dir keine Sorgen. Alles wird gut.«

KAPITEL 22

Auf der kurzen Fahrt durch den Wald hinunter in die Stadt schossen Kaltenbach quälende Gedanken durch den Kopf. Wieder war ein schreckliches Unglück geschehen. Zuerst der Tod des Kirchmattbauern, dann der Hofbrand und der Überfall. Jetzt ein tödlicher Sturz. Der Schrecken ging um in Emmendingen. Nichts war erwiesen, doch Kaltenbach spürte, dass es Zusammenhänge gab. Die Häufung konnte kein Zufall sein. Doch wo gab es die Verbindung? Was hatten die beiden Toten miteinander zu tun? Elisabeth Winterhalter schied mit dem heutigen Tag für ihn als Verdächtige aus. Steckte ihr Sohn dahinter? Was wollte er heute Morgen auf dem Hof? Ging es um Geld? Oder lag die Antwort im Inhalt des Kistchens, das bei ihm daheim im Wohnzimmer stand?

Seine Stimmung hob sich, als er »Kaltenbachs Weinkeller« aufschloss, die Tür öffnete und das vertraute Bimmeln der Glöckchen hörte. Es tat gut, wieder hier zu sein. Er streifte die Regale entlang, fuhr mit den Fingern über die Flaschen und freute sich an den ausdrucksvollen Etiketten vom französischen Merlot bis zum Grauburgunder vom Kaiserstuhl. Er zeichnete zufrieden mit dem Finger die geschwungene Form der Dekanter nach, die er eigens von einer Manufaktur aus Todtnau bezog. Das Nachmittagslicht spiegelte sich in den geschliffenen Gläsern und Karaffen, die er seit diesem Jahr im Sortiment hatte. Die beiden Holzstühle mit den geschnitzten Jugendstillehnen in der Probierecke, der in die Jahre gekommene Ohrensessel, auf dem Frau Kölblin immer Platz nahm, wenn sie vorbeikam – es war seine kleine Welt, die er liebte und die ihm Kraft gab und half, die Sorgen und Unbillen der Welt für eine Weile zu vergessen.

Er blieb nicht lange allein. Als hätten sie nur darauf gewartet, standen innerhalb der nächsten beiden Stunden all diejenigen unter der Tür, die wissen wollten, warum »Kaltenbachs Weinkeller« geschlossen geblieben war.

»Ich habe schon gedacht, du machst Urlaub, ohne etwas zu sagen«, meinte Herbert Schramm, der Wirt der »Lammstube« von gegenüber, als er zwei Kartons Müller-Thurgau abholte. »Lass mich bloß nicht auf dem Trockenen sitzen!«

Frau Kölblin war fast schon beleidigt, dass sie ihm nicht bereits am Tag zuvor ihr Dankesgeschenk überreichen konnte.

»E Fläschli Wii wär nadierlig 's Bescht. Aber des basst jo nit eso bi dir«, hatte sie mit einem diebischen Schmunzeln gesagt und dabei mit großer Geste auf die gut gefüllten Regale gedeutet. »Des wär jo, wie Eule nach Rom trage. Oder eso. Aber ich hab ebbis ganz Feins für dich.« Sie überreichte ihm eine Tüte mit Pralinen. »Beschti Qualität. Hett d' Marie uesgsuecht.«

Kaltenbach bedankte sich. Er war zwar nicht der große Schokoladenesser. Aber den handgefertigten Champagnertrüffeln, dunklen Nugatschnitten und gefüllten Sahnekugeln aus dem Café gegenüber konnte er schwerlich widerstehen. Natürlich bot er Frau Kölblin an, sich zu bedienen. Doch mit einem kaum verhohlenen Seufzer lehnte sie ab. »Ich muess uff mini Figur uffbasse«, meinte sie augenzwinkernd. »Ueßerdem hab ich kai Zitt. Ich muess zu de Marie numm. Die hett eine bedient, wo eine troffe hett, wo uf de Hochburg war. Hitt Morge! Des hesch due sicher schu gheert. D' Marie verzellt mir alles. Und morge kumm ich wieder her. Salli!«

Kaltenbach musste schmunzeln. Die Emmendinger Buschtrommel funktionierte schneller als das Internet. Die Nachrichtendrähte schienen bestens gespannt zu sein, Frau Kölblin war wieder ganz in ihrem Element. Er war froh, dass es ihr offensichtlich wieder besser ging.

Dass Walter aufkreuzte, war ebenfalls keine Überraschung, auch wenn er sich sonst selten bei Kaltenbach im Laden sehen ließ. Überschwänglich berichtete er von dem gestrigen Abend. Es war zu erwarten, dass seine Sicht der Dinge sich deutlich unterschied von dem, was Luise erzählt hatte.

»Ein voller Erfolg! Du hättest sie sehen sollen! Volkes Stimme hat gesiegt. Der ganze Saal war auf meiner Seite!«

»Das mit den Papierschnipseln – war das nicht etwas übertrieben?«

Walter wischte den Einwand zur Seite. »Keineswegs. Ich habe mich gefühlt wie 20, als wir damals in Freiburg gegen die Fahrpreiserhöhung demonstriert haben. Bei Aktionen musst du deutliche Zeichen setzen. Du musst die Menschen emotional erreichen. Ich bin sicher, den Abend wird so schnell keiner vergessen.«

Davon war auch Kaltenbach überzeugt. Der Artikel in der Zeitung über die Versammlung hatte sogar den Brand auf dem Kirchmatthof in den Hintergrund gedrängt. Ob das Ergebnis allerdings in Walters Sinn war, würde sich zeigen.

»Der OB-Referent erwägt sogar eine Anzeige wegen Erregung öffentlichen Ärgernisses. Herrlich! Wie in alten Zeiten! Als Nächstes geht es vor Ort. Wir dürfen nicht warten, bis etwas geschieht, das nicht mehr rückgängig zu machen ist. Ich hab auch schon ein paar Ideen. Du bist doch dabei, oder?«

Kaltenbach murmelte etwas wie »Ja, klar.«

»Vielleicht wird es auch gar nicht mehr nötig sein. Der Gegner zerlegt sich selber.«

»Was meinst du?«

»Heute Morgen auf der Hochburg«, begann Walter. Auch er wusste bereits davon. »Ein Unfall, da lache ich doch! Der alte Kienle konnte klettern wie eine Bergziege. Nein, das war kein Unfall. Den hat jemand aus dem Weg geräumt. Und ich sage dir: Das bringt das Fass zum Überlaufen. So viel Negativwerbung kann nicht einmal der hartherzigste Kapitalist übergehen. Das Projekt ist dem Tod geweiht. Und ich werde ihm den endgültigen Stoß verpassen!«

Kaltenbach war hellhörig geworden. »Du kennst den Toten?«

»Natürlich. Von früher aus Freiburg. Er war ein, zwei Jahre älter als ich. Mitglied in irgendeinem konservativen Studentenbund, also ein politischer Feind. Aber sonderlich aktiv war der nie.«

»Hattest du in letzter Zeit Kontakt mit ihm?«

»Wenig. Aber ich weiß, dass er gegen ›Emmendingen 3000‹ war. Hat sich dadurch einen Sympathiepunkt verdient. Na ja, das nützt ihm jetzt auch nichts mehr.«

»Weißt du noch etwas über ihn?«

Walter schüttelte den Kopf. »Keine Ahnung. In Rente war er, das weiß ich. Ich meine, er hat in Windenreute gewohnt. Ab und zu stand er in der Zeitung mit irgendeinem Verein. Übrigens, ehe ich es vergesse: Ich soll dir einen Gruß ausrichten. Von Andrea.«

»Von deiner Tochter? Danke! Wie geht es ihr?«

»Nicht schlecht. Sie hat gerade ihre ersten Zwischenprüfungen erfolgreich gemeistert«, meinte er mit hörbarem Stolz. »Nächste Woche kommt sie für ein paar Tage. Sie hätte Lust, dass wir uns alle mal wieder treffen und ein wenig Musik machen. In unserer alten Besetzung.«

»Das sollten wir!« Kaltenbach freute sich. Seit Andrea zum Studieren nach Norddeutschland gezogen war, waren die gemeinsamen Proben mit den übrigen Mitgliedern der irischen Band deutlich weniger geworden. Den »Shamrock Rovers and a Thistle« war die Distel abhandengekommen.

»Grüße zurück!«, wünschte er, als sich Walter wieder auf den Weg machte. »Gib mir Bescheid!«

Kurz vor Ladenschluss kam Duffner. Kaltenbach beschlich ein schlechtes Gewissen, als sein Nachbar aus der Lammstraße den Laden betrat. Er hätte sich längst entscheiden müssen.

Duffner ließ ihn gar nicht lange nach Entschuldigungen suchen. »Es ist wichtig. Ich war gestern schon hier und wollte mit dir persönlich sprechen. Ich habe eine gute und eine schlechte Nachricht.«

Der Laden war leer. Sie setzten sich in die Probierecke. Kaltenbach bot etwas zu trinken an. Er war gespannt. Duffner war sonst eher von der ruhigen Art. Aufregen konnte er sich nur, wenn es um seinen Wein ging. Im Guten wie im Schlechten.

»Schieß los!«

»Die gute oder die schlechte zuerst? Na ja, wie man's nimmt.«

»Zuerst die gute.«

»Wegen dem Laden. Ich habe alles noch einmal durchgedacht. Ein bisschen geplant. Ein bisschen gerechnet. Letzte Woche ist die Mutter meiner Roswitha gestorben, mit 93. Gott hab sie selig. Sie hatte ein bisschen Geld übrig.«

Kaltenbach wurde hellhörig. »Heißt das, du willst gar nicht mehr verkaufen?« Mit einer Erbschaft konnte Duffner sein Weingeschäft bequem behalten und nach Lust und Laune betreiben. Stressfrei.

»Doch, das will ich immer noch. Aber ich könnte es dir so geben, dass es nicht ganz so weh tut.«

»Heißt?« Kaltenbach war gespannt.

»Du unterschreibst, machst eine Anzahlung und stotterst den Rest über fünf Jahre ab.«

Kaltenbach glaubte, nicht richtig zu hören. »Aber Karl, das ist ja … Ich weiß gar nicht, was ich sagen soll!«

»Musst du auch nicht. Die Hälfte gleich, den Rest später. Ich denke, das kannst du schaffen.«

Kaltenbach überschlug blitzschnell seine Finanzen. Wenn er sich ein bisschen streckte und diszipliniert blieb, könnte es klappen. Und er würde Onkel Josef nicht brauchen! Aber vielleicht gab es doch noch einen Haken.

»Und die nicht so gute Nachricht?«, fragte er zögernd.

»Nun, vielleicht ist es gar nicht so schlimm. Aber ich brauche das Geld bis zum Wochenende. Spätestens.«

»Diesen Samstag?« Kaltenbach schluckte. Das war allerdings ein Dämpfer. So viel Bares hatte er nicht so schnell beieinander.

»Es geht nicht anders. Ich habe da nämlich ein Angebot, das ich nicht verstreichen lassen kann. Ein Segelboot auf dem Bodensee. Samt Liegeplatz. Das ist fast wie ein Lottogewinn. Du weißt, das suche ich schon lange. Völlig aussichtslos, hieß es immer. Jahrelange Wartezeiten. Jetzt habe ich über drei Ecken zufällig davon erfahren. Da muss ich zuschlagen!«

»Das musst du!« Kaltenbach konnte sich gut vorstellen, was diese Gelegenheit für Duffner bedeutete. Wein und Segeln waren seine beiden großen Leidenschaften.

Duffner trank sein Glas mit einem einzigen langen Schluck aus und stand auf. »Ich will dich auch gar nicht länger aufhalten. Du weißt jetzt Bescheid.« Er verabschiedete sich und ließ einen freudig erregten Kaltenbach zurück.

Das waren sensationelle Neuigkeiten! Mit einem Schlag rückten seine optimistischen Zukunftspläne wieder in greifbare Nähe. Ein zweiter Laden, vielleicht schon in ein paar Wochen!

Er ging kurz seine Möglichkeiten durch. Es war knapp bis zum Wochenende. Seine Ersparnisse waren bescheiden. Aber sein gut geführtes Geschäft war ein Argument, mit dem er bei der Bank für einen Kredit punkten konnte. Zur Not gab es noch ein paar Freunde, die er fragen konnte. Und das Beste an der Sache war, dass er nicht mehr auf die Launen und Vorstellungen seines Onkels angewiesen sein würde.

Kaltenbach beschloss, zur Feier des Tages eine halbe Stunde früher Feierabend zu machen. Er spülte die Gläser ab und stellte die angebrochenen Flaschen in den Temperierschrank, den er sich erst kürzlich geleistet hatte. Am Ende nahm er die Scheine aus der Kasse und steckte sie in seinen Geldbeutel. Das Kleingeld ließ er in den Fächern. Ein letzter Rundumblick, dann trat er hinaus auf die Straße und lief Richtung Marktplatz.

Nachdem er die Tageseinnahmen zur Bank gebracht hatte, überlegte er, ob es nicht das Beste wäre, so wie neulich zum Abschluss des Tages eine Tour mit der Vespa in die etwas kühleren Schwarzwaldhöhen zu machen.

Doch er entschied sich anders. Es gab noch einiges zu erledigen, ehe er nach Hause ging. Vor dem »Palio«, dem Restaurant im Erdgeschoss des Alten Emmendinger Rathauses, fand er einen freien Tisch unter einem der riesigen Sonnenschirme und setzte sich. Er hatte lange keinen Campari mehr getrunken, die einzige Spirituose, die er sich ab und zu gönnte. Für den roten Bitter musste alles passen. Und jetzt passte es. Die Sommerhitze und die gut gelaunten Menschen um ihn herum brachten einen Hauch italienisches Flair nach Emmendingen. Er bestellte, dann zog er sein Mobiltelefon heraus und wählte Luises Nummer. Normalerweise vermied er es, mit dem Handy ins Ausland zu telefonieren. Doch er musste wissen, ob alles gut gegangen war. Sie musste inzwischen längst in Basel sein. Er machte sich ein wenig Sorgen, weil sie sich noch nicht gemeldet hatte.

Nach dem dritten Läuten hob sie ab. »Schön, dass du anrufst. Bist du schon zu Hause? Ging alles gut?«

»Das wollte ich dich fragen. Du hast versprochen anzurufen, sobald du in Basel bist.«

»Das hätte ich schon noch. Aber es gab so vieles, um das ich mich kümmern musste. Und es hat wieder mal ewig gedauert, bis ich einen Parkplatz hatte.«

»Schon okay. Wann kommst du heute Abend?«

»Ich weiß es noch nicht. Der Galerist hat mich gefragt, ob ich zu einer Vernissage mitkomme. Er wolle mich mit ein paar Leuten bekannt machen. Wichtige Leute, Lothar, da muss ich unbedingt hin! Ich bin ja so aufgeregt!«

»Ich drücke dir die Daumen.«

»Dabei habe ich überhaupt nichts Passendes zum Anziehen dabei. Ich hätte bei mir zu Hause vorbeifahren sollen.«

»Dir wird schon etwas einfallen. Bestimmt sind die Geschäfte noch offen.«

»Stimmt. Aber das könnte teuer werden«, lachte sie. »Ich muss Schluss machen. Deine Luise ist gerade eine sehr gefragte Persönlichkeit.«

Kaltenbach verzichtete darauf, ihr von Duffners Angebot zu erzählen. Er hatte das Gefühl, dass Luise momentan in anderen Sphären schwebte. Ihre Niedergeschlagenheit von heute Morgen schien wie weggeblasen.

»Das freut mich für dich«, sagte er stattdessen. »Denkst du an die Mütze mit dem Schmuckstück?«

»Gut, dass du mich daran erinnerst. Es kann sein, dass mir im Laufe des Abends ein paar Designexperten über den Weg laufen. Also mach's gut.«

»Du auch. Bis später.«

Mittlerweile hatte die Bedienung den Campari gebracht. Auf dem Glasrand steckt eine eingekerbte Orangenscheibe, in der leuchtend roten Flüssigkeit klirrten die Eiswürfel, als er den ersten Schluck nahm.

Natürlich freute er sich über Luises bevorstehenden Erfolg. Sie hatte es verdient. Ihre erste Karriere als Ehefrau-Anhängsel eines Yuppie-Snobs war ebenso kläglich gescheitert wie ihre damaligen künstlerischen Versuche, die ihr nur scheinbare Anerkennung im Umfeld ihres Mannes gebracht hatten. Es sah ganz so aus, als sollte sich das nun ändern.

Welchen Einfluss dies auf ihre Beziehung haben würde, war Kaltenbach noch nicht klar. Auch er hatte sein Debakel hinter sich. 13 Jahre hatte er mit Monika wie ein altes Ehepaar zusammengelebt, das keine Überraschungen mehr erwartete. Bis zu dem Tag, als Monika von heute auf morgen auszog und ihn nicht nur mit der gemeinsamen Wohnung in Maleck zurückließ, sondern auch mit dem Vorwurf, er habe nie gespürt, was ihr wirklich wichtig war.

Dass Monika Kinder haben wollte, war ihm damals nicht in den Sinn gekommen. Er hatte sich nie als Vater gesehen. Es war ihm bewusst geworden, dass die Zeit auch bei ihm voranschritt, und dass Lebenspläne nicht beliebig in die Zukunft verschoben werden konnten.

Ob Luise eine Familie wollte? Bisher hatten sie noch nicht ernsthaft darüber gesprochen. Nach anfänglichen Ungeschicklichkeiten und Ängsten zweier verletzter Seelen schien ihm ihre Beziehung immer noch wie ein Geschenk, wie ein starker Baum, dem kein Sturm etwas anhaben konnte. Sie hatten einander und sie hatten darüber hinaus ihr eigenes Leben, ungezwungen, niemandem Rechenschaft schuldig. War es das, was ihm manchmal eine leise Angst einflößte? Der Gedanke, dass der Schmetterling eines Tages davonflattern würde?

Kaltenbach beschloss, noch ein wenig zu bleiben, und bestellte einen zweiten Campari. Er spürte, wie er schläfrig wurde. Die Schwüle, die seit Tagen unbewegt über der Stadt lag, war mit den Händen zu greifen. Der Sommer im Breisgau schlug in diesem Jahr alle Rekorde.

Er beobachtete eine Taube, die träge unter den Tischen und Stühlen umherstakste, hier und da pickte und sich selbst von dem Hund unterm Nachbartisch nicht abhalten ließ. Kaltenbach musste an Wilhelm denken. Für heute war er versorgt. Doch was war in den nächsten Tagen? Vielleicht sollte er doch Schätzle fragen. Er kannte alles und jeden, ihm würde bestimmt etwas einfallen. Er nippte an seinem Campari, dann tippte er Schätzles Nummer ein.

Der Malecker Ortsvorsteher war wie meist um diese Zeit in seinem Garten. »Salli, Lothar. Ich habe mir schon gedacht, dass du anrufst.«

Kaltenbach war überrascht. »Was meinst du?«

»Ich kenne dich doch. Du willst bestimmt alles über den Kienle Oskar wissen. Armer Kerl. Das Schicksal spielt manchmal verrückt. Tod auf der Hochburg. Ausgerechnet.«

»Ausgerechnet?«

»Der Kienle war doch im Hochburgverein. In jeder freien Minute hat er dort herumgewurschtelt. Seit er Rentner ist sowieso.«

Kaltenbach hatte schon öfter von dem Verein gehört. Eine private Initiative, die sich seit vielen Jahren um den Erhalt der Ruine kümmerte. Die Mitglieder waren wesentlich daran beteiligt, dass aus dem ehemals überwucherten, baufälligen Gemäuer ein weit über die Region hinaus bekanntes und beliebtes Ausflugsziel geworden war.

»Das heißt, er war heute Morgen bei einem Arbeitseinsatz? Auf dem Baugerüst vielleicht?«

»Das nehme ich stark an. Der war immer der Erste, auch unter der Woche. Man müsste seine Frau fragen. Die ist übrigens von Maleck. Daher kenne ich die beiden ganz gut.«

Kaltenbach erinnerte sich, was Walter am Nachmittag über Kienle gesagt hatte. »Er soll ja gegen ›Emmendingen 3000‹ gewesen sein.«

Schätzle ließ sein meckerndes Lachen hören. »Das kannst du laut sagen. Der war genauso ein Sturkopf wie der alte Winterhalter. Aber aus ganz anderem Grund. Dem ging es nicht um Landwirtschaft.«

»Sondern?«

»Der Kienle hat Geschichte studiert, an der Uni Freiburg. Schon damals spezialisiert auf Heimatkunde. Der kannte jede Kapelle, jeden Brunnen, jede Jahreszahl. Vor allem die Hochburg hat er erforscht. Die Hochburg, das ist unser Juwel, hat er immer gesagt. Die Leute wüssten gar nicht, welchen Schatz sie vor der Haustür hätten. Es hat ihn aufgeregt, dass die Landespolitik so wenig dafür getan hat. Auch finanziell. Bei der Vereinsgründung war er natürlich von Anfang an mit dabei.«

»Aber dann hätte er doch froh sein müssen über die Pläne? Ich habe gehört, dass der Investor jede Menge Geld in die Burg stecken will.«

»Eben nicht! Der Kienle war von Anfang an entschieden dagegen. Er hat befürchtet, dass aus der Hochburg eine Art Disneyland gemacht würde. Schloss Neuschwanstein im Breisgau. Für den Oskar eine Horrorvorstellung.«

»Aber was hätte er dagegen tun können? Er hatte doch keine Handhabe, die Pläne zu verhindern?«

»Dem Kienle wäre schon etwas eingefallen. Er war sehr beliebt und hatte außerdem gute Beziehungen. An ihm wäre Altstätter nicht so leicht vorbeigekommen.«

Kaltenbach trank ein weiteres Schlückchen. Der kühle, bittere Geschmack belebte ihn. Was Schätzle erzählte, war sehr aufschlussreich. Aber reichte das für ein mögliches Mordmotiv?

»Glaubst du an einen Unfall?«, fragte er.

»Merkwürdig ist es schon. Erst vor ein paar Tagen haben wir uns schon einmal die Frage gestellt. Beim Kirchmattbauern hattest du recht. Dieses Mal sagt mir mein Gefühl, dass es Absicht war.«

»Jemand hat ihn runtergestoßen?«

»Kienle ist seit Jahren in der Ruine rumgeklettert. Der kannte jeden Stein. Und vernünftig war er auch, was ich so gehört habe. Der wäre kein Risiko eingegangen. Höchstens er hat …«

Schätzle hielt für einen Moment inne. Er schien nachzudenken.

»Vielleicht hatte er Probleme, von denen niemand wusste? Dass er nicht mehr zurechtkam? Dann wäre die Burg – ach, ich weiß nicht.«

»Selbstmord an seinem Lieblingsort?«

»Eigentlich glaube ich nicht daran. Als ich ihn zuletzt gesehen habe, war er noch gut beieinander. Aber du kannst in einen Menschen nicht hineinschauen.«

»Du hast ihn getroffen? Wann denn?«

»Beim Hochburgfest. Er hatte sich stilecht als Markgraf verkleidet und ist die ganze Zeit würdevoll umherstolziert.«

»Aber das letzte Hochburgfest ist fast ein Jahr her! In der Zwischenzeit kann vieles passiert sein.«

»Ja, das stimmt. Frag doch mal seine Frau. Oder geh in die Waldschänke. Soviel ich weiß, hatten die dort ihren Stammtisch.«

»Wer sind *die*?«

»Der Hochburgverein.«

Kaltenbach dachte für einen Moment an seinen eigenen Stammtisch. Die regelmäßigen Treffen in der Windenreuter Waldschänke mit seinen Musikerfreunden Walter, Michael und Markus, der im Psychiatrischen Landeskrankenhaus als Pfleger arbeitete, waren immer sehr gemütlich gewesen. Leider hatten sie im letzten halben Jahr nur noch wenig Zeit dafür gehabt.

»Gute Idee«, meinte er, »das mache ich. Zu seiner Frau zu gehen, ist momentan doch wohl eher unpassend.«

»Stimmt. Auch wenn ich die Langenbacherin als ganz patent in Erinnerung habe.« Schätzle kicherte leise. »Wie gesagt, die ist schließlich von Maleck.«

Kaltenbach horchte auf. Etwas klingelte in ihm. »Langenbacherin? Du meinst, Kienles Frau ist eine geborene Langenbacher?«

»Ja, klar. Alteingesessene Familie.«

»Wohnen die noch da?«

»Ihr Bruder wohnt im Dorf. Der andere ist weggezogen. Nach Karlsruhe, soviel ich weiß.«

»Der Bruder, was macht der?«

»Der ist schon älter, so um die 80. Wohnt bei seinen Kindern. Jetzt willst du es aber genau wissen!«

»Ich habe da so eine Idee«, meine Kaltenbach zögernd.

»Du und deine Ideen«, kicherte Schätzle. »Apropos, was ist eigentlich mit dem Hund?«

Kaltenbach fiel ein, dass er deswegen angerufen hatte. »Der Wilhelm? Ich habe ihn ein paarmal gefüttert. Aber er läuft die ganze Zeit irgendwo frei herum. So kann es nicht bleiben. Kannst du nicht mal rumfragen, wer ihn nehmen könnte, bis Elisabeth Winterhalter wiederkommt? Oder nimm doch du ihn, du bist schließlich der Nachbar.«

»Das ist nicht so einfach, da hätten Miro und Pablo bestimmt etwas dagegen. Aber ich kümmere mich darum.«

Schätzle hatte recht. Seine beiden Katzen würden einen fremden Hund nicht so ohne Weiteres dulden. »Hab ich ganz vergessen«, meinte er. »Vielleicht könnte man ja Winterhalters Tochter fragen, ob sie eine Idee hat. Weißt du etwas Neues von ihr? Ist sie noch im Krankenhaus?«

»Ja, soviel ich weiß. Ich wollte demnächst mal vorbeischauen.«

»Dann grüße sie von mir. Und von Wilhelm. Salli!«

»Mach ich. Salli!«

Kaltenbach legte das Telefon zur Seite und atmete tief durch. Die letzten Sätze des Gesprächs hatte er kaum noch richtig wahrgenommen.

Langenbacher. Die Frau des Hochburgtoten stammte aus Maleck und war eine geborene Langenbacher. Ein Name, den man nicht so schnell vergaß. Und Kaltenbach hatte ihn nicht vergessen.

Auf der Katasterkarte, die immer noch über seinem Küchentisch hing, standen zwei Namen, mit denen er bisher nichts anfangen konnte. Einer davon war Langenbacher.

KAPITEL 23

Kaltenbach entschied sich, Schätzles Idee aufzugreifen. Statt der üblichen Strecke den Kastelberg hoch durch den Wald fuhr er nach Windenreute. Direkt nach dem Ortseingang bog er links ab in die Schulstraße und fuhr hoch bis zum Waldrand.

Der Parkplatz und die Gehwege rund um die »Waldschänke« waren voll belegt. Schon von Weitem hörte Kaltenbach aufgeregtes Stimmengewirr. Auf der Terrasse des Gasthauses waren alle Tische besetzt. Dazwischen hatten sich Stehgruppen gebildet. Einige der Gäste saßen im Gras, auf den Fenstersimsen und auf dem Zaun. Die Bedienungen liefen mit voll beladenen Tabletts hin und her, selbst die Chefin half persönlich mit.

Wer geglaubt hatte, dass der Ort beim Ableben eines prominenten Gemeindemitglieds in melancholische Trauer versinken würde, konnte zumindest hier und an diesem Abend das Gegenteil erleben. Überall wurde heftig diskutiert. Natürlich hatten alle den Toten gekannt. Und natürlich wusste jeder etwas zum Ablauf des tragischen Geschehens beizutragen. Es klang so, als seien die meisten dabei gewesen. Die Emotionen gingen hoch, und eine Spekulation löste die nächste ab.

Verschiedentlich wurde Kaltenbach begrüßt, doch er hatte wenig Lust, sich in das Gewimmel zu stürzen. Er zwängte sich an drei jungen Damen vorbei, die mit Gläsern in der Hand am Rande der Eingangstreppe auf den Stufen saßen, und trat in die Gaststube. Im Gegensatz zu draußen war es hier ziemlich ruhig. In einer der Nischen saßen Feriengäste mit ihren Kindern beim Abendessen, an einem Tisch im Hintergrund ein älteres Ehepaar.

»Salli, Lothar. Lange nicht gesehen!«

Johannes Keller, einer der Köche der »Waldschänke«, stand am Tresen und prostete Kaltenbach zu. »Auch eine Schorle?«

»Warum nicht? Weiß-sauer.« Kaltenbach nahm sich einen Barhocker und setzte sich daneben. »Gut was los heute. Und du hast Pause?«

»Wie man's nimmt. Die Hausgäste sind versorgt, draußen haben sie bei der Hitze mehr Durst als Hunger. Aber das kann sich rasch ändern.«

Keller war ein eher ruhiger Typ. Seine ganze Leidenschaft galt dem Kochen. Kaltenbach hatte sich von ihm schon öfter Anregungen für ausgefallene Geschmackskreationen geholt.

»Umso besser. Zu dir wollte ich sowieso.«

Die beiden prosteten sich zu, ehe Kaltenbach begann. »Der Kienle, der war doch öfter bei euch?«

»Stammgast. Meine gebackenen Champignons hat er am liebsten gehabt.« Keller deutete zu einem der Tische neben dem Eingang. An der hell getäfelten Wand dahinter hingen nebeneinander zwei kolorierte Stiche mit historischen Ansichten von der Hochburg. »Dort drüben hat er immer gesessen.«

»Er war im Hochburgverein?«

»Im Hochburgverein, im Schwarzwaldverein, im Kirchenchor und was weiß ich noch alles. Seit er in Rente war, hat er noch mal richtig durchgestartet. Jetzt fängt mein drittes Leben an, hat er immer gesagt.«

»Klingt gut. Klingt nach Zufriedenheit.«

»Auf jeden Fall. Der Oskar war in Ordnung. Obwohl er Professor war, ist er immer bodenständig geblieben. Trotz seiner Spinnereien.«

»Was meinst du damit?«

»Fünf Pommes, drei Elsässer!«, rief eine Stimme von der Tür. Eine der Bedienungen brachte ein Tablett mit leeren Gläsern von der Terrasse. »Jetzt kriegen sie Hunger. Mach ruhig gleich ein paar mehr.«

»Du siehst, es geht weiter.« Keller rutschte von seinem Stuhl und ging Richtung Küche. »Geht aber schnell.«

Das optimistische »schnell« wuchs zu Kaltenbachs Bedauern zu mehr als einer Schorlelänge. Die Pommes-Bestellung war der Startschuss zum kollektiven kleinen Hunger. Nebst Getränken trugen die Mädchen jetzt auch

Bauernvesper mit Zwiebeln und Gurken, Salatteller mit Putenstreifen, Flammkuchen und natürlich weitere Berge Pommes hinaus auf die Terrasse.

Kaltenbach wollte trotzdem warten. Er musste wissen, was Keller mit den »Spinnereien« des Professors meinte. Er war sich sicher, dass der Koch über kurz oder lang wieder auftauchen würde.

Kaltenbach ließ sich einen Kugelschreiber geben und nutzte die Gelegenheit, auf drei Rothaus-Bierdeckeln seine Finanzen in groben Zügen aufzulisten. Eine weitere Schorle und einige gewagte Zahlenjongliereien später erhielt seine Euphorie vom Nachmittag einen Dämpfer. Trotz Duffners Entgegenkommen war sein finanzielles Korsett enger, als er in seiner Begeisterung erinnert hatte. Der Großteil seines Guthabens steckte in »Kaltenbachs Weinkeller«. Was ihm fehlte, war Bares. Die Chancen standen 50:50. Alles würde vom Wohlwollen der Bank abhängen.

Kaltenbach war eben am Überlegen, ob er nicht am nächsten Tag wiederkommen sollte, als Keller unversehens aus der Küche stürmte. »Lothar, ich hab keine Zeit. Du siehst, was hier los ist. Aber so etwas passiert auch nicht alle Tage. Du kannst es nach elf noch einmal probieren, da mache ich normalerweise die Küche zu. Außer die Chefin will heute bei dem guten Geschäft etwas länger machen.

Kaltenbach zuckte die Schultern. »Kann man nichts machen. Nur eine schnelle Frage noch: Was meintest du mit Kienles ›Spinnereien‹?«

Keller trat nahe an Kaltenbachs Hocker heran und senkte verschwörerisch seine Stimme. »Der Hochburgschatz!«

»Der Hochburgschatz?« Kaltenbach glaubte, sich verhört zu haben. »Was soll das denn sein?«

»Den Hochburgschatz war Oskar Kienles Lebenstraum. Er war überzeugt, dass es irgendwo auf der Hochburg einen versteckten Schatz geben müsse. Noch aus der Zeit der Hachberger. Mittelalter oder so ähnlich. Und den wollte er finden.«

Kaltenbach schüttelte ungläubig den Kopf. »Das ist doch Unsinn. Davon habe ich noch nie etwas gehört.«

»Kennst du nicht die Sage von der Weißen Frau und dem Bauern? Oder die vom Hirtenjungen mit den zwölf Männern? Es gibt noch mehr solche Geschichten. Keller hat sie ernst genommen. Seine Arbeit zusammen mit den anderen im Hochburgverein war das eine. Aber er hat auch immer nach dem Schatz geforscht.«

»Verrückt! Hat ihm denn jemand geglaubt?«

»Natürlich nicht. Manche haben ihn sogar aufgezogen damit. ›Hachberger Schatzhauser‹ haben sie ihn genannt. Aber er hat sich nicht beirren lassen. Wartet nur, eines Tages finde ich ihn, hat er gesagt. Und dann werde ich berühmt.«

»Hat er denn schon mal etwas gefunden?«

»Ach was. Jedenfalls nichts, was mit einem Schatz zu tun hat. Ab und zu ein paar Geschirrscherben oder Bruchstücke von einer Waffe. Das war alles. Ein einziges Mal hat er hinter einem Stein in der Mauer drei Münzen gefunden. Ich kann mich noch gut erinnern. Kienle war damals völlig aufgelöst.«

»Das klingt ja alles sehr abenteuerlich. Von wegen ruhiger, besonnener Typ. Für mich erfüllt er eher das Klischee eines verrückten Professors.«

»Küche! Zwei Schnitzel mit Brot, zwei Schnitzel mit Brägele, zwei Flammkuchen!«, flog Keller eine weitere Bestellung entgegen.

Keller klopfte Kaltenbach auf die Schulter. »Sei nicht so streng. Der Oskar Kienle war in Ordnung. Außerdem – ein bisschen Verrücktheit tut uns doch allen gut, oder?«

»Da magst du recht haben.«

Gegen halb elf war Kaltenbach zu Hause. Er duschte sich und zog eine kurze Hose an. Luise hatte nicht angerufen. Er hatte gehofft, dass sie eine Nachricht auf den Anrufbeantworter gesprochen hatte, wie sie es manchmal tat, wenn sie ihn nicht stören wollte. Oder wenn es etwas Unangenehmes gab.

Natürlich war zu erwarten, dass es für sie spät werden würde. Es würde ihr sicher schwerfallen, für eine Autofahrt in der Nacht von Basel in den Breisgau auf all die Cocktails, Proseccos und Aperitifs zu verzichten, die ihr wahrscheinlich in Fülle angeboten wurden. Doch überhaupt nichts von ihr zu hören, versetzte ihm einen leisen Stich. Vor allem, wenn er darüber nachdachte, wo Luise wohl übernachten mochte. Es gab keinen konkreten Anlass zur Sorge, keine Andeutungen. Trotzdem war ihm nicht wohl bei dem Gedanken. Die Ungewissheit war der Preis der Freiheit.

Kaltenbach trat hinaus auf den Balkon. Er streckte sich und atmete ein paarmal tief ein und aus. Die etwas kühlere Abendluft tat ihm gut. Dann nahm er die Gießkanne, füllte sie am Wasserhahn in der Küche und goss die Pflanzen, die das kürzlich hereingebrochene Wetter überlebt hatten. Eine zweite und dritte Kanne verteilte er auf den Oleander und die übrigen Grünpflanzen in seiner Wohnung.

Wie schon die vergangenen Abende spürte er wenig Hunger. Trotzdem musste er zumindest eine Kleinigkeit essen. Er nahm die dicke Scheibe Bergkäse aus dem Kühlschrank, schnitt der Länge nach ein paar Streifen herunter und legte sie auf einen Teller. Daneben häufte er eine Handvoll Kirschtomaten. Im Schrank fand er zwei Packungen Grissini. Er riss eine davon auf und füllte den Inhalt in ein hohes Glas. Das musste genügen.

Ehe er ins Wohnzimmer ging, goss er sich ein Glas Gutedel ein. Er nahm einen Schluck und betrachtete die Katasterkarte, die an der Wand hing. Die meisten der hellen Flächen, die er nicht eingefärbt hatte, trugen den Namen Langenbacher. Zufall? Kaltenbachs Erlebnisse der vergangenen Zeit hatten ihn gelehrt, dass es nur wenige Zufälle gab. Schon gar nicht, wenn es um Geldgier oder Macht ging. Den Langenbachers gehörten mindestens zwei Flurstücke, die für das Emmendinger Zukunftsprojekt von zentraler Bedeutung waren. Doch warum der Schwiegersohn? Hatte Oskar Kienle etwas mit »Emmendingen 3000« zu tun? Stand er jemandem im Weg? Oder war die Geschichte vom Hochburgschatz gar nicht so abwegig, wie sie klang? Hatte der Professor etwas entdeckt, was von solcher Bedeutung war, dass er dafür sterben musste?

Kaltenbach trug den Teller und den Wein ins Wohnzimmer. Für heute wollte er zumindest noch mehr über Kienles Arbeiten auf der Hochburg herausbekommen. Er fuhr den Rechner hoch und kam über die Suchmaschine rasch zum Webauftritt des Vereins.

Die Webseite war ansprechend gestaltet, die Untermenüs verbargen sich in den Fenstern einer Burgmauer und knarrten wie die uralte Tür zu einem Kellerraum, als Kaltenbach sie öffnete. Trotzdem gab es auf den ersten Blick nicht mehr als das Übliche. Vereinsgeschichte, Vorstand, Zweck und Ziele, dazu ein paar Fotos und Links, ein Kontaktformular und die Nummer eines Spendenkontos.

Kaltenbach überflog einige der Artikel. Auf einem der Fotos entdeckte er Kienle, ein älterer Herr mit ernstem Blick, der prüfend ein steinernes Relief am Haupteingang zum Burginnenhof betrachtete. Hatte der Mann tatsächlich geglaubt, aufgrund überlieferter Geschichten in der Ruine einen Schatz zu finden? Derartige Geschichten gab es überall. Sie hatten Abenteurer und Glücksritter in die entlegensten Winkel der Erde gelockt, angetrieben von der Aussicht auf Ruhm und Reichtum.

Kaltenbach knabberte an einer Grissinistange und betrachtete nachdenklich das Foto der Hochburg. Nach allem, was er bisher von Kienle gehört hatte, war Geldgier wohl kaum der Grund für seine Forschungen. Trotzdem blieb die Frage, ob sein Tod etwas damit zu tun haben könnte. Hatte er etwa doch Hinweise gefunden? War er vielleicht nicht der Einzige, der solchen »Spinnereien« nachging? War es zu einem tödlichen Streit gekommen?

Ein zartes Pochen in Kaltenbachs Hinterkopf erinnerte ihn daran, dass seine Verletzung noch immer nicht ganz ausgeheilt war. Gleichzeitig spürte er, wie er plötzlich müde wurde. Der Tag war lange und anstrengend gewesen, er brauchte dringend Schlaf.

Er klickte die Webseite weg und steckte ein letztes Stück Käse in den Mund. Ehe er den Rechner herunterfuhr, öffnete er sein Postfach. Er überflog die Betreffzeilen und löschte die üblichen Spammails, als er mit einem Mal stutzig wurde. »Heute im Angebot: Lösung ihrer Probleme!« Das war typisch für Friedrich Schillers Humor. Eine Nachricht von Tell aus Italien!

Gespannt öffnete Kaltenbach die Post. Er hatte überhaupt nicht mehr damit gerechnet, eine Antwort zu bekommen. Doch anscheinend war Tell die geballte Ladung aus

Familie, Meer, Pasta, Wein und Kultur immer noch nicht genug. Er konnte es nicht lassen, alle paar Tage in sein Postfach zu schielen.

Nach ein paar launigen Scherzen zu Beginn kam Tell zur Sache. »Mit der Mütze kann ich nicht viel anfangen, leider. Ich tippe auf ein Barett, wahrscheinlich von einem Polizisten oder Soldaten, vielleicht von einem Verein. Das Zeichen könnte entsprechend eine Blume sein oder etwas Religiöses. Eventuell eine Waffe. Das Kreuz im Hintergrund Speere, Lanzen, Gewehre. Oder einfach ein Kreuz. Der Text war kein Problem. Die Schrift nennt sich Sütterlin. Ich habe das Ganze transliteriert, steht alles im Anhang. Klingt wahnsinnig aufregend. Ciao, bello! Heute Nacht hat es geregnet.« Hinter den letzten Satz hatte Schiller ein Smiley gesetzt.

Kaltenbach atmete tief durch. Dann öffnete er den Anhang und las. Die Zahlen hatten ihnen tatsächlich den richtigen Weg gewiesen. Es war das Datum, an dem das Schriftstück verfasst wurde, der 12. Oktober 1945. Den Inhalt hatte Schiller zeilengleich übersetzt.

»Hiermit überschreibe ich, Karl Winterhalter aus Maleck, den Acker samt den Bäumen zwischen dem Brettenbach und der Landstraße nach Keppenbach an Herrn Birnbacher Friedrich für geleistete Dienste.«

Das war alles. Darunter standen noch einmal die beiden Namen, jeweils mit einer Unterschrift versehen.

Ein Vertrag. Etwas ungelenk formuliert, aber eindeutig. Vom Alter her musste Karl Winterhalter der Vater oder ein Onkel des toten Kirchmattbauern sein. Der zweite Name stand auf dem Kriegerdenkmal im Malecker Friedhof. Birnbacher. Der vermisste Soldat vom Ende des Krieges. Die Familie, die später aus Maleck weggezogen war.

Kaltenbachs Überraschung konnte nicht größer sein. Spätestens jetzt war klar, dass die Schachtel in seinem Wohnzimmer mehr war als eine Liebeskiste. Was hatte der Vertrag zu bedeuten? Was war mit »geleistete Dienste« gemeint? Und warum war das Ganze so wichtig, dass es der Kirchmattbauer all die Jahre aufgehoben hatte? Dass seine Tochter es in Sicherheit wissen wollte? Und dass in den Trümmern des Hofes ein Unbekannter danach gesucht hatte?

Wie schön wäre es jetzt gewesen, mit Luise über das Ganze zu sprechen. Doch inzwischen war es viel zu spät geworden. Er würde sie morgen anrufen, er musste mit Schätzle sprechen, er musste Elisabeth Winterhalter besuchen. Morgen. Allmählich kam Bewegung in die Sache. Mit unruhigen Gedanken ging Kaltenbach ins Bett und schlief sofort ein.

KAPITEL 24

Am Morgen konnte er es kaum erwarten, Luise anzurufen. Er setzte sich mit einer frisch aufgebrühten Tasse kolumbianischen Sierra Nevada auf den kleinen Balkon und tippte ihre Nummer ein. Es war noch früh, und er wäre keineswegs überrascht gewesen, wenn sie noch nicht abgenommen hätte. Doch sie meldete sich sofort. Ihre Stimme klang wach und voll Energie.

»Natürlich bin ich schon wach! Regula muss zur Arbeit. Und ich habe auch einiges vor heute.« Im Hintergrund hörte Kaltenbach Geschirrklappern.

»Wer ist Regula?«

»Stell dir vor, ich habe eine alte Freundin getroffen, zufällig. Wir kennen uns aus ihrer Zeit als arme Studentin in Freiburg. Jetzt verdient sie ein Schweinegeld bei Hoffmann-La Roche.«

»Hast du bei ihr übernachtet?«

»Klar. Der Pflichtteil gestern Abend war schneller vorbei als geplant. Alles läuft bestens, der Termin steht. Doch dann hatten die wichtigen Damen und Herren anderes zu tun, als sich allzu lange mit einer Debütantin aus dem Ausland abzugeben. Ich stand ein bisschen verloren herum, bis mir Regula über den Weg lief. Wir sind dann zusammen durch die Stadt gezogen. Ich hatte ganz vergessen, was für herrliche Orte es in Basel gibt! Und dann am Rheinufer in der lauen Nacht – es war wunderbar!«

Kaltenbach unterbrach sie nicht. Er genoss es, ihre Stimme zu hören. Er hatte sich wieder einmal umsonst Sorgen gemacht.

»Schön, dass du anrufst«, meinte sie am Ende. »Gibt es etwas Neues aus Emmendingen? Was ist mit dem Toten auf der Hochburg?«

Kaltenbach fasste den Tag knapp zusammen. Als er ihr von Schillers Mail aus Italien erzählte, reagierte sie erstaunt. »Ein Vertrag über geleistete Dienste? Das klingt spannend! Was könnte das sein? Hast du schon eine Idee?«

»Bisher nicht. Aber es scheint um etwas Größeres gegangen zu sein. Immerhin hat der Bauer einen Acker dafür hergegeben. Und er hat das Schriftstück seit über 70 Jahren aufbewahrt, praktisch sein ganzes Leben lang. Ich denke, ich werde Schätzle fragen. Vielleicht hat die Gemeinde noch Unterlagen von damals.«

»Warum fragst du nicht gleich Elisabeth Winterhalter? Bestimmt klärt sich dann vieles auf.«

»Wenn sie schon ansprechbar ist. Das letzte Mal ging es ihr ziemlich schlecht. Außerdem weiß ich nicht, ob sie überhaupt darüber reden will.«

»Hätte sie dich sonst ins Vertrauen gezogen? Ich bin mir sicher, von ihr werden wir alles erfahren. Ich begleite dich gerne, wenn du willst.«

»Kommst du denn heute noch vorbei?«

»Ich weiß es noch nicht. Ich muss gleich heute Morgen in mein Atelier in der Altstadt, ein paar Arbeiten zusammenstellen. Und heute Nachmittag treffe ich mich mit David.«

»David?«

»David Zacharias, ein Künstlerkollege. Er arbeitet bei D-Sign4U, einem Freiburger Büro für Gestaltung. Wir wollen zusammen den Ausstellungskatalog und die Flyer konzipieren. Er hat ein gutes Gespür für das, was ankommt.«

»Ja, dann. Ich rufe dich an, sobald ich in Erfahrung gebracht habe, ob man Elisabeth Winterhalter besuchen kann. Und bitte denke daran, nach der Kappe zu fragen. Tell meinte, es sei ein Barett von einem Polizisten oder Soldaten.«

»Das mache ich. Ich werde David das Foto zeigen. Und dir drücke ich die Daumen für deine Verhandlungen mit der Bank. Viel Erfolg!«

»Das kann ich brauchen.«

Die zweite Tasse Kaffee verband Kaltenbach mit einem Anruf bei Rainer Lange, seinem Ansprechpartner bei der Bank. Er hatte Glück und erwischte ihn zwischen morgendlichem Joggen und seiner Fahrt zur Arbeit in die Stadt. Kaltenbach hatte bereits vor Monaten schon einmal unverbindlich nach Möglichkeiten für einen Kredit gefragt, und Rainer hatte ihm empfohlen, zuerst alle Rahmenbedingungen zu klären.

Er freute sich, als er hörte, dass es Kaltenbach jetzt ernst wurde. »Bis zum Wochenende, sagst du? Schwierig. Ich bin komplett zu, nächste Woche geht's in Urlaub, bis dahin will ich alles vom Tisch haben. Aber das kriegen wir hin. Komm einfach heute Mittag vorbei, ich quetsche dich irgendwie rein.«

Kaltenbach war erleichtert. Er war froh, dass Rainer zur Verfügung stand. Einem gänzlich fremden Bankberater hätte er sich nur ungern anvertraut. Und wenn im Zweifelsfall jemand ein Auge zudrückte, war es Rainer.

Kaltenbachs dritter Gesprächspartner war im Gegensatz zu den beiden anderen wenig erfreut von seinem frühem Anruf. Fritz Schätzle war unausgeschlafen und gereizt.

»Ach, du bist es«, klang es einigermaßen mürrisch. »Weißt du, wie spät es ist?«

»Ja, es ist halb acht, die Sonne scheint, die Vögel zwitschern, der Tag ruft ...« Kaltenbach gab sich betont gut gelaunt.

»Lass ihn rufen. Gestern war Probe.«

Kaltenbach grinste. Schätzle war seit Jahren begeisterter Musiker im Dorforchester. Deren wöchentliche Proben liefen stets in gemütlichem Beisammensein aus. Gestern war es sicher spät geworden.

»Was gibt's?«

»Es gibt einiges zu besprechen.«

Schätzle gab ein zartes Stöhnen von sich.

»Keine Sorge, nicht jetzt und nicht am Telefon«, fügte Kaltenbach rasch hinzu. »Hast du heute Zeit?«

»Jetzt habe ich dich ein paarmal eingeladen, und du bist nicht gekommen. Ausgerechnet heute«, knurrte er. »Heute Morgen ist schwierig, heute Mittag bin ich bei der Vorbereitung für das Waldfest. Später vielleicht. Ist es wichtig?«

»Es ist wichtig. Ich melde mich. Eines noch: Weißt du, wie es der Winterhalter-Tochter geht? Kann man sie besuchen?«

»Ich habe gestern im Krankenhaus angerufen. Sie ist wieder auf Station. Also kann man auch hin.«

»Und Wilhelm?«

»Ich kümmere mich darum.«

Pünktlich um neun schloss Kaltenbach die Tür zu »Kaltenbachs Weinkeller« auf. Anders als am gestrigen Nachmittag blieb es im Laden heute lange ruhig. Anscheinend hatte sich schnell herumgesprochen, dass Kaltenbach wieder fit war und das Geschäft normal lief.

Er nutzte die Zeit, die Post und einige Telefonate zu erledigen. Danach suchte er den Angebotswein für den Rest der Woche aus und schrieb ihn samt Beschreibung und Preis mit Kreide auf die Tafel, die er vor der Eingangstür aufstellte.

Gegen zehn überflog er die Tageszeitung. Zu beiden Fällen gab es nichts, was ihm nicht bereits bekannt gewesen wäre. Die Redaktion hatte Grafmüller eine ganze Seite für seine Fotos spendiert. Es war alles, wie Kaltenbach es in Erinnerung hatte – die Burgmauer mit dem Baugerüst, der Krankenwagen, die beiden Polizeifahrzeuge. Dazu ein paar Schnappschüsse von den Beteiligten. Auch Kaltenbach war auf einem der Bilder zu sehen, als er unter dem Baum saß und Luise beruhigte. »Betroffenheit und Trauer!« hatte Grafmüller das Foto tituliert.

Von einem Mord war noch nichts zu lesen. Anscheinend wollten Polizei und Gerichtsmedizin ganz sicher sein, ehe sie damit an die Öffentlichkeit gingen. Natürlich würde für die meisten Leser feststehen, dass zwei Tote innerhalb weniger Tage kein Zufall sein konnten. Trotzdem war es etwas anderes, wenn es von offizieller Seite bestätigt wurde.

Am späten Vormittag kamen vereinzelt ein paar Kunden. Das Geschäft lief schleppend. Auf den Straßen war kaum jemand unterwegs. Es schien, als habe die Hitze eine schläfrige Trägheit über die Stadt gelegt. Der Wetterbericht versprach wenig Änderung. Erst zum Wochenende hin gab es die vage Aussicht auf ein paar Wolken.

Kaltenbach blieb genügend Zeit zu überlegen, was er in den nächsten Tagen erledigen musste. Er nahm ein Blatt Papier und listete das Wichtigste auf. Noch heute musste er wissen, ob die Bank seine Pläne unterstützte, und ob er Duffner bis zum Wochenende das Geld geben konnte. Dazu das Gespräch mit Onkel Josef, auch wenn sich jetzt die Möglichkeit eröffnet hatte, dass er seine zusätzliche finanzielle Unterstützung nicht brauchen würde. Unter »Duffner« und »Onkel« schrieb er »Wilhelm«. Er mochte den Hund und versorgte ihn gerne. Aber das konnte kein Dauerzustand bleiben. Das Tier brauchte ein Zuhause. Wenn erst die Behörden aufmerksam wurden, blieb für Wilhelm nur der Gang ins Tierheim. Wenn er nicht sogar zuvor von einem übereifrigen Revierförster als Streuner erlegt wurde. Er konnte nur hoffen, dass Schätzle etwas einfiel.

Den Gedanken an einen Arztbesuch verwarf er. Kaltenbach war nie ein großer Arztgänger gewesen. Langes Sitzen im Wartezimmer zusammen mit schweigend vor sich hinstarrenden Kranken, dann ein kurzes Gespräch und ein Rezept für eine Salbe oder Tabletten – das brauchte er alles nicht. Er vertraute auf seine Selbstheilungskräfte. Außerdem fühlte er sich deutlich besser. Die Verletzung spürte er kaum noch.

Es gab noch etwas, das er sich vorgenommen hatte. Das Lied für Luise war immer noch nicht fertig. Er entschuldigte sich im Stillen mit der Feststellung, dass die letzte Woche gänzlich anders verlaufen war, als er es sich vorgestellt hatte. Als Abschiedsgeschenk funktionierte es sowieso nicht mehr, für einen romantischen letzten Abend hatte es keine Gelegenheit gegeben.

Er malte einen stilisierten Notenschlüssel auf das Blatt, als seine Gedanken durch eine Kundin unterbrochen wurden. Sie wünschte sich eine Empfehlung für einen leichten Sommerwein für den Abend auf der Terrasse. Kaltenbach wählte einen Mundinger Rosé und schlug dazu die passende Kühltemperatur vor. Nachdem sie bezahlt hatte, trug er ihr einen Karton bis zum Wagen, den sie am Landratsamt geparkt hatte.

Der kurze Gang nach draußen trieb ihm den Schweiß auf die Stirn. Er mischte sich ein großes Glas kühles Wasser mit Holundersirup und trank es in gierigen Zügen. Dann nahm er sich ein zweites Blatt vor. Er zog von oben nach unten in der Mitte einen Strich, dann schrieb er jeweils als Überschrift den Namen der beiden Toten.

Die Spalte des Bauern füllte sich rasch. Kaltenbach versuchte sich zu erinnern, was ihm seit dem Tag, als er neben dem umgestürzten Traktor gestanden hatte, aufgefallen war. Versicherungsbetrug war sein erster Gedanke gewesen. Genauso rasch war der Verdacht aufgekommen, dass Winterhalter jemandem im Weg gestanden war, der unbedingt das Emmendinger Großprojekt verwirklicht sehen wollte. Dazu kam das verwirrende Rätsel um den Inhalt der Kiste, deren Sicherheit Elisabeth Winterhalter so dringend am Herzen lag. Ging es um den Vertrag, den der Bauer all die Jahre aufbewahrt hatte? Was für Dienste waren es, von denen die Rede war? Welche Bedeutung hatte der Hinweis auf die alliierte Besatzung nach Kriegsende? Und wer waren die beiden jungen Leute auf den Fotos?

Wenn er Glück hatte, würde Elisabeth Winterhalter all diese Fragen beantworten können. Wenn sie es denn wollte.

In der Spalte mit dem Namen »Kienle« standen lediglich zwei Worte: Grundstücke und Hochburgschatz. Kaltenbach musste prüfen, ob die Langenbachers, deren Flurstücke auf der Katasterkarte verzeichnet waren, zur selben Familie gehörten wie Kienles Malecker Ehefrau. Falls ja, war für ihn klar, dass die beiden Morde zusammenhingen.

Doch was war, wenn hinter Kienles »Spinnereien«, wie Keller es genannt hatte, mehr steckte, als alle vermuteten? Jeder Erfolg bringt Neider, jeder Reichtum weckt Gier. Was, wenn Kienle dem sagenhaften Schatz auf der Spur gewesen wäre, wenn er vielleicht schon etwas entdeckt hatte, das mehr war als die unscheinbaren Münzen hinter der Mauer? Hatte Kienle sterben müssen, weil ein anderer die Früchte seiner jahrelangen Suche ernten wollte?

Oder hatten am Ende die beiden Morde doch nichts miteinander zu tun? Dass die zeitliche Nähe einer der verrückten Zufälle war, die man normalerweise nicht für möglich hielt?

Pünktlich um zwölf schloss Kaltenbach den »Weinkeller« zur Mittagspause. Im Thai-Restaurant in der Karl-Friedrich-Straße wählte er eines der Gerichte, die wahlweise mit Gemüse, Fleisch, Hühnchen oder Fisch angeboten wurden. Mit Namen wie Gang Tild Wun Sen, Khao Phad oder Gui Teaw Nam konnte er zwar nichts anfangen, doch zum Glück stand jeweils die Beschreibung dabei. Er liebte den exotischen Duft der Gewürze, der ihn jedes Mal umfing, sobald er das Lokal betrat. Er hatte sogar schon ein paarmal versucht, die Zusammenstellung selbst nachzukochen, doch es war ohne Erfolg geblieben. Seither vertraute er der Originalküche und genoss das leichte bekömmliche Essen, wann immer er Lust darauf hatte.

Trotz der Hitze schlenderte er zur Verdauung ein paar Schritte durch die kleinen Gassen rund um den Schlossplatz. Er entschied sich, den Nachgeschmack des gut gewürzten Essens mit einem Eis zu besänftigen, und reihte sich in eine der beiden Schlangen bei Saviane ein. Die beliebte Eisdiele machte in dieser Sommersaison das Geschäft ihres Lebens. Die Besitzer waren wohl die Einzigen in der Stadt, denen die Hitzewelle gar nicht lange genug dauern konnte. Wie am Fließband gingen pausenlos Eistüten, Eiswaffeln und Eisbecher über die Theke, die wenigen Vierertischchen in der engen Kirchgasse waren hoffnungslos überfüllt. Kaltenbach wählte Mango, Melone und Brombeere. Vorsichtig bugsierte er die dreifach gekrönte Waffel durch den Pulk der Wartenden zurück auf die Straße.

Er lief ein paar Schritte weiter, um dem Trubel aus dem Weg zu gehen. Beim Anblick der dekorativen Schaufenster des Fotostudios gegenüber fielen ihm die beiden Aufnahmen ein, die er in der Kiste gefunden hatte. Er wartete ein paar Minuten, bis er sein Eis gegessen hatte, dann betrat er den Laden.

Der helle Verkaufsraum war angenehm kühl. Eine junge Dame mit modischem Kurzhaarschnitt begrüßte ihn. »Was kann ich für Sie tun?« Ihre Stimme klang freundlich. Kaltenbach tat es fast leid, dass er nichts kaufen wollte. Das charmante Lächeln verführte ihn für einen Moment beinahe dazu, sich neue Passbilder machen zu lassen.

Er räusperte sich. »Ich habe eine Frage und vielleicht können Sie mir weiterhelfen. Es gab doch früher einmal in Emmendingen ein Fotogeschäft Hirsmüller. Wissen Sie etwas darüber?«

Die Frau, die etwa in Luises Alter sein mochte, zeigte sich keineswegs überrascht. »Sie meinen das Fotohaus Hirsmüller? Das ist eine Weile her. Vor meiner Zeit.« Auf ihrer Stirn erschien eine winzige Nachdenkfalte, die nach Kaltenbachs Urteil ausgezeichnet zu ihrem Lächeln passte. »Das Geschäft war damals in der Markgrafenstraße. In den 90er-Jahren mussten sie schließen.«

»Was ist daraus geworden? Gibt es noch Unterlagen aus der Zeit?«

»Das ist gut möglich. Die Stadt hat damals alles übernommen. Ein Jahrhundert Fotogeschichte in Emmendingen. Wir bekommen manchmal ein Dekorationsstück aus dem Fundus. Sehen Sie hier.«

Sie führte Kaltenbach zu einer gut ausgeleuchteten Vitrine zwischen Bilderrahmen und Hochzeitsfotos. In einem geräumigen Plexiglaskubus lag eine Apparatur, die man im Zeitalter von Digitalkameras und Smartphones kaum mehr mit Fotografieren in Verbindung bringen würde.

»Eine Studiokamera aus den 30er-Jahren«, erklärte sie. »Handgesteuerte Blende, Balgen, Drahtfernauslöser, Lichtabdeckung für den Fotografen. Eine andere Zeit.«

»Nicht die schlechteste. Haben Sie vielen Dank.«

»Wenn es Sie interessiert: Das können Sie alles drüben im Museum bewundern.«

»Im Schloss?«

»Ja, gehen Sie einfach um die Ecke, dort ist der Eingang.«

Wenige Schritte später stand Kaltenbach vor dem Eingang zum Emmendinger Stadtmuseum am Schlossplatz. Er ließ seinen Blick über den renovierten Treppenturm nach oben wandern. Schon ein paarmal hatte er sich vorgenommen, sich das Museum anzuschauen. Doch es war wie so oft mit diesen Dingen. Das, was direkt vor den Augen liegt, beachtet man am wenigsten. Irgendwann einmal. Dieser Gedanke hatte ihn den Besuch immer wieder verschieben lassen.

Das Museum war ab 14 Uhr geöffnet, das bedeutete, dass er noch eine Weile warten musste. Er ging zurück in den »Weinkeller«, schaltete den Ventilator ein und streckte sich auf der Liege im Hinterzimmer aus. Das gleichmäßige Surren legte sich über ihn und brachte seine Gedanken zur Ruhe. Kurz darauf war er eingedöst.

Das Klingeln des Handys weckte ihn. Rainer Lange.

»Wenn du willst, kannst du jetzt rüberkommen. Ein Kunde hat abgesagt, ich habe 20 Minuten für dich.«

Kaltenbach überlegte nicht lange. Er sprang auf, warf sich an der Spüle zwei Hände voll Wasser ins Gesicht und fuhr sich vor seinem Wandspiegel durch die Haare. Erst auf dem Weg zum Marktplatz fiel ihm ein, dass er keinerlei Unterlagen dabeihatte. Er konnte nur hoffen, dass es ihm gelang, seine Situation glaubhaft darzustellen. Wenn ja, konnte er die Papiere immer noch nachreichen.

Die dezente Digitaluhr zeigte 13.11 Uhr, als er die Schalterhalle betrat. Um 13.31 Uhr stand er bereits wieder auf der Straße. Der Schock der Mittagshitze nach dem Gespräch in Langes voll klimatisiertem Büro konnte Kaltenbachs Hochstimmung nichts anhaben.

Rainer Lange hatte angesichts Kaltenbachs dünner Eigenkapitaldecke nur kurz mit den Augenbrauen gezuckt. Zu diesem Zeitpunkt hatte er bereits seine Pläne so überzeugend dargelegt, dass der Banker mit der Kreditvergabe einverstanden war. Die jahrelange seriöse Geschäftsführung und die langsam, aber regelmäßig steigenden Umsatzzahlen kamen Kaltenbach ebenso zugute wie sein Geschäftsmodell. Nicht zuletzt die Tatsache, dass Rainer Lange seit Jahren zu den treuen Kunden von »Kaltenbachs Weinkeller« gehörte.

»Ein Laden für Biowein mit regionalem Schwerpunkt, ausgewählte Käse- und Genussspezialitäten – das klingt gut. Das hat Zukunft.« Lange war beeindruckt. »Und ich werde einer der ersten Kunden sein«, fügte er hinzu. »Qualität zahlt sich aus.«

Kaltenbach versprach, die Unterlagen möglichst rasch nachzuliefern. »Und das klappt dann bis zum Wochenende?«

»Ich will sehen, was ich machen kann.«

Natürlich musste Kaltenbach die gute Nachricht sofort loswerden. Karl Duffner hatte wie er normalerweise über Mittag geschlossen. Doch er hatte Glück, im Vorbeigehen sah er, dass sein Kollege im Laden herumhantierte.

»Das freut mich für dich, Lothar.« Per Handschlag wurde das Geschäft besiegelt. Duffner öffnete eine Flasche Sekt, sie stießen an, die Gläser klangen.

»Und ich wünsche dir viel Spaß mit deinem Boot«, erwiderte Kaltenbach die guten Wünsche. »Wie heißt es denn?«

»Sie!«

»Sie?«

»Ein Segelboot muss einen weiblichen Namen haben, das ist alte Tradition.«

»Schön, wie soll sie heißen?«

»Roswitha natürlich. Nach meiner Frau. Bei jedem anderen Namen hätte sie unangenehme Fragen gestellt.«

Kaltenbach lachte und hob erneut sein Glas. »Auf Roswitha!«

»Und auf eine erfolgreiche Zukunft von ›Duffners Weindepot‹!«

Auch Luise war begeistert, als Kaltenbach sie wenig später anrief und die erfreulichen Neuigkeiten verkündete. »Wenn du willst, überlegen wir gemeinsam, wie das Ganze eingerichtet werden soll. Jung, frisch, ansprechend, helle Farben. Kunst. Ideen habe ich genug.«

»Wenn dir dein künftiger Ruhm überhaupt Zeit dafür lässt«, frotzelte Kaltenbach. »Erst Freiburg und Basel, dann Zürich, London. Ist da noch Platz für Emmendingen?«

»Keine Sorge, Lothar.« Luise ließ ihr helles Lachen hören. »Eine Künstlerin findet immer Möglichkeiten. Eine verliebte Künstlerin erst recht. Aber du wirst deutlich weniger Zeit haben. Bis alles umgebaut und eingerichtet ist, dauert es eine Weile. Du wirst Personal brauchen, du musst in beiden Geschäften gleichzeitig sein, neue Aufträge kommen herein. Ob du dann noch genug Zeit hast für deine Hobbys? Für mich? Für die Familie?«

»Keine Sorge, Luise«, imitierte Kaltenbach scherzhaft ihre Antwort. »Auch ein Träumer findet immer Möglichkeiten. Wichtig ist, dass es jetzt anfängt. Alle andere wird sich zeigen. Und wenn wir beide aufpassen, wird auch nichts schiefgehen. Mit uns, meine ich.«

»Das wünsche ich mir. Ich werde dich nicht enttäuschen.«

»Ich dich auch nicht.« Kaltenbach schluckte. Er spürte, wie sehr er diese Frau liebte. »Kommst du heute Abend?«

»Wie wäre es, wenn ...« Luise zögerte. »Es tut mir gerade gut, zu Hause zu sein. Die Tage beim Dreh waren anstrengender, als ich dachte. Dazu die Aufregungen in Basel, der Tote auf der Hochburg. Ich muss wieder zu mir kommen. Wenn du willst ...«

»Natürlich will ich. Ich komme, heute Abend.«

KAPITEL 25

Das Fotomuseum Hirsmüller im 2. Stock des ehemaligen Schlosses war Teil der Ausstellung des Emmendinger Stadtmuseums und umfasste zu Kaltenbachs Erstaunen mehrere Räume. Er war der einzige Besucher und wurde entsprechend empfangen. Die ältere Dame an der Kasse war sichtlich angetan von seinem Interesse.

»Ja, es stimmt. Die Stadt hat damals alles übernommen«, bestätigte sie. »Ein Glücksfall. Sonst wären die besten Stücke verkauft und der Rest wahrscheinlich weggeschmissen worden.«

Kaltenbach kam aus dem Staunen nicht heraus. Was er hier sah, kannte er nur aus alten Filmen und Büchern. Es gab Fotoapparate in verschiedensten Größen, Formen und Erhaltungsstufen, dazu Scheinwerfer, Belichtungsmesser, Blitzvorrichtungen und hölzerne Stative in allen erdenklichen Ausführungen. Ringsum an den Wänden gab es keine freie Stelle. Überall hingen sauber gerahmte Schwarz-Weiß-Fotos, fast ausschließlich Porträt- oder Gruppenaufnahmen aus einer Zeit, in der ein solches Bild denselben Stellenwert hatte wie ein aufwendiges Ölgemälde.

In einem zweiten Raum standen Tische mit seltsamen Apparaten, großen Holz- und Plastikwannen, Dosen und Filmspulen. Quer durch den Raum hingen Fotos mit Klammern wie an einer Wäscheleine. Es roch nach Chemie.

»Die Dunkelkammer. Es ist alles authentisch. Wir haben versucht, dem Original aus den 30er-Jahren möglichst nahezukommen«, erklärte die Dame stolz. »Fotografieren war damals noch ein echtes Handwerk. Und ein aufwendiges dazu.«

Kaltenbach betrachtete staunend Negative, Filmrollen, Fotopapiere und Behälter mit seltsam klingenden Aufschriften wie »Entwickler« und »Fixierbad«. Aus ältester Zeit stammten zerbrechlich wirkende Glasplatten, die in einem besonderen, von hinten beleuchteten Rahmen ausgestellt waren. Es war unglaublich, in welch kurzer Zeit sich alles verändert hatte. Die Digitalisierung hatte die traditionelle Fotografie innerhalb von einer Generation so gut wie zum Erliegen gebracht.

Kaltenbach hätte den ganzen Nachmittag in den beiden Räumen verbringen können. Doch sein Laden wartete, er konnte sich nicht zu lange aufhalten.

»Sie sagen, die Stadt habe damals das komplette Inventar bekommen. Gibt es auch ein Archiv? Die Hirsmüllers haben doch bestimmt Aufnahmen aufbewahrt, für Nachbestellungen zum Beispiel.«

Die Dame wies auf die schweren Holzschränke, die zwei ganze Seiten eines der Räume einnahmen. »Wir haben hier das Archiv mit dem gesamten Bestand der Negative und Kontrollabzüge, dazu die Rechnungen, Quittungen, Adressen.«

»Die Auftraggeber? Seit wann?«

»Da müsste ich nachsehen. Aber ich meine, das meiste geht bis ins 19. Jahrhundert.« Wieder schwang Stolz in ihrer Stimme mit. »Das Fotohaus wurde 1863 gegründet.«

Kaltenbach entschloss sich, aufs Ganze zu gehen. »Könnte ich mir so ein Buch einmal ansehen? Vielleicht finde ich den Namen meiner Großeltern.«

Die Dame sah ihn prüfend an. »Normalerweise machen wir das nicht.« Sie wiegte den Kopf, dann nickte sie. »Aber ich denke, ich kann einmal eine Ausnahme machen.«

»1945 wäre interessant. Haben Sie das?«

Ohne zu antworten, schloss die Dame einen der Schränke auf und öffnete die Türen. Kaltenbach staunte noch mehr als zuvor. Wie in einem Antiquariat standen unzählige großformatige Bücher eng aneinander auf mehreren Regalbrettern. Alle waren nummeriert und trugen Jahreszahlen auf dem Rücken.

Sie stieg auf eine zweistufige Trittleiter und nahm aus der oberen Reihe einen Band heraus. »1945. Es gibt nur diesen. Von anderen Jahren hat es mehr, manchmal drei oder vier. 1945 hatten die Menschen wahrscheinlich andere Sorgen.« Sie legte den schmalen Band auf einen der Tische.

»Wahrscheinlich.« Kaltenbach bewunderte den marmorierten Deckel, dann blätterte er langsam durch die eng beschriebenen Seiten. Jeder Eintrag umfasste einen Kundennamen, den Tag der Aufnahme und das Abholdatum. Dazu die Größe des Fotos, die Anzahl der Abzüge und der Preis. In der letzten Spalte war aufgeführt, wen das Motiv darstellte.

»Es gibt auch eine Kundendatei«, meinte die Dame eifrig. Sie schien immer noch überaus angetan von der Wertschätzung, die ihr Besucher den Exponaten entgegenbrachte. Sie zog eine der Schubladen unter den Regalen auf und öffnete den Deckel einer Holzkiste. »Karteikarten«, lächelte sie. »Das kennen heute noch die Wenigsten. Jetzt wird ja alles mit Computern gemacht«, meinte sie mit leicht bedauerndem Unterton.

Die Karteikarten waren postkartengroß und mit Reitern alphabetisch geordnet. Unter »W« fand Kaltenbach nicht weniger als fünfmal den Namen Winterhalter. Für 1945 gab es einen Eintrag im Auftragsbuch.

Karl Winterhalter, der Großvater des Kirchmattbauern, hatte im Januar zwei Aufnahmen machen lassen, ein Familienfoto mit zwei Abzügen und ein Porträt von Martha Winterhalter, der Beschreibung nach seine Tochter.

Kaltenbach spürte, wie die Spannung in ihm stieg. Jetzt brauchte er nur noch den Abzug, um Gewissheit zu bekommen. Eine weitere Schublade wurde geöffnet, in der dicht an dicht Hunderte von Papierkuverts steckten. Auch hier war alles akkurat geordnet und beschriftet.

»Das haben wir gleich.« Die Dame blätterte mit flinken Fingern durch die Umschläge. »Hier: Winterhalter. Zwei Abzüge mit Negativen.«

Kaltenbachs Finger zitterten leicht, als er die Bilder herauszog. Es waren typische Atelierfotos der damaligen Zeit. Schwarz-weiß vor neutralem Hintergrund, die Personen sauber gekleidet, achtsam frisiert und vom Fotografen zu ernstem Blick aufgefordert. Stilisierte Momentaufnahmen für die Ewigkeit, neutral.

Auf dem Familienbild hatte die Mutter die Haare zu einem Dutt zusammengesteckt, der Vater trug eine Fliege, die Tochter eine Bluse mit Rüschen. Ihr hatten die Eltern ein eigenes Porträtfoto zum Geburtstag spendiert. Kaltenbach betrachtete es und hatte endlich Gewissheit. Das Bild, das er in der Hand hielt, war eine identische Kopie des Fotos aus der Liebeskiste.

»Ist es das, was Sie gesucht haben?«

Die Stimme der Museumsaufseherin riss ihn aus seinen Gedanken. Er nickte und steckte die beiden Bilder zurück in den Umschlag. »Sehr schön, danke.«

»Wenn Sie wollen, können Sie Kopien bekommen. Allerdings nicht gleich«, fügte sie rasch hinzu, »da müssten Sie zuerst einen Antrag ausfüllen.«

»Ich überlege es mir.«

Sie notierte die Nummern der Fotos auf einen Notizzettel. »Hier sind die Daten. Ich gebe Ihnen gleich ein Antragsformular mit. Sie sind doch ein Verwandter, oder?«

»Nicht direkt. Wie gesagt, ich überlege es mir.«

»Wenn Sie kein Verwandter sind, müssen Sie einen Zusatzantrag ausfüllen. Wegen dem Datenschutz, wissen Sie.« Ihr freundlicher Blick bekam eine leicht misstrauische Färbung. »Dann müssten Sie ein berechtigtes Interesse nachweisen.«

Kaltenbach verzichtete darauf nachzufragen, was das bedeuten konnte. Er steckte beide Formblätter ein, bedankte sich noch einmal und verabschiedete sich.

»Sie können die Anträge auch in den Briefkasten werfen«, rief sie hinter ihm her, als er bereits wieder auf der Treppe nach unten war. »Oder an die Stadt schicken. Fachbereich 4, Familie, Kultur und Stadtmarketing.«

Auf dem Rückweg zum Laden übte sich Kaltenbach im Kopfrechnen. Die junge Frau auf dem Foto mochte zur Zeit der Aufnahme um die 20 gewesen sein. Wenn überhaupt. Sie wäre dann heute über 90 und konnte noch am Leben sein. Der tote Kirchmattbauer hatte das Foto nicht ohne Grund aufbewahrt. Die ernst dreinblickende junge Frau war mit ziemlicher Sicherheit Franz Winterhalters Mutter, das Ehepaar seine Großeltern.

In Kaltenbachs Hochgefühl über seine Entdeckung mischte sich Enttäuschung. Es sah fast so aus, als sei der Inhalt der Kiste, die er aus den Trümmern des Hofhauses geborgen hatte, nichts weiter als eine Sammlung von Familienerbstücken. Aus den Trümmern ihrer Existenz wollte Elisabeth Winterhalter lediglich ihre Erinnerungen retten. Für den übrigen Inhalt würden sich einfache Erklärungen finden – für die Zeitungsausschnitte, die Karte und den Vertrag. Für Ring und Blumen sowieso.

Eines blieb unbeantwortet. Kaltenbach hatte jemanden überrascht, der ebenfalls nach der Kiste gesucht hatte. Es gab also neben Elisabeth Winterhalter noch jemanden, der von deren Existenz wusste. War es ihr Sohn, der verkrachte Landmaschinenhändler aus dem Glottertal? Hatte Wilhelm ihn gestellt, als er es ein zweites Mal versucht hatte?

Wenn es harmlos war, warum lief das Ganze dann nicht gütlich ab? Warum hatte der Unbekannte ihn niedergeschlagen? Die Vermutung lag nahe, dass er es wieder versuchen würde. Vielleicht bei Elisabeth Winterhalter im

Krankenhaus? Vielleicht sogar bei Kaltenbach zu Hause, wenn er beobachtet worden war?

Kaltenbach hatte die feste Ahnung, dass er diese Spur weiterverfolgen musste. Der Tod des Kirchmattbauern, der Brand, der Sturz auf der Hochburg – es gab gleichzeitig so viele Zusammenhänge und Widersprüche, dass er alle Möglichkeiten im Auge behalten musste.

Der einfachste Weg, zumindest über die Kiste Klarheit zu bekommen, war es, Elisabeth Winterhalter zu fragen. Wenn sie ihn denn ins Vertrauen zog.

Im Laufe des Nachmittags musste Kaltenbach mehrere Versuche starten, ehe er Schätzle erreichte. Es sah tatsächlich so aus, als sei der Ortsvorsteher den ganzen Tag über beschäftigt. Das Waldfest war seit vielen Jahren einer der jährlichen Höhepunkte des Dorflebens, dem alles andere untergeordnet wurde.

»Ein paar Minuten am Telefon wirst du mir doch wohl gönnen!«, bat Kaltenbach, nachdem er merkte, dass aus einem Treffen heute nichts mehr werden würde. »Ich will nur eines wissen: Dem Kirchmattbauern gehörten die wichtigsten Grundstücke. Aber was ist mit den Langenbachers? Ohne deren Zustimmung würde auch nichts laufen.«

»Das stimmt. Soviel ich weiß, hätten die verkauft. Oder zumindest verpachtet. Obwohl der Kienle …« Schätzle unterbrach sich und stieß einen leisen Pfiff aus. »Jetzt verstehe ich, was du meinst! Der Kienle ist ja sozusagen Miteigentümer. Das wäre der Hammer!«

»Wieso Miteigentümer? Sein Name steht nirgends. Außer vielleicht auf der Windenreuter Gemarkung, aber das weiß ich nicht.«

»Der alte Langenbacher – Gott habe ihn selig – hat seine

Äcker unter seinen Kindern aufgeteilt. Die sollten das unter sich ausmachen. Und Kienles Frau gehört natürlich auch dazu.«

»Aber warum steht dann nicht ›Kienle‹ im Kataster?«

»Was weiß ich? Schlamperei? Nach der Heirat vergessen umzubenennen? Keine Ahnung. Manche der Verzeichnisse sind veraltet. Das kann schon mal vorkommen.«

»Und du bist dir ganz sicher? Vielleicht haben ihr die Geschwister die Grundstücke abgekauft?«

»Ganz sicher. Das weiß auch jeder hier im Dorf. Es war nicht jedem recht, dass Malecker Eigentum an einen Ortsfremden ging. Manche haben sogar Witze darüber gemacht. Den ›Windenreuter Wasserkönig‹ haben sie den Kienle genannt.«

»Wieso ›Wasserkönig‹?«

»Wegen der Wasserleitung durch den Berg. Von Maleck nach Emmendingen. Aber das kann ich dir jetzt nicht auf die Schnelle erklären. Ich muss sowieso los, bin schon viel zu spät. Komm doch morgen früh vorbei, dann zeige ich es dir, wenn du willst.«

»Wie früh ist ›früh‹?«

»Um sieben. Du kriegst einen Kaffee, dann machen wir einen Morgenspaziergang.«

Kaltenbach traute seinen Ohren nicht. Um diese Zeit hätte er Schätzle noch im Bett vermutet. »Und du hast dann bessere Laune als heute Morgen?«

»Ich bin immer gut gelaunt«, knurrte Schätzle. »Das täuscht nur manchmal.« Er legte auf.

Kaltenbach ließ sich in den Sessel fallen. Mit einem Mal war der Nebel weggezogen. Seine Ahnung hatte ihn nicht getrogen. Franz Winterhalter und Oskar Kienle waren beide ermordet worden. Bei beiden hatte es zunächst wie ein Unfall ausgesehen. Und beide waren im Besitz der wichtigsten Grundstücke für das Großprojekt. Jeder Fernsehkommissar würde sich für ein solches Motiv die Hände reiben.

Sofort schossen Kaltenbach neue Fragen durch den Kopf. Der Täter musste jemand sein, der die Besitzverhältnisse gut kannte. Er musste wissen, dass beide sich gegen einen Verkauf gewehrt hatten. Und es musste jemand sein, der davon profitierte, dass das Jahrhundertgeschäft zustande kam. Vielleicht auch jemand, der viel zu verlieren hatte, wenn nicht. Ob der Investor selbst als Täter infrage kam? Gehörte er zu den skrupellosen Geschäftsleuten, die bereit waren, buchstäblich über Leichen zu gehen?

Kaltenbach wurde mit einem Mal klar, dass er über den Mann im Hintergrund so gut wie gar nichts wusste außer dem, was bisher in der Zeitung stand und was die Stadt bei der Vorstellung des Projekts mitgeteilt hatte. Er musste mehr darüber erfahren, am besten sofort.

Normalerweise verbot sich Kaltenbach strikt, während der Geschäftszeiten im Internet zu surfen. Doch im Moment war wenig los, und er musste sich unbedingt Klarheit verschaffen. Die Suche führte ihn zum Webauftritt der Altstätter-KG. Die Firmenhistorie führte auf, dass Dr. Klaus Altstätter, der jetzige Alleininhaber, die Geschicke in der vierten Generation leitete. Sein Urgroßvater hatte mit einem kleinen Hotel am Titisee angefangen, seine Nachfolger hatten den Besitz Stück für Stück ausgebaut. Heute betrieb Altstätter mehrere Hotels und Wellnesseinrichtungen, zwei Golfplätze, einen modernen Badetempel und ein Fünfsternerestaurant im Nordschwarzwald. Dazu hatte er Beteiligungen an diversen Spielkasinos, Kurhotels und einem Freizeitpark im Elsass. Alles machte einen modernen und seriösen Eindruck.

Und jetzt wollte Altstätter am ganz großen Rad drehen. Über den Firmeninhaber selbst fand Kaltenbach nur spärliche Informationen. Jurastudium, dazu Betriebswirtschaft, 54 Jahre alt, seit 15 Jahren verheiratet, zwei Kinder. Keine weiteren persönlichen Angaben. Auf dem Foto sah Altstätter aus, wie man sich einen modernen Geschäftsmann vorstellt – gut gekleidet, braun gebrannt, konservative Frisur, modische Brille. Dazu ein Blick, der sowohl vertrauenerweckend als auch zielstrebig erscheinen wollte.

Mehr war nicht zu finden. Kaltenbach öffnete ein paar der Altstätterschen Unternehmungen. Doch auch hier beschränkten sich die Informationen auf das unverfänglich Geschäftsmäßige. Weiterführende Links brachten ihn jedes Mal wieder zurück auf die Ursprungsseite. Kaltenbach betrachtete Altstätters Foto. Sah so jemand aus, der bereit war, für seine Ziele Verbrechen zu begehen? Zwei Morde?

Kaltenbach fuhr den Rechner wieder herunter. Er konnte Grafmüller fragen. Der Redakteur hatte bestimmt ein Dossier angelegt, aus dem sich das Bild vervollständigen ließ. Auch Schätzle wusste immer etwas. Schließlich entschied er sich, Walter Mack anzurufen. Sein Freund und Musikerkollege war zwar alles andere als neutral. Doch er hatte einen scharfen Blick, außerdem konnte er Menschen gut einschätzen. Wenn es dunkle Seiten in Altstätters Biografie gab, hatte er sie bestimmt bereits herausgefunden.

Gerade, als er zum Hörer greifen wollte, kam Kundschaft in den Laden. Die Erste kannte er, sie war Mitarbeiterin eines Reisebüros am Marktplatz und kam unregelmäßig vorbei. Dieses Mal nahm sie eine 6er-Kiste

Kaiserstühler Silvaner mit. »Wir grillen heute Abend. Ich habe ein paar Leute eingeladen!«, sagte sie.

Kaltenbach bestätigte die Wahl und wünschte viel Erfolg. »Regnen wird es wohl nicht«, meinte er scherzhaft.

Der zweite Besucher, ein Mann im mittleren Alter, in dem er einen Studienrat vermutete, erklärte gleich, dass er sich nur umschauen wollte. Die Nur-mal-schauen-Kunden mochte Kaltenbach nicht besonders. Zu oft hatte er sich über die ärgern müssen, die Flaschen herauszogen, Etiketten studierten, über zu hohe Preise grummelten und am Ende ohne etwas zu kaufen zum nächsten Supermarkt um die Ecke gingen, um 2,50 Euro zu sparen.

Kaltenbach seufzte. Der Kunde war König. Also fügte er sich und behielt ihn aus der Entfernung im Auge. Nach zehn Minuten verließ der Mann mit zu dem erwartenden Kommentar »Ich überlege es mir noch« wieder den Laden.

Heute verschwendete Kaltenbach keine Zeit an negative Gedanken. Kaum war er wieder alleine, rief er Walter an.

»Du willst bestimmt wissen, was ich mir ausgedacht habe!« Wie immer wurde er grußlos empfangen, und Walter kam ohne Umschweife zur Sache. Kaltenbach kannte das zur Genüge. Er wusste, dass er ihn zuerst zu Wort kommen lassen musste.

»Also, pass auf: Ich dachte an das gute alte Anketten. Es sind zwar noch keine Rodungen oder Erdarbeiten in Sicht. Aber der Effekt ist trotzdem gut. Ich stecke den Grundriss des geplanten Golfhotels mit Flatterbändern ab, dann klettere ich auf die alte Eiche, die dort steht. An den Ast angekettet, dazu Hungerstreik für drei Tage. Der Eichenstamm wird rot angemalt. Lebensmittelfarbe als Blut, verstehst du? ›Unsere Heimat blutet für den Profit!‹ Gut, nicht wahr? Dazu natürlich Plakate, Handzettel, eine kleine Straßensperre. Das volle Programm. Grafmüller ist schon informiert. Wenn es klappt, bringt er ein paar Kollegen aus Freiburg mit.«

»Klingt gut.« Kaltenbach war beeindruckt vom Tatendrang des Altachtundsechzigers. Auch wenn es nicht viel nützen würde. Die guten alten Revoluzzerzeiten waren vorbei, die Entscheidungen wurden woanders getroffen. »Aber das mit dem Blut würde ich mir überlegen. Klingt pietätlos, jedenfalls im Moment.«

»Jetzt fang du nicht auch noch damit an!« Walter wurde laut. »Ich streite mich schon mit Regina deswegen. Pietätlos! Geschmacklos! Und was ist das, was der Altstätter vorhat? Kannst du mir das sagen? Fällt dir da ein besseres Wort dafür ein?«

Kaltenbach wusste, dass es wenig Sinn machte, mit Walter zu streiten. Sein Freund war ein in unzähligen Diskussionen geschulter Dialektiker, bei dem er regelmäßig den Kürzeren zog. Gut, dass Regina, die beste Ehefrau von allen, wie er sie liebevoll nannte, ihn immer wieder auf den Boden zurückholte. Sie ließ ihn an der langen Leine, doch sie hatte ein gutes Gespür, wann sie ihn zurückhalten musste.

»Apropos Altstätter«, hakte Kaltenbach ein. »Wegen ihm rufe ich an. Ich brauche deine Einschätzung. Was ist das für einer? Traust du dem zu, seine Gegner mit Gewalt aus dem Weg zu räumen?«

Als Antwort folgte eine Schimpftirade über den Raubtierkapitalismus im Allgemeinen und über skrupellose Bauunternehmer im Besonderen. Kaltenbach ließ ihn ausreden, dann wiederholte er seine Frage. »Traust du ihm einen Mord zu? Du hast doch eine gute Menschenkenntnis.«

Das war nicht einmal übertrieben. Walter neigte zwar zu emotionalen Ausbrüchen, doch unter seiner ruppigen Schale steckte der tief verwurzelte Glaube an eine gerechtere und bessere Welt.

»So einem wie dem traue ich grundsätzlich alles zu!«, betonte er. Dann fuhr er etwas ruhiger fort. »Ein Mord ist eine üble Sache. Ganz übel. Der Altstätter? Ich weiß nicht. Er ist ein knallharter Geschäftsmann. Aber jemanden umbringen? Das glaube ich nicht. Die Finger macht der sich nicht schmutzig. Wenn schon, überlässt er das den anderen.«

»Du meinst, er hat Druck auf seine Leute ausgeübt?«

»Mit Sicherheit! Schau dir doch mal seine Schranzen an, die er mit der Stadt und den Grundeigentümern verhandeln lässt! Oder den, den er in der Maja auf die Bühne gesetzt hat. Den Typen traue ich vorne und hinten nicht. Nette Versprechungen auf den Lippen und unter der Kutte das Messer wetzen!«

»Du hast doch bestimmt einiges über den Altstätter recherchiert. Hast du etwas Auffälliges entdeckt? Ähnliche Situationen, bei denen es Unfälle gab? Oder sonst etwas Schlimmes?«

»Bisher nicht«, musste Walter zugeben. »Er geht jedes Projekt anders an, stellt sich voll ein auf das, was er am Ort vorfindet. Entsprechend wählt er dann seine Helfer. Sein eigentlicher Mitarbeiterstab ist überschaubar. Hat mich überrascht. Anwalt, Anlageberater, sein Büro natürlich. Die anderen kommen dann jeweils dazu. Begehrte Aufträge übrigens, Altstätter zahlt sehr gut. Immer in Abhängigkeit von dem Gewinn, der dann erzielt wird. Da hängen sich diese Leute natürlich voll rein. Aber warum willst du das alles wissen?«, wechselte er plötzlich das Thema. »Mit

Worten ist dem nicht beizukommen. Mit Taten schon! Am Wochenende steigt die Aktion. Ich zähle auf dich!«

»Okay, wir hören voneinander. Und vielen Dank.«

KAPITEL 26

Gegen 17 Uhr stand Luise in der Tür von »Kaltenbachs Weinkeller«.

»Überraschung!«, strahlte sie. »In Freiburg ging alles schneller, als ich dachte. Und hier bin ich!« Sie umarmten sich zur Begrüßung. »Ich brauche dringend etwas zu trinken. In Emmendingen ist es ja noch heißer als in St. Georgen.«

Kaltenbach freute sich. Es kam selten genug vor, dass Luise im Laden war. Er mischte für sie beide seinen Holundersirupschorle-Spezial und kippte ein paar Eiswürfel dazu.

»Ich war sogar schon in Maleck, die Kiste holen und Wilhelm füttern. Wir können gleich nachher ins Krankenhaus fahren. Ich bin sehr gespannt.«

»Ich auch.«

Sie stießen an. Im Laden war kein Besucher, daher hatte Kaltenbach Zeit, von seinem Gang ins Museum zu berichten.

»Ich habe so etwas vermutet«, meinte Luise. »Das ist Elisabeths Großmutter, bestimmt. Und der junge Mann könnte ihr Bruder sein.«

»Glaubst du? Aber warum ist er dann nicht auf dem Familienfoto?«

»Anfang 1945 war er vielleicht an der Front. Oder er ist gefallen.«

»Dann wäre die Kappe eine Art Ausgehmütze von der Wehrmacht. Hatten die das überhaupt? Ich dachte, die hatten Schiffchen oder so ähnlich.«

»Wir werden es erfahren.«

Die nächste Viertelstunde erzählte Luise von ihrem Besuch in Basel. Kaltenbach unterbrach sie nicht. Er war beruhigt zu sehen, dass sie das traumatische Erlebnis auf der Hochburg anscheinend überwunden hatte. Statt in dumpfe Gedanken zu versinken, schwebte Luise auf Wolke Sieben.

»Stell dir vor, die Galerie ist direkt in der Altstadt, ganz in der Nähe des Barfüsserplatzes. Wunderbare alte Häuser, romantische Gässchen, sündhaft teure Läden. Die Räume sind nicht sonderlich groß, aber sehr ansprechend. Eine gelungene Kombination aus Tradition und Moderne. Und die Ausleuchtung, so etwas habe ich noch nicht gesehen! Meine Plastiken werden in dem Licht scheinen, wie ich sie mir immer vorgestellt habe. Da kannst du dir Anregungen für deinen künftigen Laden holen. Glückwunsch übrigens!«

Kaltenbach lächelte und nickte. »Es hat alles gepasst. Morgen kann ich unterschreiben, und Duffner kriegt sein Geld rechtzeitig. Der Wermutstropfen heißt Josef Kaltenbach.«

»Warum denn? Was kann er dagegen haben?«

»Viel. Er beäugt immer ganz genau, wie ich das Geschäft führe. Und mit Bio hat er nichts am Hut. Leider. Alles wird so gemacht, wie es schon immer gemacht wurde. Wie es sein Vater gemacht hat und sein Großvater.«

»Dann überzeuge ihn!«

Kaltenbach schüttelte den Kopf. »Das ist aussichtslos. Wenn er von sich aus auf etwas kommt, steht er voll dahinter. Wer ihn überreden will, prallt an ihm ab. Ein ausgeprägter Kaiserstuhl-Kaltenbach eben.«

»Einen Versuch ist es trotzdem wert. Mir fällt schon etwas ein. Außerdem hast du ja jetzt beste Karten.«

»Wieso?«

»Selbst wenn er dir den Kopf abreißt oder dich enterbt oder sonst etwas Schlimmes – mit ›Duffners Weindepot‹ hast du ab sofort deinen eigenen Laden. Dann kann dein Onkel bruttlen, wie er will. Außerdem glaube ich kaum, dass er so ohne Weiteres auf ›Kaltenbachs Weinkeller‹ verzichten würde. Er weiß schon, was er an dir hat.«

Kaltenbach schwieg. Von dieser Seite her hatte er das Ganze bisher noch nicht betrachtet. Was Luise sagte, klang plausibel und einigermaßen beruhigend. Auch wenn es schwieriger werden würde, den Weinhändler Kaltenbach würde es auch in Zukunft geben.

»Hast du an Blumen gedacht?«, fragte Luise unvermittelt.

»Wie – Blumen?«

»Für Elisabeth Winterhalter. Bei einem Krankenbesuch bringt man Blumen mit.«

Kaltenbach dachte an den Notstrauß vom letzten Mal. »Sie soll keine Blumen im Zimmer haben. Eine Vorsichtsmaßnahme wegen der Atemwege, meinte die Krankenschwester.«

»Dann eben etwas anderes. Einen Prosecco zum Beispiel. So etwas mögen Frauen immer. Oder diese tollen Pralinen, die du von Frau Kölblin bekommen hast.«

Kaltenbach grinste. Bei ihrem letzten Besuch in Maleck hatte Luise die ganze Packung alleine gegessen.

»Die sind doch aus dem Café da drüben? Weißt du was, ich hole ein paar.«

Fünf Minuten später kam sie mit zwei liebevoll verschnürten Tütchen zurück.

»Zwei?«

»Eines für die Kranke, eines für uns. Später.«

Obwohl es nur ein paar Hundert Meter waren, hatten beide keine Lust, bei der Hitze den steilen Weg die Gartenstraße hoch zum Krankenhaus zu laufen. Denselben Gedanken hatten anscheinend noch mehr Besucher, denn in der Tiefgarage, vor dem Eingang und entlang der Straße waren alle Parkplätze belegt. Am Waldrand unterhalb des Vogelsangspielplatzes fanden sie mit Glück eine halb legale Lücke.

»Wir können nur hoffen, dass die städtischen Ordnungshüter ihren Tatendrang bei dem Wetter nicht übertreiben«, meinte Kaltenbach. Er war erleichtert, als er an der Pforte erfuhr, dass Elisabeth Winterhalter auf Station lag und dass man sie besuchen konnte.

Die Tochter des Kirchmattbauern war nicht wiederzuerkennen. Sie saß aufrecht im Bett und legte die Zeitschrift beiseite, in der sie geblättert hatte. Sie freute sich, als sie Kaltenbach erkannte, und streckte ihm die Hand zur Begrüßung entgegen.

Ihre fahle Gesichtsfarbe war einem rosigen Teint gewichen, die Pflaster waren bis auf ein kleines an der Schläfe verschwunden. Ihre Haare waren frisch gewaschen und einigermaßen frisiert. Selbst die Bandagen an den Armen wirkten nicht mehr so bedrohlich wie beim letzten Besuch.

»Händeschütteln klappt noch nicht so recht«, entschuldigte sie sich.

Kaltenbach berührte sie zur Begrüßung vorsichtig mit den Fingern am Arm. Gleichzeitig stellte er Luise vor.

»Geht es besser?«, fragte er.

»Das Gift hatte mir noch einmal den Kreislauf zusammengehauen. Zum Glück haben sie das in den Griff bekommen. Seither geht es mir ganz gut. Ich habe sogar Hunger! Die Abendmahlzeit habe ich vollständig aufgegessen, zum ersten Mal seit Tagen«, lächelte sie.

»Dann haben wir hier einen kleinen Nachtisch.« Er zog die Pralinen heraus und stellte sie auf den Beistelltisch. »Am besten gleich essen, ehe sie zerschmelzen.«

»Wunderbar!« Ihre Augen leuchteten. Trotzdem wandte sie den Blick gleich wieder zu ihm. Er wusste, dass sie auf etwas anderes wartete. »Hast du sie?«

Kaltenbach löste die Kiste aus ihrer Umhüllung und stellte sie auf den Bettrand. »Hier, bitte! Heil und unversehrt!«

Langsam streckte Elisabeth Winterhalter die Hände aus und fasste sie an beiden Seiten. Kaltenbach meinte, ein feuchtes Glitzern in ihren Augen zu sehen. »Ihr wisst nicht, was das für mich bedeutet.« Langsam, fast feierlich nahm sie Stück für Stück heraus und legte es auf die Bettdecke. »Es ist alles da. Sogar die kleine Blume!«

»Ich habe mir den Inhalt angesehen«, meinte Kaltenbach entschuldigend, »ich wusste nicht genau, aber ...«

»Ja, ich hatte dich gebeten, dich darum zu kümmern. Du wirst einiges herausgefunden haben. Das ist gut so, und ich danke dir dafür. Euch beiden. Denn es hätte auch sein können, dass ich den Brand nicht überlebe.« Elisabeth Winterhalters Blick war voller Wärme. Als ob ich ihr Kind gerettet hätte, schoss es Kaltenbach durch den Kopf. Als ob die Kiste ein Stück von ihr wäre.

»Jetzt nehmt euch einen Stuhl. Ich werde euch eine Geschichte erzählen. Aber zuerst muss ich etwas trinken.«

Kaltenbach schenkte ihr ein Glas Wasser ein und half ihr, es an den Mund zu führen. Dann setzte er sich.

»Mein Vater war anders, als alle ihn gesehen haben. Ganz anders. Ich weiß, dass er als Außenseiter galt. Aber das war Fassade. Das war seine Art, mit den Dingen umzugehen, die er nicht ändern konnte. Mir gegenüber war er immer warmherzig, gütig und verständnisvoll. Der beste Vater, den ich mir wünschen konnte! Es ist tragisch, dass er umkommen musste. Ausgerechnet jetzt.«

Sie nahm das Foto der jungen Frau, dessen Kopie Kaltenbach im Fotomuseum in der Hand gehalten hatte. »Martha Winterhalter. Seine Mutter. Meine Großmutter. Sie war 17 damals.«

»Als das Bild aufgenommen wurde?«

»Sie hat mir davon erzählt, als ich klein war. Es war ein Festtag. Alle hatten sich herausgeputzt, dann sind sie mit dem Traktor runter in die Stadt gefahren. Mittags waren sie wieder zurück, dann wurde wieder auf dem Hof gearbeitet. Damals hatten sie noch Vieh.«

»Und das zweite Foto?«

Elisabeth Winterhalter strich vorsichtig mit den bandagierten Fingern über die zerknitterte Aufnahme. »Das ist Jean aus Bordeaux. Dieses Bild ist alles, was von ihm übrig geblieben ist.«

Kaltenbach spürte, wie sich plötzlich die Dinge klärten. »Ein Franzose! Ist er im Krieg umgekommen?«

»Nein, der Krieg war schon vorbei. Meine Großmutter hat lange nicht von ihm gesprochen, erst als sie kurz vor ihrem Tod stand. Aber da war es zu spät, mehr habe ich zunächst nicht erfahren. Vater hat mir später alles erzählt, was er wusste. Er hat lange mit sich gekämpft, bis er sich entschieden hat, nicht länger zu schweigen. Vielleicht hätte er es lassen sollen.« Sie wandte den Kopf und sah Kaltenbach und Luise lange an. Dann fuhr sie fort. »Er hat gespürt, dass er nicht mehr lange zu leben hatte. Er war 72 und nicht gesund. ›Elisabeth, ich kann so nicht gehen‹, hat er gesagt. ›Du sollst alles erfahren. Das Dorf soll alles erfahren. Die Ehre der Winterhalters soll wiederhergestellt werden.‹«

»Aber was hatte der junge Mann mit eurer Familie zu tun?«

»Sehr viel. Er war mein Großvater.«

Für einen Moment war es so still, dass er das leise Ticken der Wanduhr hörte. Aus dem Nachbarbett am Zimmereingang tönten zarte Schnarchgeräusche. Kaltenbach hielt den Atem an. Er fühlte, wie die Gedanken in ihm emporschossen, wie Antworten zerplatzten und sich neue Fragen auftürmten.

Luise brach den Bann. »Das heißt, Jean war der Mann Ihrer Großmutter? Ein Franzose? War das nicht außergewöhnlich zu jener Zeit?«

»Er war ihr Mann und durfte es doch nicht sein.« Sie schüttelte langsam den Kopf. »Es waren schreckliche Zeiten damals.«

Kaltenbach gab sich einen Ruck. »Den Ring hat er ihr geschenkt, oder? Und die Mütze mit dem seltsamen Abzeichen gehörte ihm?«

Ihr Gespräch wurde durch die Nachtschwester unterbrochen, die zur Tür hereinkam und einen Plastikbecher mit Tabletten auf den Tisch stellte. »Die sind für heute Abend und heute Nacht, Frau Winterhalter. Ich komme dann später noch einmal zur Sauerstoffdusche. Heute werden Sie bestimmt gut schlafen. Und: trinken nicht vergessen! Ich hole Ihnen noch eine Flasche Wasser.«

Elisabeth Winterhalter schluckte die Tabletten auf einmal hinunter. »Danke, Schwester. Was meinen Sie, wann darf ich raus?«

»Morgen früh bei der Visite bekommen Sie Bescheid. Es läuft alles gut, ich denke, zum Wochenende müsste es klappen.« Sie stellte der schlafenden Mitpatientin ebenfalls ein Döschen mit Medizin ans Bett, dann verschwand sie.

»Das hört sich doch gut an!«, meinte Luise.

»Ja, es ist gut, wenn es wieder aufwärtsgeht. Das ist leider nur ein schwacher Trost.« Ein Schatten fiel über ihr Gesicht. »Ich muss meinen Vater begraben. Nach dem Hof sehen. Und nach Wilhelm. Wisst ihr, was aus ihm geworden ist? Fritz meinte, ich solle mir keine Gedanken machen.«

Luise zog ihr Smartphone heraus und zeigte ihr ein Foto. »Das habe ich heute aufgenommen. Wilhelm geht es gut, wir füttern ihn jeden Tag. Aber er braucht ein Zuhause.«

Elisabeth Winterhalter lächelte bitter. »So wie ich. Ich habe keine Ahnung, wie es weitergehen soll.«

Kaltenbach sah die verkohlten Reste des ehemaligen Kirchmatthofes vor sich. Sie würde Hilfe dringend nötig haben.

»Gibst du mir noch etwas zu trinken?«

Nachdem sie das Glas wieder abgesetzt hatte, lehnte sie sich erschöpft ins Kissen zurück. »Es gab Stunden, da dachte ich, es geht nichts mehr. Natürlich bin ich froh, dass ich bei allem Unglück davongekommen bin. Lothar, du warst meine einzige Hoffnung. Ich habe gespürt, dass ich dir vertrauen kann. Seit dem Tag, als du mich mit Fritz besucht hast. Und ich habe gesehen, wie Wilhelm auf dich reagiert hat. Das macht er sonst nie. Ich wollte unbedingt, dass du die Kiste findest. Und ich hatte gehofft, dass du die Geschichte zu Ende führst, falls ich es nicht schaffe.« Sie stemmte sich wieder hoch. »Gib mir noch ein Glas, dann werde ich euch weitererzählen.«

Sie atmete ein paarmal tief ein und aus, ehe sie begann. »Was ich euch jetzt sage, habe ich alles von meinem Vater. Und er wiederum hat das meiste von seiner Mutter. Sie hatte ihr ganzes Leben lang geschwiegen, aus Scham und Angst. Erst kurz vor ihrem Tod hat sie ihn eingeweiht.«

Sie dachte einen Moment nach, dann fuhr sie fort. »Als der Krieg zu Ende war, kamen die Franzosen, auch nach Maleck. Es müssen furchtbare Tage gewesen sein. Damals galten die Franzosen noch als Erzfeinde, und umgekehrt genauso. Jetzt trafen Sieger und Besiegte aufeinander, und die Emotionen brachen sich Bahn. Die ganzen Vorurteile, der ganze Hass kamen an die Oberfläche. Es war das dunkelste Kapitel der letzten 100 Jahre. Dann haben die Franzosen begonnen, eine Verwaltung aufzubauen, zuerst in der Stadt, dann auch in den Gemeinden ringsum. Sehr streng, manchmal übertrieben und unwürdig für die Deutschen. Das brachte Ordnung, aber gleichzeitig verstärkte sich die Abneigung. Für Maleck war ein Zivilbeamter zuständig, der ab und zu vorbeikam, dazu zwei Soldaten, die waren dort einquartiert, wo später das Rathaus hineinkam. Sie sollten helfen, wenn etwas nicht gleich funktionierte.«

»Und einer der beiden war Jean!«, rief Luise aufgeregt dazwischen. Sie hatte wie Kaltenbach fasziniert zugehört.

Elisabeth Winterhalter nickte. »Jean war anders. Jung, gut aussehend, ein netter Kerl dazu. Irgendwann war es passiert. Die junge Martha Winterhalter verliebte sich in den Franzosen mit der sauberen Uniform, dem schmucken Barett und dem charmanten Lächeln. Und er verliebte sich in sie. Natürlich mussten sie es geheim halten. Trotzdem wusste in dem kleinen Ort rasch jeder davon. Das war das Schlimmste, was hatte passieren können! Meine Großmutter wurde als Franzosenliebchen und Hure beschimpft, ihr Vater wurde tätlich angegriffen, die Mutter ausgegrenzt. Wie man hörte, wurde auch Jean von seinen Vorgesetzten ermahnt. Und doch waren beide nicht bereit, die Beziehung aufzugeben.«

Wieder entstand eine Pause. Kaltenbach hatte den Eindruck, dass sie das Sprechen nicht nur körperlich enorme Kraft kostete.

»Über Nacht war Jean verschwunden. Einfach nicht mehr da. Großmutter war außer sich. Keiner wusste etwas, keiner sagte etwas. Von der Militärverwaltung war nichts zu erfahren. Sie hat es noch eine Weile versucht, dann musste sie aufgeben. Damals hatte man noch nicht die Möglichkeiten von heute.« Sie wandte den Kopf zu Luise, als ob eine Frau sie am besten verstünde. »Sie hat ihn nie wiedergesehen. Alles, was ihr von ihm blieb, waren die Sachen, die ihr hier in der Kiste seht.«

»Dann ist der Anstecker auf dem Barett eine Art Rangabzeichen?«, fragte Kaltenbach.

»Eine stilisierte französische Lilie vor gekreuzten Gewehren. Vater hat später versucht herauszufinden, zu welcher Einheit das gehörte. Aber es ist ihm nicht gelungen.«

»Das muss furchtbar für Martha gewesen sein«, meinte Luise. »Dazu das Gespött der Leute. Menschen können grausam sein.«

»Es kam noch schlimmer. Im Sommer konnte man sehen, dass Martha schwanger war. Da war die Schande perfekt! Eine Abtreibung war damals undenkbar, wegschicken konnte man sie nicht. Also wurde das Problem pragmatisch gelöst. Einer der jungen Burschen, die 1945 nicht aus dem Krieg zurückkamen, wurde als Vater ausgegeben, seine Eltern bekamen eine Entschädigung für ihre Zustimmung, und fortan galt Martha Winterhalter als alleinerziehende Kriegerwitwe.«

»Das Grundstück!«, entfuhr es Kaltenbach. »Jetzt ist klar, was ›für geleistete Dienste‹ heißt!«

»Man hat damals sehr praktisch gedacht. Auch wenn es keine Heirat gegeben hatte, war letztlich allen damit gedient. Die Ehre des Dorfes war wiederhergestellt.« Erneut stieß Elisabeth Winterhalter ein bitteres Lachen aus. »Die Winterhalters mussten den Preis dafür bezahlen. Einen hohen Preis, mehr als der Wert eines Grundstücks. Sie galten fortan als Außenseiter, sie wurden an den Rand gedrängt und verachtet. Meine Großmutter ist daran zerbrochen. Aber auch mein Vater bekam es noch zu spüren. Er hatte sich lange weggeduckt und sich von sich aus zurückgezogen. Als er meine Mutter geheiratet hat, der ihm Gedanke, wegzuziehen. Aber die Bindung an den Hof war stärker. Er konnte nicht gehen. Nach drei Jahren wurde die Ehe wieder geschieden, meine Mutter ging weg und wollte von allem nichts mehr wissen. Auch von mir nicht. Vater hat dann völlig resigniert. Von da an hat er sich nur noch um seine eigenen Angelegenheiten gekümmert. Und mir ist mit Jonas' Vater das Ehepech treu geblieben. Was am Ende blieb, waren der Hof und die Felder.«

Kaltenbach war erschüttert über das, was er hörte. Eine menschliche Tragödie über mehrere Generationen hinweg. Und all das direkt vor seiner Haustür. Er hatte nichts davon geahnt. Der Bauer und seine Tochter waren für ihn wie für die übrigen Dorfbewohner lediglich merkwürdige Eigenbrötler gewesen.

»Wann hat Ihr Vater das erzählt?« Luise fand wie immer als Erste die Worte wieder.

»Lange Jahre wusste ich gar nichts davon. Es lag ein Mantel des Schweigens über allem, der mir gar nicht bewusst war. Für mich war es normal, dass wir anders waren. Erst im Laufe der Zeit hatte ich mir aus kleinen Andeutungen ein Bild gemacht und ahnte, dass etwas nicht stimmen konnte. Doch letztlich haben alle geschwiegen, auch mein Vater. Bis das Bauprojekt kam. Als es konkret wurde, hat Vater mir die Kiste gezeigt und die Geschichte dazu erzählt.«

»Aber warum gerade jetzt?«

»Er fürchtete, dass er sich nicht dagegen wehren konnte. Und er hatte Angst, dass dann die Wahrheit endgültig begraben worden wäre. Es würde neue Straßen durch die Felder geben, die Hügel würden umgestaltet werden, vielleicht wurde der Hof abgerissen. Wenn das Land verändert wird, ändert sich seine Seele, hat er gesagt.«

»Klingt fast indianisch.«

Elisabeth Winterhalter lächelte zum ersten Mal wieder, seit sie mit der Geschichte begonnen hatte. »Das ist schön!«, sagte sie. »Aber es stimmt, er hatte so etwas an sich. Die Natur war ihm immer etwas ganz Besonderes. Er ist oft nach Feierabend noch durch die Felder gelaufen. Einfach so. Und rüber in den Wald auf dem Laberberg.«

Elisabeth Winterhalter lehnte sich zurück in ihr Kissen und schloss die Augen. Das Gespräch hatte sie angestrengt. Ihre Wangen waren bleich, auf der Stirn hatten sich winzige Schweißtröpfchen gebildet.

»Ich denke, wir lassen Sie jetzt alleine«, meinte Kaltenbach. »Im Moment ist das Wichtigste, dass Sie wieder ganz gesund werden. Alles andere wird sich zeigen.«

Elisabeth Winterhalter drehte den Kopf zu ihm. »Du hast recht. Aber von alleine wird nichts geschehen. Die Vergangenheit ist eine mächtige Bürde. Ich muss den Weg meines Vaters zu Ende gehen. Aber es liegt noch viel Anstrengung vor mir.« Sie legte sorgfältig die einzelnen Erinnerungsstücke zurück in die Kiste. »Nehmt sie mit, bis ich wieder bei Kräften bin. Hier im Krankenhaus kann ich nichts damit anfangen. Bei dir ist sie gut aufgehoben.«

Kaltenbach hörte, wie die Tür geöffnet wurde.

»So, Frau Winterhalter, jetzt wollen wir mal!« Die Schwester, die bereits zuvor gekommen war, schob einen Wagen herein, auf dem neben ein paar Fläschchen eine Gesichtsmaske und allerlei Schläuche zu sehen waren.

Kaltenbach und Luise standen auf und stellten die Stühle zurück. »Dann weiterhin gute Besserung!«

Im Gang blieben sie für einen Moment stehen und sahen sich an. »Hunger?«, fragte Kaltenbach.

»Hunger!«

Eine Dreiviertelstunde später saßen sie auf der Terrasse des Seeparkrestaurants im Freiburger Westen und freuten sich auf ihr Abendessen. Obwohl es schon nach acht war, war es nicht einfach gewesen, überhaupt noch einen freien Platz zu bekommen. Der Flückigersee bot den Freiburgern die beste Gelegenheit, die Sommerhitze einigermaßen auszuhalten. Im Wasser unterhalb des Türmchens mit seiner Pavillonkuppel tummelten sich die Badelustigen. Auf der Wiese darüber lagen bunte Decken und Handtücher dicht an dicht. Vom nahe gelegenen Biergarten drang fröhliches Lachen herüber. Auf dem See zogen Tretboote ihre Bahnen vor der Kulisse der Stadt und der Schwarzwaldberge.

Die Bedienung war offenbar wie so viele Saisonkräfte eine Studentin. In breitestem Fränkisch kommentierte sie die Bestellung. »Salatteller mit Putenstreifen für die Dame, gemischter Fischteller für den Herrn. Bitte schön, einen guten Appetit!«

»Danke, und bitte gleich noch mal zwei Apfelsaftschorle«, rief ihr Kaltenbach hinterher, ehe er sich die erste Gabel Kartoffelsalat in den Mund schob.

»Eine tapfere Frau, die Winterhalterin«, meinte Luise. Sie hatte sich als Erstes eine der Oliven aufgepickt.

»Und eine unglaubliche Familie«, erwiderte Kaltenbach. »Was die schon erlebt haben, reicht für eine klassische Tragödie.« Er schob sich genießerisch ein Stück Zander in den Mund. »Und es ist noch nicht zu Ende. Ob sie das wahr macht, was sie sich vorgenommen hat?«

»Du meinst, die Ehre der Familie wiederherstellen? Ganz bestimmt. So wie ich sie heute kennengelernt habe, wird sie alles dafür tun.«

»Und dabei gewaltig Staub aufwirbeln.«

»Stell dir vor, drei Generationen müssen mit einer Lüge leben. Das muss furchtbar sein. Ob der Bauer seiner Tochter zuliebe so lange geschwiegen hat?«

»Das wird man nicht mehr erfahren. Immerhin hat er sich dann doch einen Ruck gegeben. Er wollte sich selbst im Spiegel wieder anschauen können. Und er wollte seiner Tochter und seinem Enkel einen reinen Tisch hinterlassen. Er hat die Erinnerungen bewahrt, er hat seine Tochter eingeweiht. Die Frage bleibt, was er sonst noch unternommen hat.«

»Und wer davon wusste. Vielleicht hat er schon vor seinem Tod etliche Gespenster aufgescheucht.«

»Nicht nur Gespenster. Ich kann mir vorstellen, dass da so mancher nicht erfreut darüber war. Niemand weiß, was noch alles dahintersteckt. Elisabeth Winterhalter kennt das, was in der Kiste ist und was ihr Vater darüber erzählt hat. Aber es bleibt zum Beispiel ungeklärt, was mit dem Franzosen geschehen ist. Und noch etwas fällt mir ein: die Karte!«

»Die Karte?«

»Elisabeth Winterhalter hat über alles gesprochen. Für alles hatte sie eine Erklärung. Nur für die Karte nicht.«

»Das kann Zufall sein. Vielleicht wollte sie noch, als die Schwester dazwischenkam. Oder die Karte hat mit diesem Teil der Familiengeschichte gar nichts zu tun. Vielleicht eine Kinderzeichnung, die der Bauer als sentimentale Erinnerung aufgehoben hat.«

»Vielleicht. Aber alles, was uns bisher begegnet ist, war kein Zufall. Schon gar nicht, dass der Kirchmattbauer ausgerechnet jetzt umgebracht wurde. Warum nicht schon ein, zwei Jahre vorher?«

»Glaubst du, er ist jemandem zu nahegekommen?«

»Das könnte gut sein. Der alte Winterhalter war dem Rätsel um seinen Vater auf der Spur. Das ist das eine. Aber für eine echte Bewältigung musste er es auch öffentlich machen. Und genau das war für irgendjemanden ein Schritt zu viel.«

»Jemand, der dadurch belastet würde?«

»Auf jeden Fall jemand, der viel zu verlieren hätte.«

Nach dem Essen beschlossen sie, noch ein paar Schritte zu gehen. Arm in Arm liefen beide den See entlang. An der Südseite war das Ufer mit Bäumen und Büschen dicht gesäumt. Alle paar Meter gab es einen Zugang zum Wasser, meist nur ein schmaler Pfad. Hierher hatten sich diejenigen zurückgezogen, die dem Trubel rund um das Bürgerhaus entfliehen wollten. Liebespaare in inniger Umarmung, ein junger Mann völlig versunken in ein Taschenbuch, eine Gruppe Halbwüchsiger, aus der eine süßliche Rauchwolke zu ihnen heraufzog.

Sie gingen bis zum See-Ende und wählten von dort den Rückweg auf der anderen Seite. Die Sonne senkte sich jetzt rasch hinter den Wohnhäusern im Westen. Vom Schauinsland aus legte sich ein mildes Abendlicht über die Berghänge bis auf die Dächer der Stadt. Luise und Kaltenbach setzten sich an der Böschung ins Gras und beobachteten das Farbenspiel von fahlem Gelb über leuchtendes Orange bis zu kräftigem Rot. Als die schräg stehenden Sonnenstrahlen den See erreichten, spiegelte sich die Oberfläche in gleißendem Gold.

»Der Weg in die Nacht, golden und vergänglich, Prachtgewand des Todes, Versprechen der Sonne, Hoffnung der Menschen …«

Luise sah Kaltenbach erstaunt an. »Das ist schön«, sagte sie. »Und schmerzlich. Woher ist das?«

Er lächelte. »Geheimnis. Die Seele des Poeten träumt in den Abend.«

»Schön und schmerzlich wie die Geschichte von Elisabeth Winterhalter. Es geht mir nicht aus dem Kopf, was sie erzählt hat. Das Schicksal kann fies sein. Aber es liegt immer ein Keim von Hoffnung darin für den, der es sehen will.«

»Ich glaube, sie wird es schaffen.«

»Das glaube ich auch. Hoffnung entsteht aus dem Wissen um die Existenz des Schönen. Anders ist die Welt nicht auszuhalten.«

Kaltenbach küsste sie zärtlich auf die Wange. »Da spricht die Künstlerin.«

Luise lachte. »Spotte du nur. Alle Kunst entsteht aus Gegensätzen. Aus deren Gegenüber und deren Spannung. Der Künstler ergreift beides und geht mitten hindurch. So wie der Goldteppich vor uns.«

Das Wasser glühte jetzt wie metallisches Feuer. Unzählige winzige Wellen kräuselten sich und spielten miteinander wie Blätter unter einem Herbstwald.

»Dann pass nur auf, dass deine Füße nicht nass werden.«

»Du hast damit angefangen! ›Der Weg in die Nacht, golden und vergänglich. Und gefährlich!‹« Sie lachte und stieß ihn so kräftig in die Seite, dass er nach vorne kippte. Im Fallen zog er sie mit sich. Eng umschlungen rollten sie wie spielende Katzen den Hang hinunter.

»Ich stelle mir das total romantisch vor«, meinte Luise, als sie sich am Seeufer an ihn kuschelte. »Eine junge Frau vom Land, unerfahren, in einer Zeit ohne Fernseher, ohne Internet. Die Welt hörte an der Dorfgrenze auf, dahinter war der Krieg, irreal und voll Schrecken. Und eines Tages kommt der Märchenprinz, der sie an der Hand nimmt und sie einlädt, mit ihm wegzuträumen. Sie haben gewiss nicht nur Hass und Neid erfahren. Es muss wunderbare Stunden für die beiden gegeben haben.«

»Ja, das stimmt. Der Preis war hoch, aber er war es ihnen wert. Vielleicht ist es dieses Wissen, an dem sich Elisabeth Winterhalter wieder aufrichten kann.« Er drehte sich auf den Rücken. »Ich frage mich, wie sich die beiden überhaupt verständigt haben. Martha konnte gewiss kein Französisch. Und die paar Brocken, die Jean für den Verwaltungsalltag brauchte, waren wohl kaum genug für eine tief gehende Konversation.«

»Wer verliebt ist, braucht keine großen Worte. Und wenn, dann ist die Sprache egal.« Sie beugte sich über ihn. »Isch liebe disch, mon Chérie!«, hauchte sie und küsste ihn auf die Nasenspitze. »Das versteht jeder, oder?«

Kaltenbach richtete sich so ruckartig auf, dass sie mit der Stirn zusammenstießen.

»Siehst du«, lachte sie, »es wirkt. Du kannst Französisch!«

»Sag das noch einmal!«

»Ich habe dir nur gezeigt, wie einfach das geht. Auch wenn man die Sprache des anderen nicht kann.«

»Den Satz vorher. Den Mischmasch.«

»Isch liebe disch, mon Chérie«, gurrte Luise. Es machte ihr sichtlich Spaß, wie ein Teenager herumzualbern.

»Chérie! Das ist es! Der ›Scheerie‹ ist der Franzose. Das ist Jean. Dass ich nicht schon früher darauf gekommen bin!«

»Wovon redest du?«

»Die alte Dame im Brandelweg gegenüber, die Mutter meiner Vermieterin – sie hat von einem ›Scheerie‹ erzählt. Eine Erinnerung. Und sie hat sich plötzlich sehr aufgeregt.«

»Kann das sein? Wie alt ist sie denn?«

Kaltenbach überlegte. »Ende 80, Anfang 90. Ich weiß es nicht.«

»Das könnte hinkommen. Dann war sie damals in etwa so alt wie Martha. Ob Elisabeth Winterhalter schon einmal mit ihr über alles gesprochen hat?«

»Keine Ahnung. Aber wir sollten es tun. Vielleicht können wir mithelfen, das Rätsel um Jeans Verschwinden zu lösen. Ich bin überzeugt, sie kann uns weiterhelfen.«

»Das machen wir.« Luise stand auf, klopfte sich das Gras von der Hose und zog ihn an beiden Armen hoch.

»Aber nicht mehr heute. Es war ein langer Tag. Ich bin müde und will nach Hause. Außerdem habe ich Lust auf einen kleinen Abendtrunk.« Sie hakte sich bei ihm unter. »Und einen süßen Nachtisch.«

»Klingt gut. In dieser Reihenfolge.«

KAPITEL 27

Die Nacht war für Kaltenbachs Geschmack entschieden zu kurz. Noch nicht einmal das geliebte Verschlafen-in-den-Morgen-hinein-Kuscheln konnte er genießen. Noch ehe er richtig wach war, saß er im Auto neben Luise, die auf der B3 an Gundelfingen vorbei Richtung Norden bretterte. Sie hatte darauf bestanden, ihn persönlich nach Maleck zu fahren. »Aber ich muss gleich wieder zurück«, hatte sie gesagt, als sie einstiegen. »Zuerst das Vergnügen, dann die Arbeit. Und Arbeit ist heute.«

Fritz Schätzle empfing ihn auf seiner Terrasse hinterm Haus. Der frisch gebrühte Kaffee konnte sich zwar nicht mit Kaltenbachs gewohnter italienischer Qualität messen, doch die erste Tasse des Tages half immerhin, seine Lebensgeister zu wecken. Schätzle hatte einen Sonnenschirm aufgespannt, um die Sitzecke einigermaßen morgenfrisch zu halten. Der riesige Holunderbusch an der Hangseite war zwar schon verblüht, doch in der Wiese dahinter tummelten sich unzählige Bienen, kleine Schmetterlinge und bunte Käfer. Aus den Obstbäumen begrüßten Amseln, Blaumeisen und Spatzen den neuen Tag.

»Die pure Idylle.« Kaltenbach biss in eines der Croissants, die Luise unterwegs beim Bäcker besorgt hatte. »Du weißt gar nicht, wie gut du es hast.«

»Nur kein Neid!«, gab Schätzle zurück. »Kannst ja öfter kommen. Außerdem«, meinte er auf beiden Backen kauend, »ist es ganz schön viel Geschäft.«

»Das tut dir gut«, antwortete Kaltenbach. Er wusste, dass Schätzle und seine Frau jede freie Minute in die Pflege ihres Gartens steckten. Auch vor dem Haus blühte es üppig, und hinter der Garage war ein ausgedehnter Bauerngarten angelegt. »Für so etwas fehlt mir leider die Zeit«, seufzte er.

»Du erinnerst mich an etwas. Viel Zeit habe ich auch nicht. Trink aus, wir sollten gleich los.«

»Ist es weit?« Trotz des Kaffees fühlte sich Kaltenbach immer noch unausgeschlafen.

»Ein paar Schritte. Komm jetzt.«

Sie gingen auf der Straße vor dem Haus ein Stück Richtung Hochburg. Die Senke unterhalb des Brandelwegs, an deren Ende Schätzles Hof lag, wurde in Richtung Süden von einem leicht ansteigenden Hügelrücken begrenzt. Schätzle zeigte zum Nachbarhof. »Dorthin müssen wir.«

»Die Wasserleitung gibt es schon lange.« Schätzle erzählte, während sie die Straße entlangliefen. »Damals suchten die Emmendinger nach Möglichkeiten, die Stadt mit ausreichend frischem Wasser zu versorgen. Die Einwohnerzahl stieg rasant, und die alten Brunnen reichten nicht mehr. Schon gar nicht für die Ramie, das Wehrle-

Werk und die andere Industrie, die immer wichtiger wurde.«

»Wann war das?«

»Ende 19. Jahrhundert. Im Tennenbacher Tal gab es genug Quellen mit Wasser, das man nutzen konnte. In der Zeit vorher war das kein Thema, es war weit weg. Außerdem ist der Hachberg mit der Hochburg dazwischen. Irgendwann hat man sich dann doch entschlossen, eine Leitung zu bauen.« Schätzle deutete nach links. »Wenn man die Leitung den Brettenbach entlang über Sexau geführt hätte, wäre das ein arger Umweg gewesen. Und teuer. Man hat sich dann entschlossen, einen Stollen durch den Berg zu graben. Das war zwar auch nicht gerade billig, aber unterm Strich hat es sich gelohnt.«

»Und den Stollen mit der Leitung gibt es heute noch?«

»Klar. Von hier rüber nach Windenreute. Die Quellen sprudeln wie eh und je. Bestes Tennenbacher Wasser. Hat schon den Mönchen im ehemaligen Kloster geschmeckt. Wir sind gleich da.«

An der Kreuzung zur Domäne Hochburg führte eine der schmalen Straßen schräg nach rechts den Hang hoch. Auf halber Höhe kamen sie an einem Hof vorbei, von dem sie ein nervöser Hund anbellte, wenige Schritte später standen sie auf dem Hügelkamm.

Von ihrem Platz aus senkten sich die Felder und Wiesen in Richtung Windenreuter Sportplatz. Rechts führte Richtung Friedhof ein Schotterweg, auf dem Kaltenbach schon einige Male mit Luise spazieren gegangen war. Schräg links von ihnen ließ die Morgensonne die Mauern und Zinnen der Hochburg erstrahlen.

Schätzle wies auf ein niedriges Gebäude mit flachem Dach in der Wiese. Es hatte keine Fenster. An der verschlossenen Stahltür sah Kaltenbach ein Schild mit der Aufschrift »Unbefugten ist das Betreten verboten«. Der Bereich davor und dahinter war mit einem Drahtzaun abgesperrt.

»Das ist der Hochbehälter. Von hier aus wird die Verteilung geregelt und das Wasser geprüft.«

»Und wo ist der Stollen?«

»Direkt unter uns.« Schätzle wandte sich um und beschrieb mit ausgestrecktem Arm eine gerade Line. »Von der Zaismatt hier durch, an Windenreute vorbei, dann runter in die Stadt. Das meiste von dem, was du hier siehst, hat dem Kienle gehört.«

»Jetzt verstehe ich«, rief Kaltenbach aus. »Daher der Name ›Wasserkönig‹!«

»Genau. Ob er etwas davon hatte, weiß ich nicht. Vielleicht einen Pachtzins. Auf der Malecker Seite gehörten die Felder den Langenbachers. Also hat er durch die Heirat den Stolleneingang auch noch bekommen.«

»Den Eingang? Aber ich dachte, der sei hier, unter dem Häuschen?«

»Man kann da runter, klar. Ist alles sehr modern inzwischen. Aber der eigentliche Zugang in den Berg ist nicht hier.«

»Gibt es den noch?«

»Komm mit, ich zeige ihn dir. Wir sind vorhin schon daran vorbeigekommen.«

Am unteren Ende des Weges hielt Schätzle an und deutete auf eine Stelle am Hang. »Hier ist es. Wenn du es sehen willst, wird es kratzig.« Ein Vorhang aus Wildem Wein, Efeu und Brombeerranken versperrte ihnen den Weg. Gemeinsam zwängten sie sich ein Stück hinein. Nach wenigen Metern tat sich ein fast mannshohes Loch im Hang auf. Die Öffnung war mit roh behauenen Sandsteinquadern eingefasst, ein verrostetes Baugitter hing vor einer Holztür mit einem Riegel. Auch der Riegel war eingerostet, doch er ließ sich mit einem kräftigen Ruck öffnen. Schätzle zog die Tür auf.

»Das ist es«, sagte er. »Von hier aus führt der Gang ein paar Hundert Meter durch den Berg hinüber nach Windenreute.«

»Aber hier fließt doch gar kein Wasser!«

Schätzle deutete auf den Boden. »Schau!« Er scharrte mit dem Fuß ein wenig trockenes Laub und Erde zur Seite. Darunter kam eine ebenmäßige schmutzig braune Oberfläche zum Vorschein. »Das ist die Leitung. Früher lag sie mal frei, heute ist so viel Erdreich eingesunken, dass sie fast überall verdeckt ist.« Er wandte sich um und deutete in Richtung Brettenbachtal. »Von dort kommt sie her, aus dem Tennenbacher Tal.«

Kaltenbach schob sich vorbei und trat unter den Bogen. Er konnte nur ahnen, wie es im Dunkel dahinter aussehen mochte. »Kann man da hinein? Theoretisch müsste man ja durch den Berg laufen können.«

»Theoretisch. Aber der Gang ist nicht sicher. Da ist einiges schon eingestürzt. Keine gute Idee, da reinzuwollen. Wozu auch? Und jetzt komm.« Er zog die Tür wieder zu. »Ich will los. Das Waldfest wartet.«

Inzwischen stand die Sonne bereits wieder über dem Kandel. Auf den wenigen Metern zurück wurde es Kaltenbach warm. Auch Schätzle schwitzte.

»Natürlich müsste sich der Investor verpflichten, die Wasserleitung in ordnungsgemäßem Zustand zu halten«, sagte er. »Vielleicht wird ja bei der Gelegenheit der Stollen rundum erneuert und modernisiert. Vielleicht lässt er sogar eine zweite Leitung legen. Wasser wird er viel brauchen. Sein Golfplatz soll schließlich auch im Sommer schön frisch und grün aussehen.«

»Eine Riesenverschwendung«, meinte Kaltenbach. »Bin gespannt, ob die Wassersparmaßnahmen auch für ihn gelten werden. Aber mit Geld ist ja heutzutage alles machbar.«

»Sei nicht so pessimistisch«, meinte Schätzle. »Außerdem stimmt es nicht so ganz. Heutzutage kann man sich eben nicht mehr alles erlauben. Das würde die Öffentlichkeit nicht zulassen.«

»Hoffentlich.« Kaltenbach dachte an Walters geplante Aktion am Wochenende. »Ich muss dann auch los. Wenn du mich brauchst, gib Bescheid.«

»Mach ich.« Im selben Moment läutete Schätzles Handy. Kaltenbach hob die Hand und wandte sich zum Gehen. Er wollte zu Hause sein, ehe die Hitze jeden Schritt noch schwerer machte.

Er war kaum am Ende des Hohlwegs angelangt, als Schätzle hinter ihm hergelaufen kam. »Lothar!«, rief er. »Lothar, warte!«

»Was gibt's? Ist dir doch noch eingefallen, dass du mich brauchst?«

Schätzle schüttelte den Kopf. Er war völlig außer Atem. »Es ist nicht zu fassen«, stieß er hervor. »Ich glaub's ja nicht!« Er streckte Kaltenbach sein Handy entgegen. »Weißt du, wer gerade angerufen hat? Das Büro des OB! Eilmitteilung an alle Ortsvorsteher.« Wieder unterbrach er sich und atmete ein paarmal tief ein und aus. Dann schüttelte er den Kopf. »Es ist nicht zu fassen!«, wiederholte er.

»Was ist denn los? Ist der OB zurückgetreten?«

»Das Projekt ist geplatzt!«

»Wie bitte?«

»Der Altstätter hat hingeschmissen! ›Emmendingen 3000‹ ist abgeblasen. Komplett!«

Kaltenbach konnte kaum glauben, was er hörte. »Woher …? Wer sagt das?« fragte er.

»Altstätter hat persönlich den OB informiert. Heute um elf soll es eine offizielle Bekanntmachung geben.«

»Und warum so plötzlich?«

»Genaueres weiß man nicht. Noch nicht. Er hat lediglich angedeutet, dass er aufgrund der aktuellen Ereignisse von den Plänen Abstand nimmt.«

»Das ist doch ein Scherz, oder?« Ob Walter vielleicht seine Hände im Spiel hatte? Zuzutrauen war es ihm. Doch damit würde er nicht so leicht davonkommen.

»Kein Scherz!« Schätzle schüttelte energisch den Kopf. »Lothar, das ändert natürlich einiges. Ich muss sofort runter in die Stadt aufs Rathaus. Ich denke, jetzt gibt es einiges zu besprechen und zu regeln.«

»Das denke ich auch.« Kaltenbach war noch immer völlig konsterniert. »Wann sagst du, um elf? Da komme ich natürlich auch.«

»Also gut, wir sehen uns.« Mehr Zeit zum Verabschieden blieb nicht. Schätzle war bereits wieder im Laufschritt auf dem Rückweg.

Zu Hause stellte sich Kaltenbach als Erstes unter die Dusche, dann machte er sich einen Cappuccino. Er konnte es immer noch kaum glauben. Diese Entscheidung würde für viel Unruhe in der Stadt sorgen, vor allem bei den Befürwortern. Und am meisten bei denen, die sich eine goldene Zukunft davon versprochen hatten.

Er überlegte, ob er Luise anrufen sollte, doch er ließ es sein. Die Neuigkeit war so ungeheuerlich, dass er zunächst persönlich hören wollte, was dahintersteckte. Stattdessen begann er, aus seinen Geschäftsordnern alles zusammenzusuchen, was er für den Bankkredit vorlegen musste – Kontoauszüge, Bilanzen der letzten Jahre, langfristige Lieferverträge, eine Inventuraufstellung und den genauen Finanzbedarf. Er steckte alles in eine Mappe und nickte. Rainer Lange würde zufrieden sein.

Ehe er losfuhr, fiel ihm noch etwas ein. Luise war heute Morgen noch kurz vorbeigekommen und hatte Elisabeth Winterhalters Kiste im Schlafzimmer gut sichtbar auf den Nachttisch gestellt. Kaltenbach nahm die Karte heraus und legte sie auf seinen Heimkopierer. Beim dritten Versuch gelang es ihm, die dünne Zeichnung auf dem graubraunen Papier einigermaßen sichtbar zu machen. Er legte das Original zurück und steckte die Kopie in die Mappe zu den Bankunterlagen. Bevor er ging, ließ er wie jeden Tag in allen Zimmern die Rollläden herunter, dann schwang er sich auf seine Vespa und fuhr hinunter in die Stadt.

Mit wenig Verspätung öffnete Kaltenbach die Ladentür zum »Weinkeller«. Er war gespannt, wie lange es ruhig bleiben würde. Der OB hatte die Ortschaftsräte informiert, bestimmt auch die Presse. Auch die Bürgerinitiativen würden zu dem Termin kommen. Genug Menschen, die jetzt schon Bescheid wussten. Man würde sehen, wie lange es dauern würde, bis sich die Neuigkeit in der ganzen Stadt herumgesprochen hatte.

Doch es blieb ruhig. Nach zehn Minuten kam eine Kundin, um eine Bestellung abzuholen, das war alles. Kaltenbach sah die Post durch, kontrollierte seinen E-Mail-Eingang und goss die Grünpflanzen. Um halb zehn nahm er die Kopie der Karte aus der Mappe. Er versuchte, aus der Erinnerung den Weg nachzuvollziehen, den er am Morgen mit Schätzle gegangen war. Er war kein guter Kartenleser, doch gelang es ihm, die kaum sichtbaren Umrisse zuzuordnen. Jetzt bekam die gestrichelte Linie zwischen der Vorderen Zaismatt und Windenreute ihren Sinn. Wer immer die Karte gezeichnet hatte, hatte den Stollen und die Wasserleitung hervorgehoben. Jetzt erst fiel ihm ein dünnes Kreuz auf. Es war genau an der Stelle eingetragen, an der sich der alte Zugang befand.

Kaltenbach kratzte sich am Kopf. Irgendetwas war merkwürdig. Nach Schätzles Auskunft existierte die Leitung seit 1893 und war kein Geheimnis, schon gar nicht bei den Anwohnern der beiden Dörfer. Was also hatte das Kreuz zu bedeuten? Warum war genau diese Stelle für Franz Winterhalter so wichtig gewesen?

Wenn die Karte, wie Kaltenbach vermutete, in der Zeit gegen Ende des Krieges entstand, hatte man dort vielleicht etwas versteckt. Schon einige Male hatte man in den vergangenen Jahren verborgene Orte wiederentdeckt, in denen die damaligen Bewohner in Sicherheit gebracht hatten, was ihnen wertvoll war: Geld und Schmuck an erster Stelle, aber auch wertvolle Kunstwerke oder wichtige Dokumente. Am Kaiserstuhl war kürzlich sogar eine Sammlung von Spitzenweinen gefunden worden, die allesamt noch trinkbar waren.

Es konnte aber auch ein Ort sein, an dem sich Menschen verborgen hatten. Die Grausamkeiten des Krieges machten vor niemandem halt, nicht vor Flüchtlingen und Deserteuren und nicht vor jungen Männern, die sich der Einberufung entziehen wollten. Auch nicht vor Frauen, die nicht nur im Osten der Willkür der Sieger zum Opfer fielen.

Er legte das Blatt zur Seite. Ob Elisabeth Winterhalter wusste, was mit dem Kreuz markiert werden sollte? Kaltenbach durchfuhr es siedend heiß. Hatte ihr Vater ihr tatsächlich alles erzählt? Lag hinter dem Kreuz die Antwort auf das plötzliche Verschwinden des Franzosen?

Mit einem kräftigen Schwung, der die Glöckchen über dem Eingang in einen wilden Tanz versetzte, wurde plötzlich die Ladentür aufgerissen.

»Sieg!«, tönte es Kaltenbach triumphierend entgegen. Walter Mack stand breitbeinig vor ihm und reckte die Faust in die Höhe. »Das Volk hat gesiegt!«, wiederholte er, »das Kapital ist geschlagen. Es wird kein ›Emmendingen 3000‹ geben! Habe ich es dir nicht gesagt? Die zerlegen sich selber. Es war nur eine Frage der Zeit.«

Kaltenbach verzichtete darauf nachzufragen, woher Walter die Nachricht hatte. Es waren noch keine zwei Stunden vergangen, dass das Rathaus die Meldung weitergegeben hatte. Intern. Stattdessen beglückwünschte er ihn. »Hat sich dein Einsatz also gelohnt! Weißt du schon etwas Näheres?«

Walter tippte auf seine Armbanduhr. »In einer Stunde im Rathaus. Ich bin gespannt, wie sich der Altstätter da rausredet.«

»Jetzt musst du nicht mehr auf den Baum«, grinste Kaltenbach. »Du kannst deine Bandscheiben schonen.«

»So ist es. Vielleicht mache ich es trotzdem. Als eine Art Siegesfeier. Sehe ich dich nachher?«

»Kommt darauf an, wie es mit der Kundschaft aussieht. Ich kann ja nicht einfach so weg.«

»Ach was! Heute kommt sowieso niemand. Außerdem ist ein Tag zum Feiern!« Er wandte sich um und stürmte hinaus. »Ich muss. Bis später!«

Natürlich hatte sich Kaltenbach längst entschieden, dabei zu sein. Die Begründung des Investors und die Reaktionen der Emmendinger konnte er sich nicht entgehen lassen. Ehe er hinüberging, entschloss er sich, Luise doch noch Bescheid zu geben.

Er war erstaunt, wie gleichmütig sie reagierte. »Dann macht er es eben anderswo. Es gibt noch viele schöne Orte im Schwarzwald. Er wird sich einen aussuchen, wo er freundlicher empfangen wird. Ich bin überzeugt, dass solche Leute eben nicht nur auf das Geld schauen. Heutzutage zählt ein gutes Image mindestens genauso viel. Das wäre in Emmendingen schwer angekratzt, noch ehe es losging. Stell dir vor, ein Freizeitresort auf dem Fundament des Verbrechens! Den Makel hätte er auf Jahre hin weg. Aber ich bin gespannt, wie die Emmendinger mit der Absage umgehen.«

»Ich auch. Ich bin schon auf dem Sprung. Um elf soll es eine öffentliche Erklärung geben. Sehen wir uns heute?«

»Leider nicht. Es gibt so vieles aufzuarbeiten. Vielleicht morgen. Ich melde mich.«

»Schade.«

Nach ihrem Gespräch hielt Kaltenbach es nicht mehr länger im Laden aus. Er hängte das »Geschlossen«-Schild in die Tür und trat hinaus auf die Straße. In 20 Minuten sollte es losgehen.

Kurz vor elf erreichte das nervöse Gemurmel im großen Sitzungssaal des Emmendinger Rathauses seinen Höhepunkt. Der Raum, in dem sonst die Gemeinderatssitzungen der Großen Kreisstadt abgehalten wurden, war gut gefüllt. Wie erwartet hatte sich die Nachricht in Windeseile herumgesprochen. Jeder, der an diesem Vormittag Zeit hatte, wollte es sich nicht nehmen lassen, dabei zu sein.

Kaltenbach hatte gerade noch einen Sitzplatz auf einem der Stühle in den hinteren Reihen bekommen. Die Jalousien der großen Fenster waren halb heruntergelassen, der Raum war in ein schummriges Licht getaucht. Trotzdem sah Kaltenbach deutlich, wer alles gekommen war. Die Stadtprominenz, soweit sie es kurzfristig hatte möglich machen können, saß direkt vor dem Rednerpult an der Stirnseite. Kaltenbach erkannte den OB und seine Stellvertreter, dazu einige der Fachbereichsleiter sowie Gemeinde- und Kreisräte. Dr. Scholl, der Marketingleiter, war ebenso gekommen wie ein paar bekannte Vertreter aus der Emmendinger Geschäftswelt. Fritz Schätzle saß zusammen mit anderen Ortsvorstehern aus den umliegenden Gemeinden direkt dahinter. Natürlich war auch Grafmüller längst da. Zusammen mit dem Kollegen von der Wochenzeitung knipste er eifrig. Auch Walter hatte einen Platz in den vorderen Reihen ergattert. Kaltenbach sah, wie er heftig mit den Sitznachbarn diskutierte, und dabei immer wieder den Daumen nach oben reckte.

Pünktlich um elf erhob sich einer der Referenten des OB und hob die Arme. Schlagartig verstummten die Gespräche, alle Blicke wandten sich ihm zu. Er verzichtete auf große Worte, stattdessen begrüßte er die Anwesenden und gab sogleich das Wort weiter. Zwei Männer, die Kaltenbach bisher nicht aufgefallen waren, erhoben sich von ihren Plätzen an der Seite und schritten zum Rednerpult. In dem vorderen erkannte Kaltenbach Klungler, Altstätters rechte Hand, der den Investor bereits bei der Podiumsdiskussion in der Maja vertreten hatte. Seinen Begleiter kannte er nicht. Beide trugen trotz der Hitze Anzug und Krawatte.

Klungler öffnete seinen Aktenkoffer und holte ein bedrucktes Blatt heraus. Dann klopfte er zweimal auf das Mikrofon und begann.

Seine Erklärung vorweg, dass er an dieser Stelle für den Investor spreche, löste bei den meisten Anwesenden helle Empörung aus.

»Feigling!« »So e Seggel!« »Hoseschisser!«

Auch bei Kaltenbachs Nachbarn sah man Kopfschütteln und hörte laute Zwischenrufe.

»So sind die hohen Herren! Zuerst goldene Gänse versprechen und dann verduften!«

»Der kann nicht zugeben, dass er verloren hat. Statt sich hinzustellen, zieht er den Schwanz ein!«

Vereinzelt waren jetzt Buhrufe zu hören. Der Referent des OB musste mehrere Male energisch um Ruhe bitten.

»Wir wollen uns anhören, was Herr Altstätter zu sagen hat.«

Es brauchte einen weiteren Anlauf, ehe der Redner endlich zu Wort kam. Altstätter bedauere, von seinem Herzensprojekt »Emmendingen 3000« Abstand nehmen zu müssen. Die tragischen Ereignisse der letzten Tage hätten ihn zutiefst erschüttert. Der gute Ruf und die positive Firmenethik hätten ihm keine Wahl gelassen, als sich vollständig zurückzuziehen. Am Ende ließ er für die gute Zusammenarbeit mit der Stadt und den Bürgern seinen Dank ausrichten. Für die Zukunft wünsche er alles Gute. Als Zeichen seines guten Willens erlaube er sich, den Bürgern eine finanzielle Spende zu übergeben, über die die Stadt nach eigenem Gutdünken frei verfügen könne.

Das war alles. Als er geendet hatte, war es in dem großen Raum für einen Moment völlig still. Dann begannen alle gleichzeitig zu reden und zu gestikulieren. Es wurde laut, Worte flogen hin und her, wieder ertönten Beschimpfungen.

Kaltenbach hatte während der letzten Minuten die beiden Männer im Anzug beobachtet. Der Begleiter, der während der ganzen Zeit kein Wort gesagt hatte, war überaus nervös. Er hatte sich an seine Aktentasche geklammert und hielt den Blick gesenkt. Klungler wirkte dagegen auf den ersten Blick ruhig und geschäftsmäßig. Erst bei näherem Hinsehen merkte Kaltenbach die Anspannung. Sein Gesicht war bleich und unbewegt, das Blatt mit der Erklärung zitterte leicht in seinen Händen. Kaltenbach war kaum überrascht. Wenn es stimmte, was Walter über Altstätters Geschäftsgebaren und seine Mitarbeiter vor Ort erzählt hatte, war das Ende des Emmendinger Zukunftsprojekts gleichbedeutend mit dem Ende seiner lukrativen Anstellung bei Altstätters Firma.

Dem Gesprächsleiter gelang es nur mühsam, die Gemüter zu beruhigen. Er bedankte sich für die Informationen und bat um Verständnis, dass man es zum jetzigen Zeitpunkt dabei belassen müsse. Die Stadt werde sich zu gegebener Zeit zum weiteren Vorgehen äußern.

Wieder wurde es laut. Altstätters Abgesandte packten ihre Sachen und verließen eilig den Saal. Der OB stand im Hintergrund und hatte mit einigen seiner Räte die Köpfe zusammengesteckt. Grafmüller hüpfte in dem Tumult hin und her und hielt Kamera und Mikrofon im Dauereinsatz. Walter war von einigen Getreuen umringt, die ihm mit strahlenden Gesichtern auf die Schulter klopften.

Kaltenbach hatte genug gesehen. Er zwängte sich an heftig diskutierenden Gruppen vorbei und flüchtete hinaus ins Freie. Fünf Minuten später umfing ihn die wohltuende Stille in »Kaltenbachs Weinkeller«. Er ließ sich in den großen Ohrensessel fallen und atmete einige Male tief durch. Es war klar, dass es mit der Erklärung des Investors nicht vorbei war. So rasch würde die Stadt nicht zur Tagesordnung zurückkehren. Seine Ahnung sagte ihm, dass die Verwerfungen unter den Beteiligten jetzt erst richtig zum Vorschein kommen würden.

Und er spürte, dass er das, was in den letzten zwei Wochen passiert war, noch einmal ganz neu würde betrachten müssen.

KAPITEL 28

Über Mittag brachte Kaltenbach seine Unterlagen zur Bank. Rainer Lange freute sich für ihn und versprach, bis zum anderen Tag den Kreditvertrag unterschriftsreif aufzusetzen. Über das Geld könne er dann direkt im Anschluss verfügen.

Kaltenbach war erleichtert, dass alles reibungslos gelaufen war. Er bedankte sich. »Ich werde dich nicht enttäuschen«, sagte er.

»Ich bin gespannt!«

Auf dem Marktplatz merkte Kaltenbach angesichts der verlockenden Wochenmarktstände, dass er Hunger hatte. Er entschied er sich für Merguez.

»Harissa dazu?«

Kaltenbach nickte und ließ sich einen halben Löffel der höllisch scharfen Würzpaste auf das Brötchen schmieren. Der erste Bissen schmeckte wie Feuer. Kaltenbach schossen die Tränen in die Augen.

»Scharf ist gut bei der Hitze«, meinte der Verkäufer hinter dem Grill mit einem Augenzwinkern. »Eine neue Soße. Direkt aus Mulhouse. Und die haben sie aus Marokko.«

Kaltenbach kaute tapfer. Er hatte es gerne gut gewürzt, aber dies hier war außergewöhnlich. Er blies die Backen und wedelte mit den Fingern vor dem Mund. »Nicht – schlecht!«, keuchte er.

Um satt zu werden und die Geschmacksknospen zu beruhigen, gönnte er sich hinterher noch eine Schale Pommes pur. Zurück im Laden trank er zwei große Gläser kaltes Wasser nacheinander. Dann nahm er das Schild von der Tür. »Früher zu, früher auf«, brummte er vor sich hin und stellte sich auf einen langen Nachmittag ein.

Natürlich war die Entscheidung Altstätters Stadtgespräch. Keiner seiner Emmendinger Kunden ließ sich die Gelegenheit zu einem Schwätzchen entgehen. Zwischenzeitlich kam sich Kaltenbach in seinem eigenen Laden vor wie in einer Kneipe. Er staunte wieder einmal, wie geschickt seine Mitbürger ihre Emotionen mit nüchternen Kommentaren verbanden. Allen voran Erna Kölblin.

»Des kann nit si, dass der Altstätter sich nit hett sehe lasse. Z'erscht macht er alli verruggt mit sine Millione, dann druggt er sich un schickt sini Lakaie vor!« Frau Kölblin sprach in ihrer unnachahmlichen Art aus, was viele dachten. »Aber zum Glick isch jetz Rue. Verlore hemmer nix, nur nix gwonne.«

Mit dieser fast schon populärphilosophischen Erkenntnis nestelte sie vor Kaltenbachs Augen ihre beiden Buttons von der Bluse und warf sie in den Papierkorb. »'s Lebe goht witter. Un des isch guet so. Jetz memer nur noch de Mörder fange. Gell, Lothar?«

Am Abend hatte Kaltenbach so viel verkauft wie seit Tagen nicht mehr. Es war klar, dass es heute bis in die Nacht auf den Balkonen, Terrassen und in den Gärten hoch hergehen würde. Bis er alles aufgeräumt hatte, dauerte es eine Weile. Und so war es gegen halb acht, als er mit dem Wagen in den Hof des Kirchmattbauern einbog. Ein freudig bellender Wilhelm sprang ihm schwanzwedelnd entgegen.

Kaltenbach holte eine Dose unter der Treppe hervor, öffnete sie und kippte den Inhalt auf den Teller. Sofort stürzte sich Wilhelm darauf.

»Du könntest mal ein Bad vertragen! Und ordentlich durchgebürstet werden müsstest du genauso!« Wilhelm hob nur kurz den Kopf, als Kaltenbach mit ihm sprach, dann fraß er weiter. Kaltenbach fragte sich, wie und wo der Hund den Tag verbrachte. Und vor allem, wo er schlief. Er war sich ziemlich sicher, dass Wilhelm auch noch anderes fraß als die tägliche Büchsenration. Hunde waren Allesfresser. In einem Fernsehbericht über herrenlose Straßenhunde in Rumänien hatte er gesehen, womit sich die Tiere begnügen mussten, wenn sie nichts anderes hatten. Küchenabfälle, altes Brot, Suppenreste wurden nicht verschmäht. Aber auch Kleintiere wie Mäuse, Ratten und Vögel.

»Wilhelm, Wilhelm! Pass nur auf, dass dich der Förster nicht erwischt!«

Warum sollte er ihn eigentlich nicht mit zu sich nach Hause nehmen? Das wäre zumindest für ein paar Tage eine Lösung. Er würde ihn zwar an die Leine legen müssen, aber er konnte hinter der Garage unterm Dach schlafen, das

Füttern ginge einfacher, und er wäre gut aufgehoben und konnte keinen Unsinn anrichten. Kaltenbach spülte den Teller aus und goss frisches Wasser in die Plastikschüssel nach. Zumindest einen Versuch wollte er wagen.

Es war hoffnungslos. Kaltenbachs Aufforderung, durch die offene Heckklappe ins Auto zu springen, fasste Wilhelm als Einladung zum Spiel auf. Er flitzte um den Wagen, schlug Haken, stellte die Vorderpfoten auf die Stoßstange. Einmal hüpfte er sogar hinein, nur um Sekunden später wieder wie der Blitz über den Hof zu sausen.

»Ich sehe, du bist kein Autofahrer«, lachte Kaltenbach, der selbst außer Atem gekommen war, und kraulte das hechelnde Tier hinter den Ohren. Er schloss die Klappe wieder, dann nahm er ein Stück Holz, das auf dem Boden lag. »Wir sehen uns morgen. Aber einer geht noch!« Er zeigte das Holz vor, dann schleuderte er es in hohem Bogen ins nahe Feld. Wilhelm sprang in großen Sätzen hinterher.

Kaltenbach stieg ein und fuhr langsam vom Hof. Im Rückspiegel sah er, wie Wilhelm ihm mit dem Holz im Maul hinterherlief. Bis zur Straße begleitete er ihn. Dann blieb er stehen und sah ihm nach.

Nachdem er geduscht und sich umgezogen hatte, holte Kaltenbach eine Flasche Markgräfler Gutedel aus dem Kühlschrank und ging hinüber ins Nachbarhaus. Seine Vermieter saßen auf der Terrasse in der Abendsonne. Frau Gutjahr hatte es sich auf der Campingliege bequem gemacht, ihr Gatte saß auf der Bank und blätterte in der »Badischen«.

»Salli, zusammen!«

»Salli, Lothar! Schön, dich mal wiederzusehen. Wie geht's?« Herr Gutjahr deutete auf die Flasche. »Gibt's was zu feiern?«

»Es gibt immer etwas zu feiern. Ihr habt es schon gehört?«

»Freilich, heute Mittag.«

Natürlich hatten die beiden längst mitbekommen, was geschehen war. Kaltenbach wusste, dass die Gutjahrs nicht begeistert über das geplante Projekt gewesen waren. Die Ruhe im Dorf war ihnen mehr wert als das »neumodische Zeugs«, wie Frau Gutjahr die Pläne genannt hatte.

»Setz dich, ich hole Gläser.« Sie stemmte sich ächzend aus der Liege hoch und verschwand im Haus. Kurz darauf erschien sie wieder mit einem Tablett, auf dem sich ein Korkenzieher, drei Weingläsern und eine bis an den Rand gefüllte Karaffe Wasser befanden.

Kaltenbach öffnete die Flasche und schenkte ein.

»Was sagen denn die Malecker?«, fragte er, nachdem sie den ersten Schluck probiert hatten.

»Teils, teils«, antwortete Herr Gutjahr.

»Ich denke, die meisten sind froh darum«, sagte seine Frau.

»Der ganze Trubel hier, das wollen wir nicht«, ergänzte er.

Frau Gutjahr nickte. »Glaube mir, Lothar, es ist besser so.«

Für einen Moment schwiegen alle. Die abendliche Ruhe über dem Dorf war mit den Händen greifbar. Im Gebüsch raschelte eine Amsel.

»Wie geht's der Mutter?«, nahm Kaltenbach das Gespräch wieder auf.

»Die Hitze macht ihr zu schaffen. Das Herz ist nicht mehr das beste. Du hast es ja selber neulich erlebt.«

Kaltenbach beschloss, das heikle Thema anzusprechen.

»Das, was sie so aufgeregt hat – ich habe inzwischen ein bisschen mehr dazu erfahren«, meinte er vorsichtig. »Da ging es um die Mutter des Kirchmattbauern, oder?«

Die beiden Gutjahrs warfen sich einen überraschten Blick zu. »Woher weißt du das?«, fragte Herr Gutjahr.

»Man hört so einiges. Aber vor allem von Elisabeth Winterhalter. Ich habe sie im Krankenhaus besucht.«

»Aha. Ja, die Winterhalters. Die waren schon immer irgendwie anders. Vor allem der Franz. Der war ja so alt wie wir beide. Immer ein Außenseiter. Schon in der Schule.«

Kaltenbach merkte, dass er konkreter werden musste. »Da soll etwas vorgefallen sein. Mit einem Franzosen, im Krieg.«

Wieder wechselten die beiden einen raschen Blick.

»Die Mutter vom Franz soll etwas mit einem Franzosen gehabt haben«, hakte Kaltenbach nach. »Und dann hat er sie wohl sitzen lassen.«

Frau Gutjahr verzog den Mund, ihr Mann kratzte sich am Kopf und raschelte mit der Zeitung. Kaltenbach wartete.

»Es ist lange her«, begann Frau Gutjahr. »Genau weiß ich es auch nicht. Von meiner Mutter eben. Und die war auch noch so jung damals.«

»Er hat sie Chérie genannt, nicht wahr?«

»Du hast gute Ohren, Lothar. Es stimmt. So haben sie sich genannt, die jungen Leute. Und bei den anderen hieß er dann der ›Scheerie‹. Man wusste es nicht besser.« Sie machte eine Pause und nippte an ihrem Wein. »Du musst das verstehen. Das waren andere Zeiten damals! Und noch dazu ein Franzose!«

Kaltenbach schenkte nach. Er hörte gespannt zu.

»Später wurde alles verschwiegen. Der Franz bekam einen neuen Vater, dann war alles gut. Aber geschnitten haben sie ihn trotzdem. Sein ganzes Leben lang.«

»Was ist mit dem Franzosen geschehen?«

Frau Gutjahr starrte nachdenklich in ihr Glas. »Ich weiß es nicht. Darüber hat Mutter nie etwas erzählt.« Ihre Stimme wurde leiser. »Es gab Gerüchte. Er hätte sich umgebracht, hieß es, oder er sei desertiert und verurteilt worden. Manche sagten, er sei abgehauen und hätte dann eine andere geheiratet. In Frankreich. Vielleicht hat man ihn auch bedroht und fortgejagt. Gegen das Dorf hatte er keine Chance.«

»Sag ruhig noch das andere«, meinte ihr Mann, der die letzten Minuten geschwiegen hatte.

Frau Gutjahr sah ihn an, dann wandte sie sich zu Kaltenbach. »Es gibt noch ein anderes Gerücht.« Sie senkte die Stimme ein wenig mehr, so als habe sie Angst, es könnte jemand mithören. »Es hieß, ein paar Männer aus dem Dorf hätten ihn erschlagen und irgendwo vergraben.«

Kaltenbach durchzuckte ein plötzlicher Gedanke. Das Kreuz auf der Karte! Konnte es sein, dass …

»Mutter hat immer wieder Andeutungen gemacht, die ich nicht verstanden habe. Irgendetwas Schlimmes musste sie erlebt haben.« Sie setzte sich auf und trank einen Schluck. »Ich glaube nicht daran«, fuhr sie langsam fort. »Wir reden da nicht mehr darüber. Es regt sie zu sehr auf. Und du auch nicht, Lothar!«, wandte sie sich an Kaltenbach. »Versprich mir, dass du sie nicht darauf ansprichst. Es könnte ihr Tod sein.«

Kaltenbach nickte. »Natürlich. Keine Sorge.«

Wieder trat Schweigen ein. Die Hügel und Felder um Maleck überzogen sich mit Abendrot. Im Osten Richtung Elztal dunkelte es rasch.

»Die arme Elisabeth«, sagte Frau Gutjahr nach einer Weile. »Man sollte ihr helfen, jetzt, wo es sie so übel erwischt hat. Vielleicht kann das Dorf ein wenig gutmachen nach all den Jahren.«

Herr Gutjahr nickt langsam. »Vielleicht. Aber es wird schwer werden.«

KAPITEL 29

»Eines sage ich dir: Für dich mache ich das nicht!« Fritz Schätzle knurrte so missmutig, als stünde ihm ein Klaviertransport in den fünften Stock eines Miethauses bevor.

»Ich weiß. Du bist der netteste Nachbar, den ich kenne. Immer hilfsbereit«, lachte Kaltenbach. Er ließ seinen Blick über das Innere von Schätzles Schopf wandern. Der Ortsvorsteher hatte eine stattliche Sammlung an Gartengeräten und Bauwerkzeugen. Dazwischen standen Kisten mit Äpfeln vom Vorjahr, eine riesige Werkbank und ein Benzinrasenmäher. »Wir sollten besser noch eine zweite Schaufel mitnehmen. Und ein Seil.«

»Ein Seil? Wozu das denn?«

»Ein Seil ist immer gut. Man kann nie wissen. Hast du noch eine Taschenlampe?«

»Ja, aber die Batterien sind schwach. Wir nehmen die hier.«

Er öffnete die Tür eines der Metallspinde und brachte eine uralte Petroleumlampe zum Vorschein. Er prüfte den Docht und schüttelte sie leicht. »Ist noch ziemlich voll, das müsste reichen.«

Kaltenbach prüfte unterdessen zum dritten Mal seine Stablampe, die er extra noch im Baumarkt gekauft hatte. Der Strahl warf einen kräftigen Kegel, der sogar im Hellen gut zu sehen war.

»Also los, gehen wir. Ist trotzdem Blödsinn, das Ganze.« Schätzle schulterte die beiden Schaufeln und eine Hacke, die Lampe hängte er an den Gürtel. Kaltenbach nahm Spaten, Stemmeisen und Hammer, das Seil schlang er sich um die Schultern. Die beiden Männer sahen aus wie moderne Goldgräber auf dem Weg ins Bergwerk.

»Hoffentlich sieht uns keiner«, brummte Schätzle.

»Es ist nicht verboten, was wir machen!«

»Genau genommen schon. Der Wasserstollen ist Eigentum der Stadt. Und ich bin ihr Repräsentant.«

»Na also. Dann kann doch nichts schiefgehen.«

»Außer, dass sie mich auslachen.«

Einige Stunden zuvor hatte Kaltenbach sich entschlossen, Schätzle einzuweihen. Er hatte ihm von dem Gespräch mit den Gutjahrs am Abend zuvor berichtet. Die Gerüchte um den Franzosen und dessen plötzliches Verschwinden hatte Schätzle natürlich längst gekannt. »Altweibergetratsche! Romantischer Kram!« So und ähnlich waren seine Kommentare ausgefallen. Erst als Kaltenbach von der Kartenskizze mit dem Kreuz erzählte, war er aufmerksam geworden. Schließlich siegte die Neugier. Trotz aller Skepsis hatte er sich letztlich breitschlagen lassen, den Stollen näher zu untersuchen. »Aber nur, um Elisabeth einen Gefallen zu tun!«

Zum Glück mussten sie das Werkzeug nicht weit schleppen. »Eine Machete wäre jetzt nicht schlecht«, meinte Kaltenbach, als sie nach zehn Minuten erneut vor dem überwucherten Stolleneingang standen.

»Unsinn. Das geht auch so.« Schätzle hieb ein paarmal mit der Kante seiner Schaufel in die Ranken. Den Rest knickten sie um.

»Jetzt die Tür. Je weiter wir sie aufbekommen, desto mehr Licht kommt hinein.« Dies war bereits deutlich schwieriger, da sich direkt davor ein kräftiger Ahornschössling breitgemacht hatte. Kaltenbach bog ihn mit zwei Händen zur Seite, während Schätzle gleichzeitig die Tür daran vorbeidrückte.

»Das muss reichen!«, sagte er. »Gib mir mal die Taschenlampe!« Schätzle leuchtete in den Eingang, an dem dichte Spinnweben wie Vorhänge hingen. Von der Decke ragten Wurzeln herunter.

Vorsichtig gingen sie vorwärts. Bereits nach wenigen Schritten wurde die Luft spürbar kühler. Der Boden war staubig und trocken, vereinzelt lagen Steine und Erdbrocken herum.

»Hörst du das?« Kaltenbach blieb stehen und legte den Finger an den Mund. Ein leises Rauschen war zu vernehmen, ab und zu von einem deutlichen Gluckern unterbrochen.

»Das Wasser!« Die Leitung trat hier besser sichtbar hervor, das meiste war jedoch mit Erde bedeckt.

Nach etwa 20 Metern blieben sie erneut stehen. »Oha, jetzt wird es schwierig«, meinte Schätzle, der vorausging. Kaltenbach sah, was er meinte. Vor ihnen türmte sich über die ganze Breite des Ganges ein Erdhügel auf. Schätzle leuchtete nach oben. »Die Decke ist eingebrochen! Wir müssen vorsichtig sein. Das ist alles nicht gesichert hier!«

»Ich habe es doch geahnt, dass wir Schaufeln brauchen!«, meinte Kaltenbach. Die verbliebene Öffnung war zu schmal, um hinüberzuklettern.

»Vielleicht müssen wir gar nicht weiter«, meinte Schätzle, den die Aussicht auf Buddeln nicht gerade begeisterte. »Lass uns mal überlegen. Wo genau ist das Kreuz eingezeichnet?«

»Leuchte mal.« Kaltenbach zog die Plastikhülle mit der Kartenkopie hervor. »Schwer zu erkennen. Die Skizze ist zu ungenau. Auf jeden Fall auf der linken Seite. Vom Eingang aus gesehen.«

»Dann sollten wir noch einmal genauer nachsehen, ehe wir graben.«

Sie gingen zurück zum Eingang. Kaltenbach holte den Hammer, Schätzle zündete die Petroleumlampe an. »Wir wechseln uns ab«, sagte er. »Aber sei vorsichtig. Wir wissen nicht, wie stabil das Ganze ist.«

Die Petroleumlampe flackerte ein paar Sekunden, dann begann der Docht ruhig zu brennen. Warmes Licht breitete sich über die Wand aus.

Die ersten Meter hinter dem Eingang waren mit Sandsteinen verbaut. »Wenn es irgendeine Höhlung gibt, werden wir es hören.«

Kaltenbach klopfte mit dem Stiel seines Hammers die rohen Quader ab. Er reckte sich nach oben, so weit er konnte, und beugte sich dann hinunter auf Kniehöhe. Meter um Meter arbeiteten sich die beiden Männer abwechselnd vorwärts, doch zu ihrer Enttäuschung klang das Klack-Klack des Holzes überall gleich.

Nach 20 Minuten waren sie an der Stelle angelangt, an der die Decke eingebrochen war.

»Was jetzt?«, fragte Schätzle, auf dessen Hemd sich trotz der angenehmen Temperaturen Schweißflecken abzeichneten. »Vielleicht doch auf der anderen Seite? Oder sollen wir es lassen?«

Kaltenbach schüttelte den Kopf. »Weiter. Denk an Elisabeth Winterhalter.«

Schätzle stellte die Lampe ab und nahm seine Schaufel. Mit ein paar kräftigen Stößen erweiterten sie die schmale Öffnung so, dass sie über das Hindernis hinwegsteigen konnten.

Dahinter wurde es dunkler und deutlich kühler. Das Licht vom Stolleneingang war nur noch schwach zu erkennen.

»Jetzt haben wir ein Problem«, sagte Schätzle, als er mit der Stablampe den vor ihnen liegenden Gang ausleuchtete.

Kaltenbach spähte über seine Schulter nach vorne. Die eingebrochene Decke war nicht das einzige Hindernis, das sich ihnen entgegenstellte. Der Lichtstrahl fiel auf einen Gang, der mehr einer Mondlandschaft als einem begehbaren Stollen ähnelte.

Die Wände waren zu beiden Seiten nicht mehr mit Steinen abgestützt, stattdessen trat das blanke Erdreich hervor, an vielen Stellen waren große Brocken herausgebrochen. Der Boden war übersät mit Steinen und Erdhaufen in allen Größen, von der Decke hing ein verfilztes Netz aus Wurzeln. Es roch muffig.

»Das ist das Ende«, stöhnte Schätzle. »Hier können wir nichts mehr ausrichten.«

Kaltenbach musste schweren Herzens zugeben, dass er recht hatte. »Hier kommen wir mit unserem Werkzeug nicht weiter. Das würde Tage und Wochen dauern.«

»Außerdem wird mir das zu gefährlich«, meinte Schätzle. »Ich gehe keinen Schritt weiter!«

Kaltenbach hockte sich auf einen der Erdhaufen. »Warte noch!« Er spürte die Enttäuschung in sich aufsteigen. Sollte er mit seiner Vermutung so falschgelegen haben? Die Skizze, das Kreuz – es musste etwas hier unten sein. Es musste!

»Lass uns überlegen«, sagte er langsam. »Wenn du etwas hier unten verstecken wolltest, würdest du dann zuerst die Steine aus der Wand heraushauen und dann wieder einsetzen? Oder wärst du noch tiefer in den Berg gestiegen, auf die Gefahr hin, später nicht mehr an den Ort heranzukommen?«

»Vielleicht ist es ja gar kein Versteck«, meinte Schätzle, der sich in der ganzen Situation sichtlich unwohl fühlte. »Vielleicht sollte man später gar nicht mehr wiederfinden, was hier verborgen wurde.«

Kaltenbach schluckte. Etwas verbergen, was man gar nicht mehr finden sollte! Einen Toten zum Beispiel!

Er gab sich einen Ruck. »Ich will mich noch einmal umschauen. Stell doch mal die Lampe dort drüben hin!« Er deutete auf eine Steinplatte, die an der Wand des Stollens auf einen der Erdhügel gerutscht war.

An dieser Stelle war ein besonders großes Stück aus der Wand herausgebrochen. Die Öffnung war direkt über dem Boden und gerade so groß, dass man gebückt hineinkriechen konnte.

Kaltenbach kniete nieder und leuchtete mit der Taschenlampe.

»Ich glaube, da ist etwas!« Er ließ den Lichtstrahl nach hinten gleiten. »Ziegel! Da hinten sind Backsteine!«

Schätzle quetschte sich neben ihn. »Tatsächlich. Das sieht aus, als hätte jemand die Wand vermauert!«

»Gib mir den Hammer!« Kaltenbach packte das Entdeckerfieber. Die ersten Schläge klangen hohl. »Das ist es!« Er holte aus, so gut es in dem engen Schacht möglich war. Schon nach dem ersten kräftigen Schlag brach ein Loch in die Ziegelwand. Er löste ein paar weitere Steine, bis er sich mit dem Oberkörper in die Öffnung hineinzwängen konnte.

Die Kammer, die sich vor Kaltenbach auftat, war kaum so groß wie ein Kleiderschrank. Dumpfe Luft schlug ihm entgegen.

»Was siehst du?«, hörte er Schätzle aufgeregt rufen.

Kaltenbach leuchtete hinein. »Eine Kiste! Ein paar Decken!« rief er.

»Kommst du dran?«

»Ich versuche es!«

Kaltenbach zwang sich, ruhig zu bleiben. Er durfte nicht alle Vorsicht vergessen. Wenn die Höhle über ihm einbrach, würde es kritisch werden.

Er schloss die Augen. Das Atmen fiel ihm schwer. Der Staub der eingestürzten Ziegel hing in der Luft. Für einen Moment hatte er das Gefühl, ersticken zu müssen.

Jetzt richtete er das Licht wieder auf die Kiste. Sie war aus Holz und schien stabil zu sein. An der ihm zugewandten Seite war ein eiserner Haltegriff angeschraubt. Mit ausgestreckter Hand konnte er ihn gerade erreichen.

»Das Seil!«, rief er. Jetzt wusste er, warum er darauf bestanden hatte.

»Moment. Hier!« Schätzle reichte es ihm durch. Wieder streckte sich Kaltenbach, so gut er konnte. Um ihn herum knackte es verdächtig. Von der Decke fielen kleine Steinchen auf seine Schultern.

Mit dem zweiten Versuch gelang es ihm, das Seilende

durch den Griff zu schieben und wieder zu sich herzuziehen. Er machte einen Knoten, dann zog er vorsichtig.

»Sie bewegt sich!«, rief er. »Wir versuchen es!« Er robbte auf allen vieren zurück in den Stollen. »Jetzt ziehen. Langsam. Schön langsam!« Stück für Stück bewegte sich die Kiste, bis sie schließlich vor ihnen auf dem Stollenboden lag.

Im Schein der beiden Lampen betrachteten sie ihren Fund von allen Seiten. Die Kiste war aus massivem Holz, breite Eisenbeschläge zogen sich über den gewölbten Deckel und die Seitenwände. Auf der Rückseite befand sich ein zweiter Haltegriff. Daran baumelte ein riesiges Vorhängeschloss.

»Jetzt bin ich gespannt!« Schätzle hob den Spaten.

»Halt!« Kaltenbach ging dazwischen. »Nicht hier. Wir nehmen die Kiste mit.«

»Wohin?«

»Zu dir in den Schopf.«

Schätzle verzog den Mund. »Von mir aus. Aber auf die Straße gehe ich nicht damit. Ich hole das Auto.«

»Gute Idee.«

Mit vereinten Kräften schleppten sie die Kiste zum Stolleneingang. Schätzle versuchte es mit Humor. »Ganz schön schwer. Das ist bestimmt der Schatz der Hachberger. Alles voll Gold!«, schnaufte er.

»Oder Kartoffeln vom letzten Kriegswinter«, grinste Kaltenbach. »Beeil dich. Ich warte hier.«

Während sich Schätzle auf den Weg machte, drückte Kaltenbach die Tür wieder zu. Dann betrachtete er die Kiste genauer. Von der Größe her konnte zumindest keine Leiche darin verborgen sein. Elisabeth Winterhalter musste weiter hoffen, eine vernünftige Erklärung für das

Verschwinden ihres Großvaters zu finden. Doch warum hatte der Kirchmattbauer die Erinnerung an das Versteck gehütet? Ein Gedanke durchzuckte ihn. Was wäre, wenn Schätzle recht hätte? Waren sie etwa doch auf den Hochburgschatz gestoßen, hinter dem Kienle her gewesen war?

Nach ein paar Minuten hörte er Schätzles Wagen. Der Ortsvorsteher hatte seinen zweirädrigen Anhänger angekuppelt. Sie hievten die Kiste auf die Ladefläche, dazu sämtliche Werkzeuge, die sie mitgebracht hatten. Schätzle fuhr den Weg nach oben, wendete und rollte zurück zu seinem Hof.

Im Schopf räumten sie die Werkbank frei.

»Was jetzt, ohne Schlüssel?«, fragte Schätzle, als die Kiste endlich vor ihnen auf der Holzplatte lag. Sie war kaum angestaubt und sah nicht aus, als sei sie seit zwei Generationen unter der Erde verborgen gewesen. »Soll ich nicht doch das Schloss aufschlagen?«

Kaltenbach sah sich in dem Raum um. »Wir versuchen es damit.« Er griff nach einem überdimensionalen Bolzenschneider, der zusammen mit anderen Werkzeugen an einer Wandhalterung hing.

»Der ist wohl noch aus deiner Zeit als Fahrraddieb«, lachte Kaltenbach. »Komm, hilf mir. Wir wollen nicht mehr zerstören als nötig.«

Er setzte die Zange ein paarmal an, ehe er den richtigen Winkel gefunden hatte. Mit einem trockenen Knacken sprang der Bügel entzwei.

Schätzle zog den Deckel auf. »Jetzt bin ich gespannt.«

Das Innere war mit einer Decke zugedeckt. Darunter kamen ein graues Kleidungsstück aus festem Stoff und ein Gürtel zum Vorschein. Auf dem Koppelschloss war ein Adler mit einem Hakenkreuz eingeprägt. »›Gott mit uns‹«, las Schätzle. »Eine Uniformjacke. Deutsche Wehrmacht«, meinte er.

Darunter lag ein Gewehr. Der Holzschaft glänzte, der Lauf schimmerte matt. Schätzle nahm es auf und zielte Richtung Deckenlampe. »Ein Karabiner. Eingeölt und offensichtlich gut erhalten.«

»Du kennst dich aber aus!«, staunte Kaltenbach.

»Ein bisschen. Ich habe mich früher einmal eine Zeit lang mit Militärgeschichte befasst.« Er schlug ein schmutziges Tuch auseinander und zog eine weitere Waffe heraus. »Das hier ist eine Walther P38. Standard-Ordonnanzpistole bis 1945. Die wurde noch nach dem Krieg benutzt. Und hier ist die Munition dazu.« Eine Pappschachtel ohne Aufschrift, die danebenlag, war gefüllt mit Patronen.

Beim Anblick der Pistole spürte Kaltenbach ein unangenehmes Ziehen im Bauch. Die Waffe erinnerte ihn an ein Abenteuer, das noch nicht lange zurücklag, und das ihn fast das Leben gekostet hatte.

»Ein Waffenversteck!« Er bemühte sich, nüchtern zu denken. »Das Waffenversteck des Kirchmattbauern.«

»Wer weiß«, meinte Schätzle. »Hier ist noch etwas.« Er nahm vom Boden der Kiste eine eckige Blechdose heraus. Sie war auf allen Seiten verbeult und zerkratzt. Auf dem Deckel war eine halb verwitterte Werbeaufschrift zu lesen.

»Noch mehr Munition?«

Der Deckel war verbogen und etwas eingedrückt. Schätzle nahm einen Schraubenzieher und schob die Klingenspitze unter den Rand. Vorsichtig drückte er, bis der Deckel aufsprang. Beide Männer staunten, als sie den Inhalt sahen.

Die Dose war bis an den Rand gefüllt mit Goldmünzen. Dazwischen lagen ein paar Ringe und Broschen, dazu eine Kette mit einem goldenen Kreuz. In einem braunen Umschlag steckte ein Bündel Scheine.

»Die Sparbüchse!«

Kaltenbach nahm eine der Münzen heraus und betrachtete sie. Das massige Profil Hindenburgs war zu sehen, auf der Rückseite der Reichsadler.

»Zehn Reichsmark. Das war nicht wenig damals«, bemerkte Schätzle, der einen der Scheine in der Hand hielt. »Ich glaube nicht, dass das alles nur einem gehört hat. Da haben wohl ein paar Malecker ihr Erspartes in Sicherheit gebracht.«

»Von dem wir uns heute leider nichts mehr kaufen können«, entgegnete Kaltenbach.

»Was macht ihr denn da?« Vom Hof her war eine Stimme zu hören. Schätzles Frau steckte neugierig den Kopf in die Tür. Kaltenbach entschied rasch, dass es keinen Sinn machte, ihren Fund zu verheimlichen.

»Männerspielzeug«, lächelte er. »Nichts Aufregendes.«

»Aber das ist ja ein Gewehr!« Sie starrte mit weit aufgerissenen Augen auf die Waffe. »Was habt ihr …«

»Keine Sorge, mein Schatz.« Auch Schätzle reagierte prompt. Er legte den Arm um seine Gattin. »Jetzt setzen wir uns in den Garten, machen ein gutes Fläschchen auf und erzählen dir eine spannende Geschichte.«

»Die noch lange nicht zu Ende ist«, murmelte Kaltenbach nachdenklich, als er hinter den beiden herging. Hatte er wirklich alle Fragen geklärt?

KAPITEL 30

Seine Augenlider waren schwer wie Blei. Mit viel Mühe zwängte er sie zu zwei schmalen Schlitzen auseinander. Gleißende Helle platzte herein, fuhr wie eine stechende Flamme in seine ausgedörrten Gedanken. Auf den Wangen tobte ein Netz aus Millionen winziger Körner, heiß wie Kohlestücke und schimmernd wie die Schuppen einer Wüstenechse.

Fast hatte er den oberen Rand der Düne erreicht. Hände, Füße, Finger und Knie gehorchten den letzten Überbleibseln seines Willens, ehe er auf die Größe einer Stecknadelspitze zusammenschrumpfte. Er hatte nichts mehr zu geben. Er wehrte sich nicht, als der gewaltige Sandberg sich unter ihm aufbäumte und den Boden mitsamt dem ausgemergelten Körper emporhob. Seine Finger verloren den letzten Halt, er glitt ab, rutschte rasch und unaufhaltsam.

Dunkelheit umfing ihn. Eine Höhlung, kaum größer als er selbst. Wände, Decke und Boden atmeten rau und schwer, drängten sich an seinen Leib, pressten sich an seine Haut. Kein Schrei erlöste ihn von der panischen Enge, gefangen im Irgendwo, ohne Vor und Zurück, ohne Unten und Oben.

»Nimm dir, so viel du willst.«

Die Stimme der weißen Jungfrau verströmte Licht und Raum. Die harte Schale um ihn zog sich zurück, wurde Form, hölzerne Wände. Er stemmte sich auf, seine Hände spürten unter sich das Gold, die edlen Steine, das Geschmeide.

»Der Schatz. Er gehört dem, der ihn verdient. Nimm

ihn, so werde ich sterben.« Ihr Lachen wurde zu Tränen, die in silbernen Bahnen über ihre Wangen perlten.

Er streckte die Arme aus, seine Finger berührten den Saum ihres Kleides.

»Mon Chérie!«

Das Bild leuchtete auf und verblasste im nächsten Moment zu einer sepiafarbenen zerknitterten Fotografie. Der Stoff zwischen seinen Fingern verwandelte sich in die Maschen eines lebendigen Netzes. Tausende Wurzelfäden umspannen ihn, umschlangen seine Arme, seine Beine, seinen Hals. Die Wand kam zurück, rasch, unausweichlich. Er wehrte sich aus Leibeskräften, zog, drückte, strampelte …

Das mechanische Schnarren des Weckers zog Kaltenbach zurück in den Morgen. Er zerrte das Leintuch von seinem Hals und atmete heftig. Er drückte die Schlummertaste, dann ließ er sich zurück ins Bett fallen. Ermattet schloss er die Augen. Sein Herz klopfte von der Anstrengung.

Dabei hatten sie zu dritt gerade einmal zwei Fläschchen getrunken. Der Abend war heiter und beschwingt ausgeklungen. Schätzles Frau hatte sich mit Kaltenbachs Erklärung zufriedengegeben, er hätte durch Zufall aus einem Buch zur Dorfgeschichte von dem Versteck erfahren. Ihr Mann hätte ihm lediglich geholfen, die Sachen zu bergen. Mit fantasievollen Plänen für ein künftiges Malecker Heimatmuseum war man auseinandergegangen, und Kaltenbach war todmüde ins Bett gefallen.

Wieder schnarrte der Wecker. Kaltenbach realisierte, dass es Samstagmorgen war. Dieses Mal stellte er den Wecker aus und stand auf. Das handwarme Duschwasser half ihm, seinen Kopf allmählich klarer zu bekommen.

Der Träumer in ihm hatte den Wettstreit mit der Realität verloren. Hatte er wirklich geglaubt, ein verwestes Skelett oder sonst ein makabres Überbleibsel zu finden? Seine Fantasie hatte ihm einen Streich gespielt. Wieder einmal.

Er trocknete sich ab, putzte die Zähne und zog sich an. Vielleicht war es das Beste, wenn er in den nächsten Tagen Abstand von dem Ganzen nahm. Schlechte Träume entstehen durch schlechte Verdauung, hatte er kürzlich gelesen. Vielleicht galt dies nicht nur für schweres Essen, sondern auch für allzu ausufernde Vorstellungen.

Er brühte sich einen extra starken Kaffee auf, als das Telefon läutete. Kaltenbach war überrascht, als er die Stimme von Elisabeth Winterhalter hörte.

»Ich darf heute raus«, sagte sie. »Nachher gibt es noch ein Abschlussgespräch, aber das ist reine Formsache. Ich dachte, ich gebe dir gleich Bescheid, auch wegen Wilhelm.«

»Geht es wieder besser?«

»Bei der letzten Untersuchung gab es keine Auffälligkeiten mehr. Alle Werte haben sich deutlich gebessert. Es gibt nichts, was ich nicht auch daheim auskurieren könnte.«

»Das freut mich sehr. Aber …« Kaltenbach zögerte. Wusste sie denn, wo sie hingehen sollte? Musste sie vielleicht doch zu ihrem Sohn nach Glottertal?

Elisabeth Winterhalter kam ihm zuvor. »Du fragst dich bestimmt, was ich jetzt machen werde. Um ehrlich zu sein, weiß ich es selbst noch nicht genau. Als Erstes muss ich wieder fit werden. In der Zwischenzeit werde ich mir in Ruhe Gedanken machen. Zum Glück kann ich solange bei Else unterkommen, einer alten Freundin von mir. Sie holt mich nachher ab, wir fahren in ihr Haus in Rheinhausen. Dort ist genug Platz, auch für Wilhelm. Es ist doch alles in Ordnung mit ihm, oder?«

»Ja, klar.« Kaltenbach war erleichtert. Auch wenn es ihm ein wenig leidtat, sich so rasch von dem Tier verabschieden zu müssen. Doch der Hund gehörte zu Elisabeth Winterhalter, und das war das Wichtigste. »Die Kiste mit den Sachen …«

»… kannst du noch eine Weile bei dir behalten. Wenn es dir nichts ausmacht. Ich hole sie in den nächsten Tagen ab.«

»Kein Problem.« Er überlegte für einen Moment, ob er von ihrem gestrigen Fund anhand der Karte ihres Vaters erzählen sollte. Doch er verzichtete darauf. Das hatte Zeit bis später. »Dann wünsche ich weiterhin gute Besserung. Erholen Sie sich gut. Und geben Sie Bescheid, wenn ich etwas für Sie tun kann.«

»Mach ich. Bis dann.«

Kaltenbach hatte kaum aufgelegt, als das Telefon erneut klingelte. Cousine Martina begrüßte ihn knapp und kam sofort zur Sache.

»Gestern habe ich von Onkel Josef gehört, dass du dich immer noch nicht bei ihm gemeldet hast. ›Dann wird er sehen, wo er bleibt!‹ Das war sein Kommentar. Lothar, ich habe dich gewarnt. Onkel Josef ist nicht der Mensch, der anderen hinterherläuft. Du kennst ihn ja. Du musst etwas tun. Wenn es nicht schon zu spät ist.«

Kaltenbach erschrak. Das klang ernst. Er hätte wissen müssen, dass der junge Marcel nichts ausrichten würde. Und dass die Geduld seines Onkels nicht endlos war.

»Weißt du immer noch nicht, worum es geht?«

»Er hat nichts gesagt. Aber ich bin mir sicher, da steckt etwas Größeres dahinter. Er war in letzter Zeit öfter unterwegs. Und er hatte mehrfach Besuch von Leuten, die ich nicht kannte. Beides ist ungewöhnlich.«

»Denkst du, er will das Weingut verkaufen?«

Martina lachte kurz auf. »Das kann ich mir nicht vorstellen. Onkel Josef würde eher einen Finger opfern, als einen einzigen Quadratmeter Kaltenbachboden herzugeben. Aber vielleicht verpachtet er. Und das könnte für dich genauso Folgen haben wie ein Verkauf.«

»Weißt du, ob er heute daheim ist?«

»Das ist er. Ich habe ihn schon vor einer Stunde hoch in die Reben fahren sehen. Wenn er das macht, bleibt er meistens den ganzen Tag dort.«

»Hat er ein Handy dabei?«

»Das weiß ich nicht. Du kannst es ja versuchen. Ich kann dir nur raten: Sprich mit ihm. Am besten heute noch.«

Nachdem sie sich verabschiedet hatte, atmete Kaltenbach erst einmal tief durch, dann tippte er die Nummer seines Onkels ein. Martina hatte recht. Es musste sein. Auch wenn er dadurch sein eigenes Urteil unterschrieb.

»Bei Kaltenbach«, meldete sich eine Frauenstimme. Seine Tante war überrascht und erfreut zugleich, ihren Neffen am Apparat zu haben. »Nein, Josef ist in den Reben. Das Handy nimmt er nur mit, wenn er es braucht. Und heute braucht er es nicht, sagt er. Also hat er es in der Küche liegen lassen.«

»Ich muss ihn unbedingt sprechen.«

»Dann musst du vorbeikommen. Er hat ein paarmal erwähnt, dass er mit dir reden muss.«

»Weißt du, worüber?«

»Ich kann es mir denken. Er hat Pläne. Eine große Sache, die er sich in den Kopf gesetzt hat.«

»Aber was ist es denn? Ich weiß bisher von gar nichts. Und was hat es mit mir zu tun?«

»Das ist typisch Josef«, lachte sie. »So geht es mir heute noch mit ihm. Nach über 50 Ehejahren.«

»Ist es etwas Schlimmes? Gib mir wenigstens einen Tipp!«

»Nein, lieber nicht. Er wird seine Gründe haben. Das wird er dir dann schon selber sagen.«

Kaltenbach war innerlich aufgewühlt, als er das Telefon zurück in die Halterung steckte. »Verflixte Kaltenbach-Sturschädel!«, fluchte er laut. Seine Verwirrung wegen Onkel Josefs Absichten war durch die beiden Anrufe noch stärker geworden. In seine Sorge mischte sich Ärger. »Und wegen euch komme ich auch noch zu spät!«

Der Blick zur Uhr zeigte dreiviertel neun. In Rekordtempo zog er sich Schuhe an, holte die Vespa aus der Garage und düste durch den Malecker Wald hinunter in die Stadt. Um 9.03 Uhr stand er vor der Ladentür zu »Kaltenbachs Weinkeller«.

Da noch kein Kunde in Sicht war, ging er sofort ans Telefon, um Luise zu erreichen, ehe sein Arbeitstag begann.

»Klar komme ich mit«, antwortete sie auf seine Frage, ob sie Zeit hätte. Kaltenbach war erleichtert. Onkel Josef mochte Luise sehr. Vielleicht trug ihre Anwesenheit dazu bei, ihn etwas milder zu stimmen. Außerdem hatte sie immer gute Ideen. Und wenn doch alles schiefging, würde er sich zumindest trösten lassen.

»Händchen halten oder einen Tritt in den Hintern geben?«, fragte sie und kicherte dabei.

»Haha.« Kaltenbach war nicht zu Scherzen aufgelegt. »Nichts von alldem. Geteiltes Leid ist doppeltes Leid. Oder so ähnlich. Du sollst wenigstens miterleben, wie ich in den Abgrund stürze.«

»Wie du willst. Wann?«

»Wann kannst du?«

»Ab vier?«

»Ab vier bei mir.«

Der Vormittag verlief ruhig. Die Hitzeglocke über Südbaden saß laut Wetterbericht noch bis mindestens Mitte nächster Woche fest. Kaltenbach hatte den Eindruck, dass das anstrengende Wetter half, die aufgewühlten Emotionen in der Stadt abzudämpfen. Natürlich sprach man weiter über die beiden Mordfälle und das überraschende Ende des Großprojekts. Aber das Ganze beschränkte sich zunehmend auf den Austausch von spärlichen Neuigkeiten. Die Polizei gab nur wenig Informationen heraus. Die Betroffenen, im positiven wie im negativen Sinn, zeigten sich erstaunlich zurückhaltend. Triumphgeschrei und Wehklagen hielten sich in überschaubaren Grenzen.

Einzig Grafmüller ritt auf einer Erfolgswelle. Auch heute hatte er einen Großteil der aktuellen Zeitungsausgabe bestritten. Die Absage von »Emmendingen 3000« war der Chefredaktion in Freiburg sogar eine Spalte auf der Titelseite wert. In der Rubrik »Tagesspiegel« gleich daneben durfte sich ein Soziologieprofessor der Uni über den Sinn und Unsinn von Großprojekten im semiurbanen Raum auslassen. Die Lokalseiten gehörten ganz Grafmüller. Seine Fotos füllten eine ganze Seite, Ablauf und Reaktion der Betroffenen hatte er vielfältigst eingefangen.

Natürlich schaffte es Kaltenbach nicht völlig, sich von allem zurückzuziehen. In seinem Kopf schwirrten die vielen Mosaiksteine, die er in den letzten zwei Wochen angesammelt hatte. Wenn die Theorie stimmte, dass sowohl der Tod Kienles als auch der Anschlag auf den Kirchmattbauern und dessen Hof im Zusammenhang mit dem Bauprojekt standen, konnte man gespannt sein, was in den nächsten Tagen passieren würde. Er nahm sich vor, das Geschehen in der Stadt weiter aufmerksam zu beobachten. Es war durchaus möglich, dass im Überschwang der Gefühle neue Indizien zum Vorschein kamen.

Auch Kaltenbachs zweite Theorie war noch aktuell. Es war eine Erleichterung, dass sie gestern in dem Wasserstollen keinen Toten gefunden hatten. Trotzdem blieb die Möglichkeit, dass Winterhalter in seinem Bestreben, die Geschehnisse nach dem Krieg aufzudecken, jemandem empfindlich nahegekommen war. Wer war es, der etwas zu verlieren hatte, nicht nur finanziell, sondern auch moralisch? Ob die Bezahlung mit dem Grundstück rechtlich wieder rückgängig gemacht werden konnte? Und wie passte Kienles Tod da hinein? Hatte er eine noch engere Verbindung nach Maleck, als Kaltenbach bisher herausgefunden hatte? Oder hatten seine Schwiegereltern 1945 eine Rolle gespielt, über die man bisher geschwiegen hatte?

Schließlich blieb die Frage nach dem Hochburgschatz. Der anstrengende Traum der letzten Nacht beschäftigte Kaltenbach immer noch. Was war, wenn die Sage von der Weißen Jungfrau als traurige Wächterin über unglaubliche Reichtümer doch einen realen Hintergrund hatte? Wenn Kienle dem auf die Spur gekommen war, gab es für manchen Neider Gründe genug, bis zum Äußersten zu gehen. War das Kreuz auf Winterhalters Karte mehr als eine Lageskizze für ein paar Überbleibsel aus Kriegstagen? Verbarg der Wasserstollen unter der Hochburg ein weiteres Geheimnis?

Kaltenbach war eben dabei, den »Weinkeller« für das Wochenende klarzumachen, als Grafmüller anrief.

»Glückwunsch!«, begrüßte er ihn. »Ein toller Artikel jagt den nächsten! Willst du mich auf ein Glas Champagner einladen?«

»Kannst du rüberkommen?« Grafmüllers Antwort klang ernst.

»Jetzt? Schwierig. Ich habe noch einiges vor heute. Was gibt es denn Wichtiges?« Er sah auf die Uhr. »Was machst du überhaupt im Büro um diese Zeit?« Es war kurz vor eins, der Redakteur war samstags um diese Zeit normalerweise unterwegs.

»Kann ich dir nicht sagen. Komm einfach.«

»Du klingst so merkwürdig. Ist etwas passiert?«

»Kann man so sagen.« Er legte auf.

Grafmüllers Tonfall war beunruhigend. Schlecht gelaunt hatte Kaltenbach den Reporter schon oft erlebt. Seine Stimmung war meist eng verbunden mit der Qualität und Attraktivität seiner Arbeit. Eigentlich müsste er derzeit in einem Dauerhoch schweben. War er etwa dahintergekommen, dass Kaltenbach die vertraulichen Katasterpläne heimlich abfotografiert und für sich verwendet hatte? Aber woher sollte Grafmüller das wissen? Außerdem hatte er ihm wohl kaum damit geschadet.

Kaltenbach verschloss alle angebrochenen Flaschen sorgfältig und stellte sie in den Kühlschrank. Danach räumte er die Theke leer, spülte die Gläser und holte den Aufsteller von der Straße. Am Ende nahm er wie üblich die Einnahmen aus der Kasse. Mit einem letzten prüfenden Blick verließ er den Laden und trat hinaus in die Hitze.

Auch wenn er sich danach sehnte, rasch nach Hause zu kommen, konnte Kaltenbach Grafmüllers Bitte nicht abschlagen. Er steckte die Scheine in den Bankautomaten, dann läutete er an der Tür der Geschäftsstelle der Zeitung. Der Summer ertönte, und Kaltenbach trat ein.

Normalerweise standen die Türen der einzelnen Redaktionsräume offen. Kaltenbach schaute daher überrascht, als

Grafmüller die Tür hinter ihm zuzog. Er wirkte unruhig, seine Stimme klang belegt.

»Was weißt du von Altstätter?«

Kaltenbach wunderte sich über die Frage. Barg das geplatzte Projekt doch noch einige unangenehme Begleiterscheinungen, die erst jetzt auf den Tisch kamen?

»Nicht so viel. Wahrscheinlich weniger als du.« Er fasste zusammen, was er im Netz gefunden hatte, und ergänzte es durch Walters Bemerkungen über Altstätters Geschäftsgebaren. »Mein persönlicher Eindruck ist, dass er sich nicht gern in der Öffentlichkeit zeigt. Ich denke, er ist einer, der lieber aus der Distanz die Fäden zieht. Vielleicht ist er menschenscheu so wie andere Millionäre. Dass er allerdings nicht einmal im Rathaus persönlich da war, fand ich reichlich daneben.«

»Mmh.« Grafmüller trommelte mit den Fingern nervös über die Schreibtischplatte. Er schien angestrengt nachzudenken. »Und was ist mit deinen Maleckern?«, fragte er weiter. »Hast du inzwischen herausgefunden, wer am meisten von ihm profitiert hätte?«

»Du meinst, wer jetzt in die Röhre schaut, weil er sich einen Lottogewinn erhofft hatte? Da gibt es sicher ein paar. Frag mal Schätzle. Außer Winterhalter und seine Tochter kenne ich niemanden. Ach ja, und Oskar Kienle natürlich.«

»Kienle? Der tote Professor von der Hochburg?«

»Ja, seine Frau hat ein paar Grundstücke besessen, die wichtig gewesen wären. Ich dachte, das wüsstest du längst. Warum fragst du das überhaupt alles? Nun sag schon, ich merke doch, dass etwas nicht stimmt!«

»Ich ...« Grafmüller suchte nach Worten. Er spreizte seine Finger, dann ballte er sie zur Faust. »Ich will ...« Er stockte, »... die Polizei ...«

Plötzlich gab er sich einen Ruck. »Was soll's. Ist eh egal.«
Er zog die Schreibtischschublade auf und nahm einen Datenstick heraus. Er steckte ihn in sein Notebook und winkte Kaltenbach zu sich.

Auf dem Monitor öffnete sich ein Videoabspielfenster. Zuerst konnte Kaltenbach nichts erkennen. Das Bild war dunkel und wackelte heftig. Dann tauchte plötzlich im Halbschatten ein Stuhl auf. Eine Frau saß darauf. Die Kamera schwenkte herum, Kaltenbach sah, dass die Frau gefesselt war. Für wenige Sekunden war das Gesicht zu erkennen, der Mund war mit einem breiten Band zugeklebt, weit aufgerissene Augen starrten ins Objektiv.

Im nächsten Augenblick brach die Aufnahme ab, der Bildschirm zeigte wieder das leere Fenster.

»Sieht aus wie der letzte Freiburg-Tatort.« Kaltenbach versuchte es mit einem Scherz. »Hast du einen Trailer für deinen nächsten Onlineartikel gedreht?«

Grafmüller antwortete nicht. Stattdessen öffnete er eine weitere Datei. Textzeilen erschienen auf dem Monitor.

»Altstätter-Tochter. Drei Millionen bis Montag. Keine Polizei. Bestätigung auf BZ-Online bis Sonntag 11 Uhr. Rubrik Todesfälle: Ernst Lubitsch, Frankfurt. Danach weitere Anweisungen.«

Kaltenbachs Blick wanderte von dem Text zu Grafmüller und wieder zurück.

»Der Stick war heute Morgen im Briefkasten der Redaktion.« Grafmüller zeigte ihm ein einfaches Kuvert. »Hier.«

»Herrn Grafmüller persönlich«, las Kaltenbach. Es gab keinen Absender, das Wort »persönlich« war zweimal unterstrichen.

»Es sind genau diese beiden Dateien darauf. Sonst nichts.

Zuerst dachte ich an einen Scherz. Ich habe mir das Video zehnmal angeschaut. Für mich sieht das echt aus.«

Er drückte ein zweites Mal auf die Starttaste. Kaltenbach musste ihm recht geben. Der Ausdruck im Gesicht des Mädchens wirkte keineswegs gespielt.

»Wer ist die junge Frau? Könnte das Altstätters Tochter sein?«

»Schon möglich.«

»Weiß er davon? Hat er es schon gesehen?«

»Nein. Niemand weiß es bis jetzt. Ich bin völlig ratlos. Was soll ich machen?«

Grafmüllers Hände begannen zu zittern. Der coole Reporter wirkte wie ein Häuflein Elend.

Kaltenbach überlegte. Es konnte ein übler Scherz sein. In der aufgeheizten Stimmung war alles möglich. Wenn das Video echt war, musste sofort alles getan werden, um das Mädchen in Sicherheit zu bringen. Niemand wusste, wie ernst es der Entführer meinte.

»Ich würde mich auf gar nichts einlassen«, sagte er. »Am besten, du gehst sofort zur Polizei damit.«

»Zur Polizei?« In Grafmüllers Gesicht spiegelte sich Verzweiflung. »Aber ich soll doch nicht! Wenn dem Mädchen etwas passiert, bin ich schuld!«

Kaltenbach schüttelte den Kopf. »Das stimmt nicht. Das Gegenteil ist richtig. Du darfst keine Zeit verlieren. Du musst die Profis einschalten!« Er deutete auf das Telefon. »Jetzt sofort!«

Grafmüller vergrub das Gesicht in den Händen. »Warum muss ausgerechnet mir das passieren!«, stöhnte er. Dann griff er zum Hörer.

Mit fast zwei Stunden Verspätung machte sich Kaltenbach auf den Heimweg. Nach dem Anruf bei der Emmendinger Kripo hatte es nur wenige Minuten gedauert, bis ein Beamter erschien. Er sah sich das Video und die Botschaft an und zögerte nicht lange. Kurz darauf kamen Kommissar Lohmann und ein weiterer Kollege.

Kaltenbach war ebenso vernommen worden wie Grafmüller, doch hatte man ihn bereits kurz darauf weggeschickt.

»Wir prüfen das nach. Bis dahin darf nichts an die Öffentlichkeit gelangen. Haben Sie das verstanden?«, hatte Lohmann Kaltenbach mit strengem Blick ermahnt. »Ich muss Sie dringend bitten, alles, was Sie gesehen und gehört haben, für sich zu behalten. Außerdem halten Sie sich bitte zu unserer Verfügung.«

Während der Fahrt nach Maleck versuchte Kaltenbach zu realisieren, was geschehen war. Die Art und Weise, wie die Polizisten zu Werke gegangen waren, deutete darauf hin, dass sie das Ganze nicht als Scherz betrachteten.

Kaltenbach fühlte sich hin und her gerissen. Natürlich wollte er wissen, was nun geschah. Am liebsten wäre er in der Redaktion geblieben. Andererseits fühlte er sich erleichtert, dass Grafmüller die Polizei informiert hatte. Von nun an lag die Verantwortung in den richtigen Händen.

Zu Hause stand er lange unter der Dusche. Er hatte das Gefühl, alles Negative von sich abwaschen zu müssen. Schließlich zog er sich an und trank nacheinander zwei Riesengläser Holunderschorle. Dann öffnete er Altstätters Webseite und suchte nach privaten Fotos außer dem, das er bereits gefunden hatte. Seine leise Hoffnung, er könnte beim ersten Mal etwas übersehen haben, erfüllte sich nicht.

Doch er gab nicht auf. Als Altstätters Firmensitz war Bonndorf im Landkreis Waldshut eingetragen. Er verknüpfte die beiden Namen mit der Bildsuchfunktion des Browsers und fand nach wenigen Klicks, was er suchte.

Unter der Überschrift »Sponsorengattin und Tochter überreichen Scheck« war ein Schnappschuss aus der Lokalausgabe der örtlichen Zeitung vom letzten Herbst zu sehen. Er zeigte eine gut gekleidete Frau um die 40, die einem Herrn im Anzug die Hand schüttelte. Direkt daneben schaute ein Augenpaar in die Kamera, das Kaltenbach noch vor wenigen Stunden in Grafmüllers Büro gesehen hatte.

Er vergrößerte das Bild. Es gab keinen Zweifel. Die junge Frau auf dem Foto war mit der auf dem Video identisch. Das Ganze war kein makabrer Streich. Altstätters Tochter war entführt worden!

Das Läuten der Türglocke unterbrach ihn. Luise hatte zwar einen eigenen Schlüssel, doch hatte sie sich angewöhnt, trotzdem zu läuten, wenn sie wusste, dass er zu Hause war.

»Ich bin ein bisschen früher dran«, begrüßte sie ihn.

»Umso besser. Ich muss dir gleich etwas zeigen.«

»Reicht es auch in fünf Minuten?« Luise zog aus einer Tragetüte zwei Becher, aus denen jeweils ein paar Kugeln Eis hervorlugten. »Früchte für den Herrn, Herbes für die Dame«, lächelte sie. »Ich hole nur noch zwei Löffel.«

Während sich Kaltenbach die halb zerlaufene Mischung aus Melone, Mango und Zitroneneis Löffel für Löffel auf der Zunge zergehen ließ, erzählte er von seinem Besuch bei Grafmüller und der überraschenden Wendung.

»Eine Entführung, das ist ja furchtbar! Was sind das für Menschen? Wer macht so etwas?«

»Ich vermute derselbe, der bereits zwei Tote auf dem Gewissen hat.«

»Glaubst du? Aber ich verstehe den Sinn des Ganzen nicht!«

»Drei Millionen machen sehr viel Sinn.

»Das meine ich nicht. Wozu die beiden Toten? Die Erpressung hätte doch schon viel früher stattfinden können!«

»Du meinst, es sind verschiedene Täter?«

»Das kann man nicht ausschließen.«

Kaltenbach schaltete die Kaffeemaschine ein, dann holte er Milch aus dem Kühlschrank. »Cappuccino?«

Er stellte das Programm ein und drückte den Startknopf.

»Zumindest eines steht fest: Bei der Entführung geht es um Geld und um sonst nichts. Wenn sich jemand rächen wollte, wäre er nicht ein so großes Risiko eingegangen.«

»Rächen wofür?«

»Für nicht eingehaltene Versprechungen. Für die ganze Unruhe und den Ärger, den Altstätter mit seinem Hin und Her angerichtet hat.« Kaltenbach stellte eine zweite Tasse unter den Auslauf und setzte die Maschine erneut in Gang. Gleichzeitig goss er zwei Gläser voll mit Wasser. Am Ende stellte er alles auf den Tisch und setzte sich.

»Glaubst du, Altstätter wird zahlen?«

»Ich kenne ihn nicht. Aber ich denke schon. Ein Vater würde alles für seine Tochter tun. Außerdem kann er es sich leisten.«

Sie saßen eine Weile schweigend und genossen das würzig-herbe Kaffeearoma. Von draußen fiel das Licht durch die halb heruntergelassenen Rollos und zeichnete hell-dunkle Streifen auf die Tischplatte.

»Hell und dunkel, schwarz und weiß, gut und böse. Viele geben sich damit zufrieden. Doch das Leben ist nicht so«, meinte Kaltenbach.

»Oh ja! Die Überraschungen liegen dazwischen. Aber sie erfordern Mut.«

»So wie bei mir jetzt.« Er trank seine Tasse aus und stand auf. »Wir müssen los. Onkel Josef wartet. Ich muss das jetzt hinter mich bringen.« Er räumte auch Luises Tasse weg, dann zog er seine Schuhe an.

»Roller oder Auto?«

»Roller natürlich!«

KAPITEL 31

Am späten Nachmittag saßen Kaltenbach und Luise unter einem Sonnenschirm am Rande der Endinger Fußgängerzone. Kaltenbach hatte zur Feier des Tages in ein Sternerestaurant eingeladen. Trotzdem konnte sich Luise kaum auf die Speisekarte konzentrieren. Immer wieder brach ihr gluckerndes Lachen heraus.

»Dein Gesicht!«, lachte sie. »Du hättest dein Gesicht sehen sollen! Ein ganzes Theaterstück hätte man daraus ablesen können!«

Kaltenbach warf seine Karte auf den Tisch und stieß einen tiefen Seufzer der Erleichterung aus. »Ich habe selbst nicht gewusst, was mit mir geschieht. Ich glaube, ich war in meinem ganzen Leben noch nie so verblüfft.«

»Du hast ausgesehen, als hättest du einen Alien gesehen. Und rumgestottert hast du wie ein 13-Jähriger bei seiner ersten Verabredung.«

»Blackout. Ich war da und doch nicht da. Wer rechnet denn auch mit so etwas?« Er schlug die Karte wieder auf.

»Haben Sie schon gewählt?« Der Ober, der trotz Hitze ein frisch gestärktes langärmeliges Hemd trug, tauchte dezent neben ihrem Tisch auf.

»Ich bin bedient«, grinste Kaltenbach und schüttelte den Kopf. »Mir ist alles recht.«

»Er hatte keine Wahl«, fügte Luise. Der Ober ließ unsicher den Blick von einem zum anderen wandern.

Kaltenbach stand auf und verbeugte sich. »Frau Präsident, meine Damen und Herren, ich nehme die Wahl an! Sie dürfen jetzt klatschen.« Er ließ sich zurück auf den Stuhl fallen. Beide prusteten los.

»Ähm – soll ich später noch einmal wiederkommen?«, räusperte sich der sichtlich konsternierte Kellner.

»Das Leben kann einen ganz schön trunken machen. Jawohl, das kann es!« Kaltenbach klang, als habe er bereits einen leichten Schwips. »Wissen Sie was, jetzt bringen Sie uns zwei schöne Gläser gut gekühlten Champagner. Und dann sehen wir weiter.«

»Zwei Gläser Champagner, gerne.« Der Kellner verbeugte sich leicht und verließ fluchtartig den Tisch.

»Mit allem hätte ich gerechnet, nur nicht damit«, schnaufte Kaltenbach, nachdem er wieder zu Atem gekommen war. »Lothar, ich weiß, du hast es nicht mit Bio. Aber meine Entscheidung ist gefallen. Der Betrieb wird umgestellt. Und dann wirst du Biowein verkaufen. Ob du es willst oder nicht!‹« Kaltenbach ahmte den Tonfall seines Onkels so treffend nach, dass Luise erneut einen Lachanfall bekam. »Öko-Weingut Kaltenbach. Biologischer Anbau. Nach den Kriterien von Ecovin. Umstellung ab sofort.« Er schüttelte den Kopf. »Ich kann es immer noch nicht glauben.«

»Eines muss man deinem Onkel lassen, wenn er etwas anpackt, dann richtig.«

»Ein echter Kaltenbach eben. Ganz oder gar nicht.«

»Dabei geht das doch gar nicht von heute auf morgen. Da gelten strenge Richtlinien.«

»Ja, es gibt Übergangsfristen. Und du musst erst ein paar Jahrgänge produzieren, ehe du das Zertifikat bekommst.«

»Dein Onkel ist gut über 70!«

»Das Alter hat bei ihm noch nie eine Rolle gespielt. Er ist überzeugt, das Richtige zu tun. Also macht er es.«

»Und woher der plötzliche Sinneswandel?«

»Ich habe keine Ahnung. Und ich werde ihn auch nicht fragen. Jedenfalls nicht gleich. Ich bin froh, dass alles so gekommen ist. Und heute will ich feiern!«

Er lehnte sich zurück und machte dem Ober Platz, der zwei Gläser auf den Tisch stellte. »Bitte sehr, zum Wohl!« Er wandte sich rasch wieder ab. Die beiden Gäste waren ihm nicht geheuer.

»Moment!«, rief Kaltenbach. »Etwas zu essen möchten wir auch.«

»Die Herrschaften haben gewählt? Was darf ich …?«

»Heute wählen wir nicht!«, unterbrach ihn Kaltenbach mit ernstem Gesicht. »Heute wird für uns gewählt!« Luise verbarg das Lachen hinter der Hand. »Wir überlassen die Entscheidung dem Küchenchef! Er soll etwas zusammenstellen.«

»Aber ich weiß nicht …«

»Keine Sorge. Jeder gute Koch ist ein Künstler. Und jeder Künstler liebt die Freiheit. Ihr Küchenchef wird entzückt sein.«

»Sehr wohl.« Der junge Mann verließ fluchtartig den Tisch. Keine zwei Minuten später stand ein hochgewachsener Mann vor ihnen. Sein Kinn zierte ein modisches Bärtchen, auf dem Kopf trug er eine weiße Kochmütze.

»Ich bin Sebastian«, stellte er sich vor, »Maître de Cuisine. Sie habe eine, ähm, etwas außergewöhnliche Bestellung aufgegeben?«

Luise packte ihr charmantestes Lächeln aus. »Das hat seine Richtigkeit.«

»Ich wollte mich nur vergewissern.« Sebastian verbeugte sich leicht. »Für einen Koch ist so etwas ein Geschenk«, fügte er hinzu.

»Machen Sie etwas daraus!«

»Es tut so gut, sich mal wieder mit etwas völlig anderem zu beschäftigen. Wenigstens für ein paar Stunden«, meinte Kaltenbach. Er saß mit Luise auf dem kleinen Balkon in Maleck. Vor einer Stunde war die Nacht heraufgezogen. Der Mond stand mit schmaler Sichel über dem Kandel. Zu der hell strahlenden Venus gesellten sich innerhalb kurzer Zeit weitere Sterne.

Kaltenbach schnupperte an seinem Weinglas, dann nahm er einen kleinen Schluck. Der rote Burgunder breitete eine angenehme Säure auf seinem Gaumen aus. »Im Kopf und im Magen. Das war ein gelungener Abend, findest du nicht?«

Luise beugte sich zu ihm und drückte ihm einen Kuss auf die Wange. »Das ist wahr. Und du hattest recht. So ein Sternekoch ist eben auch ein Künstler, der es schätzt, wenn man ihm seine Freiheit lässt.«

»Ich bin ja gespannt, was deine Schweizer Auftraggeber von dir erwarten. So ganz uneigennützig werden sie nicht sein. Schließlich wollen sie auch Geschäfte machen.«

»Sicher. Aber bisher geht es gut an. Ich bin zufrieden. Ich soll liefern, was ich habe. Ohne Vorgabe. Wie das dann beim Publikum und bei potenziellen Käufern ankommt, wird man sehen.«

Sie machte eine Pause und betrachtete den Nachthimmel. Die gezackte Kammlinie der Vorberge um den Kandel zeichnete sich deutlich vor dem blauschwarzen Hintergrund ab. Unten im Brettenbachtal tasteten sich vereinzelte Lichtkegel der Autos durch das Dunkel. Aus irgendeinem Fenster der Nachbarhäuser tönte Musik.

»Du hast aber auch das große Los gezogen«, meinte Luise nach einer Weile. »Ein zweiter Laden in bester Innenstadtlage, die Aussicht auf ein neues Sortiment, eine neue Geschäftsphilosophie, neue Ideen. Ich freue mich für dich!«

»Ich kann es selbst kaum glauben. Es wird eine Weile dauern, bis ich das alles begriffen habe. Vor allem wird einiges Neues auf mich zukommen.«

»Neues ist immer gut. Das hält lebendig.«

Wieder war es für eine Weile still. Von den Wiesen unter dem Haus tönte das Zirpen einer Grille herauf, das jedoch unbeantwortet blieb. Kaltenbach genoss die friedliche Stimmung der Sommernacht. Trotzdem gelang es ihm nicht, seine innere Unruhe abzustreifen.

»Ich frage mich, wie es der jungen Altstätter jetzt gerade geht«, meinte er.

»Bestimmt nicht gut. Sie wird Angst haben.«

»Das denke ich auch. Man kann nur hoffen, dass der Entführer ihr nichts Schlimmes getan hat.«

»Am schrecklichsten finde ich die Ungewissheit«, sagte Luise. »Sie weiß nicht, was mit ihr geschehen wird. Sie weiß nicht, ob ihr Vater zahlt. Sie weiß nicht, wie lange das Ganze dauert. Und sie weiß nicht, ob der Erpresser sie am Ende freilässt.«

Kaltenbach spürte, dass Luise das Schicksal von Altstätters Tochter mehr zusetzte, als es zunächst den Anschein hatte.

»Selbst wenn es gut geht, werden die Angst und der Schock sie für lange Zeit begleiten. Vielleicht für immer«, fuhr Luise fort. »Es gibt nichts Schwierigeres, als zerstörtes Vertrauen wieder aufzubauen. Vertrauen in die Menschen, Vertrauen in die Welt. Das Vertrauen, dass nichts passieren wird.«

»Du kannst den Toten auf der Hochburg nicht vergessen, nicht wahr?«

»Vergessen?« Luise atmete tief aus. »Ein großes Wort! Du kannst dir nicht einfach vornehmen, etwas zu vergessen. Genauso wie du nicht entscheiden kannst, die Ohren zuzumachen, um etwas nicht zu hören. Die Erinnerung ist wie ein gestaltloser Wind. Sie kommt, wann sie will. Und sie breitet sich aus, wie sie will. Als zarter Flügelschlag oder als vernichtender Sturm.«

Kaltenbach stand auf, stellte sich hinter sie und umschlang ihre Schultern. »Hast du nicht gesagt, es ginge dir besser? Die Fahrt durch das Markgräflerland? Der Abend mit den Baselern? Ich hatte den Eindruck, dass dich das nicht mehr bedrückt.«

Luise legte den Kopf zur Seite. »Soll ich den ganzen Tag

mit gesenktem Blick herumlaufen? Oder bei jeder Gelegenheit Seufzer ausstoßen? Melancholische Gedichte lesen? Das Leben geht ja weiter. Es muss. Und ich will es mir nicht grau anmalen lassen. Aber einfach vergessen oder verdrängen, das ist nicht möglich.«

Kaltenbach hatte eine Idee. »Sollen wir noch einmal zur Hochburg hinauf?«

Luise zögerte mit der Antwort. »Daran hatte ich auch schon gedacht. Es könnte helfen, den Ort noch einmal zu sehen. Es könnte aber auch noch zu früh sein.«

»Du meinst, dass dann erst recht alles wieder hochkommt? Dass es dich zurückwirft?«

»Ich weiß es nicht.«

Kaltenbach kniete sich neben Luises Stuhl und nahm ihre Hand. »Wir fragen die Nacht. Und morgen früh entscheidest du.«

Luises Blick verlor sich im nachtschwarzen Horizont. Sie nickte langsam. Er spürte, wie sie seinen Händedruck erwiderte. Ihre Stimme klang leise.

»Lothar, es ist schön, dass es dich gibt!«

KAPITEL 32

»Ich bin gespannt, wie das Ganze dann im fertigen Film aussehen wird.« Kaltenbach und Luise waren an der Stelle angelangt, an der die Szene mit dem Sturz vom Fahrrad gedreht worden war.

»Jammere nicht! Geschieht dir gerade recht! Das ist mein Weg, und da hast du nichts zu suchen!« Kaltenbach musste lachen, als er sich an den Bauern erinnerte. »Das werde ich nicht mehr so bald vergessen. Vier Versuche haben sie gebraucht!« Er spähte den Weg entlang. Nichts deutete darauf hin, dass hier noch vor ein paar Tagen der Trupp der Filmleute und die Schauspieler gearbeitet hatten. »Weißt du denn schon etwas Näheres?«, fragte er. »Wann ist der Film fertig?«

»Vor zwei Tagen kam eine Mail von der Produktion an alle Mitwirkenden. Die letzten Studioaufnahmen sind abgedreht, jetzt kommt die Feinarbeit. Postproduktion, Schnitt, Vertonung – alles eben. Sie rechnen mit der Premiere im nächsten Frühjahr. Wir sind natürlich eingeladen.«

»Das hört sich sehr professionell an. Und sehr distanziert. Kein Wort zu dem Unglückstag an der Burgmauer?«

»Doch. Grüße und Anteilnahme. Man überlegt sogar, im Nachspann eine kurze Widmung einzufügen. Aber das sei noch nicht entschieden, hieß es.« Sie deutete an der Weggabelung in beide Richtungen. »Rechts oder links?«

»Zum Haupteingang!«

Bereits kurz nach sieben waren sie losgezogen. »Es macht nur Sinn, wenn ich alleine an der Stelle bin«, hatte

Luise nach dem Aufstehen gesagt. »Es hört sich vielleicht komisch an, aber die Alltagsrealität mit schwitzenden Wanderern und knipsenden Touristen kann ich nicht brauchen. Für mich ist etwas anderes real.«

Luises Wunsch hatte sich erfüllt. Außer ihnen war niemand auf dem Burgberg unterwegs. Das alte Gemäuer gehörte um diese Zeit noch ganz der Natur. Im Unterholz raschelten Amseln, ein Eichhörnchen hüpfte über den Weg. Über den Resten des Palas zog ein Schwarm Saatkrähen.

Kaltenbach breitete die Arme aus. »Ein friedlicher Ort. Wir sollten öfter mal so früh herkommen.«

»An mir soll es nicht scheitern.« Luise schlang ihm die Arme um den Hals und küsste ihn. Sie fassten sich an der Hand und schlenderten den Weg entlang. Von Weitem sahen sie zwei Kaninchen im Gras. Sie ließen sich durch die beiden Besucher nicht von ihrem Frühstück abbringen. »Dort vorne hinter dem Mauervorsprung ist es.«

Kurz darauf kamen sie an die Stelle. Die Polizei hatte den Ort inzwischen wieder freigegeben. Nur der abgerissene Rest eines rot-weißen Absperrbandes an einer der Gerüststreben erinnerte an das, was hier geschehen war.

Während Kaltenbach es sich auf einem der flachen Reste der Einfriedungsmauer gemütlich machte, ließ Luise sich Zeit. Sie stand zuerst eine Weile unbewegt und starrte zu der Mauer empor. Für einen Moment befürchtete Kaltenbach, dass sie wieder einen Rückzieher machen könnte. Doch dann sah er, wie sie langsam weiterging, erneut stehen blieb, dann einen kleinen Bogen entlangschritt. Dazwischen ging sie ein paarmal in die Hocke. Immer wieder sah sie nach oben. Schließlich setzte sie sich nahe dem Gerüst ins Gras.

Kaltenbach ließ seinen Blick über die stattliche Burgmauer nach oben wandern. Die freiwilligen Helfer des Hochburgvereins hatten vorbildliche Arbeit geleistet. Der Großteil der Mauer war restauriert. Der Bewuchs war zurückgeschnitten, fehlende Steine ergänzt, etliche Fugen frisch verfüllt worden. Das Gerüst ähnelte denen, die bei der Arbeit an mehrstöckigen Häusern aufgerichtet wurden. Eine Treppenleiter verband die übereinanderliegenden Etagen, die im oberen Bereich mit breiten Bohlen ausgelegt waren. Ein schmales Geländer lief reihum.

Im oberen Rand der Mauer gab es eine Bresche, die aussah, als sei sie von einer riesigen Faust geschlagen worden. Hier war in den letzten Monaten gearbeitet worden. Und das war höchstwahrscheinlich die Stelle, an der der unglückliche Kienle herabgestürzt war.

Kaltenbach sah, wie Luise aufstand und langsam wieder zu ihm zurückkam. Er nahm sie in den Arm. Sie legte schweigend den Kopf an seine Schulter und schmiegte sich an ihn. Er spürte, wie sie zitterte.

»Es ist gut«, sagte sie schließlich. »Gehen wir weiter.« Sie löste sich von ihm. »Ich möchte noch hinauf.«

»Auf das Gerüst?«

»Nein, das sieht mir zu wackelig aus. Ich will auf die Mauer, von innen her.«

Sie gingen einen Teil des Weges zurück, den sie gekommen waren. Die Kaninchen waren inzwischen weitergezogen und untersuchten die Löwenzahnbüsche am Fuß der Grabenmauer.

Das große Holztor zum inneren Bereich war zu, aber nicht abgeschlossen. »›Tür bitte immer geschlossen halten. Betreten nach Sonnenuntergang verboten!‹«, las Kaltenbach. Er drückte die Tür auf. Der mit großen Steinen gepflasterte Torhof dahinter lag noch angenehm im Schatten. »Hier war die Marktszene, erinnerst du dich?« Luise schreckte ein Taubenpärchen hoch. Die beiden flatterten empor und ließen sich nach einer eleganten Kurve auf dem Sims unter einem der wenigen erhaltenen Fensterbögen nieder.

Nach einem weiteren Tordurchgang kamen sie zu der Innenseite der Burgmauer, unter der sie vor ein paar Minuten gewesen waren. Direkt unter den Zinnen führte ein steinernes Sims entlang. Eine Kette versperrte den Zugang.

»Komm, es sind nur ein paar Meter!« Luise bückte sich und kroch unter der Kette durch, Kaltenbach stieg darüber. Der ehemalige Wehrgang war gut einen Meter breit und hatte kein Geländer. An manchen Stellen fiel die Mauer mehrere Meter ab. »Sei vorsichtig!«, mahnte Kaltenbach, der sich nur langsam vorwärtsbewegte und dabei eher an sich selber dachte. Der Blick nach unten war ihm nicht ganz geheuer.

Luise ging voraus bis zu der Stelle, an der von außen das Gerüst angebaut war. Sie stützte sich auf den bröckeligen Mauerresten ab und schaute nach unten. Kaltenbach trat kurz darauf neben sie. Er wagte es aber nicht, sich allzu weit nach vorne zu lehnen.

»Dieser kurze Moment zwischen Leben und Auslöschung. Wie bei einer Kerze.« Luise wurde nachdenklich. »Schrecklicher Gedanke. Und faszinierend zugleich. Manche sagen, in einer Sekunde zieht dein ganzes bisheriges Leben an deinem inneren Auge noch einmal vorbei.« Luise beugte sich noch weiter nach vorn. Kaltenbach verdrehte die Augen. »Das bedeutet, dass du dir ganz sicher bist, im nächsten Moment tot zu sein. Völlige Klarheit vor dem Ende.« Sie drehte sich um. »Ich möchte das gerne nachstellen.«

Kaltenbach glaubte, nicht richtig zu hören. »Im Ernst?«

»Ich muss alles wachrufen, um es klar zu bekommen. Keine Gespenster zurücklassen. Also?« Sie drehte sich einmal zur Seite, dann wieder zurück. »Kienle war hier oben. Wahrscheinlich hat er gearbeitet, etwas ausgemessen vielleicht.« Sie deutete auf die Bresche in der Mauer. »Das bedeutet, er stand etwa hier.«

»Oder auf dem Gerüst.«

»Eher nicht. Die Aufschlagstelle ist etwas weiter links. Schau!« Sie deutete nach unten. Kaltenbach reckte den Hals, soviel ihm seine Höhenangst erlaubte. Luise hatte recht, sie befanden sich jetzt genau über der Stelle, an der der leblose Körper gefunden worden war.

»Die Brüstung ist hier so niedrig, dass er darüber gestoßen worden sein könnte«, überlegte Luise.

»Kienle hatte Würgemale!«

»Er hat sich mit jemandem gestritten, es ging hin und her, dann ein kräftiger Stoß, das Ende.«

»Bestimmt hat er sich heftig gewehrt. Er muss versucht haben, sich festzuhalten. Hier, an diesem Stein vielleicht. Oder an dem Gerüst. Oder an der kleinen Birke, die hier herauswächst.« An dem Baumspross waren ein paar Zweige abgerissen.

»Oder an dem Angreifer selbst«, meinte Luise. »An den Armen, an seinem Hemd, irgendwo. Vielleicht wurde etwas abgerissen. Ein Fetzen Stoff, ein Knopf oder etwas Ähnliches.« Sie dachte nach. »Die Polizei hat nicht bekannt gegeben, ob sie etwas gefunden haben. Bestimmt haben sie alles abgesucht. Hier oben und unten im Gras.«

»Bestimmt.« Kaltenbach schaute sich um. »Obwohl …«
Er deutete hinunter in den Graben an der Mauerinnenseite.
Direkt unterhalb war der Boden mit Steinen und Schutt
übersät, dazwischen wucherten Brennnesseln, Brombeeren und Wilder Wein.

»Ich glaube, es lohnt sich, dort unten noch einmal
genauer nachzuschauen. Wenn wir einen Hinweis finden,
dann dort! Komm, wir gehen zurück.«

Sie gingen den Wehrgang zurück bis zu der Kette, dann
eine kleine Treppe hinunter zum Hauptweg. Nach einigem Suchen fand Luise eine Stelle, an der sie in den Graben hinunterklettern konnten.

Nach etlichen Schürfungen, Kratzern und einem aufgeschlagenen Ellbogen hatten sie sich zu der Stelle durchgekämpft, die sie von oben ausgemacht hatten.

»Na toll.« Luise bog vorsichtig einige Ranken zur Seite.
»T-Shirt und Brennnesseln, das passt«, stöhnte sie. »Handschuhe wären auch nicht schlecht!«

Kaltenbach versuchte, optimistisch zu klingen. »Wir
müssen es versuchen.« Trotzdem war Luise schon nach
wenigen Minuten ernüchtert. Sie hob beide Arme in die
Höhe und reckte sich. »Mir reicht's. Das ist Sisyphusarbeit.
Da suchen wir in drei Tagen noch.«

»Ich will nur noch unter ein paar Steine schauen. Vielleicht ist ja etwas in einen Spalt gerutscht.« Er bückte sich
und begann, einige der Brocken umzudrehen. Asseln und
Ohrwürmer wuselten erschrocken davon, als sie plötzlich ihrer Deckung beraubt wurden. Direkt neben Kaltenbachs Fuß huschte eine Maus in ihr Loch. Luise verzog den Mund.

Kaltenbach sah dem Tierchen nach, als es verschwand.
»Moment mal«, sagte er plötzlich. Aus dem Dunkel

schimmerte etwas auf. Er kniete nieder und stocherte vorsichtig hinterher. Mit den Spitzen von Zeigefinger und Ringfinger bekam er etwas Hartes zu fassen. Langsam zog er es heraus.

»Sieh mal!« Er winkte Luise zu sich. In seiner Hand funkelte eine goldene Krawattennadel. Das badische Wappen leuchtete gelb und rot in der Morgensonne.

»Eine heimatverbundene Hochburgmaus. Sieh mal einer an. Wer hätte das gedacht! Das kenne ich doch!«

KAPITEL 33

Kaltenbach konnte es kaum erwarten, nach Hause zu kommen.

»Ich bin froh, dass ich deine Aufnahmen aus der Maja zusätzlich auf meinem Rechner gespeichert habe«, meinte er, während er wartete, dass der Computer hochfuhr. »Sonst wäre das längst gelöscht.«

Er öffnete den Speicherordner und suchte die Bilder, die Luise zu Beginn der Veranstaltung von den Teilnehmern auf der Bühne gemacht hatte. »Gleich werden wir sehen, ob ich mich richtig erinnere.« Er öffnete eines der Fotos in einem eigenen Fenster und zoomte hinein.

»Seriös gekleidet in demonstrativer Heimatverbundenheit. Falsche Taktik, mein Lieber! Luise, wir haben ihn!«

Auch Luise hatte bei dem, was sie sah, keine Zweifel. Die Krawattennadel, die auf dem Tisch neben der Tastatur lag, war identisch mit der, die an jenem Abend am Schlips von Altstätters rechter Hand klemmte.

»Bernd Klungler!« Kaltenbach ballte die Faust. »Jetzt passt alles zusammen. Keine Malecker Nachkriegsgeheimnisse! Kein mysteriöser Hochburgschatz! Stattdessen reine Gier. Ein einfaches Motiv. Ein tödliches Motiv.« Er sprang vor Aufregung auf und lief im Zimmer hin und her. »Auf einmal wird alles klar! Altstätter brauchte jemanden, der die Voraussetzungen für sein Projekt vor Ort schafft! So wie er es immer macht. Einen, der sich auskennt. Die meisten konnte Klungler überzeugen. Mit dem dicken Geldbeutel wedeln, das hat geholfen. Aber nicht bei allen. Es gab Widerstand.«

»Der so stark war, dass weder mit Geld noch Überzeugung etwas auszurichten war«, warf Luise ein.

»Der Kirchmattbauer war der Erste, der Schwierigkeiten machte. Den Enkel konnte er sofort auf seine Seite ziehen, bei Elisabeth war er sich noch nicht sicher. Aber der Alte stellte sich stur.«

»Also hat er den Traktor sabotiert. Aber war das nicht umständlich? Und zu ungewiss?«

»Ich glaube, er wollte ihn einfach unter Druck setzen. Ein Unfall als Warnung.«

»Heißt das, er wollte ihn gar nicht umbringen?«

Kaltenbach hob die Schultern. »Nicht unbedingt. Dass der Unfall tödlich enden würde, konnte er nicht voraussehen. Auch nicht, dass dessen Tochter dann nicht sofort dem Verkauf zustimmte.«

»Er war überzeugt, dass er nach dem Tod ihres Vaters leichtes Spiel haben würde. Um ihr alle Hoffnung zu nehmen, hat er dann den Hof angezündet.«

»Und Kienle?«

»Nach der öffentlichen Aufregung um den Kirchmatthof und dem missglückten Abend in der Stadt muss Klungler geahnt haben, dass er rasch handeln musste. Dass der Kirchmatthof ihm früher oder später zufallen würde, stand für ihn fest. Doch jetzt musste er den Druck auf Kienle erhöhen, bevor Altstätter einen Rückzieher machte.«

»Was ihm nicht gelang. Sonst wäre Kienle heute noch am Leben und um ein paar Millionen reicher.«

»Was auf der Hochburg geschah, darüber können wir nur spekulieren. Vielleicht lief die Drohung aus dem Ruder. Vielleicht kam es zum Streit und zu Handgreiflichkeiten, bei denen Kienle Klungler die Nadel abgerissen hat. Er hat sich gewehrt, aber der Jüngere war stärker.«

»Also auch kein absichtlicher Mord!«

»Das werden die Spezialisten klären und entscheiden müssen. Jedenfalls blieb erneut eine Frau als Erbin zurück, mit der er glaubte, leicht fertigzuwerden. Womit er überhaupt nicht rechnen konnte, war Altstätters Reaktion. Die Absage von ›Emmendingen 3000‹ muss ein Schock für ihn gewesen sein. Über Nacht war er seinen Job los und mit ihm die Aussicht auf eine glänzende finanzielle Zukunft.«

Luise schüttelte den Kopf. »Zwei Tote. Für nichts!«

»So ist es. Und deshalb ist es für mich völlig klar, dass nur Klungler der Entführer sein kann. Wenigstens im Nachhinein soll sich sein Einsatz lohnen. Altstätter soll dafür bezahlen!« Er sah auf die Uhr. »Da fällt mir etwas ein. Der Entführer hat gefordert, dass er bis heute 11 Uhr eine Nachricht bekommt.« Er setzte sich erneut vor den Bildschirm und öffnete die Webseite der Zeitung.

»Todesfälle. Moment, gleich habe ich es. Hier: Ernst Lubitsch, Frankfurt. Das ist das Zeichen! Altstätter ist mit der Zahlung einverstanden.«

»Jedenfalls soll Klungler das so denken. Bestimmt hat die Polizei schon ihre Maßnahmen ergriffen«, warf Luise ein.

»Wir müssen ihnen Bescheid geben. Sofort.« Kaltenbach griff zum Telefon und wählte die Nummer von Grafmüllers Büro.

Der Redakteur klang nervös. »Ach, du bist es. Ich dachte schon, der Entführer ruft an. Du kannst dir nicht vorstellen, was hier los ist. Die Polizei hat mein Büro in eine Hightech-Anlage verwandelt. Fangschaltung, Anrufortung, Gesprächsmitschnitt – das volle Programm.«

»Vielleicht könnt ihr euch das alles sparen!« Kaltenbach berichtete mit knappen Worten von ihrem Fund auf der Hochburg. Zu seinem Erstaunen reagierte Grafmüller völlig anders, als er erwartet hatte.

»Lothar, deine kriminalistischen Fantasien in allen Ehren. Aber diese Sache ist ernst. Tödlich ernst! Ein Menschenleben steht auf dem Spiel, und wir wissen nicht, wie der Entführer reagiert. Altstätter hat übrigens getobt, als er hörte, dass die Polizei eingeschaltet worden ist. Er wollte das lieber alleine machen. Ich glaube, der würde sogar fünf Millionen zahlen.«

Kaltenbach gab nicht auf. »Georg, der Klungler ist es. Glaub mir, es passt alles zusammen. Die Polizei muss ihn festnehmen und zwingen, das Mädchen freizulassen.«

»Das klingt alle sehr spannend. Aber hier müssen die Profis ran, verstehst du? Außerdem, so cool, wie der

Klungler im Rathaus das Projektende verlesen hat, glaube ich nicht, dass er etwas damit zu tun hat.«

»Gib mir mal den Kommissar. Bitte!«

»Wenn du darauf bestehst.«

Lohmann war äußerst kurz angebunden. »Ich nehme das zur Kenntnis«, war seine knappe Antwort. »Wir kümmern uns darum. Aber jetzt muss ich Sie bitten, uns unsere Arbeit machen zu lassen und keine eigenmächtigen Schritte zu unternehmen. Ich wiederhole auf Deutsch: Lassen Sie die Finger davon!«

»Ja, aber die Nadel …!«

»Ich betrachte unser Gespräch als beendet.« Es klickte in der Leitung.

Kaltenbach hielt für einen Moment sprachlos den Hörer in der Hand. Dann brach es aus ihm heraus. »Dieser Seckel! ›Ich nehme das zur Kenntnis!‹«, äffte er den Kommissar nach. »Ich liefere ihm die Lösung, und was tut er? Nichts!«

Luise versuchte, ihn zu besänftigen. »Stell dir vor, du würdest einen solchen Anruf erhalten! Als leitender Beamter, der für das Leben eines Menschen verantwortlich ist. Da kann er doch nicht jeden Anrufer …«

»Jeder Anrufer! Ich bin nicht ›jeder Anrufer‹! Wenigstens Grafmüller müsste das doch wissen.« Kaltenbach war kaum zu beruhigen.

»Was hätte er denn tun sollen? Und wer weiß, vielleicht kümmern sie sich ja tatsächlich darum. Auf ihre Weise. Du weißt, dass die Polizei nicht gerne mit Außenstehenden arbeitet.«

»Das hat sich für mich nicht so angehört. Dabei muss Lohmann doch nichts weiter tun, als zu Klungler zu fahren und ihn in die Mangel zu nehmen.« Er stieß mit der

Faust in seine offene Hand. »Und wenn er es nicht tut, dann machen wir das eben!«

Ein Anruf bei Walter brachte Klunglers Wohnort, das örtliche Telefonverzeichnis seine Adresse. Eine knappe halbe Stunde später erreichten Kaltenbach und Luise den Köndringer Ortseingang. Bei der Ampel in der Dorfmitte bogen sie rechts ab in Richtung Heimbach.

Luise beobachtete aufmerksam die Straßenschilder. »Bergstraße. Da ist es. Jetzt noch die Hausnummern. Fahr langsam.«

Die Straße war schmal und führte durch ein kleines Neubaugebiet. Kurz vor dem Ortsende kam ihnen ein schwarzer Sportwagen in flottem Tempo entgegen. Er machte keinerlei Anstalten zu bremsen, sodass Kaltenbach zu raschem Ausweichen gezwungen wurde. »Eingebaute Vorfahrt. Typisch!«, raunzte er hinter dem Fahrer her.

»Lass gut sein. Da vorne ist es.« Luise deutete auf einen Neubau am Ortsende. Es war das letzte Gebäude, direkt dahinter mündete die Straße in einen Feldweg, der sich in engen Kurven die Weinberge emporwand.

Kaltenbach fuhr ein paar Meter weiter, bis er eine Stelle zum Wenden fand. Dann drehte er um und stellte den Wagen an der Hangseite ab.

»Was jetzt?«, fragte Luise. »Dein Plan hat einen Haken: Wir sind nicht die Polizei!«

»Wir werden schon etwas finden. Vielleicht hat er das Mädchen hier versteckt.«

Sie stiegen aus und näherten sich dem Haus. Es war großzügig angelegt und stand auf einem nach allen Seiten offenen Grundstück. Aus der Nähe sah man, dass noch einiges im Rohbau war. Auf der abgewandten Seite stand ein Gerüst, der Putz fehlte ebenso wie bei der Doppelgarage. In der Einfahrt lagen Bretter und Sandsäcke. Der Garten war erst kürzlich angelegt worden, die jungen Pflanzen sahen aus, als könnten sie kräftiges Gießen vertragen.

Kaltenbach drückte auf den Klingelknopf. Hinter der Tür war ein melodischer Gong zu hören. Doch es öffnete niemand, auch nicht nach dem zweiten Versuch.

»Scheint niemand da zu sein. Wir schauen uns mal um.« Sie gingen auf einem Kiesweg einmal ums Haus. Doch sie hatten Pech. Alle Türen waren verschlossen, die Fenster im Erdgeschoss mit Vorhängen zugezogen. Auf der Rückseite war ein Balkon, bei dem noch das Geländer fehlte. Im Garten war der Rohaushub eines Schwimmbeckens zu erkennen.

»Das sieht ganz so aus, als ob jemand Geld braucht«, meinte Kaltenbach. »Das Haus wird ganz schön etwas kosten, wenn es fertig ist.«

Aus der Nähe hörten sie eine Stimme. »Suchen Sie Herrn Klungler? Der ist nicht da!«

Ein braun gebrannter massiger Mann stand aus seinem Liegestuhl auf und stapfte zu dem niedrigen Zaun, der die beiden Grundstücke voneinander trennte. Er trug knallbunte Bermudashorts, die ihm bis über die Knie reichten, im Gesicht hatte er eine verspiegelte Sonnenbrille.

Luise reagierte rasch. »Das ist aber schade. Wir wollten Bernd, ich meine Herrn Klungler, überraschen!«

»Aha. Freunde also.« Der Mann zeigte seine Zähne. »Ich wusste gar nicht, dass Bernd Klungler Freunde hat. So viel wie der immer unterwegs ist. Er ist übrigens grade los, vor ein paar Minuten. Sie müssten ihn gesehen haben. Sein schwarzer Flitzer ist ein echter Kracher.«

Kaltenbach und Luise wechselten einen raschen Blick. »Nein«, meinte Kaltenbach, »leider haben wir ihn verfehlt. Wissen Sie, wann er wiederkommt?«

Der Mann zuckte die Achseln. »Keine Ahnung. Wie gesagt, er ist viel unterwegs. Sonntags ist er manchmal oben im Schwarzwald. Zur Entspannung, hat er mir mal erzählt.«

»Sie wissen nicht zufällig, wo das ist?«

»Doch. In Biederbach. Hinten im Tal. Der alte Hof seiner Großeltern. Ich glaube, er hat sich da eine Ferienwohnung eingerichtet. Oder so ähnlich.« Das Stehen schien ihn zu ermüden. »Genau weiß ich es nicht. Sie können ja ihr Glück versuchen.« Er wandte sich um und stapfte wieder zu seinem Liegestuhl. Er griff nach einer Zeitschrift und begann zu lesen.

»Sollen wir nicht doch noch einmal die Polizei anrufen? Ich habe kein gutes Gefühl bei der Sache.« Luise hatte das Seitenfenster heruntergelassen und ließ ihren Arm im Fahrtwind baumeln. Sie hatten eben den Waldkircher Hugenwaldtunnel hinter sich gelassen. Vor ihnen dehnte sich das Elztal aus.

Kaltenbach drückte aufs Gas. »Damit ich mich noch einmal abkanzeln lasse? Das kommt nicht infrage. Außerdem hätten wir nichts anderes zu bieten als heute Morgen. Für Lohmann ist Klungler kein Verdächtiger.«

»Aber es könnte gefährlich werden. Wir wissen nicht, ob Klungler bewaffnet ist. Er hat nichts mehr zu verlieren.«

»Schon. Aber wir müssen dem Mädchen helfen. Ich bin überzeugt, dass er sie in dem Haus versteckt hält.«

Die Bundesstraße verengte sich jetzt auf zwei Spuren.

Kaltenbach musste das Tempo drosseln. Er fädelte sich in die Schlange der Sonntagsfahrer ein, die alle unterwegs in den Schwarzwald waren.

»Sehen wir es nüchtern. Klungler ist ein von Geldgier Getriebener, kein kaltblütiger Verbrecher. Ein Killer schon gar nicht. Er wird der Geisel nichts tun. Er will das Geld und sonst nichts. Das ist unsere Chance. Er kann sie ja nicht ständig bewachen!«

»Du meinst, wir sollten versuchen, sie zu befreien?«

»Genau das meine ich.«

Kurz vor Elzach bog Kaltenbach nach links ab. Von hier führte die Straße bergauf. Nach wenigen Minuten tauchte das Ortsschild auf. An der Straße standen nur wenige Häuser, das eigentliche Dorf lag abseits. Er lenkte den Wagen nach links und fuhr langsam weiter.

Biederbach war ein Ort, wie es sie im Schwarzwald viele gibt. Ein kleiner Ortskern mit Gaststätte, Rathaus und einer Kapelle, die Häuser auf weitläufigen Grundstücken, die meisten großzügig ausgebaut, ein paar wenige halb verfallen.

Nach 200 Metern kamen sie an die erste Weggabelung.

»Mist!« Kaltenbach schlug auf das Lenkrad. »Wie sollen wir das finden?«

»Fragen!« Luise stieg aus und ging zu einer Gruppe Jugendlicher, die sich das Häuschen der Bushaltestelle als Ort für ihren sonntäglichen Treff ausgewählt hatten.

»Von dem Hof wissen sie nichts«, meinte Luise, nachdem sie wieder eingestiegen war. »Auch nichts von einer Ferienwohnung. Aber den Sportwagen haben sie gesehen. Er muss vor einer Viertelstunde vorbeigekommen sein. Wir sollen uns links halten.«

»Also los.«

Schon nach ein paar Hundert Metern waren sie durch das Dorf hindurch. Dahinter wurde die Straße schmal und holprig. An der Seite plätscherte ein Bach, am Hang gegenüber standen Bäume. Nur vereinzelt tauchten ein paar Gebäude auf. Der schwarze Sportwagen war nirgends zu sehen.

Kaltenbach fuhr langsam. »Den finden wir nie. Er könnte ja auch hinter einem Haus stehen. Oder in einer Garage. Und dort vorne beginnt der Wald.«

Es wurde schattig, als sie unter die Bäume fuhren. »Wir dürfen jetzt nicht aufgeben«, versuchte Luise ihn aufzumuntern. »Wir drehen um und versuchen es noch einmal.«

Hinter dem Waldstück öffnete sich auf der linken Seite der Blick in ein schmales Tal. Rechts am Hang stand etwas erhöht ein einfaches Landgasthaus. Auf der Terrasse standen ein paar Holztische, die gut besetzt waren.

»Hier können wir wenden«, meinte Kaltenbach, als er den kleinen Parkplatz sah.

»Und noch einmal fragen. Vielleicht haben wir Glück, Wirtsleute hören viel. Außerdem habe ich Durst.«

Kaltenbach stellte den Wagen ab. Sie stiegen ein paar Treppenstufen hinauf und gingen über die Terrasse in die Wirtsstube.

Kaltenbach bestellte zwei große Apfelsaftschorle. Die Wirtsfrau, eine stämmige, freundlich dreinblickende Mittvierzigerin, brachte die Gläser. »Zum Wohl, die Herrschaften!«

»Darf ich Sie etwas fragen?«, meinte Luise. »Gibt es hier in der Nähe einen Hof mit einer Ferienwohnung?«

Die Bedienung freute sich über ein kleines Päuschen und setzte sich an den Tisch.

»Es gibt einige hier. Zu wem wollen Sie denn?«, fragte sie schnaufend. Die Hitze machte der wohlbeleibten Frau sichtlich zu schaffen.

»Klungler. Bernd Klungler aus Köndringen.«

Sie holte ein kariertes Taschentuch aus der Schürze und tupfte sich den Schweiß aus der Stirn. »Klungler? Kenne ich nicht. Klingler gibt es auf der anderen Seite vom Tal. Aber Klungler?« Sie schüttelte den Kopf. »Ich frag mal den Günter.« Sie winkte ihrem Mann, der hinter der Theke ein Tablett mit Getränken herrichtete.

»Klungler Ferienwohnung? Gibt es nicht. Vor Jahren hatten mal Klunglers eine Jagdhütte, das weiß ich noch. Hinten am Rotzelbach. Ich habe die ewig nicht gesehen. In letzter Zeit kommt ab und zu einer vorbei, ich glaube, das ist der junge.«

Kaltenbach hob den Kopf. »Hat er ein schwarzes Auto? Einen Sportwagen?«

»Kann schon sein. Da kenne ich mich nicht aus. Gestern war er hier.«

»Was, hier? Im Gasthof?«

»Ja, er hat etwas gegessen. Halbes Hähnchen mit Pommes.«

»Stimmt, jetzt erinnere ich mich«, meldete sich seine Frau zu Wort. »Er hat dann noch eine zweite Portion mitgenommen. Ich habe sie ihm eingepackt. Komisch, nicht?«

»Diese Jagdhütte«, fragte Kaltenbach den Wirt, »können Sie mir sagen, wie man da hinkommt?«

»Das ist gar nicht weit von hier. Sie fahren wieder ein Stück zurück, Richtung Dorf. Kurz bevor der Wald aufhört, müssen Sie links rein. Es ist nicht zu verfehlen.«

Kaltenbach fuhr im Schritttempo durch den Wald. Schon nach wenigen Metern tauchte die Abzweigung auf. »Hier geht es hinein. Besser wir fahren nicht direkt bis vor das Haus«, sagte er. »Ich lasse das Auto an der Straße stehen. Ich will nicht, dass er uns bemerkt.«

Er setzte ein Stück zurück, fuhr in die Zufahrt und stellte den Wagen hart am Straßenrand ab. »So sieht es aus, als ob hier Wanderer geparkt hätten. Jetzt los!«

Auf den ersten Metern war der Waldweg gut begehbar. Er schien in letzter Zeit als Forstweg benutzt worden zu sein. Im Boden hatten sich frische Traktorspuren eingegraben, am Rand lagen der Länge nach mehrere Baumstämme. Die Luft war angenehm, das dichte Laubdach der Buchen hielt die sengenden Sonnenstrahlen ab.

Nach etwa 200 Metern kamen sie an eine Lichtung. Auch hier lagen etliche Baumstämme übereinander, dazwischen Holzstapel mit zurechtgesägtem Brennholz.

»Dort drüben!« Luise deutete auf die Umrisse eines Hauses, die sich im Hintergrund abzeichneten. Der Weg dorthin war mit Gras und niedrigen Farnbüschen überwuchert, die an einigen Stellen von frischen Reifenspuren niedergedrückt waren. »Vorsicht!«

Sie liefen gebückt ein paar Schritte den Weg entlang, bis sie nahe genug an das Haus herangekommen waren, um den Eingang zu sehen. Hinter einem meterdicken Buchenstamm gingen sie in Deckung.

Das Haus hatte eineinhalb Stockwerke und war mit dunklen Schindeln verkleidet. Neben der Eingangstür stand eine Sitzbank, bei den beiden Fenstern waren Holzläden zugezogen. Im Dach war eine hölzerne Luke zu sehen, daneben ragte ein kleiner Schornstein heraus. Im Haus war es völlig still.

Ein paar Meter davor stand der schwarze Sportwagen. »Was machen wir jetzt?«, flüsterte Luise. Kaltenbach spürte, dass sie immer noch Zweifel an ihrem Vorhaben hatte.

»Wir müssen näher heran. Vielleicht finden wir ein offenes Fenster, durch das man etwas erkennen kann.«

»Und wenn er uns sieht?«

»Unser Vorteil ist, dass er nicht damit rechnet, dass jemand hier ist. Trotzdem sollten wir aufpassen.« Kaltenbach deutete auf einen der Holzstapel. »Komm, wir gehen dort hinüber und dann hinter das Haus.« Er trat einen Schritt hinter dem Baum hervor, als Luise ihn am Arm packte.

»Halt! Die Tür!«

Sofort ging Kaltenbach zurück in Deckung. Sie beobachteten, wie die Tür geöffnet wurde. Klungler trat heraus. Kaltenbach erkannte ihn sofort, obwohl er ihn zum ersten Mal ohne Anzug und Krawatte sah. Stattdessen trug er heute Jeans, ein einfaches Hemd und eine Baseballmütze.

Klungler blickte prüfend um sich, dann drehte er sich um und schloss ab. Gleich darauf stieg er in seinen Wagen und rollte in Richtung Straße davon.

»Das ist die Gelegenheit!«

Sie warteten, bis das Auto außer Sichtweite war, dann sprangen sie aus ihrem Versteck und eilten zur Tür.

Kaltenbach rüttelte an der Klinke. Unter dem Griff war ein modernes Sicherheitsschloss eingelassen. »Nichts zu machen. Rasch, wir müssen einen anderen Eingang finden!«

Sie prüften die beiden Fenster, die sie zuvor gesehen hatten. Doch die Holzläden waren fest geschlossen. Zusätzlich war ein breiter Metallbügel vorgelegt, an dessen Ende ein Vorhängeschloss baumelte.

Auch auf der Rückseite des Hauses standen sie vor verschlossenen Fenstern, die sich unter einem schmalen Balkon duckten. »Gesichert wie eine Festung. Da kommen wir nicht hinein.«

»Hast du eine Axt im Auto?«, fragte Luise. »Oder einen großen Hammer, mit dem wir das Schloss aufschlagen könnten?«

Kaltenbach schüttelte den Kopf. »Mein Schweizermesser in der Hosentasche, das ist alles. Nicht viel, was uns helfen könnte. Wir müssen es noch einmal probieren.«

Sie liefen ein zweites Mal um das Haus herum. Kaltenbach versuchte vergeblich, durch die Läden ins Innere zu spähen. Die Ritzen dazwischen waren zu schmal, und dahinter war alles dunkel.

»Wir warten, bis Klungler zurückkommt«, überlegte Kaltenbach. »Sobald er aufgeschlossen hat, überwältigen wir ihn und gehen hinein.«

»Bist du verrückt?« Luise sah ihn entsetzt an. »Das ist viel zu riskant. Wenn er doch eine Waffe hat? Du hast selbst gesagt, er hat nichts zu verlieren!«

»Aber irgendetwas müssen wir doch tun!« In Kaltenbach machte sich Ratlosigkeit breit. »Da drinnen sitzt wahrscheinlich eine völlig verängstigte junge Frau, und wir können ihr nicht helfen! Es ist zum Verzweifeln.«

Luise zog ihr Handy heraus. »Ohne Hilfe schaffen wir es nicht. Ich rufe jetzt die Polizei an. Sie müssen uns einfach glauben.«

Kaltenbach hob den Kopf. »Moment noch. Da war irgendetwas. Ein Detail, das mir aufgefallen ist. Ja natürlich!« Er eilte um die Hausecke, dann trat er ein paar Schritte zurück und deutete nach oben. »Dort! Siehst du es?«

»Das Balkonfenster. Jetzt sehe ich es auch. Es hat keinen Laden! Aber wie sollen wir da hochkommen?«

»Der Holzstapel! Schnell!«

In fieberhafter Eile liefen sie ein paarmal hin und her, bis sie ein paar der dicken Holzscheite beieinanderhatten. »Jetzt kreuzweise übereinanderschichten. Immer parallel. Am besten direkt an der Hauswand.«

Mit ein paar Handgriffen entstand ein meterhohes Gerüst. »Ziemlich wackelig«, meinte Luise. »Und es reicht nicht. Da kommen wir nicht hoch!«

Kaltenbach stieg vorsichtig hinauf. Dann stellte er sich breitbeinig auf. »Ich mache die Räuberleiter. Für dich reicht es.« Er reichte Luise die Hand und zog sie vorsichtig zu sich herauf. Die Konstruktion begann, verdächtig zu wackeln. »Versuche es!«

Luise fasste ihn an beiden Schultern und setzte einen Fuß in die verschränkten Hände.

»Jetzt auf meine Schultern. Kommst du ran?«

»Ich bin fast an der Brüstung. Du musst noch etwas schieben.«

Kaltenbach fasste ihre Fußknöchel. Seine Knie begannen zu zittern, während er Luise mit aller Kraft nach oben drückte. Mit einem Mal spürte er, wie das Gewicht nachließ. Er hob den Kopf und sah, wie Luise ein Bein über das Geländer schwang und nach oben kletterte.

»Und? Ist es offen?«, rief er ihr nach.

»Nein. Aber das Fenster müsste gehen. Ich brauche etwas Hartes. Vielleicht einen Knüppel.«

Kaltenbach sprang von dem Stapel herunter und warf ihr

ein armdickes Stück Holz nach oben. Kurz darauf hörte er die Scheibe klirren.

Luises Kopf erschien über dem Geländer. »Es ist offen! Ich klettere jetzt rein.«

»Warte noch.« Kaltenbach griff in seine Hosentasche und zog sein Schweizermesser heraus. »Fang! Du wirst es brauchen! Und beeil dich!«

Kaltenbach ging vor die Hütte und lief ein paar Schritte den Weg zurück. Auf der Lichtung blieb er stehen und lauschte. Nichts war zu hören außer seinem heftigen Atmen und den Geräuschen des Waldes.

Allmählich dämmerte ihm, auf was sie sich eingelassen hatten. Wie konnte er nur Luise in eine solch gefährliche Situation bringen? Was sollte er tun, wenn Klungler plötzlich zurückkam? Wenn er doch eine Waffe hätte?

Er war verzweifelt, dass er Luise nicht helfen konnte. Er hatte das Gefühl, die Zeit dehne sich endlos. Noch einmal prüfte er die Fensterläden, doch er fand keine Möglichkeit. Die Hütte war eine einfache, aber wirkungsvolle Festung.

Er ging langsam zurück zu dem Balkon, als ein heiseres Krächzen ihn aus seinen Gedanken riss. Über ihm flog mit kräftigem Flügelschlag ein Eichelhäher durch die Baumkronen. Der Wächter des Waldes stieß seinen Alarmruf aus!

Im nächsten Moment passierten zwei Dinge gleichzeitig. Auf dem Balkon tauchte Luise auf. Sie stützte eine junge Frau, die mit zusammengekniffenen Augen ins Helle blinzelte. Ihr Gesicht war bleich, die Haare hingen ihr in Strähnen herunter.

Gleichzeitig hörte Kaltenbach von der Lichtung her ein Motorengeräusch, das langsam näher kam.

»Beeilt euch! Er kommt zurück!«, rief er hinauf.

Die junge Frau war über das Geländer geklettert und sah nach unten. »Ich kann nicht! Ich habe Angst!«

»Es ist nicht hoch! Ich fange dich auf!« Kaltenbach stellte sich direkt unter den Balkon. Das Motorengeräusch wurde lauter.

Das Mädchen rutschte mit dem Fuß ab. Ein paar Sekunden strampelte sie in der Luft, dann fiel sie mit einem erschrockenen Schrei nach unten, Kaltenbach direkt in die Arme. Beide stürzten zu Boden. Neben ihnen sprang Luise herab. Vor dem Haus schlug eine Autotür.

»Schnell, dort hinüber!« Kaltenbach stand auf und nahm das Mädchen an der Hand. »Mein Knöchel!«, hörte er sie jammern, doch er zog sie mit kräftiger Hand vorwärts, bis sie hinter ein paar Baumstämmen außer Sicht waren.

»Bleibt hier!« Kaltenbach huschte durch das Gebüsch, bis er die Haustür sehen konnte.

»Er ist drin!«, rief er. »Kommt zu mir!«

»Und jetzt?«, fragte Luise, als sie zu ihm aufgeschlossen hatten. Die Tür zur Hütte stand offen, Klungler war nicht zu sehen.

»Jetzt rennen wir!«

»Mein Knöchel!«, jammerte das Mädchen, »ich kann nicht!«

»Wir müssen es riskieren!«

Sie stützten die junge Frau unter den Achseln, traten hinter dem Gebüsch hervor und liefen los. Immer noch war hinter ihnen niemand zu sehen. Noch ehe sie ihr Auto erreichten, zog Kaltenbach die Schlüssel aus der Tasche und drückte auf den Türöffner. Sekunden später ließen sich Luise und das Mädchen auf die Rückbank fallen. Kaltenbach zwängte sich schwer atmend hinter das Lenkrad.

Durch das Seitenfenster sah er, wie Klungler den Weg entlanggerannt kam.

Im nächsten Moment sprang der Motor an, und Kaltenbach gab Gas. Steine und Holzsplitter flogen auf. Das Auto machte einen heftigen Satz nach vorn.

KAPITEL 34

»Hossa! Hossa! Hossa!«

Das Malecker Festgelände auf dem Buck war bereits am frühen Nachmittag brechend voll. Der abgezäunte Platz auf der Wiese war bis zum Rand zugeparkt, die Autos standen bis hinunter zum Windenreuter Friedhof. Auf den Bierbänken unter den Buchen saßen die Besucher dicht an dicht, nicht wenige hatten im Gras und auf Baumstämmen Platz gesucht. In der Luft hing der Duft von Würstchen, Steaks und Kartoffelsalat. Auf der provisorisch gezimmerten kleinen Bühne gab die Sängerin der »Black Forest Moonlights« ihr Bestes. Zusammen mit ihren Kollegen kämpfte sie sich tapfer durch die deutsche Schlagergeschichte von Tony Marshall bis Andrea Berg. Das jährliche Waldfest des Musikvereins brach wieder einmal alle Rekorde.

Kaltenbach und Luise saßen zusammen mit Schätzle, dessen Frau und einigen Bekannten aus dem Brandelweg an einem der Tische. Der Ortsvorsteher war ob des gelungenen Festes bester Laune.

»Nichts gegen deinen Wein, Lothar«, wandte er sich zu Kaltenbach, »aber zu einem deftigen Waldfestessen gehört einfach ein gutes Bier!« Er hob sein Glas und prostete in die Runde. »Auf Maleck! Und auf unsere Helden!«

»Das eine schließt das andere nicht aus«, lachte Kaltenbach, der eine Weißweinschorle vor sich stehen hatte.

»Ja, klar«, meinte Schätzle. »Jetzt erzähle weiter!« Schätzle brannte darauf, alle Details der Befreiung zu hören.

»Sobald wir im Auto saßen, war es eigentlich ganz einfach«, fuhr Kaltenbach fort. »Zuerst hatten wir Angst, Klungler würde uns mit seinem schnellen Flitzer verfolgen. Aber er hatte wohl eingesehen, dass er nichts mehr ausrichten konnte. Ein paar Minuten später standen wir dann vor dem Polizeiposten in Elzach.«

»Ihr hättet das Gesicht des Beamten sehen sollen!« Luise lachte. »Verschwitzt, verschmiert und verdreckt, wie wir ihm gegenüberstanden. Und die Story, die wir ihm erzählt haben.«

»Wahrscheinlich hat er gedacht, ihr seid noch von der Fasnet übrig!«

»Im Gegenteil. Er hat total professionell reagiert. Er hat sich alles in Ruhe angehört, telefoniert, und eine halbe Stunde später stand Lohmann mit ein paar Leuten da. Dazu ein Krankenwagen.«

»Ist euch doch etwas passiert?«, fragte Schätzles Frau.

»Nein, nur vorsichtshalber. Altstätters Tochter war zum Glück unverletzt, und der Knöchel war nicht weiter schlimm. Aber sie war ziemlich durch den Wind. Sie haben sie gleich ins Krankenhaus nach Waldkirch gebracht. Kurz danach waren die Eltern da.«

Wieder prosteten sich alle zu.

»Ich glaube, Klungler hat eingesehen, dass es vorbei ist«, meinte Schätzle. »Es hat ja auch nicht lange gedauert, bis sie ihn hatten. Am Ende ist er völlig zusammengebrochen, hat mir Grafmüller erzählt. Er hat alles gestanden. Es war genau so, wie Kaltenbach es vermutet hatte. Er wollte niemanden umbringen. Aber dann ist alles aus dem Ruder gelaufen. Die Entführung war dann pure Verzweiflung.«

»Er soll Schulden gehabt haben?«

»Nicht zu knapp. Ein neues Haus, das schicke Auto, ein anspruchsvoller Lebensstandard. Er hatte sich schon ganz oben gesehen. Und er hatte Spielschulden. Da gibt es Kreise, die keinen Spaß verstehen.«

Kaltenbach spießte das letzte Stück Wurst auf seine Gabel und wischte den Rest Senf auf dem Teller auf. »Eure Landfrauen haben wieder einmal einen Stern verdient«, sagte er.

»Und erst recht für den Kartoffelsalat«, ergänzte Luise. »So einen bekommt nicht einmal unser Hobbykoch Lothar hin!«

»Ich werde es ausrichten«, freute sich Schätzle. »Übrigens, ich soll Grüße ausrichten von Elisabeth Winterhalter. Ich habe mit ihr telefoniert. Es geht ihr mit jedem Tag besser. Sie kann sogar schon längere Spaziergänge mit Wilhelm machen. Und weißt du, wer sie besucht hat? Ihr Sohn Jonas!«

»Das ist allerdings eine Überraschung!«, meinte Kaltenbach. »Hat er sich nun doch um seine Mutter gesorgt?«

»Anscheinend hat er eingesehen, dass er sich völlig danebenbenommen hat. Auch euch gegenüber. Jonas hat ihr gestanden, dass er es war, der im Schlafzimmer seines Großvaters war.«

»Bis er von Wilhelm gestellt wurde«, grinste Kaltenbach. »Er war ziemlich kleinlaut, als wir gekommen sind.«

»Nicht nur da. Er war schon Tage zuvor dort und hat Geld gesucht. Dabei hat er versucht, den Schrank aufzubrechen.«

»Dann war er es, der mich niedergeschlagen hat!«

»So sieht es aus. Er hat es seiner Mutter gebeichtet. Sie wollte, dass er sich entschuldigt, aber das schafft er nicht. Trotzdem hofft er, dass du ihn nicht anzeigst.«

Kaltenbach betastete mit den Fingern seinen Hinterkopf. Der Schmerz war inzwischen völlig abgeklungen, von der Beule war nur noch eine leichte Schwellung zu spüren. »Ach was«, winkte er ab. »Da hätte niemand etwas davon. Soll er lieber seiner Mutter helfen, den Hof wieder in Schuss zu bringen. Vielleicht gelingt noch einmal ein Anlauf, das Verschwinden des Franzosen zu klären.«

Kaltenbachs Handy schnurrte in seiner Hosentasche. Als er sah, von wem die eingegangene Nachricht war, zog ein breites Lächeln über sein Gesicht. Er vergrößerte das Foto, das er gerade bekommen hatte, und reichte es durch die Runde. »Es gibt noch Menschen, denen es richtig gut geht!«

Auf dem Bild sah man Karl Duffner am Ruder seines Bootes. Über ihm blähte sich ein weißes Segel, im Hintergrund ragte auf einem Hügel zwischen den Bäumen das Schloss der Insel Mainau hervor.

»›Roswitha, meine große Liebe. Schiff ahoi!‹«, las Schätzle. »Wen meint er? Ich dachte, er sei verheiratet?«

»Ist er auch. Seit Neuestem mit zwei Roswithas! Er hat das Boot nach seiner Gattin benannt.«

»Was ist eigentlich mit euch beiden?«, fragte Schätzles Frau. »Ihr seid ja nun auch schon eine ganze Weile beisammen. Und wenn ich euch so turteln sehe …«

Kaltenbach wehrte erschrocken ab. »Nun mal langsam. Jetzt habe ich erst einmal genug von gefährlichen Abenteuern.«

»Na hör mal!« Luise gab sich entrüstet.

»Halte dich ran, Lothar!«, stichelte Schätzle. »Die Konkurrenz schläft nicht!«

»Spotte du nur!«

Eine halbe Stunde später saßen Kaltenbach und Luise abseits des Trubels auf einem Baumstamm am Waldrand. Sie hatten sich für einen kleinen Spaziergang entschuldigt. In Wahrheit waren Kaltenbach der Lärm und die vielen Menschen schon bald zu viel geworden. Nach den Aufregungen der letzten Tage wäre er am liebsten daheim geblieben. Doch Luise hatte ihn überredet, mit ihr zum Waldfest zu gehen.

Jetzt genossen sie den Ausblick auf das Dorf und die umliegenden Wiesen. Kaltenbach konnte von Weitem den Balkon seiner Wohnung erkennen.

»Könntest du dir das vorstellen?«, fragte Luise, nachdem sie eine Weile schweigend nebeneinandergesessen hatten.

»Was denn?«

»Heiraten. Zusammenziehen. Eine Familie gründen.«

Kaltenbach zögerte mit der Antwort. »Vorstellen kann ich mir vieles«, meinte er schließlich.

»Aber?«

»Kein aber. Es läuft doch gut, findest du nicht?«

»Manchmal ändern sich die Dinge schneller, als man glaubt.«

Kaltenbach starrte sie an. »Heißt das, du bist schwanger?«

»Wäre das schlimm?«

»Überhaupt nicht.«

Wieder saßen sie eine Weile schweigend nebeneinander.

»Trotzdem hat Schätzle recht«, begann Luise erneut. »Du solltest dich ranhalten. Hast du mir nicht etwas versprochen?«

Kaltenbach wurde es mulmig. Er überlegte, doch es fiel hm nichts ein. »Ähm ...«

»Das Lied!«

»Das Lied?«

»Zum Abschluss der Dreharbeiten wolltest du mir ein Lied schenken. Schon vergessen?«

Natürlich hatte Kaltenbach es nicht vergessen. Doch er konnte sich nicht erinnern, mit ihr darüber gesprochen zu haben. Vielleicht konnte sie seine Gedanken lesen.

»Es ist ... noch nicht fertig«, meinte er zögernd.

»Nach allem, was in den letzten Tagen war, bist du entschuldigt. Trotzdem würde ich es gerne hören. Jetzt. Hier.«

»Aber ohne Gitarre?«, protestierte er schwach.

»Die Band hat gerade Pause. Einer der Musiker hat eine akustische Gitarre.« Luise schenkte ihm einen Augenaufschlag, der einen Eiswürfel zum Schmelzen gebracht hätte. »Für mich!«

Fünf Minuten später kam Kaltenbach mit der Gitarre zurück. »Frag mich nicht, wie ich es geschafft habe«, schnaufte er. Er setzte sich neben Luise. Nach wenigen Akkorden kam die Melodie zurück. Den Text hatte er nicht vergessen.

»In meinem Traum

treffe ich dich wieder,
steigst du zu mir nieder …«

Am Ende des Refrains brach er ab. »Das letzte Stück fehlt.«

»Es fehlt nichts. Es ist wunderschön!«

»Aber es ist nicht fertig. Ich habe keine Textzeile mehr.«

»Dann summe es. Das machen heutzutage alle Sänger. Bitte mach weiter.«

Kaltenbach begann mit der zweiten Strophe. »Mmmh, mmmh, mmmh, in meinem Traum«, sang er am Ende des Refrains.

»Was ist denn hier los?«

Erschrocken brach Kaltenbach ab. Hinter ihnen tauchte Schätzle auf.

»Hier steckst du! Ich suche dich schon überall. Du musst bei meiner Ansprache dabei sein.«

Kaltenbach verdrehte die Augen. »Muss das sein?«

»Es muss!«, riefen Schätzle und Luise wie aus einem Mund.

»Und wie wäre es, wenn du das Lied für alle singst? Ein Liebeslied für Luise, eine Liebeserklärung an Maleck. Passt doch!«

»Das kann ich nicht. Außerdem fehlt ein Teil«, protestierte Kaltenbach.

»Dann summst du eben den Rest. Du wärst nicht der einzige Sänger, der das so macht.«

Luise lachte und küsste Kaltenbach auf die Wange. »Eine Liebeserklärung auf dem Waldfest. Wie romantisch!«

Kaltenbach stieß einen tiefen Seufzer aus. »Zwei gegen einen. Das ist unfair!«

Luise hakte sich bei ihm unter. »Jetzt kann dich nur noch ein Wunder retten«, schmunzelte sie.

Mit einem Mal zerriss ein gewaltiger Krach die Stille. Kaltenbach hob den Blick. Was er sah, ließ ihn schlagartig wieder aufleben. Von Westen her zogen über den Wald in rascher Folge gewaltige dunkle Wolken heran. Der Himmel dahinter war pechschwarz. Wieder donnerte es. Der Wind frischte auf, die ersten schweren Tropfen fielen.

»Meine Ansprache!«, rief Schätzle verzweifelt.

Kaltenbach blieb stehen und breitete die Arme aus. »Ein Wunder! Gott sei Dank! Für heute ist es genug mit Aufregungen.«

»Wer weiß«, meinte Luise.

ENDE

DANKSAGUNG

Als Lothar Kaltenbach 2013 am Fuße der Teufelskanzel seinen ersten Fall löste, war nicht abzusehen, ob jemals jemand davon erfahren würde.

Inzwischen erscheint bereits das vierte Buch. Dies wäre nicht möglich gewesen, wenn es nicht die vielen treuen Leserinnen und Leser gäbe, die ihn begleiten. Ihnen allen gilt an dieser Stelle mein besonders herzlicher Dank.

Neben dem Schreiben ist die sorgfältige Recherche für den Autor besonders wichtig. Wie in allen Fällen habe ich auch dieses Mal versucht, Orte und Gegebenheiten möglichst authentisch zu gestalten. Wo es die Diskretion erforderte, galt der Grundsatz: »Es ist nicht so, aber es könnte so sein.« Dies gilt in besonderem Maße für den Kirchmattbauern und seinen Hof, den man vergeblich im Brettenbachtal suchen wird.

Es gibt Situationen, in denen sich der Autor wünscht, über seine Grenzen hinausgehen zu können, um das Geschriebene noch besser zu machen. Ich möchte daher meinen Dank aussprechen an alle, die zum Gelingen des Buches beigetragen haben.

Bettina Schlude ist als gebürtige Nieder-Emmendingerin von Haus aus zweisprachig aufgewachsen. Sie hat seit dem ersten Kaltenbach-Krimi dem Emmendinger Original Erna Kölblin ihre alemannische Stimme geliehen.

Hans-Jörg Jenne ist als Archivar der Stadt Emmendingen bestens vertraut mit der Stadtgeschichte. In diesem Buch versorgte er mich mit einer Fülle von Informationen zur Geschichte der Wasserversorgung sowie zum Fotomuseum Hirsmüller.

Bernhard Schmolck, Geschäftsführer des Autohauses Schmolck, verdanke ich die nötigen Informationen, um die Bremstechnik eines alten Traktors einigermaßen zu verstehen.

Felix Schöchlin war als Ortsvorsteher von Maleck ein Quell der Information und Inspiration. Ich rechne ihm hoch an, dass er in Gestalt von Fritz Schätzle sich selbst als Handelnder zur Verfügung gestellt hat.

Nicht zuletzt bedanke ich mich bei allen Bürgerinnen und Bürgern von Maleck, Emmendingens kleinstem Ortsteil, für ihre Bereitschaft, in dem Buch auf die eine oder andere Weise mitzuwirken (na gut, sie konnten es sich nicht aussuchen). Ich hoffe auf ihr wohlwollendes Verständnis.

*Weitere Krimis finden Sie auf den
folgenden Seiten und im Internet:*

WWW.GMEINER-SPANNUNG.DE

THOMAS ERLE
Wer mordet schon in
Freiburg?

978-3-8392-1966-9 (Paperback)
978-3-8392-5189-8 (pdf)
978-3-8392-5188-1 (epub)

WO DAS BÖSE WOHNT Freiburg – das ist für die Gäste aus aller Welt Lebensgenuss und badische Gemütlichkeit. Doch wie immer lauert das Böse dort, wo man es am wenigsten vermutet: Erleben Sie hautnah, wie auf dem Alten Friedhof in Herdern seit Generationen ein geheimnisvoller Wächter sein Unwesen treibt …, wie die Jagd nach dem sagenhaften Münsterschatz tödliche Gefahren heraufbeschwört …, wie zwei Diebe am Schauinsland mit den Schrecken des Eises und der Finsternis kämpfen und wie das denkbar Schlimmste passiert: Beim Stadtmarathon werden die besten Freunde zu tödlichen Rivalen …

WWW.GMEINER-VERLAG.DE
Wir machen's spannend

THOMAS ERLE
Höllsteig
....
978-3-8392-1748-1 (Paperback)
978-3-8392-4759-4 (pdf)
978-3-8392-4758-7 (epub)

SCHATTEN DER VERGANGENHEIT Im Weinberg von Weinhändler Lothar Kaltenbachs Onkel am Kaiserstuhl wird ein unbekannter Toter gefunden. Am Tag darauf verschwindet Kaltenbachs Freund Walter spurlos. Als er erfährt, dass ein vor Kurzem entlassenes ehemaliges RAF-Mitglied und Freund von Walter wieder zurückgekehrt ist, macht sich Kaltenbach an die Ermittlungen. Die Spuren führen ihn weit in seine eigene Vergangenheit der Siebzigerjahre zurück. Haben die Verwicklungen von damals auch mit den Morden von heute zu tun?

THOMAS ERLE
Blutkapelle
....
978-3-8392-1592-0 (Paperback)
978-3-8392-4473-9 (pdf)
978-3-8392-4472-2 (epub)

GOETHE WAR GUT ...

Eine tote Stadtführerin auf dem Grab von Goethes Schwester, kurz darauf ein Anschlag auf den beliebten Stadtarchivar! Und was verbirgt sich hinter den geheimnisvollen Hinweisen auf ein bisher unbekanntes Manuskript des Dichterfürsten?

Für Lothar Kaltenbach, Weinhändler und Musiker, ist die Ruhe in seiner Heimatstadt vor den Toren Freiburgs empfindlich gestört. Eine erste Spur führt in ein Kloster, das es eigentlich nicht mehr gibt. Doch Kaltenbach ahnt nicht, dass er längst beobachtet wird ...

WWW.GMEINER-VERLAG.DE
Wir machen's spannend

Das Neueste aus der Gmeiner-Bibliothek

Unser Lesermagazin

Bestellen Sie das kostenlose Krimi-Journal in Ihrer Buchhandlung oder unter www.gmeiner-verlag.de

Informieren Sie sich ...

www ... auf unserer Homepage:
www.gmeiner-verlag.de

@ ... über unseren Newsletter:
Melden Sie sich für unseren Newsletter an unter www.gmeiner-verlag.de/newsletter

f ... werden Sie Fan auf Facebook:
www.facebook.com/gmeiner.verlag

Mitmachen und gewinnen!

Schicken Sie uns Ihre Meinung zu unseren Büchern per Mail an gewinnspiel@gmeiner-verlag.de und nehmen Sie automatisch an unserem Jahresgewinnspiel mit »mörderisch guten« Preisen teil!

WWW.GMEINER-VERLAG.DE
Wir machen's spannend